DIE MEMOIREN DES WILLI W.

Vollwaise! Vollpfosten! Berufskiller!

Der Autor Alfred Kreusel lebt in München. Dort schreibt er Kriminalromane, Mittelalter- und Fantasiegeschichten, sowie heitere Erzählungen.

Die einen kommen auf die Welt und sehen schon als Baby gut aus, haben im Leben nie Sorgen oder Nöte. Die anderen sind genau das Gegenteil. Wie Willi. Willi W. Der war nicht nur potthässlich, sondern auch noch strohdumm. Doch wie sagt man so schön? Selbst die dümmsten Bauern finden mal eine Süßkartoffel im Weizenfeld … oder so ähnlich.

Was man von Willi noch behaupten konnte, dass er eine dermaßen furchtbare Sauklaue hatte, die nur ein Hieroglyphenexperte wie ich, der Autor des Buches, entziffern konnte.

Und damit die Nachwelt seine Memoiren lesen kann, habe ich sie mühevoll enträtselt und in diesem chaotischen packenden Buch niedergeschrieben. Ich hatte beim Schreiben kaum glauben können, dass Willi W's kurzes Leben ebenso turbulent wie schicksalhaft gewesen war.

Doch lest selbst, was Willi alles widerfahren war, ihr werdet Bauklötze, Pommes und Leuchttürme staunen!

1. Auflage 2024

Verlag: BoD • Books on Demand

GmbH, In de Tarpen 42, 22848

Norderstedt

Druck: Libri Plureos GmbH,

Friedensallee 273, 22763 Hamburg

ISBN: 978-3-7597-7455-2

PROLOG

Langsam zieht die Sonne ihre Bahn. Rasch packen ein paar Mütter ihre Kinder und eilen mit ihnen zum Spielplatz. Hastig tritt der Postbote in die Pedalen und biegt, wie von der Tarantel gestochen, in meine Straße ein. Dann, am ersten Haus, haut er den Stachel rein, springt wie ein Cowboy beim Rodeo aus dem Sattel, kramt in einer seiner Kisten herum und wirft die Post in den Briefkasten. Beim nächsten Haus dasselbe Spiel. Kaum hat er wieder Geschwindigkeit drauf, bremst er mit quietschendem Hinterreifen auch schon wieder runter auf 0. Wieder kramen, wieder Post einwerfen. Bis er bei mir ist, dauert es haargenau 19 Sekunden. Ich hab mitgestoppt. Von vorne von der Straßenkreuzung bis zu mir 19 Sekunden? Naja, geht so, er war schon mal schneller. Aber da war auch Glatteis gewesen. Erst war das Rad bei mir angekommen, dann die sieben Kisten mit der Post, er hatte die Nachhut gebildet. Oh, jetzt bremst er, das ist schon mal ein gutes Zeichen. Absteigen tut er auch! Noch besser. Da! Die rechte Hand greift in eine Kiste. Schnaufen tut der Kerl, als habe seine Lunge schon ewig lang keinen Sauerstoff mehr gesehen.

Hä? Was zum Henker macht er denn da?, fragt mich mein Kleinhirn. *Ach so, ihm dürstet. Trink langsam, Junge, sonst siehst du Sternchen.* Hab ich mal gelesen, wenn man zu hastig und zu viel trinkt, dann sieht man blaue Sternchen. Meist auch doppelt. Und mit dem deutlich reden wird's dann auch problematisch. *Ja, das tut gut, gell? So, und jetzt mach deine Wasserpulle wieder zu und bring mir die Post. Oder hast du sie etwa wieder meiner neugierigen Nachbarin, der Huber-Meier-Weber-Schmidt-Schmied-Wepps-Kleinschmitz gegeben, damit sie sie ganz aus versehen öffnen kann, ehe sie sie mir später mit Unschuldsmiene in die Hand drückt. Und mir dabei schöne Grüße von der Absenderin bestellt, obwohl die mir die Post ohne Rückadresse schick.* Der Postler, wie wir Bayern sagen, packt die Flasche weg und …

He, nicht aufsteigen!, plärrt mein Gedanke. Der Mann mit dem Posthorn dreht den Kopf hin und her, als habe er eben eine Stimme vernommen. *Ich muss leiser denken*, ermahne ich mein Oberstübchen. Und während ich dies tue, radelt der nun ausgeruhte und gestärkte Postler selenruhig los.

»He!«, rufe ich ihm zu. »Was ist mit mir? Wo bleibt meine Post?«

Er bremst. Aber diesmal gummischonend. »Deine Post ist auf deiner Insel, auf Island de fresh Cocomilk. Würdest du endlich mal deinen Nachsendeantrag dorthin stornieren, so würde auch deine Post hier landen, Herrrrr Schriftsteller!«

Ups. Das war wohl jetzt dieser berühmte Schuss, der nach hinten losgeht. Sollte ich doch mal machen, den Postweiterleitungsantrag ändern. Den hatte ich damals gestellt, als ich es mir wieder anders überlegt hatte. Ich hatte die Insel und die Südsee hierher nach München in meinen Garten umverlegen wollen, aber dann hatten mir die Bäume und Tannen im Garten leidgetan, die ich deswegen hätte roden müssen.

Ich mach das Küchenfenster wieder zu … und bin traurig. Keine Post, nicht mal 'ne klitzeklein winzige Reklame. Das freut meine blaue Papiertonne aber gar nicht.

Ringdingediging. An der Nordseekü …

Ich weiß wer anruft, und so überrumple ich sie auch, als ich den schnurlosen Festnetzhörer Richtung Mund führe.

»Hallo, Bruni, alte Sprotte!«

»Woher weißt du, dass ich es bin, ich hatte doch ...«

»Achter Sinn!« Der Klingelton ertönt bei mir nur dann, wenn du anrufst, Bruni.

»Wow, Hammer, ist echt Wahnsinn, was du alles kannst, Fredy. Aber die Sprotte will ich trotzdem überhört haben. Ich bin die Herrin Oberbürgermeisterin von Kleintümpelshausen, nicht von Kiel. Ganz nebenbei, meine Mega-City ist schon wieder gewachsen. Jetzt sind wir sage und schreibe ganze 36 Einwohner groß! Wenn das so weitergeht, dann sind du und dein München bald ein Kuhdorf gegen uns. Seid ihr ja jetzt schon. Ihr habt nur einen Fernsehturm. Und der ist grade mal so hoch wie mein neues Rathaus. Wir bauen auch eben eine zweite Funkwellenverteilstation. Da kannst du dann von der Restaurantplattform, die fast ganz oben an der Orbit Grenze angebracht wird, bis hinüber nach Grönland schauen – und wieder zurück!«

»Geil, Bruni. Du hast heute nicht zufällig meine Post im Briefkasten gehabt?«

»Hast du etwa den Nachsendeantr …«

»Vergessen!«

»AALsheimer?«

»Nö, weder Räucherfisch noch vergesslich, hab's nur vergessen. Sag, was geht ab, warum hängst du an der Strippe und raubst mir meine kostbare Zeit, Bruni?«

»Hab ich dich angerufen? Kann nicht sein. Aber wenn du mich schon mal anrufst, was ja leider viel zu selten passiert. Bei uns wird ein riesengroßes Bevölkerungsfest angeordnet. Von mir natürlich! Mit Matjesbrötchen, Räucheraal von der Flößerstange, Sprotten in Calvados, Heilbutt in Rioja-Soße, die Haifischsteaks werden im Pfälzer Riesling, Baujahr 87, geschmort. Den uralten Scotch Whiskey brennt Kommissar Hans Hansen selber. Jetzt, wo die Engländer nicht … Er hat sich, der Hansen, eine Destillationsapparatur aus Kentucky kommenlassen. Die brennt mit Buchen. Wenn du Weißbier magst, wenn du herkommst, Fredy, musst du selbst mitbringen. Wir haben zwar ein 50-Literfass da, aber der Gendarmerist Wolf Wolfsen, der Dödel … Ihr in Bayern sagt doch Dödel, oder?«

»Ja, Bruni, aber ohne e. Dödl.«

»Aha! Also, der Depp hat das Bierfass beschlagnahmt und in unsere ausbruchssicher Asservatenkammer verbannt. Der Dödel ohne e hat gemeint, da ist unversteuerter Whiskey aus einem Nicht-mehr-EU-Land drin. Jetzt müssen wir abwarten, bis der Rechtsmediziner das Fass öffnet und mikrobiologisch unters Mikroskop nimmt.«

»Du weißt doch, ich trinke nix, Bruni. Nur Milch.«

»Ja, schon, aber statt Weißbier, kannst auch Aquavit nehmen. Wenn du das Zeugs eingefrierst, dann kannst du es lutschen. Dann brauchst auch kein schlechtes Gewissen zu haben, da du ja nix getrunken, nur gelutscht hast. Kommst du zu unserem Bevölkerungsfest, Fredy?«

»Was gibt's denn zu feiern, Bruni? Und wann steigt es?«

»Die Verhandlung von Natascha Nataschowitzka ist für übermorgen anberaumt. Seit einem Jahr sitzt sie in Untersuchungshaft, wird also Zeit. Und danach wird gefeiert.«

»Geil! Ich schwinge mich morgen Mittag aufs Radl, dann

bin ich tags drauf um 8 Uhr am Morgen bei dir. München –
Kleintümpelshausen, das nur schlappe 870 KM.«

Bruni überlegt kurz, dann meint sie strohtrocken: »Was,
so lang brauchst du? Da ist ja mein Postbote schneller. Und
der ist immerhin schon 83 ½ Jahre!«

»Und da fährt er noch Post aus, Bruni?«

»Klar, bei mir in Kleintümpelshausen gehen die Leute,
seit ich der Herr Bürgermeisterin bin, erst mit 87 in Rente.
Außer sie haben ein ärztliches Attest, dann dürfen sie schon
mit 86 ¾ gehen. Kriegen aber dann auch nur 66,14 Prozent
der Rente, die restlichen 33,86 % wandern in die Stadtkasse.
Muss sein, sonst könnte ich mir keinen zweiten Fernsehturm
leisten.«

»Toll, Bruni. Jetzt weißt du auch, warum ich nicht zu dir
nach Kleintümpelshausen ziehe und in München bleibe.«

»Schade, Fredy. Wie wäre es dann mit Emden, da suchen
sie gerade einen zweiten Leuchtturmwärter.«

»Der Leuchtturm ist doch gar nicht in Betrieb, Bruni.«

»Du müssest ja nur auf den Turm aufpassen, Fredy. Die
Grönländer haben wieder versucht, den Turm zu entführen.
100 Liter Bier hätte uns das Auslösen gekostet!«

»Bei uns entführen sie nur Maibäume, Bruni. Haha.«

Kapitel 1

Geschafft! Ohne Probleme bin ich in Kleintümpelshausen angelangt. Mein Weg führt mich geradewegs zum Rathaus. Ich betrete dieses, schaue mich kurz um, dann fahre ich mit dem antiken Paternoster hoch in die 87te Etage. Als ich aus der Kabine aussteige, oh Schreck! Zwei riesige, bis auf die Zähne bewaffnete Killer-Chihuahuas knurren mich an, als hätten sie schon lange keinen Bayern mehr verspeist.

Ich will gerade zwei Hundeknochen aus der Hosentasche ziehen, die habe ich immer am Mann, da ruft eine weibliche Stimme: »Aus, Max! Platz, Moritz!«

Während die Dame gütig lächelnd und langsam auf mich zukommt, wische ich mir rasch den Schweiß von der Stirn. Sie streckt ihren rechten Arm aus, der durchaus auch einem Dachdecker oder Maurer gehören könnte, ich schlage ein.

»Hallo, Fredy«, begrüßt sie mich freundschaftlich. »Alles gut? Hattest du viel Verkehr, Gegenwind oder Plattfüße am Fahrrad?«

»Nö«, grinse ich sie an, »nix dergleichen. Ich bin diesmal aber auch nicht die Route Schwarzwald-Eifel geradelt. Bin Bayrischer Wald-Harz gefahren, das war ganz gut gelaufen.

Nur einmal, da war so ein großer Brocken, um den hab ich rumfahren müssen, weil oben dichter Nebel gewesen war. Aja, am Kreuz Emden – Kleintümpelshausen war wegen eines brutalen Verkehrsunfalls ein Stau gewesen. Ein 30-tonner hatte einen Laubfrosch plattgemacht. Bah, was war das für eine Sauerei. Grüner Schleim so weit das Auge blickte. An der Zunge von dem armen Quäker hat sogar noch eine Heuschrecke geklebt, war breiter als euer Nordseestrand.«

»Oje, Fredy, dir bleibt aber auch gar nichts erspart. Ist nur gut, dass wir unsere Hauptstraße 8-spurig ausgebaut haben. Alle kommen sie zu uns. Erst futtern sie eine Tüte Pommes rot/weiß, danach fahren sie ans Wattenmeer. Hätte ich kluge Frau nicht diese geniale Idee mit der Mautstation gehabt, die vor unseren elf Stadtgrenzen stehen …«

Bruni hört plötzlich mitten im Satz auf. Scheinbar hat sie mein schelmisches Grinsen bemerkt, und dass ich schon die ganze Zeit den linken Arm hinter meinem Rücken verberge.

»Du, Schuft! Jetzt habe ich ihn gesehen. Hihi. Ich hab ihn ge-se-hen! Ich hab ihn ge-se-hen!«

Ich versuche, mich dumm zu stellen. »Was?«

»Deinen Joghurtbecher! Du bist nicht mit dem Fahrrad da, du hast dich einfach hergebeamt, du Dödel!«

»Dödl. Ohne e, Bruni!«

»Depp! Oder sagt ihr da Dpp? Soll ich den Becher in mein

einbruchssicheres Schließfach vom Schreibtisch tun? Wenn er gestohlen wird, kommst du nicht mehr heim, Fredy.«

»Passt schon. Ich hab einen Reservebecher dabei. Den hab ich auch schon auf München vorprogrammiert.«

Wir gehen in ihr Büro. Wir sitzen noch nicht mal richtig in den Designer-Sesseln, aus dem ihrem kann man per einer Spezial-App ein kolossales Wasserbett machen, da kommt auch schon Brunis Sekretärin herein. Mit einem Tablett mit Kaffee, Espresso, Cappuccino, Mokka, Tee. Mineralwasser ist aus. Ostfriesen-Pils, Wodka, Rum, Gin, Whiskey, rotem und weißem Pinot noir und bianco, Salzstangen, Käse-Kräcker, Gummibären, Kartoffelchips, Sprotten, Räucheraalen in den Sorten Nord- und Ostsee, und auch Würfelzucker. Ich frage, ob sie Cola ohne Kohlensäure habe, sonst würde ich stilles Mineralwasser nehmen. Habe sie beides nicht. Noch nicht! Sie zieht ein faltbares Mischpult aus der Bluse, bald darauf fliegt draußen eine Drohne am Panoramafenster vorbei. Drei Minuten später steht stilles Wasser aus den bayrischen Alpen vor mir.

Meeting zu zweit. Bruni informiert mich über all das, was mich nicht im Geringsten interessiert. Von Nataschowitzkas Verhandlung, die mich interessieren würde, kein Wort. Ich will gerade nachhaken, da rumpelt die Sekretärin erneut zur zweiflügeligen, mit Goldrahmen eingefassten Tür rein und verkündet, dass die Richterin eben angerufen habe. Sie habe die Gerichtsverhandlung von heute Nachmittag auf morgen 10 Uhr Vormittag umverlegen müssen. Wichtige Geschäfte, die sie nur bei einer Partie Golf klären könne.

Ich verabschiede mich bis morgen bei den beiden Damen. Bei Gericht würden wir uns sehen, meint Bruni grinsend.

*

Das Wetter passt zum November wie das Erdbeereis zum Sommer. Es ist trübe, schon seit dem frühen Morgen tröpfelt es gemütlich vor sich her. Man schreibt Montag. Ein Datum, das der Frau, die soeben das Gebäude betritt, um das andere einen weiten Bogen machen, wohl für immer im Gedächtnis bleiben wird. Das Kleintümpelshausner Gerichtsgebäude ist ein exorbitanter Ziegelbau. Kein Wunder, zählt diese Mega-City doch sage und staune 36 Einwohner.

Die steile Wendeltreppe des Gerichtshauses ist breiter als die A 8. Jene berüchtigte Autobahn, die gen Süden führt. Sie geht bis ganz weit oben hin, die Treppe, bis unters Dach, bis in den 1. Stock hoch. Weinkeller, Hochwasserschutzdamm, Parterre und erster Stock. Mehr Etagen waren einfach nicht machbar gewesen. Aber nicht wegen des Untergrundes. Der wäre tragfähig genug. Es liegt an den Zimmerdecken. Achtzehn Meter hoch, neun Meter dick! Der Architekt, der diesen Bau vor über hundertsiebenundzwanzig Jahren entwarf, war einmal in Ägypten. Bei einer Führung durch eine oben spitz zulaufende Pyramide war ihm die Idee gekommen. So was brauche Kleintümpelshausen auch, viereckig. Am Ende von jeder Wand eine eigene Ecke, oben ein Flachdach drauf, auf dem jetzt Reet (auch Schilf genannt) anbaut wird – fertig war das Meisterwerk.

Die adeligen Winzerweine, die dank computergesteuerter Klimatisierungsanlage bei steter Temperatur in Eichenholzfässern in den Kellergewölben ruhen, stammen allesamt aus angesehenen Kellereien, daher auch der Name: Weinkeller. Es gibt auch alkoholhaltige Traubensäfte aus dem Flaschenkeller. Kellerflaschenweine. Sagt aber kein Mensch.

Die Dame, wenn man sie als solche betiteln will, hat eben das ehrwürdige Haus mit schlurfendem Schritt betreten. Als habe sie an jedem ihrer Füße eine dicke Eisenkette mit einer zentnerschwerer Blei-Nickel-Kugel. Die hat sie auch, denn sie ist die berüchtigte Natascha Nataschowitzka. Die Braut, Komplizin und das Verderben von … Willi Willisen!

»Bitte erheben Sie sich!«, droht der nicht mehr ganz junge Gerichtsdiener im Gerichtssaal mit der Nummer 1601 allen Anwesenden mit dem Krückstock.

Drei stattliche Bläser pusten in Fanfaren. Trommelwirbel. Harfe. Die Stadthymne von Kleintümpelshausen. Langsam öffnet sich die unsichtbare, hinter dem Richterpult liegende

Eichentür mit dem Stadtwappen von Kleintümpelshausen.

Zwei Nordseekrabben mit gekreuzten Scheren.

Die Hymne verstummt. Eine hellblonde, granatenmäßige, mit Beinen bis zum Hals ausgestattete Frau betritt die Showbühne. Es ist die Richterin Rebecca. (Noch Single!)

Neben den fünfundzwanzig Prozesszuschauern, der Rest von Kleintümpelshausen ist noch nicht heiratsfähig, sitzen der Staatanwalt aus Leer, der Leuchtturmwärter aus Emden und vier Verteidiger aus Chicago/Uptown mit im Saal. Und ich und Bruni und ihre beiden Kampfchihuahuas.

Richterin Rebecca richtet sich das auf ihrem Ohrensessel befindliche rückenschonende Keilkissen mit königsblauem Samtbezug zurecht. Dann setzt sie sich, das bis zur Hüfte reichende, goldblond gelockte Haar nach hinten geworfen, galant hin, schlägt die zarten und rehgleichen Beine übereinander und gibt dem Gerichtsdiener, der beinahe im Stehen eingenickt wäre, mit ihrem kleinen Finger, an dem sich ein 24-karätiger Brilli befindet, ein Zeichen.

»Hinsetzen!« Dabei verrutscht ihm die Zahnprothese.

Die Richterin schlägt eine dünne Ledermappe auf und will gerade die Anklage verlesen, plötzlich erstarren ihre sonst so strahlenden, indigoblauen Augen zu Eis.

Ist die Anklage so schlimm, dass ihr fast das Herz stehenbleibt? Nein. Sie hat gesehen, dass am rechten Daumen ein klitzekleines Stück des violetten Nagellacks abgeblättert ist.

»Ich pausiere diese Verhandlung für fünfzehn … für gute 30 Minuten«, haucht sie ins Mikrofon. Dieses überträgt ihre Stimme, die heißer ist als geschmolzener Edelstahl, live in die Dolby-Surround-Boxen. Die schnurren, als würde man ihnen zärtlich den Nacken kraulen.

Ich frage Bruni, warum die Richterin die Beschuldigte so angesehen habe, als wolle sie sie töten, da lacht Bruni.

»Rebecca und Willi Willisen waren einst ein Liebespaar. Heimlich. Doch irgendwann hat sich die Natascha bei Willi angemeldet und Rebecca war abgemeldet, Fredy. Kannst dir ja sicher vorstellen, wie heute das Urteil ausfallen wird.«

»Oh. Da möchte ich heute lieber nicht in Nataschas Haut stecken, Bruni!«

Ich höre Ketten rasseln und schaue zur Angeklagten, die sich trotz Handschellen am Bein kratzt. Erst denke ich, sie will einen Fluchtversuch starten, doch da sehe ich die roten Striemen am Bein. Ich stehe auf, gehe zu ihr, lächle sie mitleidig schauend an und tauche unter ihren Tisch. Ich ziehe das Notfallpäckchen mit den Ringelblumen-Bandagen aus der rechten Tasche meines sportlichen Hemds. Die habe ich immer einstecken. Und wie man gerade sieht, mit recht. Ich wickle eine Binde um das geschundene Bein, tauche wieder auf und nicke ihr zu. »Die Guillotine wäre schlimmer!« Sie will etwas erwidern, doch schon stürmt der Gerichtsdiener mit der Krücke heran. Aus der zieht er ein spitzes Tranchiermesser und hält es Natascha unter die Lippe.

»Ist das dein Komplize, der den Fluchtwagen gebaut hat? Sprich, Weib, sonst erlebst du das Urteil nicht mehr!«

Geistesgegenwärtig entwaffne ich den alten Narr und will ihm gerade einen harten rechten Haken verpassen, doch da kommt Rebecca wieder zurück. Erst fällt mir die Kinnlade herunter, danach das Messer. Noch ehe Rebecca das scharfe Messer sieht, zwinkere ich ihr zu und setzte mich wieder an meinen Platz zurück.

»Mein lieber Silberreiher! Da hast aber jetzt gerade noch mal die Kurve gekriegt, Fredy«, grinst Bruni mich an.

Die Richterin setzt ihre rotgerahmte Brille auf, womit sie nun noch entzückender aussieht, schlägt ihre Mappe wieder auf und beginnt daraus vorzulesen.

» … wird der Tat beschuldigt, einen PKW mit amtlichem Kennzeichen … am um … widerrechtlich im absoluten Parkverbot stationiert zu haben. Beklagte, haben Sie etwas zu sagen? Nein? Danke!« Natascha war gar nicht zu Wort gekommen. »Herr Staatsanwalt, die dumme Kuh bringt das Maul nicht auf. Selber schuld, das Mistvieh! Und so ergeht hiermit in meinem Namen, Rebecca, doppel-c, einfaches b, nun folgendes Urteil. Ein Jahr - ohne Bewährung! Revision nicht zulässig. Die Haft ist umgehend anzutreten. Die Zeit der Untersuchungshaft wird wegen der rücksichtslosen, brutalen und nie wieder gutzumachenden Straftat nicht mit angerechnet. Sollte Frau Nataschowitzka einen Gefängnisausbruchsversuch unternehmen, wird der/die Aufseher/in von der/die Waffe*n sofort Gebrauch machen. Sitzung beendet! Mahlzeit!«

Nataschas Anwälte protestieren. Eine Zuschauerin plärrt nach der Todesstrafe, ein Herr beantragt uneingeschränktes Besuchsrecht. Doktor Pitti Pittipatty meint, Natascha könne die Haft im Emdener Leuchtturm verbüßen. Er habe gerade zufällig ein Jahr Betriebsferien und könne ihre Bewachung übernehmen. Pech, Rebecca ist bereits weg. Friseurtermin! Sie ist nicht nur Richter/in. Sie ist auch der, die, das zwölf Geschworen*e, Staatsanwalt und Gefängnisdirektor.

Der Saal leert sich. Die soeben Verurteilte wird abgeführt. Der kurzsichtig Gerichtsdiener drückt Nataschas Anwälten, allesamt Pflichtverteidiger mit langjähriger Gefängniserfahrung, je 10.000 Euro für eventuell entstandene Unkosten in die Hand, dann verlassen auch diese das Gerichtshaus. Ein paar männliche Zuschauer weigern sich zuerst, doch als sie sich von den auf dem Richterpult liegenden Autogrammkarten von Rebecca eine nehmen dürfen, bedienen sie sich und ziehen ebenfalls sie ab.

Jetzt sind Bruni und ich alleine. Die Chihuahuas sind mit dem Gerichtsdiener Gassi. Ich wechsle auf die Bank, auf der sonst die Angeklagten sitzen. Beklemmend!

Der Ringelblumenverband hatte Natascha sichtlich gutgetan. Sie hatte, als sie abgeführt wurde, mich angelächelt und nicht gehumpelt.

»So, jetzt gibt es erst mal eine gescheite Brotzeit!« Brunis Sekretärin ist hereingeplatzt. Diesmal hat sie das Tablett mit einem weiß-blauen Keramiktopf beladen, in dem kesselfrische Weißwürste schwimmen. Drei Brezen liegen in einem Bastkörbchen, das mit weiß-blauer Papierserviette nett ausgekleidet ist. Ein Glas bayrischer Weißwurstsenf, Besteck, Teller und zwei Weizengläser ohne Weißbier. »Das Weizen liegt noch immer unten in der Asservatenkammer. Ich hatte schon überlegt, euch stattdessen Grapefruit-Maracujalimo mit Kohlensäure zu bringen, hab mich aber jetzt doch nicht recht getraut. Wo doch der Fredy bloß Pfirsich-Maracuja-Joghurts mit 1,5% Fett in der Trockenmasse isst.«

Da wir vor der Verhandlung eine Tüte Diät-Pommes ohne rot/weiß geschlemmt hatten, winken wir ab.

»Juche, alles meins! Mmm, lecker!«, jubelt Janine, Brunis Sekretärin. »Ich hab nämlich gesehen, wie ihr zwei euch die Pommes geteilt habt. Hihi!« Dann verschwindet sie mit dem Tablet im leeren Richterzimmer.

Ich stelle Bruni eine Frage. Sie schaut mich an, als sei ich nicht mehr ganz dicht in der Birne. Und doch verrät sie mir, da auch Wände Ohren haben, flüsternd, was ich wissen will. Dann verlasse ich sie per angedeutetem Handkuss.

»Bis bald, Bruni. Die nächsten Pommes geht auf mich!«

Schon eine halbe Stunde später betrete ich vollbepackt bis unter beide Achseln den Kleintümpelshausner Frisiersalon. Ich hatte Bruni nach der Adresse gefragt. Mein Haar hätte es dringendst nötig. Sie sind aber auch echt lang, stehen fast an den Ohren an. Wenn ich die Ohren hochziehe! Zuvor war ich im Delikatessenladen. Eine Flasche Dom Perignon des Jahrgangs 2003. Rose, den liebt Rebecca. Kostet 3500.- die Flasche. Marzipan-Pralinen mit Feingold. Die liebt Rebecca auch. Langstielige, rosarote Rosen, Rebecca steht drauf, und ein Fotobuch mit Katzenbildern. Die findet Rebecca putzig. Diese Infos habe ich von Walburga, meiner Hellseherin. Die sitzt in München und schaut per Glaskugel zu, was ich hier so alles treibe. Eigentlich hatte ich Rebecca noch ein handsigniertes Buch von mit mitbringen wollen, doch Walburga hatte gemeint, Rebecca lese nur Arzt- und Heimat-Romane. Nachdem ich die Sachen auf der Frisierkommode abgelegt habe, frage ich sie etwas. Sie nickt.

»Eine Stunde, Fredy«, meint Rebecca.

»Stunde ist gut, Becca, man muss es ja nicht übertreiben.

Muss ich auf irgendetwas aufpassen?«

»Nein, das mach ich schon. Mach einfach. Aber psst! Das muss unter uns bleiben!«

»Indianerehrenwort, Becca!«

*

Bis kurz vor 3 laufe ich durch Kleintümpelshausen, schau mit dies und das an, dann gehe ich ins Rathaus, wo ich auch gleich von zwei drolligen Chihuahuas begrüßt werde. *Nanu,* denke ich, *plötzlich so handsam?* Dann merke ich, dass es bloß zwei Keramikfiguren sind, die jedoch täuschend echt aussehen. Die echten keifen mich da an, als ich Brunis Büro betrete.

»Schnauze, Max! Halts Maul, Moritz! Hallo, Fredy, wie war der Friseurbesuch? Steht dir gut, der Kurzhaarschnitt.«

»Ja, finde ich auch, Bruni. Eine volle Stunde haben sie an mir rumgeschnipselt – zu dritt!« *Mann, geht Lügen schwer.* »Bis morgen Mittag bin ich noch hier, Bruni, dann muss ich mich leider wieder zurückbeamen. Meine Blumen, sie sind am Verdursten. Ich hab aber zuvor noch etwas Wichtiges zu tun. Ich melde mich noch mal bei dir, falls ich dazu danach noch in der Lage bin.«

»Du Ärmster, Fredy. Du machst aber auch immer Sachen, die dich bis hart an deine Grenzen bringen.«

»Mach dir keine Sorgen, Bruni, was sein muss, muss sein. Ich nehme morgen Früh die Doppeltration Vitamin B 1-12. Die halten mich auf Trab wie den Hengst beim ...«

Eins von Brunis Schoßhündchen pinkelt mir noch rasch ans Bein, dann öffnet sich die zweiflügelige Tür. Diese hat oben einen im Rahmen versteckten Gesichtsscanner, dann mache ich mich vom Kleintümpelshausner Rathausacker.

Hart! Ein Jahr ohne Bewährung für Falschparken, denke ich, als ich unter Lebensgefahr die achtspurige Hauptstraße überquere. Die einzige Ampel ist noch immer defekt.

*

Ein neuer Tag bricht an. Ich fühle mich frisch, aber nicht neu. Aber auch nicht älter als gestern. Ist ja auch schon mal was, bin auch schon anders aus dem Schlaf erwacht. Meine Morgentoilette ist rasch erledigt, das Anziehen geht fix und mein Frühstück ist geschwind verspeist. Mal sehen, was der Tag heute bringt. Ich fühle mich jedenfalls gut vorbereitet. Ich bin gespannt, denn ich habe gleich ein Rendezvous. Es wird nicht einfach. Wahrscheinlich wird es sogar ein harter, sehr schweißtreibender „Kampf".

Ich bin etwas früh dran. Zehn Uhr hatten wir ausgemacht. Also schlendere ich gemütlich die Hauptstraße entlang. Sie ist der reinste Wahnsinn. Wenn ich da an den Mittleren Ring in München denke. Zehn Minuten bin ich schon unterwegs, hab aber bislang weder ein Auto, ein Mofa, einen E-Scooter noch Fischlastwagen gesehen. Und das in der Mega-City, in der 36 Bewohner daheim sind. In Kleintümpelshausen, dem Nabel der Welt.

Ich biege nach rechts ab. Die Straße lang, das letzte Haus, hat Rebecca gesagt. Die Hausnummer weiß ich nicht mehr, aber sie war sich sicher, ich würde es sehr schnell erkennen. Ich glaube jetzt nicht, dass das Haus rosa angestrichen sein wird, aber weiß man's? Rechts neben mir ist eine sehr hohe Mauer, und sie ist lang. Klar, wer hat schon gern Zaungäste.

Nach gut fünfhundertsechsundzwanzig Schritten stehe ich vor einem mächtigen Tor, das so dick zu sein scheint, dass man es nicht mal mit einem Panzer knacken könnte. Links neben dem Tor befindet sich ein kleines Kästchen, auf dem es die Tasten 0 bis 9 und ein # gibt. Erinnert mich irgendwie ans Prepaid-Handy aufladen. Gleich daneben ist ein Schild, auf dem ein Pfeil nach unten zeigt. Glocke. Bitte nur einmal läuten! Meine Adleraugen folgen dem Pfeil. Sie finden die Glocke sofort, die jedoch nur ein schwarzer, runder Knopf ist. Glocken sehen bei mir anders aus. Und sie klingeln auch anders, denke ich, als ich draufdrücke.

Plötzlich höre ich genau über mir ein leises Surren. Es ist eine - Kamera! 1,82 Meter über meinem Scheitel, sind sich mein linkes Auge und mein rechter Daumen einig. Ich gehe einen Ausfallschritt zur Seite, der Kasten mit der Linse folgt mir. Entweder wird die Kamera von Hand gesteuert, wie die Drohne von Brunis Sekretärin, oder sie hat einen Sensor. Ich ärgere sie ein bisschen. Einen Schritt nach rechts. *Ssst.* Nun einen nach links. *Ssst.* Haha, das ist lustig!

»Sie wurden erfolgreich autorisiert!«, höre ich plötzlich eine nach Blech klingende Stimme. Sie war aus dem Kasten mit den Zahlen gekommen. »Bitte geben Sie den geheimen Geheimcode ein!« *Aber sonst hast du keine Probleme? Den Geheimcode, wo soll ich ihn herkriegen? Rebecca hat nichts von Code oder Passwort gesagt. Soll ich 1,2,3,4 eintippen, einfach so, weil das Spaß macht? Oder soll ich auf Aladdin machen und laut Sesam öffne dich sagen?*

»Geheimcode lautet: 1,2,3,4. Bitte auf der Tastatur 1,2,3,4 eingeben und mit der Raute-Taste bestätigen.«

Ich krieg voll die Krise. *Verascht der mich jetzt?* Der, die Blechstimme ist nämlich männlich. *Also gut. 1,2,3 8.*

»Code falsch, bitte erneut eingeben!«

Beim Handy hat man drei Versuche. Soll ich? Nö, lieber nicht. Wenn ich mich dann beim 3ten aus Versehen vertippe, wird das nix mit dem Rendezvous. 1,2,3,4.

Klack! Ssst.

Das Tor öffnet sich. Vor mir liegt ein großer Hof, auf dem es aber weder Bäume noch Pflanzen gibt. Doch dafür zwei schwerbewaffnete Männer. Zum Glück zielen sie nicht auf mich.

»Sind Sie Herr ***el, Herr Alfred ***el?«

»Klar, aber das solltet ihr ja eigentlich wissen. Immerhin hat mich die Kamera vor dem Tor als mich erkannt.«

»Mitkommen! Zack, zack!«

Wow, ganz schon rauer Ton hier! Hoffentlich geht es drin etwas sanfter zu, ich steh nicht auf die harte Tour.

Ich werde durch zwei mit elektronischen Toren gesicherte lange Gänge geführt. Dann muss ich vor einer weiteren Tür warten, werde dort geparkt. Der Mann mit dem Schnellfeuergewehr, der mich hierhergeleitet hat, geht kurz rein, dann kommt er zurück. Ich darf eintreten.

»Hallo, Fredy, freue mich, dass du da bist«, begrüßt mich Rebecca mit lieblicher Stimme.

»Grüß dich, Becca. Ist ja wie ein Marathon, um bis zu dir zu kommen. Und die Waffen deiner Leibwächter. Du lebst wohl sehr gefährlich. Naja, kein Wunder. Hast sicher schon viele wegen Falschparken in den Knast geschickt. Die führen nichts Gutes im Schilde, wenn sie wieder rauskommen.«

»O ja, Fredy! Soll ich dich erst einmal ein bisschen durch mein Reich führen? Oder willst du gleich loslegen?«

»Was ist dir lieber, Becca? Wie war der Schampus?«

»Der Rose war lecker, die Pralinen auch. Die Rosen haben einen Ehrenplatz – auf dem Nachtkästchen. Und das Album mit den Katzenbabys. Oh, die sind ja so was von putzig! Da kriegt man doch gleich Lust, selber Kinder zu kriegen.«

Himmel bewahre mich!

»Da du mich so direkt gefragt hast, Fredymaus … Ich bin für gleich loslegen. Der Rundgang durch mein Gefängnis ist eh stinklangweilig.«

Ich befinde mich gerade im Kleintümpelshausner Hochsicherheitsknast! Nix gegen Fort Knox und St. Quentin, aber wenn man den Kleintümpelshausner Knast von innen sieht, dann überlegt man es sich dreimal, ob man die Tageszeitung aus dem Kasten, ohne zu bezahlen mitnimmt. Minimum 16 Monate würde es einem bei Richter Rebecca einbringen.

Warum ich überhaupt hier bin?

Als ich gestern der Natascha Nataschowitzka den Ringelblumenverband anlegte hatte, hat sie mir heimlich zugeflüstert, ich möge sie doch bitte im Knast besuchen. Es sei wichtig. Ich war daraufhin sofort zu Rebecca zum Friseur gegangen, habe ihr mit den Präsenten Honig um die samtweichen Lippen gelegt und sie darum gebeten, Natascha besuchen zu dürfen. Hätte ich ihr das Album mit den Katzenbabys nicht mitgebracht, hätte sie die Bitte abgelehnt. Das hatte sie mir gestanden, als mich mit einem dicken Wangenkuss wieder verabschiedet hatte.

Und nun sitzen wir im Gefängnisbüro und knobeln. Sie ist nicht nur Richter, sondern auch Knastdirektor.

»Ich lasse Natascha in einen der Besucherräume bringen, Fredy, dort seid ihr ungestört. Ich gebe euch den Raum, in dem es kein Mikrofon und auch keine Kamera gibt, da könnt ihr ungestört reden. Aber wie gesagt, eine Stunde! Äh, wenn du danach noch Lust hast, ich hab noch Schampus …«

Der Raum, den ich soeben betrat, er ist kalt. Nicht nur von der Zimmertemperatur her. Natascha sitzt schon am weißen Tisch und lächelt mir warm zu. Ich gehe auf sie zu und will ihr die Hand geben, doch der Aufseher, der an der Tür steht, verbietet es mir. Ich könnte ihr dabei eine geheime Geheimbotschaft zukommen lassen. Dann schließt er die Tür. Nicht von innen, und lässt uns alleine.

»Du willst mir etwas sagen, Natascha? Du meintest, es sei immens wichtig?«

»O ja, Fredy, das ist es auch!« Sie hat einen Stapel Papier vor sich liegen. »Ich weiß nicht, ob ich den Knast noch mal lebend verlassen werde. Du weißt ja, Rebecca …«

»Ich weiß Bescheid, Natascha. Du und Rebecca, ihr …«

»Sie hasst mich. Wundert mich eh, dass hier im Hof noch kein Schafott oder Scheiterhaufen steht. Aber dann wird sie mich halt in meiner Zelle vergiften. Pass gut auf, was du ihr sagst, Fredy, sonst sitzt du auch bald hier drin!«

Sollte ich den Worten einer Falschparkerin trauen?

»Was hast du auf dem Herzen, Nat? Ich kann vieles, aber ich werde dir nicht helfen, von hier auszubrechen.«

Sie schiebt mir ihren Papierstapel zu. »Du sollst mir nicht als Fluchthelfer dienlich sein, du sollst die Aufzeichnungen an dich nehmen und behüten wie deine royal-blauen Augen. Die hatten mir gestern schon so toll gefallen. Kein Mensch außer dir und mir darf sehen, was auf diesen Blättern steht! Erst wenn du damit das gemacht hast, worum ich dich gleich bitten werde, soll es die ganze Welt erfahren.«

»Und was ist das, Nat?« Nat ist das Kürzel für Natascha. »Pläne von Banken, die ich für dich ausrauben soll?«

»Nein, es sind die Memoiren von … Willi Willisen. Willi W. Er hat sie am Tag von seinem tragischen Ableben noch schnell aufgeschrieben. Als habe er sein Ende vorausgeahnt. Leider hatte Willi nicht die allerschönste Schrift. Ich jedenfalls, kann seine Sauklaue nicht entziffern.«

»Entbuchstabeln, Natascha. Ziffern sind Zahlen!«

»Hihi. Das ist Lustig. Das hab ich auch noch nie gemacht, im Knast gelacht. Kannst mich ruhig öfter besuchen, Fredy. Aber Spaß … hihi … beiseite. Ich habe die Aufzeichnungen heute Nacht präpariert. Es befinden sich also nun Hinweise auf den Seiten, die nur ich kenne. Und du wirst sie zu Hause mit einem Spezialcode entschlüsseln.«

Bah! Wau! Geil!

»Und der Code? 1,2,3,4. A, B, C, D?«

»Dödel.«

»Dödl, ohne e, Nat.«

»Hirni! Also, pass auf, Fredymaus…«

Sie flüstert mir den Code ins Ohr. Wegen der Wanze unter dem Tisch. Die entpuppt sich als Kaugummi. Himbeere.

»Du bist ganz schön gerissen, Natascha«, sage ich zu ihr. Sie grinst und meint, sollte ich Probleme haben mit den Unterlagen, ich wisse ja, wo sie derzeit zu finden sei. Ich solle aber nicht auf gut Glück versuchen, sie zu besuchen, ich soll mich zuerst informieren, ob sie noch lebe. Am besten in der Tageszeitung von Kleintümpelshausen oder in den Fernsehnachrichten von KT-TV1.

Wir beide machen noch ein Duett-Foto, von mir mach ich ein Single-Selfie, dann verabschiede ich mich. Aber nur von Natascha. An Rebeccas Büro komme ich ungesehen vorbei. Da der Code 1,2,3,4 bei allen Knasttüren funktioniert, habe ich keine Schwierigkeit, bald wieder ungesiebte Luft atmen zu können. Ich kann es mir jedoch vor dem Haupttor nicht verbeißen und grinse noch mal in die Kamera. Ich warte auf die gar nicht blechern klingende Stimme von Rebecca, aber stattdessen, höre ich nur: »Der Code lautet: 1,2,3,4.«

*

Da ich heute schon mehr als genug gelaufen bin, am Knast geht kein Bus, der würde nur die Ausbruchsquote erhöhten, nehme ich nicht die Treppe in den 87ten Stock, sondern den Paternoster. Es ist für mich eine der lustigsten Erfindungen. Geiler als Achterbahn, Riesenrad oder trojanisches Pferd. Die kommen aber gleich danach. Vor Bungeejump, Mars-Flug ohne Rückflugkarte oder Krabben pulen.

Ich bin im 85ten Stock des Kleintümpelshausner Rathauses, da höre ich schon bedrohliches Kläffen. Die Bestien besitzen ein echt gutes Näschen, denn sie wittern bereits mein Rasierwasser. Herb, männlich, betörend. Blöd ist nur, dass es auch bei weiblichen Kampf-Chihuahuas wirkt. Denn als ich aus der Rundfahrtenkabine steige, fällt mich die weibliche Bestie an. Das Männchen steht Schmiere.

Haha, hoho, wie das kitzelt! Die kleine Rackerin versucht gerade, meine rechte Wade zu zerfleischen. *Uh, haha.*

»Aus, Max!«

»Lass sie doch, Bruni. Ist besser als ein Waden-Massage-Sessel. Und warum Max, sie ist doch …«

»Ja, aber du siehst je selbst, wie burschikos sie ist.«

Aha!?? Soll ich mich jetzt Frederike nennen, weil ich mir

*hin und wieder meine Augenbrauen zupfe und die Haare aus
den Ohren schneide?*

»Komm, Maxi, der Onkel hat Leckerli dabei!« Die doofe
Nuss fällt darauf herein und dackelt mir hinterher. In Brunis
Büro werfe ich ihr den Knast-Himbeer-Kaugummi vor ihre
etwas zu kurzgeratenen Läufe. »Ja, der ist fein, gell?«

»Geil, Fredy, geil! Maxi-Max, du sollst nichts annehmen
von fremden Leuten! Aus! Bäh!«

»Mit sanfter Gewalt reißt Bruni dem Max den Kaugummi
aus dem riesigen Maul, haucht sie einmal an, dann steckt sie
ihn sich selber in den …

Igitt!!

Per Smartphon-Applikation macht Bruni in kürzester Zeit
aus dem Wasserbett wieder den bürotauglichen Ledersessel.
Ich lasse mich auf dem zweiten Sessel nieder. Dieser ist bei
weitem nicht so luxuriös. Keine Hausbar, kein DVD-Player,
nix 50-Zoll HDTV-Flachbild, null royal-blaue Puschen. Die
Microwelle für Pommes fehlt sowieso. Saftladen!

Ob ich hab alles erledigen können, fragt Brunhilde Maler,
die Oberbürgermeisterin von Kleintümpelshausen. Ich habe
vor, heute wieder in Heimat zu reisen. Nein, ich werde dies
ganz sicher tun, sonst lande ich bald in der Klapsmühle.

Ring, ring. Junge, komm bald …

Brunis Festnetzhörer springt von der Gabel.

»Oh, entschuldige, Fredy, aber da muss ich ran. Dringend. Die Rebecca … Hi, Rebecca, ist wer ausgebüxt?«

Sie schaltet den Lautsprecher laut – per App. Dauert! Erst den Hörer beiseitelegen, App im Handy suchen, Speaker an, App wieder wegdrücken, Handy auf Stand-by schalten.

»Verschreie es nicht, Brunhilde. Bin mir aber sicher, dass die Natascha bald ihren ersten Versuch starten wird. Hab im Besucherraum ein Abhörgerät montieren lassen. Kaugummi mit Himbeeren. Er ist weg. Ist zufällig der Fredy bei dir?«

»Nee, was sollte denn der Fredy bei mir? So viel ich weiß, beamt er sich heute wieder nach Hause. Vielleicht sitzt er ja schon im Beamer, seinem Joghurtbecher.«

»Du falsche Schlange, Bruni! Ich hab Fredy, als er bei mir im Gefängnisbüro war, einen Peilsender in die rechte Socke gesteckt. Das letzte Signal … rate mal, von wo es … Er muss den Sender entdeckt haben. Erst hat es in der Leitung knack, knack, knack getan, als würde ein kleines Hündchen darauf rumbeißen, dann habe ich auf den Kaugummi umgeschaltet, da hats dann geschmatzt, als habe ihn jemand im Mund, und nun ist tote Hose. Den Verlust des Senders kann ich ja noch verkraften, aber wenn der Kaugummi explodiert, zum Bei-spiel in deinem Büro, dann kannst du aber nicht nur deinen Wasserbett-Sessel vergessen. Krawummbumm! Und dann war dein schönes Rathaus mal.«

»Geil!« Bruni scheints zu gefallen. »Erst heut Morgen hab ich überlegt, ob ich nicht ein größeres Rathaus brauche. Äh, kann man den Kaugummi auch entschärfen, Rebecca?«

»Ja, ist im Prinzip ganz einfach. Verbindest ihn per USB mit einer Zahlentastatur. Handys, Laptop, Schreibmaschine, Taschenrechner, dieser muss noch nicht mal Wurzel ziehen können, dann gibst den genial-ultra-verzwickten geheimen Geheimcode ein – fertig, Bombe entschärft.«

»Bah, noch viel geiler, Rebecca! Und was mach ich dann damit?«

»Dann hast du einen stinknormalen Himbeer-Kaugummi, kannst ihn kauen, für Löcher in der Wand hernehmen oder unter einen Tisch kleben.«

Ich lasse die beiden Quasselstrippen weiterplappern, hole mir aus Brunis Kabelkiste ein USB-Kabel, stecke dieses an die Multi-Tastatur ihres Mischpults und den von ihr vorhin ausgespuckten Kaugummi und tippe: 1,2,3,4. Dann halte ich das Ohr ganz an den Kaugummi und stelle fest, er tickt nicht mehr. Ich setze zum Gegenschlag an.

»Hallo, Becca, gerade komm ich zu Tür rein, um mich bei der Bruni zu verabschieden. Sorry, dass ich nicht mehr bei dir vorbeigeschaut hab, aber mein Joghurtbecher ist auf eine bestimmte Uhrzeit vorprogrammiert.« Bruni zwinkert. »Ich schreib dir aber eine hübsche Ansichtskarte, sobald ich wieder original bayrischen Boden unter den Füßen spüre. Junge Miezekätzchen, die Marzipan-Pralinen naschen?«

»Nein, Katzen kommen mir nicht ins Haus, Fredy!«

»Nur auf der Karte, nicht bei dir daheim Beccamausi. Ich weiß doch, dass du eine krasse Katzenallergie hast.«

»Ach, Fredy, du bist süß. Putzig. Gutes Heimbeamen!«

»Danke, und lass den Schampus nicht schal werden.«

»Ist schon leer!«

Ich reiche Bruni den Hörer zurück, hebe die Hand, was in Bayern Tschüss heißt, dann verdrücke ich mich.

Bruni und Rebecca wissen es natürlich nicht, mit was ich wirklich verreise. Da Brunis Panoramafenster zur Meerseite hin liegt, brauche ich auch auf dem Weg zum Bahnhof nicht aufpassen. Da steige ich in die IC-Diesellok, nehme mir das Drehbuch von „Der Gefangene von Alcatraz" zur Hand und schmökere. Toller Film. *Schade, dass die Natascha nicht in einem Insel-Gefängnis einsitzt*, grüble ich. *Mit dem 8-Mann Schnellruderschlauchboot der Grönländer Feuerwehr wäre sie ruckzuck wieder frei.*

Kapitel 2

Was könnte es Schöneres geben, als im eigenen Bett aufzuwachen. Einen Becher schwarzen Kaffee ohne was drin zum Beispiel. Und die Zigarette danach. Nach dem ausgedehnten Schlaf. Nur ich und Fredy, mein Teddy, der zufällig meinen Namen trägt. Der Name ist nicht rechtlich geschützt.

Es ist noch sehr früh. Die Sonne schläft noch fest und der Mond versteckt sich hinter einer dicken Wolke. Ich steh am Fenster und paffe vor mich her. Kühler Wind geht und bläst mir um die Nase. Tausend Dinge gehen mir durch den Kopf. Explodierender Kaugummi, Socke mit Wanze, Rathaus mit Wasserbett, Kampf-Chihuahuas, Rebecca und Natascha, die sich auf den Tod nicht ausstehen können. Ist aber nicht mein Bier. Ich schließe das Fenster, werfe einen Blick zu meinem Schreibtisch, auf dem nun seit gestern Abend nicht nur mehr mein Laptop und die beiden Drucker stehen. Jetzt liegt dort auch noch ein Packen Papier. Lauter lose Blätter, nicht nummeriert. Zum Glück hatte ich sie zusammengefaltet, ehe ich sie mir ins Hemd gesteckt und aus dem Karzer geschmuggelt hatte. Nun liegen sie in meinem Wohnzimmer und wartet darauf, gelesen zu werden, was ich auch gleich mache. Oder es zumindest versuche. Natascha hatte recht. Willi hat echt eine furchtbare Sauklaue.

Das sind sie also - Willis Memoiren.

Willi Willisen! Kein anderer soll so durchtrieben, einfalls-
reich, verwandlungsfähig, fix mit seinem Colt, aber auch so
saudämlich gewesen sein wie Willi W.

Willi W. Vollwaise. Vollpfosten. Berufskiller!

Aber Willi scheint auch eine nostalgische Seite gehabt zu
haben, er hatte seine Erinnerungen mit Tusche geschrieben.
Das erkenne ich an den Tintenklecksen. Und er muss dabei
etwas getrunken und auch verschüttet haben, denn viele der
kaum lesbaren Worte sind verwischt, sind unlesbar. Wodka
oder Gin, ich kenne mich damit nicht aus. Aber die Papiere
riechen nach Alkohol. Bei Nostalgie denke ich an früher. Es
wird zwar steif behauptet, Willi soll keine Vorfahren gehabt
haben, aber das geht nicht. Jeder hat welche. Er kannte sie
nur nicht, oder doch? Mal sehen, vielleicht steht ja was in
seinen Memoiren.

*Oh Mann, wenn ich diese Schmiererei, die Hieroglyphen
irgendwann mal entbuchstabelt und ins Reine übersetzt hub,
wird man mich sicher für den Nobelpreis nominieren. Oder
mich in ein Einzelzimmer in der Klapsmühle stecken.*

Doch ehe ich sie jetzt lese, entschlüssle ich erst Nataschas
Geheimbotschaft. Die soll ja Hinweise auf Willis Leben ent-
halten, die noch kein Mensch*in kennt.

Genial wie ich nun mal bin, finde ich ein Land, eine Stadt und einen Namen und ein Datum heraus. Weiß jedoch nicht, was ich damit anfangen soll. Für jedes Problem gibt es eine Lösung, sagt der Volksmund, auch der bayrische.

Ringelingedingdingding. Katzeklo, Katzeklo …

»Ja?«

»Servus. Hai. Warum meldest du dich eigentlich nicht mit miau, miau, Rebecca, du Glanz der Nordseeküste.«

»Tolle Idee, Fredymaus. Geil!«

Piep. Piep. Piep.

Hä? Hat Becca aufgelegt? Ich mache Wahlwiederholung.

»Miau, miau.«

»Geil. Ein bisschen mehr hauchen, dann ist es … geil.«

»Ich kann sogar Schnurren, Fredy.« Sie tut es auch! »Was kann ich für dich tun, Fredyhäschen.«

»Das geht am Telefon leider nicht, Becca. Noch nicht. Ich lass mir aber was einfallen. Wer sich mit dem Joghurtbecher nach Kleintümpelshausen beamen kann, der findet auch für unser Problem eine geniale Lösung.«

»Geil!«

»Ganz anderes Thema, bin schon total rot, Frau Richterin. Kannst du mir die Natascha an die Hörmuschel werfen, ich hab gestern vergessen …«

»Natascha ist unpässlich. Sie hat Hausarrest. Darum muss sie die Kartoffeln für das Gefängnismittagessen auch heute in ihrer Zelle schälen. 3 Zentner. Sind aber viele große bei.«

»Mit einem Messer?«, frage ich entsetzt.

»Messer? Hast du einen Dachschaden, Fredy? Für was hat sie Finger- und Zehennägel? Moment, ich hole sie. Da kann sie am Rückweg gleich den Hof rausfegen. Ich achte bei den Häftlingen sehr darauf, dass ihr Tag abwechslungsreich ist.«

Es dauert 4:27 Minuten, schon ist Natascha am Hörer. Da sie allein ist, vermute ich eine Wanze in der Sprechmuschel. Nur gut, dass wir gestern eine Geheimcodesprache erfunden hatten. Eine Mischung aus Oxford-Englisch, Bayrisch, Ostfriesisch, Thai-Süd-West, Yoga, Berliner-Neuseeländisch, France, Polnisch, Spanisch und Mittelalthochdeutsch. Mehr Sprachen hat die Natascha leider nicht drauf, sonst hätte ich Japanisch, Portugiesisch und Grönländisch noch mit reingenommen. Naja, muss auch so gehen.

Wir sind grade fertig, ich habe alle nötigen Informationen, da höre ich Natascha nur noch schreien, die Sprechmuschel würde komisch verbrannt stinken, dann bricht das Gespräch ab … und die Wanze in der Sprechmuschel verglüht.

Ich weiß nun, wo ich ansetzen muss, um an Willisens Vorfahren zu kommen. Natascha hatte mir auch gesagt, ich solle Willis Unterlagen nicht nur lesen, ich solle auch aus allem, was ich dort herausfände, ein Buch machen. Aber dies so, als habe der Willi das Buch selbst geschrieben.

Willis Leben, seine Memoiren, als Roman, echt gute Idee, Natascha.

Auf geht's! Ich weiß auch schon, wie ich anfangen werde. Ich schlüpfe einfach in die Häute all jener Personen, auf die ich während meiner Recherche stoße. Mal bin ich ich selbst bei der Schreibarbeit, dann bin ich Willi Willisen bei einem Mordauftrag, dann seine scheinbar nie vorhanden gewesenen Eltern und Großeltern. Und ich eile dabei von Land zu Land und Kontinent zu Kontinent.

Ist das nicht cool? Genial? Ja, und total crazy!

Kapitel 3

Es war mal vor langer Zeit ...

Texas, Mittwoch, 6.6.1866. Fünf nach sechs Uhr abends. Regen. Viel Regen! Donner. Sehr lautes Gedonnerte. Blitze, aber nur ab und zu. Pferdegewieher, panisch. Hunderte von Bisons suhlen sich im tiefen Schlamm. Ein ausgehungerter Aasgeier kreist über der Farm. Sie ist riesig! Reicht so weit, wie Adleraugen sehen. Bei Nebel kann man nicht mal vom einen Ende bis zum anderen sehen. Bei heiter Sonne schon. Dreihundert Schritte im Quadrat, wenn man kurze Schritte macht. In Cowboystiefeln Größe 41 – maximal 42!

Der Aasgeier weiß, heut gibts noch Arbeit. Die Hebamme weiß, dass es heute Nacht so weit sein wird. Frische Tücher und siedend heißes Wasser stehen schon in der Hütte bereit. Eine Frau schreit, schreit wie am Spieß! Auf dem nahegelegen Hügel heulen Kojoten. Kojoten? Nein, Indianer!! Sie sind vom berüchtigten Stamm der Blausocken. Man erkennt sie an dem grünen Ahornblatt, das sie stets im Haar stecken haben. Im Herbst ist es erst gelb, dann braun. Im Winter tragen sie Lorbeerkränze. Ihre Squaws Schafswollmützen, die sie mit bunten Glasperlen bekleben.

Die Pfeile der Blausocken sind spitz. Autsch! Die Krieger sind meist unsichtbar. Sie heulen wie Kojoten, klappern wie Schlangen oder brüllen wie Bisons. Noch liegen sie auf der Lauer und lauern, schleichen sich noch nicht an. Weder die Hochschwangere noch die käseblonde Hebamme mit den holländischen Wurzeln noch der Gatte, der werdender Vater ist, spüren, welche Gefahr ihnen von draußen droht.

Der Gatte ist nervös. Wird es ein strammer Erbe? Wird es eine gute Köchin? War damals so! Er hat schon die Flasche Bourbon vor sich. Made in Tennessee steht auf dem Etikett, das er jedoch nicht mehr klar erkennen kann. Dann springt der Zeiger der Pendelstanduhr auf Punkt sechs nach sechs.

6.6.1866, 6 Uhr 6.

Noch einmal presst die werdende Mutter, sie ist achtzehn. Erst schreit sie, sechs Sekunden später quakt ein Baby. Der Vater springt auf, holt vier Gläser aus dem Küchenbuffet, in dem Bussyscheiben eingelassen sind.

6.6.1866, 6 Uhr 6 und 6 Sekunden.

Das Haus ist sehr geräumig, hat aber keinen Speicher. Es ist also mehr ein Bungalow. Vier Zimmer, Küche, Bad steht direkt vor der Haustür. Die Terrasse ist Südseite, nur Sonne. Wenn sie mal scheint. Und wenn, dann saufen die dreizehn Mustangs die Badewanne leer. Im Keller lagern Sachen wie Whiskey, Weiße Bohnen, Whiskey, Speck, Zigarettentabak,

Schnaps, Rote Bohnen, Whiskey, und Mehrwegwindeln.

»Ahhh! Bah! Igitt!!!«, schreit die Hebamme, nachdem sie das winzige Lebewesen an den riesigen Ohren durch das heiße Wasser gezogen hat. »Was hast dir denn da andrehen lassen, Uschi! Mit dem darfst aber nur nachts Gassigehen!«

»Was ist?«, ruft der frischgebackene Vater, dem der Sohn wie aus dem Gesicht geschnitten ähnlich sieht. Fast hätte er die Whiskeyflasche fallenlassen.

Die Mutter des Kindes liegt im Koma. Die Hebamme hat sie eindringlich vorgewarnt, trotzdem hat sie das Kind sehen wollen.

»Komm lieber nicht rüber, Emil, dein Sohn«, erwidert die Hebamme. Sie will noch etwas sagen, aber es ist zu spät.

Donnernd fliegt die Tür im Schlafkammer auf. Emil hatte gehofft, er könne mit allen, auch mit seinem Sohn, anstoßen, doch als er ihn sieht, säuft er die Pulle auf Ex aus. So etwas Furchtbares hat er noch nie gesehen. Es war, als habe er in einen Spiegel geschaut.

Der Knabe, den seine Eltern Wilhelmus benennen wollen, hat rotblondes Haar, Segelohren und lange, krumme Finger, die sich bestens dazu eignen, einen Colt halten zu können. Wie es in seinem Kopf aussieht, kann man leider noch nicht sehen, aber die Hebamme meint, viel könne nicht drin sein, der Junge habe sehr starkes Untergewicht, vor allem in der oberen Körperregion. So sehr sich Emil auch einen Sohn gewünscht hat, aber das, was da in der Wiege im Stroh ruht, ist kein künftiger Rancher, der Rindviecher über die Weide treibt. Allein schon das zaghafte, kaum hörbare Quaken, das sich so anhört, als habe man einem Frosch das Maul zugeklebt. *Wenn der einmal ein Lasso schwingt,* denkt Emil, *das verfängt sich vielleicht in seinen riesigen Ohren, aber nicht in den Beinen eines schnaubenden Bullen. Sein Haar ist wie ein rotes Lagerfeuer im Nebel. Oder sieht genauso aus wie das des Pianospielers in der Bar, in der Uschi arbeitet.*

Als Uschi wieder zu sich kommt, hat die Antje-Marie, die Hebamme, den Kinderwagen bereits so hingedreht, dass der Knabe vom Bett aus nicht mehr zu sehen ist.

Quiek, quiek.

»Und schnarchen tut Wilhelmus auch, Emil! Wenn er mir gehören würde, ich würde ihn sofort verkaufen. Ah nein, so Dumme gibt's nirgends, die dafür Geld hinblättern würden. Verschenken würde ich ihn. Wer weiß, was aus dem einmal wird. Ein Arbeiter, der nur in der Nachtschicht und allein in einer Mine Erz abbaut. Aber mit den krummen Fingern, der könnte nicht mal eine Fidel halten, geschweige eine Spitzhacke oder Whiskeyflasche.«

Emil nickt. Auch er sieht für die Zukunft des Knaben kein Licht am Ende des Eisenbahntunnels. »Uschi, ich glaub, die

Antje-Marie hat recht. Entweder geschieht bald ein Wunder, andernfalls setzte ich ihn in ein Körbchen und lasse ihn den Rio Grande runtersegeln. Nur Wind braucht er dazu, Segelohren hat er ja schon.«

Auch Uschi ist traurig. »Aber mach es nachts, Emil, damit die Nachbarin nix mitkriegen. Du weißt ja, die Huberin, die hat auch so riesige Ohren. Leider auch die passenden Augen dazu. Der kommt nix aus, die ist ein Mistvieh. Wie wäre es, wenn wir ihr den Wilhelmus einfach vor ihre Tür legen. Bei Nacht, Nebel und Sonnenfinsternis. Die ist so strohblöd, die Huberin, die denkt dann, der Wilhelmus ist ihr eigen Fleisch und Blut. Letztens hat sie sogar vergessen, weiße und bunte Wäsche vor dem waschen im Rio Grande zu trennen. O mei, wie kann man bloß so bescheuert sein. Getobt hat ihr Gatte. Seine weißen Rodeo-Lieblingssocken waren genauso rosa, wie ihr rosaroter Petticoat!«

»Der damischen Hexe willst den Wilhelmus andrehen?«, jammert Emil. »Nein, da schleiche ich mich ja lieber zu dem Indianerdorf in unserer Nähe und fessle Wilhelmus an einen Marterpfahl. Da traut sich dann keine Kavallerie mehr, das Dorf zu überfallen.«

»Und dich binden sie an den selbst geschnitzten Maibaum daneben, Emil, weil du beim dich Anschleichen solch einen Höllenlärm machst, dass der taube Indianerhäuptling sogar die Flöhe husten hört«, wirft Antje-Marie eine Beschwerde ein. »Wie heißt der Häuptling gleich wieder?«

»Wau-Uff-Ahiahouu«, weiß Uschi. »Das heißt bei uns so viel wie: Der Taube, der die Flöhe husten hört, wenn sie sich ein Bleichgesicht anschleichen.«

»Ja, ja«, nickt Emil. »Sein Sohn heißt Waawaha Hamham. Der einäugige Sohn des tauben Häuptlings sieht schärfer als ein Falke in achttausend Meilen Höhe und der Thermik von 1032 Hektopascal ein rosarotes Schaf sehen kann, heißt die freie Übersetzung ins Cowboy-Deutsch«, meint Emil.

Die Nacht war ruhig geblieben, das Gewitter nicht. Es hat einfach nicht weiterziehen wollen. Auch die Indianer hatten bei dem Sauwetter keine Lust gehabt, sich von der Stelle zu rühren. Aber was sagt der Volksmund im Wilden Westen?

Neuer Tag, neues Spiel. Der Regen hörte auf.

Die Indianer würfelten mit abgenagten Hühnerbeinen aus, wer als arbeitssuchender Cowboy getarnt an der Ranch, die noch im Tiefschlaf lag, anklopfen dürfe. Sobald ihm die Tür geöffnet werde, würden die anderen … und so weiter.

Klopf, klopf.

Die Klingel gab es noch nicht. Nur das kleine Glöckchen. Doch das hatte Emil wieder abmontieren müssen. Bei jedem Tornado oder Hurrikan hat das blöde Ding geschellt, bis die Uschi Migräne bekommen hat. Das war für Emil schlimmer gewesen, als würde man ihm für drei Stunden den Whiskey verbieten.

»Wilhelmus, hörst du nicht, es hatte geklopft! Steh auf du Nichtsnutz und schau nach wer draußen ist. Wenn es wieder der Vertreter für die Brandversicherung ist, erschieße ihn!«

»Der Bub kann noch nicht laufen, Emil.« meint Uschi, die dem Knaben gerade die Brust gibt.

»Was kann der überhaupt, Weib?«

»In die Windel scheißen, sie ist voll. Und die Antje-Marie ist gerade am Rio Grande und wäscht die Windel von letzter Nacht aus. Und dein Hemd, Emil, das du vor lauter Whiskey saufen vollgekotzt hast. Musst also selber an die Tür.«

Poch, poch!

»He, reiß dich ja zusammen, wer auch immer vor der Tür stehen mag! Ich komm ja schon.«

Emil macht erst die Kette vor, dann öffnet er die Tür einen kleinen Spalt. »Uschi, es ist nur schon wieder einer von den verkleideten Blausocken-Indianern, kein Vertreter!«

»Dem Himmel sei Dank, Emil!«

»Und jetzt zu dir, Bürscherl! Wenn ihr Deppen uns schon überfallen wollt, wascht euch wenigstens vorher die scheuß-liche Schminke aus der Visage! Das hab ich euch nun schon mindestens hundert Mal gesagt. Weiß dein Vater überhaupt, was du den ganzen Tag so treibst? Geh lieber in die Schule und lerne, wie man einen leckeren Bohneneintopf kocht. Du kannst aber auch auf die Uni gehen und BWL studieren.«

»Pst, Bleichgesicht, rede nicht so laut. Mein Vater und die anderen stehen ums Eck rum. Ich hab nämlich wirklich vor, auf eine Uni zu gehen. In Oxford, England!«

Emil faltet die Hände zum Gebet, sieht zum Himmel und sagt: »Danke euch allen dort oben, dass ihr mich und Uschi erhört habt. Danke!« Er als Cowboy sagt natürlich thanks. Zur Begrüßung sagt man im Wilden Westen: howdy, heißt in Bayern: Servus. Dann klopft er dem Häuptlingssohn auf die Schulter. »Oxford sagst du? Das trifft sich gut. Ich hätte in meiner bescheidenen Hütte einen Präsentkorb, der müsste auch nach Oxford. Wenn du ihn mitnimmst, bezahle ich dir die Studi … die halben Studiengebühren. Wann fährst du?«

»Noch heute Nacht«, gibt der Indianer zurück. »Ich fahre erst mit dem Mississippi-Dampfer ans Meer und von da aus mit einem großen Schiff, das ständig Rauchzeichen gibt aus seinem schiefen Schornstein, weiter nach good old England. Von der Küste aus geht es dann …«

»Schön für mich … äh, für dich. Klopf vor deiner Abreise bei mir an, da gebe ich dir dann den Korb mit. Das Geld fürs Studium kriegst du, wenn du das Examen in der Tasche hast und wieder zurück bist.«

»Hug!« Heißt: passt schon, ich hab ein Stipendium. »Ich habe in England, Britannien, wie die Briten es nennen, einen Onkel, den Mac Macford. Und der ist in der Uni …«

Plötzlich heult ums Hauseck herum ein Kojote. Nur ganz leise, aber doch so laut, dass der Indianer seinen Kopf nach rechts dreht.

»Pst, Sohn, der du mit nur einem Auge besser siehst als ein … Was ist los, keiner zu Hause?«

»Doch, Daddy, aber das Bleichgesicht meinte eben, er hat weder Feuerwasser noch Cash daheim. Er kommt aber erst morgen wieder in die City. Wäre nett von uns, wenn wir ihn erst morgen Nachmittag oder besser übermorgen überfallen würden, sonst würden wir jetzt mit leeren Händen abziehen. Ich hab mit ihm übermorgen um drei ausgemacht. Bis dahin hat seine Frau, die Uschi, Kaffee und Kuchen hergerichtet. Nett von ihr, gell? Ich werde ihr dafür einen schönen Kaktus und den Skalp ihres Bruders mitbringen. Der hängt eh bloß in meinen Wigwam rum und verstaubt.«

»Gut gemacht, Sohn, der du mit nur … Dann lass uns nun wieder gehen, die Sonne erhellt bald den Tag, und du musst noch zum Angeln gehen, sonst gibt's heute kein Frühstück.« Der Indianerhäuptling tritt hinter dem Hauseck hervor, hebt eine Hand, nickt dem Bleichgesicht zu, dann verschwinden er und sein Sohn gen dem Hügel, hinter dem sie die ganze

Nacht über bei Sturm und Sauwetter gelauert hatten. Hinter ihnen robben zwanzig Gebüsche, aus denen mit Mokassins bekleidete Füße schauen, ebenfalls davon.

Es ist Nacht, die Tipi-Uhren schlagen 2 Rauchzeichen, es ist 2 nach Geisterstunde, da klopft es an der Ranch. Dreimal lang, dreimal kurz, dreimal lang. So, wie sie es ausgemacht hatten, der Indianersohn und der Kuhhirte.

Langsam öffnet sich die Tür. Antje-Marie hält eine Kerze in der Hand. Bienenwachs, selbst gezogen. Macht schöneres Licht als diese einfachen Dinger, die man bei jedem Kramer für ein Dollar achtzig bekommt. Emil hat ein mit Stroh und einer blauen Decke ausgekleidetes Weidekörbchen in seiner Hand. Uschi hat ein Paket. Ein in die gestrige Tageszeitung eingewickeltes Stück Marmorkuchen mit Goji-Beeren. Hat ihn nach dem lecker Abendessen, Bohnen, Südtiroler Speck und Bratkartoffeln, noch schnell gebacken. Sie übergibt das Päckchen dem Indianersohn, dem schon die Zunge bis zum Boden runterhängt.

»Danke Uschi. So eine Frau, die Marmorkuchen mit Gojis backt, wünsche ich mir auch. Aber mein Vater. Eine Squaw soll Muschelketten und Lorbeerkränze basteln können, aber nicht backen. Und ein Herd würde ihm jetzt sowieso nicht mehr ins Wigwam kommen. Wisst ihr warum? Neulich war so ein Vertreter für Brandversicherungen bei uns im Dorf.

Vater hat für jedes Zelt so eine Versicherung abgeschlossen.
Nun haben wir siebenunddreißig Policen daheim und dürfen
kein offenes Feuer mehr machen. Mutwilligkeitsklausel hat
der Versicherungsmensch erklärt. Bloß noch Kerzen hinter
Glas sind jetzt erlaubt. Nix mehr mit ums Lagerfeuer tanzen
und Regenwetter herbeibeschwören. Wisst ihr, wie lang das
dauert, bis ein Bison eine resche Kruste kriegt, wenn du ihn
über einer Kerze grillst, die hinter Glas steht?«

»Wann sagtest du, geht dein Rio Grande-Dampfer?«, fällt
ihm Emil ins Wort.

»O, caramba! Jetzt muss ich mich aber sputen!« Er nimmt
Emil das Körbchen ab, Uschi legt ihm noch den Kuchen rein
und Antje-Marie klemmt ihm ne Pulle Tennessee-Whiskey
unter die Achsel. Möge Manitu stets mit dir sein, sagen die
Weißhäute im Chor. Der Häuptlingssohn ist gerührt.

»Mögen Uncle Sam und du, Emil, vor der Prohibition ver-
schont bleiben. Hug!«

»Ist schon gut, Häuptlingssohn, der mit nur einem … Ach,
ich hab auch noch ein paar frische Windeln und einen Liter
Bisonmilch mit ins Körbchen rein. Gute Reise.«

»Pass auf, dass der Wilhelmus nach jeder Mahlzeit immer
schön Bäuerchen macht«, meint die besorgte Hebamme.

Als der Indianer außer Sicht ist, köpfen die drei ein paar
Pullen. Kentucky Whiskey und kalifornischen Weißwein.

Sternhagelblau reitet Emil in die nur vier Meilen entfernt gelegen Stadt. Uschi und Antje-Marie ahnen Arges. Und so folgen ihm - in der offenen Sonntagskutsche. Wie von den beiden befürchtet, hält Emil seine Mähre mit einem laschen Zug an den Zügeln vor dem Saloon an, in dem es schon am Nachmittag hoch her geht. Er fällt vom Gaul. Von Kopf bis zu den Sporen voll mit Wüstensand betritt er das Lokal und torkelt zielstrebig an die Bar.

»Whiskey«, lallt er den Barkeeper an. »Doppelt, ohne Eis, nicht gerührt … «

Er stockt, denn der Pianist klimpert ein Lied, das Lied, das er auch bei Uschis und Emils Hochzeit gespielt hatte.

Komm, hol das Lasso ...

Emil kippt den Whiskey auf Ex runter. Da er sich nun Mut angetrunken hat, geht er zum Pianisten. Sein Colt, Kaliber 9,75, hängt locker an der rechten Hüfte.

»He, du da!«

Der Pianist dreht den Kopf, spielt aber weiter. »Ich?«

»Hauw! Das heißt auf Cowboyisch: Ja, du Hurensohn, der fremde Frauen schwängert, damit sie ein Kind mit krummen Fingern und Segelohren gebären. Meinst du, ich weiß nicht, dass der Wilhelmus von dir ist?«

Der Pianist hat zwar arg krumme Finger, aber nur dann,

wenn er an seinem Piano sitzt, aber er hat keine übermäßig große Ohren, die Haarfarbe passt auch nicht, um der Vater von Wilhelmus zu sein. Doch das merkt Emil in seinem jetzigen Zustand nicht.

»Ich fordere dich zum Duell!«

Der Tastenkünstler beendet sein Spiel, klappt den Deckel seines Klaviers zu und erhebt sich. Er ist nicht nur im einen ganzen Kopf größer als Emil, er ist zudem auch nüchtern.

»Gut, lass uns vor die Doppelschwingtür gehen. Du hast drei Sekunden, um dich zu entschuldigen, wenn nicht, dann wird deine hässliche Visage in einem Sarg enden.«

Das ungleiche Paar geht auf die Straße. Der Sheriff sitzt in einem Schaukelstuhl vor seinem Office. Im Haus neben dem Office wird genagelt. Es ist das Beerdigungsinstitut, in dem es die allerschönsten und stabilsten Särge aus getrocknetem Kakteenholz von ganz Texas gibt.

Emil geht links, der Pianomann schwenkt nach rechts. Es sind nur zwanzig Schritte, die sie voneinander trennen. Emil streichelt den weißen Hirschgeweihgriff seines Colts. Er hat Kaliber 9,75. Sein Gegenüber zieht den Frack aus, legt ihn so zusammen, als würde er ihn gleich in den Kleiderschrank räumen. Doch er reicht ihn an den Pfarrer weiter, der in der linken Hand einen Rosenkranz hat.

Die Luft knistert, die Erde bebt. Dies aber nur, da Uschi

und Antje- Marie eben mit der Kutsche die mit neugierigen Leuten zugestopfte Hauptstraße entlanggedonnert kommen. Staub wird aufgewirbelt, als Uschi Handbremse und Zügel gleichzeitig zieht. Emil muss husten, er hat Gegenwind. Ob dieser jedoch so stark ist, das er das Duell beeinflusst? Eher nicht. Emils Schnapsfahne schon eher.

»Nicht, Emil, nicht! Denk an deinen So … Denk an mich! Wer schenkt mir am Hochzeitstag Kakteen, wenn du nicht mehr da bist?«

»Ich! Sogar Kakteen, die rosa blühen«, grinst der Pianist.

»He, macht doch mal ein bisschen schneller, ich habe die Bohnen auf dem Herd stehen«, ruft die Gattin des örtlichen Zeitungsverlegers aus ihrem Fenster. »Wenn die mir wegen eurer Lahmarschigkeit anbrennen, dann ziehe ich euch aber die Ohren lag! Ich zähl jetzt bis drei, dann wird geschossen! Oder ihr ritzt euch mit dem Trapper-Messer in die Arme und seid auf ewig Blutsbrüder! Eins … zwei … drei!«

Peng!

Nur ein Schuss war gefallen. Ist Emil so besoffen, dass er den Colt nicht schnell genug hat ziehen können? Doch, aber er hatte, als Wilhelmus zur Welt gekommen war, die Kugeln aus dem Colt entfernt und für den Nachwuchs unerreichbar aufs Küchenbuffet gelegt, wo sie auch noch immer liegen.

*

Den Emil gib es nicht mehr. Er ruht in einem hübschen Kakteensarg. Der Grabstein sieht einer Whiskeyfalsche zum verwechseln ähnlich. Ein rosarot blühender Kaktus steht auf seinem Grab, auf dem zudem ein Lorbeerkranz liegt.

Uschi heiratet den Pianisten, nimmt seinen Namen an und zieht mit ihm nach Florida, wo sie schon bald eine Strandbar und eine Surfschule eröffnen.

Antje-Marie schließt sich den Blausocken an und gibt bei ihnen Kochkurse in Niedrigtemperaturgaren.

Der Häuptlingssohn, der mit einem Auge besser sieht als ein … Er ist auf dem Weg nach Oxford, wo er, neben BWL studieren auch lernen will, wie man vollgeschissene Windel wechselt.

Und Wilhelmus? Der liegt im Körbchen und freut sich auf Oxford, wo er neben Englisch auch Whiskeybrennen lernen wird.

Kapitel 4

Bah, das war ja ein ganz schönes Stück harter Arbeit, dies alles rauszufinden. Ewig zwischen dem Jahr 1866 in Texas und dem Heute in München hin und her zu springen- das war gar nicht so einfach. Da hat mir die Natascha Nataschowitzka etwas Schönes eingebrockt. *Sie hat gar nix! Du hast nicht überlegt und einfach Ja gesagt, Fredy. Selber schuld!* Ich mache keine Selbstgespräche. Das eben war Willi Willisens Geist. Der meldet sich ab und zu und flüstert mir was in mein Hirn. Und er hat mir auch gesagt, dass Texas harmlos war gegen das, was mich noch alles erwarten wird, wenn ich seine Memoiren ganz lese. Ich soll mich schon mal drauf freuen. Ja, bin echt gespannt. Bislang kenne ich nur die Geschichte von Uschi und Emil im Anno 1866. Und das nur, weil Natascha mir den codierten Tipp mit dem Geburtenregister gegeben hat, in dem Wilhelmus Geburtsdatum steht. Leider konnte ich das nur online ansehen, nicht herunterladen. Kopierschutz! Was solls, die Sache ist gegessen. Jetzt bin ich dabei, Wilhelmus in England zu finden. Oxford, das war ja das Ziel des Häuptlingssohns gewesen. Ich bin auch schon da. Nicht in Oxford, England. Aber ich bin online da, habe mich nicht hin gebeamt. Ich bin daheim und sitze am

Laptop. Ich denke eben an das Jahr 1866. Es ist zwar schon über 150 Jahre her, aber es gibt auch heute noch Dinge von einst. Indianer, Bisons, Rio Grande, Hebammen, Feuerwasser, Bier. Kalifornischen Wein … Gabs den damals schon? Egal, der hat jedenfalls gut in das Kapitel „Emil und Uschi" gepasst. Cowboys gibt es sicher noch. In Las Vegas oder im Lichtspielhaus. Was es noch gibt … Versicherungsagenten für Feuerversicherungen.

Ich blättere in Willis Unterlagen, finde dort auch die von Natascha unsichtbar markierten Hinweise für mein nächstes Kapitel, notiere sie auf einem kleinen gelben Zettel. Und ich sehe dabei, dass es sich um das Jahr 1888 handelt.

Rrring. Sag mir wieviel Sternlein stehen …

Es ist Walburga, meine Hellseherin.

»Hallo, Fredy. Ich sehe, du stocherst gerade im Jahr 1888 herum und bist in England. Hoffentlich nicht in London. Da läuft nämlich ein Verrückter rum, der junge Mädels rippt.«

»Nein, Walburga, ich bin nicht in London. Du musst deine Glaskugel wieder mal polieren. Bin noch in München. Wird aber nicht mehr lange dauern, bis ich wieder auf Reisen geh. Aber zuvor muss ich noch mal nach Kleintümpelshausen.«

»Schöne Stadt. So riesig! 36 Einwohner hat die City. Das berichten zumindest die Tarotkarten. Aber auch da musst du gut aufpassen, wenn du dich wieder hin beamst, Fredy. Dort gibt es zwei Hexen. Die eine mischt Gift! Die andere ist eine falsche Schlange. Ich habe in meiner ganzen Laufbahn noch nie zwei Hexen-Karten auf einmal aufgedeckt! Aber ich hab auch den Joker auf dem Tisch der Zukunft liegen. Der Joker, das bist du, Fredy. Du bist ein braver, ein ganz lieber Joker. Einer, der helles Licht sogar ins dunkelste Dunkel bringt.«

»Ich habe es sehr eilig, Walli!«, würge ich sie ab. »Schick mir eine Brieftaube. Aber nur, wenn's echt wichtig ist.«

»Äh? Weiß ja nicht, ob dich die Bademode vom nächsten Sommer interessiert. Hab nämlich schon mal in die Zukunft der Modemacher*:/&%$-innen geschaut. Blümchenmuster wird nächsten Sommer in sein. Ups. Ich sehe gerade, das ist ja 2071, nicht 2025. Ach ja, weil du von 1888 sprichst …« *Wäre ja schön, wenn ich mal zu Wort kommen würde, Walburga*, sage ich zu mir in Gedanken. »Wenn du in 1888 ankommst, da ist gerade einer, der malt ein Bild.«

»Haben Maler so an sich, Walburga.«

»Grrr! Er malt ein Bild - mit Sonnenblumen. Wenn du ihn zufällig irgendwo triffst, bringst du mir das Bild mit? Es ist auch gar nicht teuer, zumindest 1888 noch nicht …«

»Geht klar, Walburga. Servus.«

Ein Bild mit Sonnenblumen. Dafür gibt doch kein Mensch Geld aus.

Warum ich es plötzlich so eilig habe? Ich muss dringendst

telefonieren. Mit Natascha. Ich weiß zwar jetzt, dass im Jahr 1888 was passieren wird, das direkt mit Willis Vorfahren zu tun hat, aber was ist mit den Jahren 1867 bis 1887? Was war die ganze Zeit über mit Wilhelmus? Ist er auf eine Uni und hat das Whiskeybrennen erlernt? Hat er eine Freundin? Was für eine Sprache spricht er in England? Fragen über Fragen.

Bim, bim. Kling Glöckchen klingelingeling ...

»Hallo, Cleopatra ... äh, entschuldige, Rebecca, aber ich mache gerade eine Zeitreise.«

»Mit deinem Joghurtbecher?«

»Nein, nur in Gedanken.«

»Gedanken? Wo liegt das denn? Hört sich nach Inseln an. Liegen die neben deinem Island de fresh Cocomilk?«

»Ungefähr, Zuckerhase. Der Klingelton, bist wohl schon auf deinem jährlichen Weihnachtstripp. Hast recht, ich muss auch langsam ans Geschenkekaufen denken. Was wünscht du dir vom Christkind?«

»Einen Katzenkalender mit 365 Bildchen. Es dürfen aber nur Bilder von Katzenbabys sein. Die sind soo putzig.«

»Keinen Schampus, keine Marzipanpralinen?«

»Du lässt mich ja nicht ausreden! Weißt du was, du Spielverderber, ich schreib dem Christkind einen Brief. Du hast ihn spätesten übermorgen im Briefkasten. Kannst ja derweil schon mal ´nen Kredit aufnehmen, Haus und Hof verkaufen, die Armbanduhr mit den Brillis verscherbeln und …«

»Wie geht's der Familie? Ich meine den Häftlingen/ins.

»Sind drei *innen.«

»Dann lebt Natascha noch? Toll! Kann ich sie mal …«

»Aber nur am Telefon, du alter Lustmolch. Hihi. Ich habe mir jetzt auch einen Zweitanschluss zugelegt. Ich muss die Haushaltskasse etwas aufbessern. Die Microwelle gibt bald den Geist auf. Und die Matjes-Brötchen sind zwanzig Pfennig teurer. Wenn das jetzt so weiter geht, mit dem alles teurer, muss ich mich bald nachts an den Randstein stellen.«

»Ruf mich an, wenn's so weit ist. Dann bringe ich dir eine Thermoskanne mit Eukalyptustee. Profilaxe, damit du dich am Bordstein nicht erkältest.«

»Du bist lieb, Fredy. Nein, putzig! Bleib dran, ich hole nur schnell die Natascha. Tschü-hüss!«

20 Minuten später ist Natascha am Telefon.

»Hallo, Fredy. Ich wusste, dass du mich bald anfunkst. Ist wohl doch nicht so leicht, wie du dachtest, dass es leicht sein würde. Aber was ist schon leicht. Ich musste heute das Dach vom Knast neu decken. Mit rosaroten Ziegeln! Ganz richtig ist die Rebecca nicht mehr. Jetzt kriegen wir einen Golfplatz und ein Freiluftkino. Mit Pommesbude! Geil!«

»Toll! Sag der Rebecca einen schönen Gruß von mir. Sag in meinem Namen, ihr braucht auch einen Wetterballon mit einem Korb für dreihundert Leute dran, dann könnt ihr auch Wochenendausflüge machen. Grönland. Nein, besser in ein Land, mit dem wir kein Auslieferungsabkommen haben.«

»Geil. Bist ein Schatz, Fredy. Du hast doch eine Insel.«

»Vergiss es, die ist sauber. Auf ihr gibt es auch keine Bank oder Tankstelle, die du und der, die das anderen 299 Häftlinge/*§innen, wenn ihr per Wetterballon die Kehre macht, überfallen könntet. Ich rufe dich ja auch nur an, weil ist ein kleines Problem mit den Jahren und dem Wilhelmus …«

»Hatte ich auch im dem einen Jahr Untersuchungshaft. Es geht erst 1888 weiter. Danach kommt wieder ein Sprung in die Zukunft.«

»Aha! Ich muss immer zuerst in die Vergangenheit, damit ich wieder in die Zukunft komme. Logisch. Sei mir gegrüßt, weiße Squaw. Howdy! Hug! Servus!«

Toll. Jetzt weiß ich zwar, dass Natascha noch am Leben ist … könnte mir ja eigentlich wurscht sein, aber momentan brauche ich sie noch. Zwecks eventuellen Rückfragen. Bin gespannt, wie sie den Knast-Golfplatz gestalten werden, so groß ist der Hof ja nun auch wieder nicht. Ah, etagenweise! Loch drei im dritten Stock, Sandkasten im neunten. Für die Caddys wäre es jedenfalls gut. Nicht mehr nachdackeln wie

Chihuahuas, oder Bälle einsammeln gehen. Die Schüsse ins Ofenrohr prallen an den Wänden ab und kommen von allein wieder zurück. Die Freiluftkinoleinwand werden sie an die Wand hängen, an der das drollige Graffiti von der Bruni, der Bürgermeisterin ist. Das haben sie toll hingekriegt. Wie sie am Ausguck eines Viermasters hängt … mit dem Kopf nach unten. Schön.

So, genug geschwärmt, es geht weiter. Ach ja, Nataschas Codierung, die ist eigentlich recht simpel. Man braucht nur Willis Memoiren und eine Nadel. Möglichst dünn sollte sie sein, sonst sehen die Blätter aus wie Schweizer Käse. Jeder Buchstabe und jede Zahl, die man jemandem mitteilen will, werden mit einem kleinen Loch versehen. Die Blätter gegen ein Licht halten und alle Löcher, durch die das Licht scheint, notieren. Schön sauber und der Reihe nach. Typisch deutsch halt. Und schon hat man einen oder mehrere Dinge auf dem Schmierzettel stehen. Ich mache es jedoch nur so lange, bis ein neuer Hinweis vollständig ist. Zwecks dem Durcheinanderkommen. 1866, Emil, Uschi - fertig. Jetzt habe ich 1888, Oxford und Onkel Mac Macford notiert. Damit sollte sich doch was anfangen lassen, oder?

Liebe Google. Ist eine sie. Die Suchmaschine. *Zeige mir bitte, ob es 1888 in Oxford einen Mac Macford gab. Oh, du bist aber schnell. Was sagst du? Ach so. Na gut, dann werde ich halt die Walburga noch mal anrufen. Tschü-hüss.*

Verlauf löschen? – Ja!

Ring. Hier ist die automatische Anrufbeantwortkugel von der Hellseherin Walburga. Die Herr und Meisterin ist eben auf dem Weiterbildungskursus für Fortgeschrittene – Teil 2: Fledermäuse melken leichtgemacht. Von der Rohmilch zum Zaubertrank. Danke für deinen Anruf, Fredy. Piep!

»Hallo, Walburga, wenn du …«

Surr, surr. Smoke on the Water …

Ah, mein Handy bimmelt. »Ja?«

»Hallo, Fredy …«

»Schon wieder zurück, Walburga?«

»Nö, habe doch jetzt eine Benachrichtigungs-App auf der Glaskugel. Was gibt's?«

Ich erkläre ihr das Problem und stehe nach zwei Sekunden vor dem Problem, dass Walli mir nicht weiterhelfen kann.

Wenn dir keiner helfen kann, dann hilf dir selber, heißt es so schön. Und da ich ein aufgewecktes Kerlchen bin, immer wenn mein Wecker klingelt, helfe ich mir selber. Ich gehe jetzt aber nicht ins Online-Zeitungsarchiv von Oxford und blättere dort alle Ausgaben, die je zwischen 1866 und 1888 erschienen sind, durch, ob ich einen Mac Macford und den Häuptlingssohn, der mit nur einem Auge … finde, sondern ich rufe bei der örtlichen Auskunft an. Mal sehen, ob die das

Wort wörtlich nehmen.

»Auskunft«, sagt die Lady auf Englisch.

»Hello, Mary, i am Baron Freiherr Graf von Kreusel. Can you … Ich suche den Mac Macford, er must live in Oxford. Oxford, du verstehen? Uncle Mac.«

»Restaurant?«

»Nein, Mac ist kein Restaurant, he is ein Uncle.«

»Gratulation, Sir. Girl or Boy? What's her Name?«

»Macford!«

»Oh, not good. Mary or William, but not Macford.«

»Have an schönen Day, Mary. Tschüss. Servus.«

War wohl nix. Ah, du bist meine letzte Rettung!«

Ring, ring. Alle Mann an Bord, wir legen ab!

»Hallo, Bruni, schöner Klingelton. Aber denk daran, bald ist Weihnachten. Ich such einen Mac Macford, der um 1866 bis 1888 gelebt haben muss … Nein, nicht bei euch. Oxford. Ihr Kleintümpelshausner kommt doch auf eurem Weg nach Grönland auch an England vorbei. … Ja, gehört nicht mehr zur EU. Hat einer eurer Matrosen früher mal in Oxford gewohnt oder studiert? Wau, toll, ist ja, geil. Hast du die alten Logbücher noch? … Sind online? Uff, du hast es echt drauf! … Ja, ich komme bald. Weihnachten … Wann? Um halb. Meine Joghurtbecher sind gewaschen, bereit zum Beamen.

Brücke Ende. Schiff ahoi!«

So, das wäre geklärt. Die Logbücher sind auch schon auf dem Laptop. Fix wie ich bin, werde ich schnell fündig. Ich notiere, was ich brauch, dann mach ich … einen Fehler! Ich lösche nicht den Verlauf, sondern die Logbücher! Hunderte Jahre Kleintümpelshausner Seefahrtsgeschichte, alles weg!

»Hallo Bruni. Hast du die Originale noch, oder zumindest eine elektronische Sicherheitskopie? Ja, Logbücher … Äh, ich hab mich einloggen wollen, aber irgendein so Idiot muss die Logbücher gelöscht haben … Ah, vernichtet, auch keine DVD gebrannt … Nein, keine Wolke am Himmel. Eine, wo man elektronischen Unterlagen reintun kann. … Ah, bei dir scheint die Sonne, keine Wolke am Himmel. Geil! Wenn du mal Zeit hast, frag mal die Natascha, ob sie eine Raubkopie hat … Ja, von den Logbüchern! Viel spaß noch beim Sonne anschauen. Tschüssikowsky!«

Ich hab, was ich brauche, nach mir die Springflut.

Der Häuptlingssohn war tatsächlich in England von Bord einen Schiffes gegangen. Aber nicht für lange. Zum einen hatte er weder eine Aufenthalts- noch eine Arbeitserlaubnis gehabt. Und das Schreiben mit seinem Stipendium war auch eine Spam. Einen seltenen Tomahawk und eine Squaw hatte er dafür hingeblättert. Das Körbchen mit Wilhelmus hatte er seinem Onkel Mac Macford noch geben dürfen, doch dann hatte man ihn stante pede wieder zurückgeschickt. Was aus ihm wurde? Weiß der Kuckuck. Und auch Wilhelmus' Spur war lange Zeit im Sande verlaufen. Doch dann hatte ich ihn wiedergefunden. Später. Nein, etwas später. Nein, noch viel später. Ja, heiß. Mehr heiß! Ja, jetzt, ganz heiß!

Aber da muss ich erst eine Nacht drüber schlafen. Muss morgen fit sein, denn mir steht eine lange Reise bevor. Nicht Bruni und Kleintümpelshausen. Bis Weihnachten dauert es ja noch. Ich reise in die Vergangenheit. Da sind Energie und Ausdauer gefragt. Die meiner Finger, denn die müssen doch schließlich die ganze Reise und die Erlebnisse dokumentieren. Taste für Taste. Komma für Komma. Punkt für Punkt.

Kapitel 5

Ich liege im Bett. Es ist morgen. Morgen nach gestern und Morgen in der Früh. Der Morgen vor morgen.

»Drei Minütchen. Noch immer drei Minuten. Und jetzt sind es noch immer drei Minütchen, kleiner Fredy.«

Ich rede mit meinem Kuschelteddy, der auch Fredy heißt. Er nickt. Er hat auch keinen Bock aufzustehen. Das Wetter Anfang Dezember ist aber auch wirklich zum nicht aufstehen wollen. Ich muss trotzdem, denn ich muss heute nach Anno 1888. Mein Teddy hat es schön, er darf liegenbleiben. Er kuschelt sich auch sofort in meine warme Bettdecke, als ich aufstehe. Er hat zwar selbst ein Bett mit Decke, aber er ist halt der Fredy. Und wenn ich es ihm verbiete, sich unter meine Bettdecke zu kuscheln, macht er es trotzdem. Da wartet er ab, bis ich ins Bad gehe … Schwups, schon liegt er in meinem Bett. Ich muss dann immer lachen. Ein Ohr oder Bein von ihm schaut immer unter der Bettdecke hervor.

Ich fahre den Laptop hoch. Brauche ich für die Zeitreise. Er ist auch schon fast oben, da …

Ring, klingding. Horch, was kommt von draußen …

Mein Advents-Klingelton.

»Hallo, Fredy, was …«

»Schinkennudeln mit Zucchini-Halbmonden.«

»Danke!«

Ring, klingding. Horch, was kommt …

»Was sind Zucchinihalbmonde, Fredy, du Meisterkoch.«

»Zucchini in Scheiben, diese halbieren, schon hast du pro Scheibe Zucchini zwei halbe Monde. Einer aufgehend, einer abnehmend. Dünsten, und leicht salzen nicht vergessen. Die Bandnudeln, den gewürfelten Schinken und Sauerrahm oder Schmand mit dazu, zum Finale noch einer Spritzer, das sind bei mir zwei Teelöffel, Olivenöl. Aber bitte ja nicht mit dem Mixer umrühren, Walburga. Tschüssikowsky!«

Ring, klingding. Horch …

»Woher …«

»Weil ich nicht nur das Beamen draufhabe. Oder wolltest du nicht wissen, was es bei mir heute zum Abendessen gibt? Du kannst statt Schinken auch Harzer Käse reintun, ist aber nicht jedermanns Geschmack. Hab es noch nie probiert. So, nun muss ich aber nach 1888, Walburga. Arrivederci!«

*

Oxford. Südengland. Mittwoch, 8.8.1888. Leichter Wind, es nieselt. Ich schlendere durch einen Stadtpark, dessen Namen ich nicht kenne. Bin ja eben erst im Jahr 1888 gelandet.

Aber dass ich in Oxford bin, weiß ich sicher. Denn auf dem Schild im Park steht: *Vorsicht, freilaufende Studenten. Bitte nicht füttern! Stadtverwaltung Oxford.*

Es steht natürlich in Oxford-Englisch drauf. Aber da ich ein Sprachgenie bin ... Uno, two, zero Points, übersetze ich es im Vorbeigehen. Without help, sagen die Oxforder. Hob i ganz aloa gmacht, sagt der Bayer - glaube ich. Der Park ist zu Ende. Links oder rechts. Da ich in England bin, gehe ich nach links, wo ich auf ein schlossartiges Herrenhaus treffe. Hohe Gitterstäbe mit spitzen Spitzen schützen das Anwesen vor ungebetenen Gästen. *Für einen Briefkasten hat es wohl nicht mehr gereicht*, denke ich, da ich keinen entdecke. Dafür sehe ich zwei Tafeln. Eine ist silbern mit Goldrand und goldenen Lettern daran. *Mac Macford*. Die andere Tafel ist eine von Hand geschriebene Personalsuchanzeige. *Spart die Kosten für eine teure Annonce*, denke ich bei mir.

Ich ziehe an der Schur neben dem Tor, schon bald kommt ein menschlicher Pinguin angedackelt.

»Yes?«, fragt der steif dastehende Mann in Frack.«

»Good morning, Sir. I am Mr. Kreusel. Ich komme wegen der Anzeige. Ihr sucht doch noch einen Gärtner, oder ist die Stelle schon weg? Ich hab einen Weihnachtskaktus und eine 25 cm Yucca-Palme daheim. Und Basilikum im Topf.«

»Kommen Sie doch herein, Herr ...«

»Fredy. Meine Freunde sagen Fredy.«

Bah, geil! Der Pinguin in groß spricht ja ein echtes, ast-reines German.

»Der gnä Herr, Mister Mac Macford, erwartet dich schon, Fredy. Du bist überpünktlich. Hast du schon mal …«

»Logisch! Sogar mit links!«

Wortlos führt er mich in einen riesengroßen Salon, in dem ich warten soll. Als ich den Kronleuchter über mir sehe, geh ich sofort acht Schritte zur Seite. *Wenn der dir auf die Birne fällt, bist du platt wie Scholle*, denke ich. Ich stelle eben fest, dass ich heute sehr viel denke. Aber dafür hat man … dafür haben ja die meisten Leute ihr Hirn. *Ausnahmen bestätigen die Regel*, denke ich bei mir. Es dauert auch nicht lange, da kommt der Butler zurückgewatschelt.

»Mister Mac Macford lässt bitten.«

Ich finde mich in einer kolossalen Bibliothek wieder. Und den Herrn des Hauses auch. Er hat graue Schläfen und sitzt in einem fetten Ohrensessel. Die Pfeife, die er im Mund hat, brennt nicht. *Sicher wegen der 187.436 Bücher*, denke ich. Da er nicht grüßt, mache ich es. »How, du bist doch der On-kel vom Waawaha Hamham, jenem Häuptlingssohn, der mit nur einem Auge …«

»Ja, yes. Du kennst Waawaha Hamam? Nimm doch Platz, Fredy. Willst du Scotch oder lieber Gin? Mit Eis oder Cola?

Hab auch Bitter Lemon, Ginger Ale und Spritz im Haus.«

Das glaubt mir die Walburga nie!

»Sodawasser ohne Kohlensäure, Onkel Mac. Du sprichst sehr gut Deutsch. Wie kommts?«

»Ach, lange Geschichte. War viel im Ausland. Zuerst als Student in Uppsala, danach ein Jahr Amerika. Dort habe ich gelernt, wie man Hamburger macht. Dann Paris. Dort hatte ich in einer Gummifabrik gearbeitet.« Er hat mein Grinsen gesehen. »Nein, nicht, was du jetzt denkst. Reifen, aus dem Gummi haben wir Reifen gemacht. Dort hab ich meine erste Frau kennengelernt. Hab mich aber nach nur zwei Monaten Ehe wieder scheiden lassen. Sie hat behauptet sie würde als Magd in einer Mühle arbeiten. Hab rausgefunden, dass die Rote Mühle gar kein Mehl produziert. Ich bin dann frustriert nach Heidelberg gefahren. Hab da von meinem Zimmer aus genau auf die Uni schauen können. Die hat mich aber nicht gereizt. Mein Deutsch habe ich in der Praxis gelernt. In den vielen Kneipen, die es dort rund um die Uni gab. Mein erstes deutsches Wort war: Arschloch. Dann Sauerkraut, Würstel und Eichenkatzenschweif.«

»Oachkatzlschwoaf.«

»Oder so. Und dann bin ich wieder nach Oxford, wo ich ab und zu mal einen Abstecher nach London machte. Börse. Habe dreimal spekuliert, schon war ich Milliardär. Äh. Du kommst aber nicht wirklich wegen der Stelle als Gärtner, oder, Fredy?«

Wir sitzen lange zusammen. Ich frage, er gibt Antworten. Um Punkt fünf läuten alle Oxforder Kirchenglocken. Nein, die Glocken von ganz England – inklusive Big Ben.

»It's teatime, Sir!« James, der steife Butler, war mit einem quiekenden und eiernden Servierwagen reingekommen. Er gießt uns je einen Tee ein, bei der Milch streike ich. Als er wieder draußen ist, schlürfen wir Tee. Logisch.

»Aha, Assam Ceylon Orange Pekoe«, schwärme ich. Hab ich mal auf einer Teepackung gelesen. Onkel Mac ist gerade dabei, die letzte meiner Fragen zu beantworten. Ich komme mir schon vor wie ein Reporter. Da ertönt plötzlich oben im ersten Stock ein furchtbarer Schrei. Noch ein Schrei. Es hört sich so an, als habe sich jemand die Hand an einem heißen Bügeleisen verbrutzelt. Doch auf der Empore erscheint eine aufgeregte Frau und plärrt: »Sir! Mister Mac Macford, es ist so weit! Das Baby, es kommt! Now! Jetzt! Avanti!«

Rasch werfe ich den Adlerblick zu der echt goldenen Pendelstanduhr. Es ist fünf Minuten vor achtzehn Uhr.

»Sorry, Fredy, aber du musst nun gehen. Dem Wilhelmus' sein Sohn, der Archie, er kommt gerade zur Welt.«

»Und wo ist Wilhelmus?«, frage ich.

»Der wurde leider gestern von einer Kutsche überfahren.

Dreimal! Ich vermute, es war Absicht. Mord. Der Fahrer ist zwar geflüchtet, doch ich hatte ihm zuvor noch mit meiner Armbrust einen Kopfschuss verpassen können.«

»Ups! Hatte der Wilhelmus Feinde im Königreich?«

»Ja, das ganze Königreich! Er hat nicht nur die Bank von London beraubt. Hat alles geklaut, was ihm in die krummen Finger kam. Nur an den Kronjuwelen ist er gescheitert. Ich hatte ihn hier versteckt, aber die von CI 5 finden wohl jeden. Wenn du willst, Fredy, an der Ausgangstür steht eine Dose mit leckeren Ingwer-Drops, bediene dich ruhig.«

So freundlich hatte mich noch niemand wieder loswerden wollen. Den Job als Gärtner lehne ich ab, als ihn mir der alte Mac noch schnell anbietet.

Ausgangstür? Das Ding musste früher mal das Doppeltor einer uneinnehmbaren Ritterburg gewesen sein.

Ich bleibe am Straßenrand stehen, da im ersten Stock des Palasts alle Fenster weit aufstehen. *Wegen Frischluft*, denke ich.

Ich lasse die Armbanduhr nicht aus dem Blick, die Fenster auch nicht. Plötzlich, es ist haargenau Mittwoch, 8.8.1888, 18.18 Uhr, schreit ein Säugling. *Das muss Archie sein*, hoffe ich. Dann kreischt eine Frau. Es ist die Hebamme …

»Um Himmels willen, Mister Mac! Nicht hinsehen! Diese Ohren! Diese Haare! Diese Finger! Ein Wunder! Unser Mac Wilhelmus, er ist soeben wiedergeboren!«

»Was? Warum? Muss das wirklich sein? Oh, Herr, warum strafst du mich auf so grausame Weise? «, ruft Mac entsetzt. »James, du hast doch auch was gegen Franzosen.«

»Yes, Sir, und wie! Die essen keine Fish and Chips, sondern Frösche!!!«

»Suche uns einen zuverlässigen Schleuser. Eine Million kriegt er, wenn er uns dieses Monster vom Hals schafft. Bar auf die Kralle! Und kein Wort zu niemanden, James. Das Kind ist bei der Geburt gestorben, falls seine Mutter danach fragt, ist das klar?!«

»Sir, die Sache ist schon so gut wie geritzt. Archie wurde nie geboren!«

Als würde ein gewaltiger Sturm aufziehen, gehen im Haus alle Fenster zu, auch die Fensterläden. Kein Ton dringt nach draußen. Aber ich habe Geduld, kauere hinter einem mannshohen Gebüsch und warte. Es wird dunkel, als eine Kutsche rasant das große Palasttor gen Straße passiert. Ich höre das leise Wimmern eines Babys. Nein, es hört sich eher an, als würde das Kind schadenfroh lachen, so als wäre es der Herr der Hölle in Person.

*

Ich bin wieder zurück im einundzwanzigsten Jahrhundert, und ich bin selig. Morgen werde ich wieder spurenlesen.

Es ist spät, ich hatte den ganzen Tag über nichts gegessen, darum mache ich mir ein paar Toastbrote. Mit echt italienischer Salami und Schwarzwälder Schinken. Dazu trinke ich stilles Wasser aus einem bayrischen Ort mit Namenszusatz Bad.

Gute Nacht England. Gute Nacht Teddy.

Kapitel 6

Ich war live dabei gewesen. Fast. Aber immerhin mit den Ohren. Ist doch auch was. Schade, dass ich Archie nicht hab sehen dürfen. Die Hebamme und Onkel Mac hatten geplärrt, als hätte sich vor ihnen die Hölle aufgetan. Es gibt doch da so schöne Bilder. Nicht von putzigen Katzen. Vom Höllenfeuer und dem hässlichen Teufel, der am Kopf zwei Hörner trägt. Total behaart und Klauenfüßen. So eins könnte ich mir doch eigentlich immer schnell an die Haustür kleben, bevor meine wissensdurstige Nachbarin, die Huber-Meier-Weber-Schmidt-Schmied-Wepps-Kleinschmitz klingelt. Haha, das Gesicht möchte ich sehen! Noch besser wäre, ich würde mir eine Satansmaske mit Hörnern zulegen. Muss ich doch glatt mal in Hollywood anrufen, ob die …

Ich weiß jetzt, dass Archie in der Nacht vom 8.8.1888 auf 9.8.1888 Oxford verlassen hatte. Zwar nicht freiwillig, aber sein dämonisches Gelächter hat gesagt, er freut sich auf die weite Welt. Was laut Mac Macford Frankreich sein dürfte.

Ich hole den Europa-Autoatlas im Maßstab 1:1,5 Million. Ups, da ist ja England noch drin, obwohl das nicht mehr … Egal. O nein, das ist sogar prima, dass mein Autoatlas nicht mehr ganz jung ist. Hi. Da steht sogar noch drin, dass man am Brenner mit ewig langen Wartezeiten zu rechnen habe. Die Zeit könne man aber gut nutzen, um DM in Lire umzutauschen. 1 Deutschmark = 1000 Lire. Da ist aber die Umtauschgebühr noch nicht bedacht. Getankt hatte man in Österreich. Glück dem, der damals Tankgutscheine für Italien in der Tasche hatte. Benzin war in Bella Italia teurer als Salz im Mittelalter.

Ich schlage die Doppelseite mit der nördlichen Küste von Frankreich auf. Blättere aber dann nach England. Wo würde ich von Oxford aus hinfahren, um so fix wie möglich nach Frankreich zu kommen. Ah, da! Southampton wäre ein sehr guter Startplatz. Von da nach Frankreich, mit einem flotten Dampfschiff dauert es nur ein paar Stunden. Ja, da setze ich an. Nordfrankreich-West. Und dann? *Hat der Mac nicht von Paris gesprochen? Nein, hat er nicht. Er hat nur den James gefragt, ob er die Franzosen auch nicht möge.*

Scheiße! Was, wenn sie Archie gar nicht nach Frankreich verschifft haben, wenn sie ihn irgendwo im englischen oder schottischen Urwald abgelegt haben. Und du hat ihn dann der Merlin gefunden, als er Zauberkräuter gesammelt hat.

Klingelingeling. I was lost in France ...

»Hai, Walburga. Warst du zufällig in Frankreich und hast dort deinen Zauberstab verloren?«

»Bon jour, Fredy. Nö, ich war nicht da, aber du reist heute noch nach Frankreich. Pack schon mal dein Hirn ein. Kannst du überhaupt Französisch?«

»Wozu, wir sind doch in Europa, da sind alle gleich. Und wenn nicht, sprachtechnisch meine ich, ich habe doch diese App. Danke heißt merci und so. Bongiorno heißt: steh endlich auf du Faultier. Mehr brauche ich nicht. Ich will ja nicht wissen, wo der Bahnhof ist. Schau doch mal in deine Glaskugel, Walli, ob die was über einen Archie weiß. Der ist am 8.8.1888 um 18 Uhr 18 in Oxford geboren.«

»Wer ist Archie, Fredy?«

»Der Sohn vom Mac Wilhelmus.«

»Dann ruf halt den Wilhelmus an. Als Vater muss er doch wissen, wo sich sein Sprössling rumtreibt.«

»Geht leider nicht, Wilhelmus hat einen Pfeil im Schädel. Und platter als eine Flunder ist er auch noch.«

»Nicht gut, Fredy. Tja, das kommt davon, wenn man sich die Bank von London vornimmt und ausraubt. Aber hätte er die Kronjuwelen geraubt, hätte man ihn nicht nur so auf die Schnelle überfahren und mit der Armbrust erschossen.«

»Hä, du weißt davon, Walli? Wie lange schon? Du hattest mir doch gesagt …«

»Die Leute reden viel, Fredy. Ich wollte nur einmal testen,

wie gut du im Detektivspielen bist. War echt super, wie du als angeblicher Experte für Grünzeug bis an Mac Macford herangekommen bist. Aber sei froh, dass du das Baby nicht gesehen hast. Die Alpträume würdest du deiner Lebtag lang nicht mehr loskriegen.«

»Du falsche Natter, Walburga! Du wusstest also, dass der Wilhelmus nicht mehr lebt, und dass er einen Sohn hat, der Archie heißt. Dann kannst du mir ja jetzt sicher helfen. Was ist mit Archie? Wo steckt er am 9.8.1888?«

»Hihi. Was habe ich eben zu dir gesagt? Pack schon mal dein Hirn ein. Viel Spaß beim Suchen, Fredy. Hihi.«

Piep, piep, piep, piep.

Mistvieh! Aber was soll's. Wenn die Walli erst mal ihren Dickschädel hat, dann könnte ich sogar zu Kreuze kriechen bei ihr, es würde nichts bringen.

Ich lade meinen Laptop, gehe mit der Maus an die Nord-Westküste Frankreichs, dann drücke ich auf die linke Taste der Maus.

*

Ah, herrlich. Dieser Ausblick, dazu der seichte Meerwind, daran könnte ich mich direkt gewöhnen. Jetzt ein Baguette mit französischer Salami und knackfrischem Salat, ein Glas rotem Traubensaft. Saft, keinen Wein. Wenn ich Archie finden will, muss ich einen klaren Kopf bewahren. Camembert

*darf auch nicht fehlen bei einer französischen Brotzeit. Und
das Ganze in einem endlos weiten Lavendelfeld genießen.*

*Sonst noch Wünsche? Erst wird gearbeitet. Ah, da vorne
ist ein Kirchturm. Wo Turm, Kirche nicht weit. Bah, damit
hätte ich Schiller und Goethe Konkurrenz gemacht.*

»Kirche nicht weit. Erhöre meine lieblich Worte, du holde
Maid. Du leuchtende Sonnenblume in der Nacht.«

Schön. Mir gefällts. Ich lese gern solch schmalzige Texte.
Da mache ich auch die passenden Gesten dazu. *Äh, wie geht
doch gleich die Geste für Sonnenblume in der Nacht?*

Ding Dong, Ding Dong ...

Zehnmal schlägt die Kirchturmuhr. 10 Uhr, leichte Brise.
Sie kommt von der Meerseite, ich habe Rückenwind, als ich
auf die Kirche und das dazugehörige Dorf zugehe.

Klein, aber fein ist das Dorf. Bewohnt ist es auch. Ich sehe
zwei ältere Frauen mit bunten Kopftüchern, die am Brunnen
mühevoll einen Eimer Wasser hochkurbeln. *Nanu, hat man
hier keine Wasserleitungen in den Küchen, wo man nur den
Hahn aufzudrehen braucht*, denke ich bei mir. Doch da fällt
mir ein, ich bin ja Anno Domini 1888, nicht im Heute.

Als mich die Frauen sehen, fangen sie sofort zu tuscheln
an. Es hält mich aber trotzdem nicht davon ab, auf sie zuzu-
gehen. Ich nicke und lächle. Dann frage ich sie, wo ich das
Rathaus fände. Sie lachen. Rathaus? Ich sei wohl noch nie

in dieser Gegend gewesen. Kirche, Gasthof, einige Häuser mit Zimmervermietung für Touristen – fertig. In der Stadt, sechs Kilometer von hier, da würde ich das Rathaus finden. Sie müssten auch immer in die Stadt laufen, würden sie ein amtliches Anliegen haben.

Sie sprechen französisch und machen dabei Gesten, daher verstehe ich sie auch halbwegs.

»Archie Mac Macford?«

Plötzlich schreien sie laut auf, werfen den Eimer mit dem Wasser in den Brunnen, bekreuzigen sich und laufen davon. Ich bin also auf der richtigen Spur. Archie muss heute Nacht oder kurz vor mir da gewesen sein. Natürlich in Begleitung. Ich nehme die Kurbel in die Hand, drehe daran, bis ich den Eimer greifen und auf dem Brunnenrand anstellen kann. Da am Rand ein verbogener Schöpfer liegt, muss ich auch nicht aus dem Eimer trinken.

Frisch gestärkt laufe ich los. Da es in der Richtung, in die die Frauen gezeigt hatten, bevor sie panisch geflohen waren, nur eine einzige Straße gibt, geh ich sie auch entlang. Straße ist stark übertrieben, sie ist lediglich ein staubiger Weg. Nur so breit, dass Kutschen und Ochsenkarren sie befahren können. Die Ochsen hab ich sogar brüllen gehört. Sicher hatten die Frauen ihnen das frische Wasser bringen wollen, als ich sie verschreckt hatte.

Die Stadt ist dann tatsächlich eine Stadt. Viele Menschen laufen herum. Auf dem Marktplatz stehen Karren mit Obst und Gemüse. Und vor jedem steht entweder ein Bauer, ein Knecht, eine Bäuerin oder Magd, und versucht, das Zeug an die Frau zu bringen. Die Männer zeigen kein Interesse. Die stolzieren mit Gehstock und Hut bewaffnet über den Markt und unterhalten sich dabei über Politik und Geld. Ich sehe zwei Männer, die in der Nähe eines Art Straßencafés stehen. *Die sehen friedlich aus, die schnappst du dir*, sage ich mir.

»Excuse-moi«, spreche ich sie von der Seite an. Auch hier nicke ich freundlich.

»Oui.«

»Ha, das ist aber lustig«, gebe ich von mir. »Letzte Woche war ich beim Bauer Hintermoser, dem seine Ferkel sprechen auch Französisch. Oui, ouii, ouii. Ich suche das Einwohnermeldeamt, das *mairie*. Das Rathaus würde aber auch gehen. Die zwei Damen«, ich werfe meinen Arm nach hinten, »die haben gemeint, hier gibt es so was.«

Ich hatte mich, ehe ich die Herren angesprochen hatte, in einem Hauseingang versteckt, hatte mein Handy rausgeholt und einige wichtige französische Worte gesucht. Und dabei die Handy-Uhr eine Stunde zurückgedreht. Die Sommerzeit ist doch im Jahr 1888 noch nicht erfunden.

»Oui. Der Bahnhof ist gleich da hinten«, zeigt er mit dem

Gehstock in Französisch-Deutsch. »Da, wo der graue Rauch gen Himmel aufsteigt. Wenn Sie fix sind, schaffen Sie den Zug noch.«

Der andere Herr zückt seine Taschenuhr, die in der Sonne golden schimmert, klappt den Deckel auf und sagt: »Oui, in drei Minuten. Zwei Minuten, neunundfünfzig …«

»Danke, sehr nett, aber ich brauche keinen Zug.«

Ich drehe mich um und laufe erneut ein paar Schritte über den Markt, da entdecke ich es, das *mairie*, Rathaus. Ich gehe hinein, schau mich um, finde mich auch schnell zurecht. Es sieht1888 drinnen aus wie in Rathäusern 2024. Gleich nach dem schweren Eingangstor sitzt rechter Hand in einem kleinen, schlecht beleuchteten Raum mit Fenster ein Mann. Ich frage ihn, in welchem Zimmer man einen Neugeborenen anmelden könne. Dritter Stock, Zimmer 308, sagt er und zeigt zur Treppe. Nix mit Aufzug, kein Paternoster. Laufen ist angesagt. Und das bei diesen alten Bauten. Da ist jedes Stockwerk, das man erklommen hat, wie die Besteigung des Mont Blanc. Im Winter! Bei -30 Graden unter dem Gefrierpunkt! Ich friere jedoch nicht, als ich nach gefühlten drei Stunden den 3ten Stock erreiche. Ich schwitze wie Sau, der Schweiß spritzt fontänenmäßig aus meinen Poren. Gibt eine schöne Haut, habe ich mal gelesen. Ja, ich lese sehr viel. Weit und breit kein Wasserspender oder Getränkeautomat mit stark zuckerhaltigen, gekühlten Getränkedosen in Sicht. Mit letzter Kraft schleppe ich mich zu besagtem Büro. Ich klopfe an der Tür.

»Oui!«

Aha, schon wieder ein Ferkelzüchter, denke ich. *In dem kleinen Kaff zuvor haben sie riesige Rindviecher gezüchtet, hier sind es kleine rosa Schweinchen.* Ich trete ein.

»Bon jour, Messieurs.« Sind zwei Herren. Personalkosten scheinen hier nicht zu interessieren. Sie beißen gerade jeder in ein 1 Meter langes Baguette. Der Hinterschinken ist vom Freilandferkel, der grüne Salat vom Salatfeld.

»War ein Engländer mit einem einen Tag alten Baby da?« Den Namen Archie lasse ich vorsichtshalber weg.

»Oui. Sie haben ihn eben verpasst, vor fünfzehn Minuten, können auch sechzehn gewesen sein, war er da. Er hat aber die Geburtsurkunde vom Kind daheim am Küchentisch vergessen, hat der verdammte Engländer gemeint.«

Der schmatzende Kollege nickt.

»Warum Geburtsurkunde? Ihr seid doch das Geburtenregistrierungsbüro für Neugeborene«, frage ich perplex.

»Oui, das schon, aber er wollte den Kindesnamen ändern. Von Mac Macford in … Äh, Louis, was hat der Mann mit der langen Narbe an der linken Wange gesagt?«

»Bordolais. Nicht wie der berühmte Wein, der Beaujolais.
Die Narbe habe er von einem putzigen Miezekätzchen. Das
Kätzchen habe den Babynuckel nicht mehr hergegeben, hat
er gemeint. Naja, ich weiß nicht recht. Ein blutiger Kratzer,
der in nur zwei Stunden wieder verheilt.«

»Habt ihr das Baby gesehen?«

»Non, Monsieur. Es läge in der Kutsche und schlafe.«

»Dann hatte er nach dem Gare, dem Bahnhof gefragt, der
Mann mit Kratzer und Kutsche«, weiß der andere Herr.

Tut, tut!

»Ah, kaum redet man mal vom Zug, da fährt er auch schon
los«, grinst der Kollege.

»Scheiße! Ups, sorry, Messieurs. Wo fährt der Zug hin?
Und wann geht die nächste Eisenbahn?«

»Morgen. Selbe Zeit, gleicher Bahnhof. Wo er hingeht, da
fragen Sie am besten den Lokführer. Der müsste wissen, wo
er hinfährt. Wir sind das Geburtenregistrierungsbüro, kein
Zugfahrplan. Ach ja, bei uns fahren die Züge pünktlich.«

Plötzlich fällt dem anderen Geburtenregistrierungsbeam-
ten ein, dass das Narbengesicht noch einmal zurückgekom-
men sei. Mit einem handgeschriebenen Wisch, den er aber
nicht habe lesen können, da in einer fremden Sprache. Also
habe er für Archie Mac Macford eine Geburtsurkunde auf

den Namen Archie Bordolais ausgestellt.

Als ich wieder auf dem Marktplatz bin, ist dieser plötzlich menschenleer. Ein ein blonder Junge steht am Brunnen und spielt mit einem Stock Gänsejagd. Ich frage den Bengel, wo die vielen Leute abgeblieben sind, die eben noch dagewesen wären.

»Kirche – beten.«

Ich ahne Schlimmes. Warum, wieso, weshalb, frag ich ihn und ziehe einen leckeren Schokoriegel aus der Hosentasche. Hab ich immer dabei. So wie die Ringelblumenwickel, mit denen ich Natascha das Leben gerettet hatte. Ein Mann, gut dreißig Lenze alt und mit Narbe auf der linken Wange, der habe ihn gebeten, kurz auf ein Körbchen aufzupassen. Habe er auch gemacht, grinst der Knabe. Doch als das Körbchen laut zu plärren angefangen habe, hätte er das Tuch im Korb etwas zur Seite gezogen. Und da habe ihn etwas angegrinst, das ausgesehen habe wie ein Oger. Hässlich, furchtbar. Und als er den Oger aus dem Korb gehoben habe, seien die Leute vom Markt panisch in Richtung Kirche gelaufen.

»Danke, hast du gut gemacht«, lobe ich den Knaben, dem der Schokoriegel sichtlich zu schmecken scheint. »Aber das Papier nicht auf den Boden werfen. Das gehört in die Tonne mit dem Alufolien-Müll.«

»Was geht ab, Alter? Alu-Müll? Mit dem Papier baue ich

mit einen Papierflieger, dessen Nase nach unten zeigt.«

»Ja, mach das, Junge. Ich wüsste auch schon einen Namen für deinen Flieger. Servus!«

Ich schreite zum Gare. Der Bahnhof ist ein Bahnhöfchen. *Mehr als einen Waggon kann der Zug nicht im Schlapptau haben*, denke ich. Das kleine Wärterhäuschen ist ebenso alt wie marode, der nicht vorhandene Bahnsteig ist ebenerdig. Weder Schranke noch Andreaskreuz. Am Häuschen hängt eine große Tafel. Ich will nachsehen, wann und wie oft hier ein Züglein abgeht. Pustekuchen. Alles ist da angeschlagen, aber kein Fahrplan. Ein Bauer will die gebrauchte Milchkuh gegen fünf Spanferkel tauschen. Eine Madame hat eine gut erhaltene Couch anzubieten. Zwei Bratpfannen ohne Löcher möchte sie haben. Der hiesige Chorleiter gibt bekannt, die für heute angesetzte Chorprobe um 17.00 Uhr müsse auf der südlichen Schäferwiese stattfinden. Der altehrwürdige Herr Pfarrer leide seit der letzten Probe an einem seltsamen Pfeifen in den Ohren, und das entsetzliche Zahnweh würde sich auch nicht bessern. Dann ist noch eine Anzeige, bei der ich kopfschüttelnd knallrot anlaufe.

Was machst du jetzt, Fredy, frage ich mich selbst. Ist auch keiner da, den ich fragen könnte. Die Bürger sind alle in der Kirche, der Zug ist weg und der Wärter schnarcht. *Gehst du um fünf zur Chorprobe oder schickst du dein Hirn jetzt nach*

München. Ich entscheide mich für München, wo ich auch im selben Augenblick ankomme. Morgen findest du Archie. Archie Bordolais!

*

»Hallo, Teddy, ich bin wieder hier. Jetzt schau doch nicht so traurig. Hätte ich dir vielleicht ein Rindvieh oder ein rosa Schweinchen mitbringen sollen? … Siehste!«

Ich setze mich ins Wohnzimmer und mach den Flachbild-TV an. Archie und Co sind für heute passé.

Ich zappe mich durch meine sechsundachtzig HD-Kanäle. Es sind zwar deutlich mehr im Kabel, aber ich habe nur die wichtigsten Programme, also 86, durchnummeriert.

Fast drei Stunden schaue und zappe ich, doch dann gehe ich, vom heutigen Programm genervt, ins Bett, wo ich auch bald unfriedlich einschlafe.

Kapitel 7

*B*ah, was für eine Nacht. In meinem Traum laufe ich durch einen dunklen Mischwald, und habe Angst. Angst um mein Leben! Der Oger ist hinter mir her. Er hat eine Keule in der rechten Hand. Mit der linken Hand schleift er ein Schaf mit sich mit. Die Kehle blutet, ist durchgebissen. »Nein, ich bin kein bayrischer Leberkäs mit Spiegelei«, rufe ich dem riesigen Monster zu. »Und mittelscharfen Senf hab ich auch keinen bei mir!« Was den Oger wenig juckt. Sein Atem stinkt bestialisch. Er haart furchtbar, hat Schuppen. Er hört sich an wie ein fauchender Löwe. Wie ein hungriger Löwe!

Dann war ich aufgewacht. Gott sei Dank, denn das Untier, das angeblich ein missratener Mensch ist, hatte mich bereits eingeholt. Doch als es nach mir greift, schreckte ich auf.

Bah, es ist ja noch nicht mal fünf! In der Nacht, am frühen Morgen? Andere Leute gehen um die Zeit ins Bett. Die sind aber auch ein paar Jährchen jünger als ich. Ich stehe trotzdem auf, schlurfe halbblind in die Küche hinüber und gieße mir einen Becher lauwarmen Kaffee ein. Der ist schon seit gestern Abend fertig, vergesse ich nie, dass ich ihn vor dem Zubettgehen noch durchlaufen lasse. Dann erst geh ich ins

Wohnzimmer und mache den Fernseher an. Infos am Morgen, vertreiben böse Oger, oder wie das heißt. Doch ich bin etwas zu früh. Die informativen Livesendung mit Infos und Nachrichten fängt erst um halb 6 an. Ich lasse den Kasten trotzdem laufen. Ich denke an gestern. Soll ich heute nach Frankreich oder warte ich noch ein, zwei Tage ab. Wenn die dort nicht mal wissen, wohin ihr Zug fährt … Osten! Tolle Auskunft. Naja, der Knirps mit dem Schokoriegel hatte wenigstens die Himmelsrichtung gewusst.

Ding, Dong, Bumm, Bumm.

Meine Türglocke springt im Dreieck. Und das um fünf am Morgen. Versicherungsagent für Brandversicherungen?

Wo ist mein Baseballschläger?

Habe keinen, aber einen Kochlöffel mit Loch in der Mitte. Damit kann ich ausmessen, wie viele Spaghetti ich brauche. Egal wieviel Hunger ich hab, die Menge an Spaghetti bleibt immer dieselbe. Tolle Erfindung.

Auf den Zehenspitzen, wie ein putziges Kätzchen, und mit Kochlöffel in der Hand wie ein Drei-Sterne-Koch, schleiche ich zur Tür. Ich zähle langsam bis drei. Uno, two …

Klopf, klopf, poch, poch!

»Hallo, Herr Nachbar, leben Sie noch?«

Hä? Es ist meine neugierige Nachbarin, die Huber-Meier

… -Kleinschmitz. Bestimmt hat sie das Licht des Fernsehers gesehen und will mich jetzt daran erinnern, dass demnächst eine saftige Strompreiserhöhung geplant ist.

»Respekt! Echt toll, wie Sie den Einbrecher in die Flucht geschlagen haben. Die Polizei war es nicht, ich habe keinen Streifenwagen gesehen. Ja, wie sie vorhin geplärrt haben, da wäre ich auch sofort geflüchtet. Prima, dass sie ihn erkannt haben. Jetzt können Sie den Leuten vom Einbruchsdezernat und der Spurensicherung sagen, dass dieser Kerl Oger heißt. Komischer Name. Chinese, Brasilianer, Schwede?«

Ich muss im Traum sehr laut geschrien haben. Das Fenster im Schlafzimmer habe ich immer auf.

»Alles gut, bestens, Frau Neugier. Aber der heißt gar nicht Oger. Da hat ihnen ihr Ohr einen Streich gespielt. Oger, das ist ein altes japanisches Kampfwort. Es bedeutet: Zieh Leine du Saukerl, sonst ziehe ich dir das Fell über die Ohren.«

»Mit dem Kochlöffel?«

»Ja, äh. Nix Kochlöffel. Sehen Sie das Loch in der Mitte? Da steck ich den Daumen des Unholds rein, schleife in hoch auf den Dachboden und …«

»Huch! Igitt! Ich kann es mir schon denken. Wie wäre es, wenn wir beide eine Nachtwache für unsere Straße gründen. Ich patrouilliere alle drei Schichten, und wenn ich was Sus-pektes sehe, kommen Sie mit ihrem Henkerskochlöffel und

Todesschrei und jagen den Verbrecher in den Löwenkäfig, den ich am Ende unserer Straße nachts aufstelle. Oh, da fällt mit ein, mein siebter Ehemann, der sei vier Jahren vermisst wird …«

»Im Löwenkäfig im Keller?«

»Glaub schon. Oder hab ich ihn in den Kamin … Tschüss, Herr Nachbar, hab noch zu tun.«

Was wäre mein Leben ohne neugierige Nachbarin? Etwas ruhiger? Viel ruhiger! Richtig langweilig.

Halb sechs – frühmorgens. Die beste Zeit, um bei …

Klingeling. Old Mac Donalds had a Farm …

»Uahhh. Jaaa?«

»Guten Morgen, Walburga. Wundert mich, dass du schon wach bist, sonst schläfst du immer bis mindestens 9.«

»Das Telefon, Fredy!«

»Ich wollte dir nur sagen, dass dein Klingelton nicht mehr aktuell ist. Ich bin nicht mehr im Königreich, jetzt France.«

»Ich weiß, hab noch keine Zeit gehabt den Ton … Ich war letzte Nacht auf einer Kristallkugelmesse. Geil, was es dort für geile Modelle gibt. Habe mir auch gleich eine zugelegt. Kann jetzt in Stereo schauen. Die kannst du in zwei Hälften teilen. Jede hat eine separate Sende- und Empfangsanlage. Da kann ich dann gleichzeitig sehen und hören, selbst wenn der eine in England, die andere in Frankreich ist. Wie spät ist es … Waaas? Halb sechs? Du bist ein Arsch, Fredy! Ruf mich nie wieder um diese …«

Tut, tut, tut, tut.

Oh, bin wohl aus Versehen an die rote Taste gekommen.

Ich wasche mich, ziehe mich an, frühstücke und - grüble. Soll ich oder soll ich nicht? Diese eine Frage ist jetzt noch immer Anstoß meines Denkens. Sein oder nicht …

Kling. Ding. Dong.

»Was noch?!!«

Ich habe meine Nachbarin so derart laut angebrüllt, dass ihre Haare nun aussehen, als sei sie in einen Orkan geraten.

»Äh. Nicht so wichtig, Herr Nachbar. Ich wollte ihnen nur sagen, ich habe Ehemann Nummer 7 gefunden. Ich hatte mir doch einen neuen Briefkasten gebastelt. Stahlbeton. Ah, wo ich schon mal da bin. Ich hätte da eine geniale Idee.«

Bitte nicht!

»Wenn wir die Bösewichte, die wir beide schnappen werden, einfach auf Ihre Insel verschleppen. Dauert ja noch ein Weilchen, bis die Insel in Ihrem Garten steht, oder?«

»Geht nicht, ich brauch die ganze Insel selbst. Für meinen Versuch, Kokosnusspalmen mit Aloe Vera zu kreuzen. Das gibt eine supertolle Ganzkörper-Body-Lotion. Und das auch noch aus nur einer Tube. 10 ml 307, 99 Euro.«

»Was, das ist ja …«

»Teuer? Nein. Ist ja ein Bild von Island de fresh Cocomilk mit in der Packung.«

»Na dann. Ich muss weiter. Ich hab in fünf Minuten einen Friseurtermin. Meine Haare schauen aus, als wäre ich …«

»Ihr Friseur schläft doch sicher noch, oder?«

»Macht doch nix. Wozu gibt es Türglocken? Ich hab seine Privatadresse! Tschü-hüss!«

Soll ich oder nicht?

1888 gibt es zwar schon Türglocken, aber keine Handys. Ein dicker Pluspunkt für 1888.

Was solls. Pack dein Hirn und düse los.

Ich stecke ein: Schokoriegel, Ringelblumenpads, Handy, Zahnbürste und ein Foto des Münchner Hauptbahnhofs, das den Bahnhof und all seine Gleise von oben zeigt – in Farbe! Ich bin am denken, ob ich dem Knaben vom Brunnen einen E-Scooter mitbringe. Strom gibt es ja bereits in 1888. Doch dann sage ich mir: *Ob ihm das Teil auch gefallen wird? Ja, aber dann braucht er auch Helm und Knieschoner. Und so begeistert, wie er von seinem Alu-Flieger gewesen war, sitzt er jetzt bestimmt schon in seiner Werkstatt und schnitzt ein größeres Modell vom Flieger, dessen Schnauze nach unten schaut.*

Laptop an, Freitag, den 10.08.1888 eintippen, schon geht die Reise los.

Nordfrankreich, Freitag, 10.8.1888. Die Sonne läuft sich schon mal warm. Es ist ja erst 8 Uhr 10. Ich stehe wieder in demselben Kaff wie gestern. Der Junge steht, wie schon von mir vorausgesagt, nicht am Brunnen. Aber Leute sind schon unterwegs. Sie gehen, stehen, tratschen, fluchen. Besonders dann, wenn sie in Pferde- oder Ochsenscheiße hineintapsen. Ich haste schnurstracks zum Bahnhof. Der Wärter ist wach!

»Salü!«, grüße ich ihn, ohne freundlich zu nicken. »Wann geht der Zug. Tutu, zisch, pfeif, du verstehen? Wohin fährt der Zug eigentlich?«

»Est!«

»Ah, nach Osten. Hält er unterwegs irgendwo an?«

»Oui!«

»Ah, in Schweinfurt. Danke. Um wieviel Ticktack?«

»Nix Fahrplan! Das entscheidet der Lokführer. Gestern ist er dreißig Minuten früher abgefahren, hat aber noch einmal kehrt gemacht und ist dann mit Verspätung erst losgefahren. Heute Nachmittag hat er ein Techtelmechtel mit der Gänse-Louisl, der Gattin des Baron von Bonvojage de Chacrekör, da muss er pünktlich zurück sein, weil der Baron …«

»Ungefähr?«

»9 Uhr 12.«

»Merci!«

Jetzt bin ich schon in aller Früh genervt.

»Messieur! Messieur! Mein Flieger ist eben in die Seine gestürzt!«, ruft mir der Knabe von gestern zu.

»Dann spring ihm halt hinterher, du Depp! Stell dich nicht so an du Waschlappen. Wie ich so jung war wie du, da habe ich im Starberger See nach Perlen getaucht.«

»Bah! Geil! Das war so in dem Papier vom Schokoriegel dringestanden, das Geil. 1ter Preis: ein geiler E-Scooter. Der Einsendeschluss ist am 30.9.1999.«

Ich hatte gedacht, der Schokoriegel ist ja noch nicht sooo alt, schenke ihn dem Bub. Der schmeckt ihm bestimmt, und zugleich rettet er den Gänsen das Leben. Da ich ja in weiser Voraussicht einen neuen Riegel eingepackt habe, gebe ich den ihm auch.

»Da, lasse ihn dir schmecken. Wenn du dir mit dem Papier einen neuen Flieger bastelst, mache die Tragflächen dünner und lasse sie enger anliegen. Und nicht wieder an der Seine spielen. Auch nicht in der Nähe von Atomkraftwerken oder Hochspannungsmasten. Äh, Telegrafenmasten.«

»Oui!«

»Ah! Bist wohl der Sohn des Bahnhofswärter, oder?«

»Oui. Freitag, 9 Uhr 12.«

Da ich bis zur Abfahrt der Dampflok noch etwas Zeit hab, erkunde ich das Umland. Irgendwo hatte ich gestern einen Bach plätschern gehört. Der Junge hatte gemeint, sein Flieger sei in die Seine gestürzt, also müsste sie doch ganz in der Nähe sein. Ich folge meinen Ohren und finde den Bach. Das sei nicht die Seine, erklärt mir ein Herr in besten Jahren. Die Seine wäre ein großer Strom. *Ha, sag ich doch, dass es damals schon Strom gab.* Ich laufe weiter, der Weg liegt neben einer grünen Wiese. Ich entdecke etwas, was ich zuvor noch nie live miterlebt hab. Ein Fotoshooting.

Die Models sind Profis*innen. Die eine ist eine Schwalbe, sitzt aber nicht am Bordstein. Ihr Kostüm ist schwarz. Ganz ohne jeden Schnickschnack. Sie sitzt, eigentlich ja unüblich, auf dem Draht eines Telegrafenmasten. Sie dreht den Kopf gekonnt zu einem Rotkehlchen, das trägt eine rote Federboa um den Hals. Daneben sitzen drei Spatzen, Männchen, denn sie starren zum Rotkehlchen*in. Genau vor mir laufen zwei Tauben den Catwalk entlang. Sie beraten gerade, wer zuerst vor die Kamera darf. Sie scheinen eine Rosine in der Kehle zu haben, oder sprechen einen französischen Akzent. Gurr, gurr, nicht oui, oui. Ah, das Gurr heißt auf hochfranzösisch

Gare - Bahnhof. »Mach schnell, wir müssen zum Bahnhof. Oui!« Am Bach steht Frau Reiher mit Body-Mass-Index 12, Federgröße XXXS. BMI 19 und L. Die ewig langen Beine reichen bis zur Hüfte und haben weder Waden noch Oberschenkel. Ein Bein ist eingezogen, scheint hier der allerneueste Schrei zu sein. Sonst steht ein Bein gerade, das andere Bein ist nur leicht abgewinkelt und um 30 Grad nach außen gedreht. *Na, Hauptsache deine Frisur sitzt*, denke ich und gehe weiter.

Dong! Kurze Pause. *9xDong!*

Scheiße, mein Zug! Ich düse los, nur zwei Minuten später stehe ich auf dem ebenerdigen Bahnsteig. Ein kleiner Junge grinst mich an, dann pustet er in eine Pfeife.

»Zusteigen bitte, der Zug fährt in zehn Minuten ab!«

Ich frage ihn, wohin der Zug fahre. Er überlegt. Dann sagt er, freitags nur bis Rouen. Donnerstags über Rouen und Paris nach Schweinfurt. Doch der Lokführer einen guten Tag habe, fahre er die Strecke Rouen, Paris, Schweinfurt sogar jeden Tag. Außer an Sonntagen, denn da spiele er am Marktplatz Boule.

Ich steige ein und nehme Platz. Der Knabe pfeift, die Lok pfeift zurück, dann setzt sich das eiserne Ross in Bewegung.

Rouen, Paris, Schweinfurt?

Hätte ich den gestrigen Zug erwischt, wüsste ich jetzt, wo

Archie und sein Begleiter ausgestiegen sind.

Ich lehne meinen Kopf an das rußgeschwärzte Fenster und nicke ein. Als ich den Zugwagenschaffner sagen höre, dass Rouen in Sicht komme, wache ich auf. Ich hatte nur leicht vor mich hingedöst. Beide Augen zu, aber ein Ohr auf.

Bah, das nenne ich mal eine Stadt!, denke ich, als ich den Zug verlasse. Ich helfe einer Dame mit Sonnenschirm und weißem Hut beim Aussteigen. Auch ihren schweren Koffer hole ich aus dem Zug.

»Bah, Mädel, was hast du im Koffer, Gold, eine Leiche?«

Sie zuckt zusammen, schaut sich panisch um. »Psst, nicht so laut! Hätte ich geahnt, dass Sie auch Deutsch sind, hätte ich den Koffer … Sie haben schöne Augen, Herr …«

»Fredy. Sag Fredy zu mir. Wer ist es, dein Gatte oder…«

»Der Direktor der Bank, bei der ich gearbeitet hab, bis der Depp mich dabei erwischt hat … Käffchen?«

»Mit dir immer, Schnuckiputz! Dabei kannst du mir dann erzählen, was passiert ist. Äh, der Zug fährt nach Rouen, das ist die falsche Richtung. Das Meer, in dem du deinen Koffer versenken könntest, liegt im Westen.«

Bei einem französischen Cappuccino erzählt sie mir alles.

6x habe sie mit der Pistole, die sie in der Handtasche habe, auf ihn schießen müssen, dann sei der Direx erst abgekratzt. Der sei ihr vorgestern, am 8.8. auf die Schliche gekommen. Eine halbe Million habe sie unterschlagen, die liege hier in einem Bankschließfach. Ihr Verlobter, ein Berufsschleuser, habe sie hastig in der Nacht von Mittwoch auf Donnerstag aus Oxford in England angerufen. Sie solle am Donnerstag nach Frankreich kommen, er würde dort auf sie warten. Sie sei auch in dem Nest gewesen, doch da habe sie von einem kleinen Jungen erfahren, dass der Mann mit dem hässlichen Kind soeben mit dem Zug nach Rouen gereist. Der Zug sei aber schon abgefahren. Und so sei sie mit dem Zug heute gefahren. Es wäre sehr nett von mir, wenn ich helfen würde, den Koffer irgendwo zu verscharren.

»Und was machst du in Rouen, Fredy?«

»Äh.« Mehr kriege ich im ersten Moment nicht heraus, denn ich habe Angst um mein Leben. Die Tussy hat nicht nur einen eiskalten Killerblick, sie hat zudem hat eine Waffe in ihrer Handtasche! Wenn ich jetzt sage, dass ich ihr nicht helfe, den Koffer zu entsorgen, knallt sie mich ab! »Äh, ich will hier Fremdenführer werden. Oder Bahnhofswärter. Ich habe in zwei Minuten einen Vorstellungstermin«, lüge ich. Ich schaue sie an, als könne ich nicht bis 3 zählen. »In zehn Minuten muss ich am anderen Ende von Rouen sein. Da ist mein zweiter Bewerbungstermin. Ich hab aber, sollte ich keinen der Jobs bekommen, noch ein Ass im Ärmel. Oui?«

»Oui? Du willst Schweinezüchter werden, Fredy?«

»Ja, Massentierhaltung! 20 Schweine auf 10.000 qm Land und Schlamm. Bringt voll die fett Kohle, Püppchen!«

»Mon dieu! Schade, dass mein Verlobter auf mich wartet, sonst dürftest du mich heiraten, Fredy. Erst schalten wir die Konkurrenz aus.« Sie zeigt mir die Pistole mit Schalldämpfer. Ich kann sogar riechen, dass sie erst kürzlich abgefeuert wurde. »Dann wirst du hier erster Bürgermeister …«

»Sorry, Zimtschnecke, aber ich muss! Bin in etwa …«

»Beeil dich, Fredy. Mein Verlobter kommt in zehn Minuten hierher. Dann muss ich mich entscheiden, wen von euch zwei ich erschieße. Du kannst es dir also aussuchen, ob du mein Partner oder ein toter Zeuge sein willst!«

»10 Minuten? Locker! Bis gleich, Sherry Brandy. Kannst ja derweil schon mal deinen Verlobten killen«, prahle ich, obwohl ich die Hosen gestrichen voll habe. Ich mache auf dem Absatz kehrt, dreh mich noch einmal kurz um und sehe, dass sie mir nachwinkt. *Willst du mich jetzt heiraten oder erschießen,* frage ich mich, als ich mich mit schnellen, langen Schritten entferne.

*

Leck mich fett, das war jetzt haarscharf am Tod vorbei!

Ich sitze zu Hause am Laptop. Die Hände zittern genauso

schnell, wie die Knie schlottern und die Zähne klappern. Es ist nicht einmal Mittag, bin aber in Gedanken schon tausend und einen Tod gestorben. Ich glaube, das ist erst mal genug für heute. Ich lese noch mal durch, was meine Finger getippt hatten, als ich im Geiste in 1888 war. *Ja, passt so weit. Ganz ordentlich.* Würde da jetzt stehen, ich habe Archie gefunden und an einen sicheren Ort gebracht, dann … dann würde das scheiße sein! Ich würde nicht nur die Geschichte von Willi Willisens Vorfahren arg beeinflussen, ich würde damit auch noch Willis Geburt infrage stellen. Wenn ich Archie in 1888 in ein Kloster gesteckt hätte – nicht auszudenken!

Poch, poch!

Es klopft am Küchenfenster. Ist sicher der Postbote, der mal wieder seinen Schlüsselbund verlegt hat. Letztens hatte er ihn mir in den Briefkasten geworfen und die Post wieder mitgenommen. Naja, kann passieren. Ich hatte ja auch schon mal einen leeren Joghurtbecher wieder zurück in den Kühlschrank gestellt und den Löffel in den Alu-Müll gepackt.

»Nachbar, sind sie da?«, ruft die neugierige Tante Huber-Meier- Weber … durchs zuene Fenster.

»Nein, bin beim Fischhändler!«

Das war jetzt blöd. Wenn ich nicht ans Fenster geh, macht sie vor meiner Haustür ein Ding, ein Sitin – mit allen anderen Ratschweibern unserer Straße. Nein, das brauch ich jetzt nicht. Zum Schluss denken meine nicht neugierigen Nachbarn, die Damen hätten mich unter Hausarrest gestellt, weil ich meinen Müll nicht richtig trenne. Notgedrungen mache ich das Fenster auf.

»Uiui, das ging aber fix, Herr. Haben Sie einen geheimen, unterirdischen Tunnel? Ich hatte Sie nämlich gar nicht vom Fischhändler zurückkommen sehen.«

»Jaja. Und Sie, Frau. Ist Ihr Friseur gestorben?« Sie sieht noch immer so zerzaust aus wie heute Früh um fünf.

»Nein, er ist nicht abgekratzt, nur umgezogen. Sein Laden ist jetzt in Malle.«

»Schön für ihn. Und da brauchen Sie den halben Tag, um das festzustellen? In der Zeit reise ich nach Frankreich und wieder zurück.«

»Frankreich? Wohnt da nicht der Napoleon?«

»Nicht mehr. Er hat sich auch eine Insel zugelegt. Wohnt jetzt auf Elba und baut am Strand Ritterburgen. Er hat aber Probleme mit dem Sand. Kommt Wind – ist Burg weg.«

»Ah, davor habe ich auch immer Angst. Vor dem starken Wind. Mein zweiter Gemahl, der Fritz-Ferdinand, der liegt auch an einem Strand. Im Süden. Weiß aber keiner. Ich habe zwar die Grube vier Meter tief gebuddelt … Herr, sei seiner Seele gnädig. Sie kennen doch die Sandstürme, die aus dem Süden zu uns hochkommen. Und da bete ich immer, dass da nicht mal ein Knochen vom Fritz-Ferdinand mit bei ist.«

Ich grinse. »Ha. Bauen Sie halt einen Friseursalon auf das Grab, schon ist das Problem gelöst.«

»Uii! Kennen Sie einen guten Architekten?«

»Nö, ich nicht, aber die Frau … Hausnummer 16.«

»Tschü-hüss!«

Archie braucht nicht ins Kloster. Doch ich muss grübeln, wo ich ihn finde, ohne der Killerlady mit der Knarre noch mal über den Weg zu laufen. Heute ist Freitag, die Dampflok fährt Rouen-Paris-Schweinfurt. Was tun, um der Lady nicht in die Quere zu kommen. Hab keine Lust, auch von Kugeln durchsiebt in ihrem Koffer zu landen. Aber ich muss heute fahren, sonst finde ich Archie nie.

Ring. Klingelingeling, hier kommt der …

»Schöner Klingelton, Walburg.«

»Ja. Hab mir gedacht, da es bei dir heute Abend Rühreier gibt, Fredy.« Wusste ich zwar noch nicht, aber ihre Idee ist gut. »Fahr erst am Dienstag, Fredy.«

»Aha. Und wohin?«

»Verrate ich nicht. Selbst ist der Mann. Hihi.«

»Mistvieh! Kleiner Tipp, Walli?«

»Okay, du Nervensäge. Ruf bei Rebecca und die Bruni an. Aber erst morgen. Du weißt ja - Samstag.«

Samstag? Was will Walburga mir damit sagen? Aha, jetzt. Samstags ist in Kleintümpelshausen immer …

»Aber nicht wieder lauschen, Walli!«

Tut, tut, tut. Der Teilnehmer ist im Moment verhindert.

*

Samstag. Für mich ist er der kälteste Dezembersamstag – seit der Eiszeit. Ist aber auch kein Wunder, dass ich so friere. Im August 1888 ist es in Frankreich brütend heiß, und wenn ich danach wieder im Dezember von heute lande, der krasse Temperaturunterschied ist der pure Wahnsinn!

Ich zähle in Gedanken. *Ene, mene, oui.*

Gut, erst die Bruni anrufen.

»Hallo?«

»Oh, süß. Putzig. Bist du neu im Rathaus? Ist Bruni nicht da? Wie heißt du denn, mein Täubchen?«

»Janine. Ich bin neu, bin eine Praktikantin und komme aus Frankreich. Paris. Ich muss aber am Dienstag kurz mal nach Hause. Da kriege ich ein Päckchen, muss aber persönlich da sein und den Ausweis vorzeigen. Ich weiß nur nicht, wo ich ihn hin verschlampt hab. Seit es in der EU keine …«

»Soll ich dir suchen helfen? Ich bin nämlich am Dienstag ganz zufällig in Paris«, baggere ich die süße Stimme an.

»Oui. Du bist ja noch ein echter Galant.« Bruni hätte jetzt

Lustmolch gesagt. »Ich wohne rue de Eifelturm 6.«

»Kenn ich. Ich habe früher mal in Paris bei einem Müller gejobbt. Rote Mühle hat er seine Werkstatt genannt.«

»Die gibt es noch. Ich kann aber nicht backen, war auch noch nie drin. Wann bist du da? Das Päckchen kommt um 9 Uhr. Ah, da ist ja mein Ausweis. Hat sich zwischen Lipgloss und dem rosaroten Puderdöschen mit dem Katzenbabybild versteckt, der Schlawiner.«

»Ich liebe rosa Puderdöschen! Um 9 Uhr 5 bin ich bei dir. Du kannst ja das Päckchen derweil schon aufmachen. Oder nein, lass es zu, ich liebe Überraschungen, Janine.«

So, das wäre erledigt. Dank Janine weiß ich nun, dass ich mit meiner Suche am Dienstag in Paris anfangen werde.

Nächster Anruf.

»Knast von Kleintümpelshausen. Hier ist Häftling 37531. Womit kann ich dienen?«

»Ups. Sorry, hab mich verwählt.«

Auch erledigt.

Tut. Das bisschen Haushalt ist doch nicht ...

»Hi, Walli, du Giftschlange! Warum sollte ich erst heute in Kleintümpelshausen anrufen, wenn gar keiner da ist?«

»Hatte ich dir das nicht gesagt? Du sollst Rebecca und die Bruni zu Hause anrufen, weil sie am Samstag nicht arbeiten.

Aber zumindest weißt du jetzt, dass du am Dienstag …«

Tut, tut. Fredy hat soeben seinen Anschluss abgemeldet.

Kannst mich mal, Walli! Kreuzweise!

Die nächsten drei Tage verbringe ich damit, meine Bude zu putzen und Weihnachtsschmuck für den Christbaum aus dem Keller hochzuholen. Schön wirds. Ich freu mich schon. Am Adventskranz brennen schon drei Kerzen. Lila!

Kapitel 8

Toll! Gigantisch! Genial! Hammer! Phänomenal!

Ich bestaune eben den Eifelturm, hab schon Genickstarre, ein Hohlkreuz und Plattfüße. Er ist noch nicht ganz fertig, wird aber auch erst 1889 eröffnet. Um Punkt 8 Uhr war ich in Paris. Rue de Eifelturm? Die Pariser, denen ich die Frage stelle, sehen mich an wie einen gerollten Camembert-Crêpe. Pfannkuchen, Omelette, Palatschinken mit Käse.

Eine Praktikantin namens Janine kennt auch keiner.

Ah, ich Riesenhornochse! Ist doch logisch. Janine lebt im einundzwanzigsten Jahrhundert, nicht in Anno 1888.

Ich habe aber trotzdem schon was rausgefunden. Alleine! Paris liegt genauso an der Seine wie Rouen. Hilft zwar nicht wirklich weiter, aber dafür ist mein Horizont jetzt ein Stück gewachsen.

Wo kommt man in Paris an, wenn man mit dem Zug fährt? Genau, am Zugbahnhof. Und zu diesem laufe ich nun. Es ist angenehm warm. Keine Autoabgase, da keine Autos. Aber die Hinterlassenschaft von den vielen Rössern und Ochsen, die auf den Straße unterwegs sind, duften auch nicht gerade nach Lavendel. Nicht vorstellbar, dass hier in nicht mal 100

Jahren ein riesiges Fluggerät landen wird, dessen Schnauze nach unten zeigt. Ach ja, das Foto vom Münchner Bahnhof habe ich zu Hause gelassen. Will ja nicht als Ketzer auf dem Scheiterhaufen oder der Guillotine landen.

Auf dem Pariser Bahnhof geht es zu wie bei mit Zuhause am Stachus. Ein Zugführer tutet. Bei einer Ampel würde das bedeuten: Achtung, gleich kommt Grün. Nach dem zweiten, viel längeren Tuten dampft das Ross schnaubend davon. Ich schaue dem Zug nach und frage mich, was ich hier will. Ich suche doch nach Archie, keinen Job als Fahrkartenkontrolleur. Ich dreh mich um 180 Grad, verlasse den Bahnhof und schlendere mit hellwachen Augen durch die Stadt.

Die Walburga ist aber auch gemein. Nicht den kleinsten Hinweis hat sie mir mitgegeben. Und wäre Janine nicht statt Bruni ans Telefon gegangen, würde ich jetzt sicher noch zu Hause sitzen, grübeln und Kaffee trinken. Ich suche was und weiß nicht was. Doch, Archie. Aber wo? Kaffee? Wie heißt Kaffee auf französisch? Lac de Coffein. Einen heißen See mit Koffein, bitte! In Bayern wäre das ein Haferl Kaffee.

Ich schaue mich also nach einem Kaffeehaus um. Und ich finde auch eins. Es ist nicht sehr groß. Nicht wie die in Wien oder Innsbruck. Die zwei Städte verbindet sogar noch mehr. In beiden fahren auch 2024 noch Kutschen herum.

Zielstrebig steuere ich auf das Café zu, plötzlich bremse

ich rapide ab. Eine Frau mit Körbchen! Liegt da etwa Archie drin? Sie kommt direkt auf mich zu. Der Korb ist mit einer blau-weißen Decke ausgelegt. Als sie fast an mir vorbei ist, hebe ich die rechte Hand und spreche sie an.

»Tschuldigung, aber dürfte ich mal einen kleinen Blick in ihr wunderschönes Körbchen werfen?« Sie stellt das Körbchen vor ihren Füßen ab, sagt aber nichts. Für mich heißt ihr Schweigen: Schau nur rein. Als ich dies gerade tun will und dabei sage, ich wolle nur mal sehen, ob das Kind potthässlich sei und überdimensionale Ohren habe …

Bamm!

Voll auf meine Zwölf. Mit der Rechten könnte sie direkt in den Boxring steigen.

»Mein Kind ist hässlich? Das wagst du nicht noch mal zu sagen! Ich komm aus Niederbayern, bin Milchkuhmelkerin und hab schon so manche Männer zur Jungfrauen gemacht.« Sie stiert dabei auf eine bestimmte Körperregion bei mir.

»Halt, halt, gute Frau! Ich bin keine Milchkuh, ich bin ein Ochse. Das dort unten bei mir, ist eine Fehlkonstruktion von Mutter Natur. Und ich komme ebenfalls aus Bayern!«

Sie will erneut ausholen, da fallen Schüsse. Mehrere Männer, alle in Uniform, pusten in Trillerpfeifen. Die sind sicher keine Fußballschiedsrichter, denke ich und ducke mich. Die junge Mutter aber bleibt wie erstarrt stehen. Jetzt kommen zwei Leute aus einem nahen Haus herausgeeilt. Es ist die Bank. Ein Mann und eine Frau. Ich kenne diese Frau. Sie ist diejenige, die neulich mit mir Schweine züchten wollte. Sie sind bewaffnet und ballern wild um sich. Ein Gendarm, Flic, wird getroffen und bricht gellend zusammen. Ich lege mich flach auf den Boden, schaue von da aus dem Geschehen zu. Immer mehr Gendarmen kommen mit gezogener Waffe herangeeilt. Auch sie schießen. Und sie treffen! Erst bricht der Bankräuber, von unzähligen Pistolen- und Gewehrkugeln durchsiebt zusammen. Kurz darauf Frau Bankräuberin. Man muss kein studierter Medicus sein, um zu verstehen, dass beide tot sind. Nicht mal als Fischernetze wären ihre Körper noch zu gebrauchen. So viele Löcher hab ich noch nicht mal in einem Kaffeefilter gesehen.

Als ein Flic die Hand hebt und das Feuer daraufhin endet, drehe ich mich um, will sehen, wie es Mutter und Kind geht. Doch sie ist weg. Wie vom Erdboden verschluckt!

Es wird getuschelt, ich sehe entsetzte Gesichter, und ich muss kichern, denn nur wenige Zentimeter neben mir liegt ein riesiger Kuhfladen. Glück gehabt.

Langsam erhebe ich mich und wische mir den Staub von den Klamotten. Mein Handy ist noch heil. Mein Blick geht nach links. Warum links? Rechts war ja geschossen worden, also kann die Mutter mit Kind nur nach links gelaufen sein.

»Excuse-moi. Haben Sie eine Frau mit Kind … «

Nein, die Ärmste sieht heute ganz sicher nichts mehr. Eine Mumie hat mehr Leben in den Augen. Ich rufe einen Gaston aus dem Straßencafé zu mir und übergebe ihm die Frau, die unverständliche Worte murmelt. Einen Kaffee brauche ich jetzt nicht mehr. Auch keinen Beaujolais oder Pernod.

Ich springe auf den schmalen Rand des ganz in der Nähe befindlichen Brunnens, aber Mutter und Kind sind nirgends zu sehen. Neben dem Brunnen steht eine junge Madame und lässt gaaanz aus Versehen ihr Seidentaschentuch zu Boden fallen. Da ich ein Gentleman bin, springe ich vom Brunnen hebe es auf, zwinkere sie an und reiche es ihr. Dabei sehe ich ein Monogramm. B.B.

Die Frau heißt natürlich anders, und sie weiß auch nicht, dass genau diese beiden Buchstaben einmal in aller Munde sein werden.

Wieder gebe die Suche nach Archie auf, schließe die Augen, dann öffne ich sie wieder, aber in München.

*

Was helfen bei Kopfweh? Wasser und Kaffee mit nix als sich selber im Glas oder dem Haferl. Pur. Nach dem zweiten Haferl ist das Kopfweh wie weggeblasen. Meine Frage aber, die dafür verantwortlich war, spukt noch immer in meinem Kopf herum.

War Archie in dem Körbchen mit der weiß-blauen Decke gelegen? Oder war es Louis, Richard oder Antoine. War es überhaupt ein Knabe? Claudia, Francine oder Chantelle? Es könnten auch nur Äpfel und eine Flasche Cidre im Körbchen gewesen sein. Oder Schrauben vom noch nicht fertigen Eifelturm? Die Frau war, wie ich, als Tourist*in der Stadt. Ach ja, wegen der komischen Zeichen, die ich in Wörter wie zum Beispiel Tourist*in mit hineingequetschte. &,%,/,$,§ könnte ich auch nehmen, da alle davon genauso überflüssig sind wie ein Kropf oder ein Pickel am Ar…Wenn mich jemand*in nach dieser hoffentlich schon sehr bald wieder vorübergehenden Modeerscheinung von */ usw. fragt, dann sage ich: Ich kenne Ärzte. Aber was bitte sind Ärzt*innen? Was sind Ärzt*? Wenn ich das * ausspreche, sind es Ärztsternchen. Ärzt*sternchen habe ich noch nie gehört. Zum Glück wird diese Art des Schreibens und Redens von der großen Mehrheit bei uns abgelehnt. Aber dies nur so nebenbei. Freie Meinungsäußerung und so. Wo war ich? Aja, Archie! Der Name wird mich wohl die nächsten hundert Jahre noch verfolgen.

Ringdingeding. Pigalle, pigalle, die …

»Oui, Walburga … Scheiße, jetzt fang ich auch schon so zu reden an. Sorry, Walli. Die Macht der Ungewohnheit. Du weißt doch sicher …«

»Klar, Fredy. Hast dir ganz schön in die Hosen geschissen bei der Ballerei in Paris. Hihi. Und du Depp, du damischer, wirfst dich auch noch auf den Boden. Schade, dass der Kuhfladen 3 Zentimeter zu weit weg war. Hihi!«

»Lach nicht so blöd, Aasgeier-Walli. Was hättest du denn gemacht, dich abknallen lassen?«

»Hihi. Nein, ich hätte einfach nur daran gedacht, dass man 1888 keinen Menschen erschießen kann, der noch gar nicht geboren ist. Hihi!«

»Mist. Du bist aber auch eine saublöde Graugans, Walli. Warum hast du mir das nicht eher gesagt? Ich Depp könnte also in einen Zug reinspringen, obwohl er schon vor ein paar Minuten abgefahren ist? Meine Gedanken bloß ein bisschen vorspulen, schon wäre ich im Zug gesessen?«

»Nö, so einfach ist das auch wieder nicht, du Superheld.«

»Was bräuchte ich dazu, eine Taschen-Glaskugel?«

»Hihi. Und eine Tüte Pommes rot-weiß, zwei Weißwürste mit Tigersenf und Pumpernickel, einen rosa Kaschmirschal, ein 24-Stundenticket für die Zillertaler Gondelseilbahn, ein paar gebrauchter Taucherflossen und einen Zaubertrank, der bei dir wirkt, wenn ich ihn trinke. Hihi.«

Bis auf den Zaubertrank hätte ich sogar alles daheim. Ich glaube aber nicht, dass Walli das jetzt wirklich ernstgemeint hat. Ihr blödes Lachen …

»Was muss alles rein, damit ich …«

»Viel Fantasie und ein Depp, der dran glaubt, Fredy. Hihi. Es war nur Spaß. Bis auf das, dass du in 1888 unverwundbar bist. Heißt aber nicht, dass dir nicht trotzdem was passieret, wenn du in der Weltgeschichte herumdüst. Deine Gedanken sind in 1888, dein Körper im Heute. Stell dir vor, du stehst zuhause am Fenster, springst aber in Gedanken in die Seine. Nix platsch. Aua, weil du aus dem Fenster gesprungen bist. Pass also auf, wenn du morgen die Alpen überquerst.«

Aha, endlich ein vernünftiger Satz von ihr. Ich muss also Archie morgen im Süden suchen.

»Falsch gedacht, Fredy! Die Bergwanderung ist nur ein Tipp von mir, falls dir morgen langweilig ist. Hat nichts mit Archie zu tun, nur mit dem 24-Stundenticket fürs Zillertal.«

»Reingelegt, hab gar kein Zillertal-Ticket, Walli. Haha.«

Piep, piep, tut.

Ich versuche es noch mal bei ihr, doch sie geht weder ans Telefon noch ans smarte Handy. Naja, morgen ist auch noch ein Tag.

Kapitel 9

Soll ich mich freuen oder soll ich heulen?

Ich studiere die Online-Archiv-Zeitung von Paris. Nur ich kann mich da einloggen. Unter www. …1888/Walli. dä. Ich lese, das brutale Räuberduo hat den Überfall nicht überlebt. Der angeschossene Flic zum Glück schon. Über die niederbayrische Touristin und Archie steht nix drin. So beschließe ich, erst mal Archie-Urlaub zu machen. So lange, bis Walli ausgesponnen hat und mir einen neuen Tipp gibt.

Warum eigentlich die Walburga, es gibt doch noch mehr Menschen auf dieser Welt. Mich. Rebecca, Bruni, Janine … *Klingeling.* Und natürlich meine nervige Nachbarin!

Tief Luft holen, Fredy. Ruhig atmen, nicht aufregen.

Ich hole mein Blutdruckmessgerät heraus. Nein, nicht aus der Brusttasche meines Poloshirts.

Puls: 72. Blutdruck: 115: 70. Blutzucker hab ich nebenbei gemessen - 108. Für mein junges Alter – Spitzenwerte!

»Hach, bin ich froh, dass Sie daheim sind, Herr Nachbar«, schnauft meine Nachbarin völlig aus der Puste.

»Na, haben wir einen Waldlauf gemacht und dabei gleich

mal nachgesehen, ob Gatte Nummer 7 noch unter der Birke mit dem eingeritzten Kreuz liegt?«

»Buche. Es ist eine Buche! Aber gut, dass Sie das gerade ansprechen. Stimmt das, dass sie den Gehweg aufreißen, um neue Stromrohre verlegen zu können? Sie haben doch einen engen Kontakt zum Bauamt. Der Herr mit der Aktentasche und seinem Zwiebelleberwurstbrot und diese hübsche Frau, die Sie so angeschmachtet hatten. Wegen dem Umzug Ihrer Insel, auf der sie Kokospalme und Aloe Vera kreuzen.«

»Was, schon fertig, Frau Huber-Meier … Haben Sie eine Stimmbandentzündung? Sonst reden sie immer eine Stunde durch, ehe Sie wieder Luft holen. Und ja, der Gehweg wird aufgerissen. Bis ans Grundwasser runter!«

»Himmel, Arsch und Zwirn!«

»Hallo, Frau Huber …«

Ich wollte ihr noch sagen, dass es nur den Bürgersteig auf der drüberen Straßenseite betrifft. Na, merkt sie dann schon, wenn der Bagger anrauscht. Falls er kommt. Ich habe sie ja nur auf den Arm nehmen wollen. Ist mir auch offensichtlich gelungen. Bin mal gespannt, wo sie ihren ersten Gatten jetzt hin verfrachtet. Falls noch was übrig ist von ihm. Er liegt ja immerhin schon seit 15 Jahren unter dem Gehweg vor ihrem Haus.

»Rien ne va plus! Nichts geht mehr! Nummer 1 gewinnt!

Die nächsten Einsätze. Rien ne va plus! Nichts geht mehr! Nummer 1 gewinnt!«

Ich bin nicht im Spielcasino des Fürstentums Monaco. Ich führe nur ein Selbstgespräch und würfle mit Würfeln, ob ich erst die Rebecca oder erst die Bruni anrufen soll. Natascha hat nicht mitspielen dürfen. Fünfmal hab ich gewürfelt, und fünfmal hat die Bruni gewonnen. Ich muss gestehen, ich hab die Würfel zuvor gezinkt. Wie, das verrate ich nicht. Bin am überlegen, ob ich den Trick nicht zum Patent anmelde.

»Hallo, Fredy, alte Piratenrothaut!«

»Hä? Dein Telefon hatte doch noch gar nicht geklingelt, Bruni Woher weißt du, dass ich …«

»Ha, weil ich superschlau bin, Fredy! Ich war letztens auf einer Messe, da gab es tolle Dinge, die mehr können als nur hübsch aussehen.«

»Du spielst aber jetzt nicht auf Rebecca an, du Neidhammel, Bruni.«

»Hast du die Rebecca schon mal ungeschminkt gesehen, Fredy?«

»Hihi. Nicht nur ungeschminkt, Bruni.«

Piep, piep, piep.

Klingeling. Hei-ho, hei-ho …

»Warum hast du aufgelegt, Apfelprinzessin? Du bist doch

viel hüb …«

»Erspar mir bitte deine zynische Lügerei, Fredy. Was ist? Mach aber schnell, ich habe gleich einen wichtigen Termin. Mit dem Außenminister von Grönland.«

»Außenminister? Wau! Du machst dich ja, Bruni. Ich hab mal den Linksaußen unserer Nationalelf gesehen. Aber nur im Fernsehen. Das ist allerdings ein paar Jährchen her, er ist jetzt in Rente. Äh, anderes Thema, Bruni. Weißt du, ob die Natascha noch lebt?«

»Die Nataschowitzka? So viel ich weiß. Stand heute Früh. Ja. Warum fragst du nicht die Rebecca? … Ah! Du hast Mist gebaut und traust dich jetzt nicht, bei ihr anzurufen. Du bist also doch ein kleiner Hosenscheißer, Fredy! Hihi!«

»Ich habe nie was anderes behauptet, Bruni. Ich hab auch keinen Bockmist gebastelt. Aber es gibt Tage … Wie geht's der Maxi?«

»Supi. Sie macht jetzt immer Männchen, bevor sie jemand anpinkelt. Ah, ich sehe gerade durch mein Panoramafenster, das Schnellruderschlauchboot aus Grönland … Tschüss!«

Nur eine Minute später weiß ich, dass Natascha noch lebt, denn sie ist eben am Telefon. Rebecca hatte zwar erst kräftig gemault und einen Riesenzirkus aufgeführt, als ich gefragt hab, ob ich die Natascha sprechen könne, aber letztendlich hat sie sie dann doch ans Telefon geholt. Ich solle mich kurz fassen, Natascha sei eine brutale Schwerverbrecherfalsch-parkerin, nicht ihre rechte Hand. Wobei ich aber bei Letzte-rem so meine Zweifel hege. Und eine wegen falsch Parkens zu einem Jahr Haft Verurteilte gleich als Schwerverbreche-rin hinzustellen? Ich würde zwar den wahren Grund für das harte Urteil nicht kennen, hatte ich zur Rebecca gesagt, aber sie würde schon wissen, warum Natascha ihre Spaziergänge jetzt im Gefängnishof mache, statt im Kleintümpelshausner Stadtpark. Natürlich weiß ich, dass Rebecca ihre Macht als Richter missbraucht hat, aber ich weiß auch, dass Natascha weiß Gott nicht der liebe Unschuldsengel ist, für den sie sich bei der Verhandlung im Gerichtssaal ausgegeben hat. Aber auch Bruni nicht, die inzwischen auf dem Thron des ersten Bürgermeisters*in sitzt. Bruni ist ein Verräter, ein Oberbür-germeisterstuhlsäger, Erpresser und vor allem größenwahn-sinnig. Aber wer ist schon normal? Was ist das eigentlich, Normalsein? Jeder denkt, er sei normal, aber ist er es auch wirklich? Wenn ich bei meiner vorwitzigen Nachbarin des Nachts den Briefkasten zuklebe und einen Zettel dranhänge, auf dem steht: „Unbekannt verzogen", damit der rasende Kurier mit dem Postfahrrad keine Briefe mehr bei ihr ein-werfen kann, ist das normal? Oder wenn der piekfeine Herr von Nummer 17 zweimal die Woche mit der Sekretärin auf Dienstreise muss, die Gattin ihn mit dem Fitnesstrainer oder der Nageldesignerin betrügt, weil sie genau weiß, dass die

Sekretärin keine Sekretärin ist? Ist das normal? Scheinbar schon.

Wenn mich die Natascha Nataschowitzka fragt und bittet, ich soll Willi Willisens Leben, die Geschichte eines Killers, in einem Buch niederschreiben und ich sage Ja, ist das normal? Keine Ahnung, aber interessant ist es allemal. Schade, dass ich bei meinen Recherchen nicht mehr Vorfahren von Willi Willisen habe finden können. 8.8.1888, Archies Geburt und seine Verschleppung von Oxford nach Frankreich, dann war plötzlich Schluss gewesen. Nicht mal Walburgas Glaskugel oder ihre Tarotkarten hatten mir noch helfen können. Aber ich habe ja noch einen Trumpf im Ärmel. Schade, dass die Ärmel meines indigoblauen Poloshirts, das ich gerade trage, sehr kurz sind.

»Hallo, Natascha, wie geht's?«

»Supergeiltoll! Gerade eben hat mich die Rebecca wieder von den Eisenkugeln und den Ketten an Händen und Füßen losgebunden, damit ich ans Telefon gehen kann.«

»Oh, das ist aber nett von ihr, Natascha. Sie hätte dir auch nur den Hörer von den Mund halten können.«

»Das hatte sie auch, du Arsch! Aber ich habe ihr den rechten Zeigefinger abgebissen. Sie ist eben mit dem Notarzt in die Klinik gebracht worden, um ihn wieder annähen zu lassen. Hoffentlich habe ich jetzt keine Blutvergiftung, denn

Rebeccas Blut hatte irgendwie ranzig geschmeckt. Wie altes Motorenöl 10/W40 mit Champagner und Marzipan. Warum rufts du mich an, Fredy, hast du wieder Probleme mit Willis Aufzeichnungen?«

»Nein, Nat, ich habe sie noch nicht einmal ganz gelesen. Es geht um Willis Familienstammbaum. Von 1866 bis 1888 war ich diesem auf die Schliche gekommen, doch jetzt …«

»Das hab ich dir doch schon mal gesagt, Fredymaus, mehr konnte auch ich nicht herausfinden. Paris, Banküberfall, die Frau mit dem Körbchen und der weiß-blauen Decke …«

»Nein, Natascha, von einer Frau und der Geldräuberei mit Schusswechsel hattest du damals nichts gesagt.«

»Ups! Kommt wohl daher, ich hab es nicht so mit der Polizei. Du siehst ja auch immer sofort rot, wenn deine nervige Nachbarin vor der Tür steht. Wenn ich das jetzt richtig verstehe, Fredy, fängst du gerade damit an, Willis Geschichte aufzuschreiben. Aus Willis Sicht, aber mit deinen eigenen Worten. So, wie wir es damals besprochen hatten.«

»Ich gebe mir zumindest Mühe, es in deinem und Willis Sinne zu tun. Kann aber leicht sein, dass ich dich diesbezüglich ab und zu anrufe. Nicht wegen Willis Sauklaue, damit komme ich schon irgendwie klar. Es ist nur … «

»Weil Willi und ich ein Paar waren, meinst du das?«

»Ja! Keiner kannte den Willi so gut wie du. Du weißt, wie

er wirklich getickt hat, Natascha, oder?«

»Und Rebecca! Oha, wenn man von einer Hexe spricht, kommt auch schon eine auf dem Besen angeritten. Hai, Rebecca, steht dir echt gut der rosa Gips. Hihi. … Ahh, Hilfe! Freeedy!! Nein, nicht wieder in die Folterkammer, Rebecca! Ich mal dir auch ein putziges Katzenbaby auf deinen Gips, wenn du mich nicht wieder auf die Streckbank schnallst. Ich will nicht länger werden als der Eifelturm, Becca!«

Tüdeldüdeldü. Die Teilnehmerin ist die nächste Zeit nicht erreichbar. In dringenden Angelegenheiten wenden Sie sich bitte ans Rathaus von Kleintümpelshausen oder den Leuchtturmwärter von Emden. Oder die Grönländer Feuerwehr.

Oje, arme Natascha. Und das alles nur, weil sie mal falsch geparkt hat. Was bin ich froh, dass ich kein Auto hab.

So, jetzt gönne ich mir noch einen Tag Ruhe, aber danach lege ich richtig los. Bin total gespannt, was alles in Willis handgeschriebenen Aufzeichnungen steht.

Kapitel 10

So, Willi, jetzt geht's dir an den Kragen. Oder mir!

Ich sitze gewaschen, rasiert und halbwegs gut genährt vor meinem Laptop. Jogginghose und Lieblingsshirt. Nicht das pink-rosa Spaghettiträger-Shirt mit den putzigen Katzenbabys drauf. Das gehört Rebecca. Wir hatten unsere Shirts mal aus versehen vertauscht, als wir es eilig gehabt hatten. Kann ja mal vorkommen. Mein Shirt hat Buchstaben und Zahlen, und die sind innen, auf der Größen- und Pflegeangabe. Die Größe ist L, aber nur wegen meiner breiten Schultern, sonst würde mir das M genügen. 100% Baumwolle. Waschen nur mit Feinwaschmittel bei 30 Grad Celsius². Ups, das ist ja gar keine hochgestellte Zwei, das ist ein Schokofleck. Muss mir beim Frühstücken des Nuss-Nugat-Brotes passiert sein.

Oh, Willi Willisen, wo hast du das Schreiben gelernt? In der Baumschule? Das Gekritzel kann ja keine Sau lesen.

Können Säue lesen?

Zehn Minuten später habe ich den Bogen raus. Mein Arzt schreibt auch nicht anders. Und ich auch nicht, wenn ich es brisant eilig habe. Und Willi hatte es sehr eilig, als habe er nicht mehr lange zu Leben gehabt.

Die ersten Seiten von Willis Manuskript waren schon mal sehr aufschlussreich für mich. Ich hätte nie gedacht, dass er auch Humor hatte. Doch bevor ich jetzt noch lang herumlabere, schlüpfe ich lieber geistig in Willis Körper und erzähle seine Lebensgeschichte, die ich dabei aufschreibe. Mit meinen Worten und Gedanken. Und wenn es mir in Willis zu bunt wird, tausche ich Willi wieder gegen mich selbst aus.

So ungefähr: Ich drücke ihm das Messer an die Kehle, er fleht erbärmlich um sein Leben, aber ich … Nein, Willi! Tu es nicht, Willi!

Der erste Satz war Willi, den zweiten hab ich gesprochen. Wie gesagt, nur ein Beispiel. Was wirklich geschehen wird, wird sich erst zeigen. Bin schon voll krass gespannt.

Der Titel des Buches ist nicht Natascha Nataschowitzkas, sondern meine glorreiche Idee. Ich denke mal, der trifft den Nagel ganz gut auf den Kopf.

Willi W. -Vollwaise. Vollpfosten. Berufskiller!

*

Kleintümpelshausen, Mittwoch, 1.4.1987

»Uäh! Uäh!«

Ich kann zwar noch nicht reden, dafür aber umso besser schreien, hören und sehen. Ich besitze auch schon ein wahnsinnig gutes Gedächtnis. Wer diese Frau im Krankenbett vor mir ist? Nicht meine Mutter, da ich keine habe. Sie schreit wie am Spieß, so wie ich eben. Nein, nein, nein!, schreit sie. Immer wieder, als würde sie den Teufel vertreiben wollen. Oder sie ist eine Irre, die etwas ganz Furchtbares erlebt hat? Der rothaarige Herr, der gerade panisch aus dem Krankenzimmer rennt, als wäre er der Teufel, den die schreiende irre Frau nun doch in die Flucht schlagen konnte, ist nicht mein Vater. Dies behaupten zumindest die zwei komischen Krankenschwestern, die mit im Zimmer sind. Ihre Namen werde ich niemals mehr vergessen. Und wenn meine Hände einmal groß und stark sind, werde ich ihnen den Hals umdrehen!

Warum ich gerade so aufgebracht bin? Zum einen weil ich laut der Krankenschwestern ein Vollwaise bin, da man mich keinen Eltern zumuten könne. Zum anderen weil Klementine, die eine Krankenschwester, die mich eben im Arm hält, zur Adelgunde, der zweiten Krankenschwester gesagt hatte, sie solle ihr einen feuchten Waschlappen mit Schimmeltod-Bleichkonzentrat reichen. Adelgunde jedoch hat gesagt, das wäre sinnlos, das habe sie schon versucht, aber das Gesicht des Babys, sie meinte mich! Das Gesicht sei keine Theatermaske für einen Horrorfilm, die Fratze sei echt! Genauso echt wie das feuerrote Haar und die riesigen Ohren. So was Hässliches wie mich habe sie noch nie gesehen. *Mädchen*, habe ich mir gesagt, *das war dein Todesurteil!* Klementine, die andere Krankenschwester hat ihr Todesurteil mit ihrem

dreckigen Lachen unterschrieben. *He, was hast du vor?* Die
Frau, die nicht meine Mutter sein soll, schreit nicht mehr.
Stattdessen verlässt sie wie hypnotisiert das Zimmer. Aber
die zwei Lästerkrankenschwestern folgen ihr nicht, schade,
ich würde auch irgendwie allein klarkommen. Früh übt sich,
sagt der Volksmund, wem immer dieser Mund auch gehört.
Ah, jetzt weiß ich warum. Klementine meint, meine Nicht-
mutter gehe nur rasch runter zum Kiosk, ihre drei Flaschen
Vodka von vor zwei Stunden wären leer. Alle Achtung, so
viele Promille im Blut und dann die Tür alleine finden- top!
Alte, du gefällst mir. Dann ist mein Nichtvater wahrscheinlich unten ums Eck und raubt die dortigen Bank aus. Ist aber
ein schlechter Tag. Ich würde das am Monatsende machen,
da ist viel mehr zu holen. Da sind die Tresore proppenvoll!
Naja, wenn ich erst einmal selber einen Colt halten kann,
zeige ich euch allen, wie ein cooler Banküberfall geht. Ohne
Geiselnahme und ohne Schießerei mit den Bullen.

Bah, was ist das denn? Das stinkt ja fürchterlich! Hoppla,
das bin ich ja selber. He, ihr Schreckschrauben, ich brauche
eine frische Windel! Aber zackig! Und eine, die schmucker
aussieht. In Jeans- oder Glanzleder-Design wäre nicht übel.
Könnte sein, dass ein heißer Feger in meinem Alter in mein
Gemach kommt. Und ein bisschen Gel mit Flitter fürs Haar
könnte auch nicht schaden, sonst haut das Püppchen gleich
wieder ab.

He, hallo! Wer bist du denn? Man stellt sich gefälligst vor, wenn man ein fremdes Zimmer betritt, du Schnösel!

»Guten Tag, die Schwestern Klementine und Adelgunde, ich bin der nagelneue Stationsoberarzt. Professor Schneider. Tut mir sehr leid, dass ich meinen ersten Tag mit einer sehr miesen Nachricht beginnen muss … Genaugenommen sind es sogar zwei. Es geht um die Eltern des Säuglin … Bah, ist der Knabe potthässlich! Wo hat man den denn gefunden, auf dem Meeresgrund … in 7999 Metern Tiefe?«

Was quasselt der da, die Schwestern haben doch gerade felsenfest behauptet, ich hätte gar keine Eltern, sei bloß ein Vollwaise auf der Durchreise!

Spinn ich jetzt, der Fischkopp zeigt auf mich! Bringt mir sofort einen Spiegel! Ich und hässlich? Nie und nimmer! Ich bin mir sicher, schon sehr bald liegt mir mir die Damenwelt zu Füßen. Iiih! Sind das meine Füße? Bah, wie eklig!

»Uäh! Uäh!«

»Kleinen Moment, Herr Professor, der Kleine …«, meint Adelgunde und stürzt auf den Säugling zu, der nun auf der Wickelkommode liegt. »Ja was hat er denn?«

Frag nicht so blöd, du dumme Kuh! Die Windel habe ich voll, riechst du das nicht? Groß genug wäre dein Zinken!

»Klementine, der Willi braucht schon wieder eine frische Windel.«

»Näh' ihm doch den Arsch zu, Adelgunde, dann ist gleich Ruhe«, grinst Klementine.

Ich nähe dir auch gleich was zu, du krumme Seegurke. Ich glaube, spätestens morgen mache ich hier die Biege. So viel Dummheit hält doch keine junge Sau aus!

»So, Herr Professor, aber jetzt … Uff, drei Atemzüge von Willis Windel, schon muss man ins Sauerstoffzelt«, ist sich Adelgunde sicher. »Was ist mit Willis Eltern?«

Der Professor Schneider nickt. »Habt ihr ihn einfach Willi getauft oder kommt der Name von seinen Eltern? Egal, jetzt hat er eh keine mehr.« Die beiden Krankenschwestern sehen ihn verdutzt an. »Das sind ja die zwei schlechten News, die ich euch sagen will. … muss. Der Kindsvater wurde soeben bei dem Versuch eine Bank auszurauben, von Polizeikugeln durchsiebt.«

Na, was hatte ich vorhin gesagt. Der Typ, der nun doch mein Vater sein soll, ist sicher zu blöd für einen anständigen Bankraub. Na, jetzt war er mein Vater, aber zum Glück soll ich ja noch eine Mutter haben. Sie ist zwar voll die Schnapsdrossel, aber besser als nix, oder?

»Und seine Mutter hat sich eben vom 18.Stock der Klinik geworfen. Platt wie eine Flunder. Und ihre Leber muss auch geplatzt sein, der ganze Klinikhof stinkt jetzt nach Vodka.«

Äh, frage Herr Doktor. Krieg ich jetzt Vollwaisenrente?

»Uäh! Uäh!«

»Adelgunde, meinst du, Willi hat das eben mitgekriegt?«

»Nie! Diese kleine Stinkschleuder hat zwar riesige Ohren, aber kein Hirn. Und so, wie er aussieht, wird er auch niemals eines haben. Da müsste schon ein sehr, sehr großes Wunder geschehen, oder, Herr Doktor Professor?«

»Ich glaube nicht an Wunder, Schwester Klementine. Bei Willi schon zweimal nicht. Dem könnte man auch eine zwei Terabyte-Festplatte unter seinen missratenen Schädel pflanzen, es würde nichts nützen. Schönen Tag noch«, grinst der Doktor beim Verlassen des Zimmers.

Professor Schneider, du bist Numero 3 auf meiner Liste!

*

O ja, ich hatte auch Bauklötze gestaunt, als ich Willis erste Seiten seines Manuskripts las. Gerade mal eine Stunde ist er da alt. Das muss ich erst mal verdauen, es sacken lassen. Bei einem Haferl Kaffee. Einem Lac de Coffein.

Klingelinglingling.

Ich eile ans Küchenfenster, verstecke mich aber hinter der Gardine. Von da aus werfe ich einen Blick in jenen Spiegel, den ich gestern Abend an der Außenwand angebracht habe. Im Reflektor erspähe ich die ewig was fragende Nachbarin, sie scheint sehr nervös zu sein. Sie hält ein Gänseblümchen

in der Hand und reißt ihm alle Blütenblätter aus. So wie ich
es früher immer gemacht hab, wenn ich … Gänseblümchen?
Kurz vor Weihnachten? Ach, das ist ja ein Weihnachtsstern.
Ich muss mir einen größeren Außenspiegel zulegen. Es hilft
aber nix, ich muss aufmachen, sonst ruft diese dumme Nuss
gleich wieder den Notarzt. Schnell, mein Nachbar liegt blut-
überströmt im Haus! Und das nur, weil ich ihr mal nicht die
Tür geöffnet habe, obwohl sie mich kurz zuvor am Fenster
im Schlafzimmer gesehen hatte.

»O, Herr Nachbar!« Dass sie mich nicht gleich über den
Haufen rennt, als ich die Tür einen spaltbreit öffne, ist auch
schon alles. »Sie wissen nicht, was ich eben erlebt habe! Ich
bin noch total kirre im Kopf! Also, das war so …«

«Tut mir leid, Frau Nebenan, aber die Strohsterne warten,
ich muss sie fertigkriegen, sonst bringt mir mein Christkind
den Ferrari nicht, den ich auf den Wunschzettel geschrieben
hab.«

»In Rot oder Gelb?«

»Rosa. Und an den Flügeltüren sind putzige Bildchen von
italienischen Katzenbabys.«

»Ohhh, wie süß ist das denn! Dann lassen Sie sich von mir
nicht länger aufhalten, Herr. Ich muss auch weiter, ich habe
nämlich noch keinen Wunschzettel. Wenn ich bloß wüsste,
was ich mir …«

»Ehemann Nummer 8. Aber gleich mit Sarg!«

»Toll! Wenn ich Sie nicht hätte.«

Schon ist sie weg. Dann will ich doch gleich mal schauen, wie es mit Willis Leben weitergeht.

*

»Skalpell! Etwas schneller Schwester, bevor mir noch so übel wird, dass ich diese hässliche Fratze auf dem OP-Tisch ankotze. Es müsste gesetzlich verboten werden …«

»Herr Professor Schneider, der Blutdruck! Das Messgerät kann seinen Puls nicht mehr messen. Bei 299 hat es schlappgemacht.

»Passt doch, Schwester. Spritzen Sie ihm aber lieber noch eine Überdosis Adrenalin zum Narkosemittel, eine große - 200 ml, aber pur!«

200 ml? Dass ich nicht gleich lache. Ihr Idioten habt doch noch nicht einmal gemerkt, dass die Narkose nicht anschlägt bei mir. Da müsstet ihr schon mit ganz anderen Geschützen kommen. Und dimmt das Licht ein bisschen, es blendet. He, ich dachte du machst Spaß Professorchen, als du sagtest, du würdest mit ein nagelneues Gesicht zaubern. Aus dem 3D-Drucker. Mir einem Kunststoff, der mit mir mitwächst. Und die Ohren würdest du mir auch um ganze 80% verkleinern. Und die blonden Haar von einer Schimmeldame, von einem Pferd, willst du mir auch auf die Kopfhaut tun. Da erkenne

nicht einmal ich mich wieder, wenn du das wirklich machst.
Autsch! Pass doch auf, du Arschgeige! Ich bin ein lebendi-
ger Willi, kein toter Baumstamm! Dem kannst du die Rinde
abziehen, wie du willst, der merkt nix, aber ich! Noch einmal, dann beiße ich dir aber alle 10 Finger ab! Ups, ich habe
ja noch gar keine Zähne. Die kannst du mir auch gleich reinmachen. Aber aus 985er Weißgold!

He, ihr Dreckspack, das war gar kein Adrenalin, was die
Tussy mir eben grinsend gespritzt hat, das ist das Zeugs, mit
dem man Leute ins künstliche Koma versetzt! Mein Puls ist
jetzt nur noch auf 50, 40, 30 … Und warum hat mir der Kas-
per die Augen verbunden? Nein, nicht verbunden, er hat sie
mir rausgenommen. Hilfe!!!

»Das haben Sie super gemacht, Herr Professor. Schwarze
Augen passen einfach nicht zu blonden Haaren. Ich hatte eh
die ganze Zeit über das Gefühl gehabt, der Willi stiert mir
in den Ausschnitt – bis runter zum Bauchnabel!«

»Sie haben aber auch einen wunderschönen Bauchnabel,
Schwester Adelgunde! Nadel und Zwirn, bitte. Oder nein,
wir haben doch jetzt diesen Elektro-Tacker, der heftet sogar
Stahl auf Stahl, da wackelt dann nix mehr. Und nach der OP
bringt ihr beide den Willi sofort in den leeren Raum neben
der Leichenkammer!«

»Gute Idee, Professorchen, dann kann er sich auch gleich

von seinen Eltern verabschieden. Die Mutter hat man gerade vom Kopfsteinpflaster gekratzt und in eine Bio-Abfalltüte gesteckt. Sie steht bereits in der Kammer«, sagt Klementine. »Bei Willis Vater gibt es noch ein Problemchen. Jedes Mal, wenn man ihn von der Straße in die Klinik bringen will, geht der Alarm los. Man sollte der Polizei sagen, sie solle Munition hernehmen, die nicht auf Metalldetektoren reagiert. Äh, was machen Sie eigentlich nach der OP, Herr Professor? Ich habe gestern die Prüfung zur Ganzkörpermasseuse erfolgreich abgelegt. Der Prüfer hat gemeint, nachdem ich die praktische Prüfung dreimal wiederholen musste bei ihm, ich hätte bestanden. Aber ich müsse noch ein paar private Nachprüfungen machen.«

»Jaja, mein Kind, Prüfer können manchmal sehr hart sein. Wie heißt er denn, dein Prüfer?«

»Hatte er mir nicht gesagt. Äh, stimmt das eigentlich, dass er bei jeder Prüfung den Ehering abnehmen muss?«

»Jaja, unbedingt! Das mach ich auch immer. So, fertig!«

Ja, ich bin auch fertig. Wehe dir, du hast murks gebaut, dann ist die Kacke aber gewaltigst am Dampfen! Und jetzt will ich aber runter zu meinen Eltern, aber hurtig! He, wer bist du denn, Zuckerschnecke? Heute schon was vor?

Eine weitere Krankenschwester kam eben zur OP-Saaltür hereingestürzt.

»Herr Professor, wir haben doch den leeren Raum. Gleich neben der Leichenkammer. Da waren Willis Eltern …«

»Wieso waren, Schwester?«

»Die Leute von der Sondermüllentsorgung, die immer … Sie wissen schon. Sie hatten die Türen verwechselt. Jetzt hat der Willi garantiert keine Eltern mehr. Jetzt ist er sozusagen Doppel-Vollwaise.«

Super, dann kann ich doch die Waisenrente gleich doppelt beantragen. Und zwei Millionen Schadensersatzknete - für aus Unachtsamkeit verloren gegangener Eltern!

»Sollen wir Willi trotzdem in die Kammer bringen?«

»Nein«, grinst der Professor. »Ich habe eine viel bessere Idee. Bringt ihn ins Waisenhaus. Legt ihn dort heimlich vor die Tür. Aber nicht vor Mitternacht. Sie sollen denken, Willi ist ein Außerirdischer. Und aufpassen, sie haben jetzt über allen Türen Kameras angebracht. Hochauflösend. Und legt einen Brief mit dazu.«

»Können Aliens schreiben?«, fragt Adelgunde. »Ich habe immer gedacht, sie können nur mit dem Leuchtschwert und der Laserpistole umgehen. Was soll in dem Brief stehen?«

Der Professor setzt sich an den Klinik-PC und schreibt:

Seid gegrüßt, Erdenbürger.

Wir hatten leider in der Nacht auf eurem mickrigen Planet

notlanden müssen. Einer eurer altmodischen Handy-Satelliten hat sich in einem unserer Triebwerke verfangen. Doch dank eines passenden Schraubenschlüssels, den wir zufällig in einer Bio-Tonne fanden, war das Raumschiff bald wieder startklar. Als Zeichen unseres friedlichen Besuches, lassen wir euch dieses kleine Präsent zurück. Es heißt Willi. Er ist während unserer Reparaturarbeiten am 1.4.1987 aus einem erkalteten Meteoriten geschlüpft. Da es die Rasse bei uns nicht gibt und auch nicht lebensfähig wäre, sollt ihr nun das Vergnügen haben, ihn großzuziehen. Solltet ihr jedoch für Willi keine Verwendung haben, in der Schraubenschlüssel-Bio-Tonne, Ecke Emdener und Leerer Straße, ist noch Platz. Mit galaktischen Grüßen, eure Sternennachbarn.

P.S. Willi hat Blutgruppe A-positiv.

»Das dürfte genügen, Schwester Adelheid. Und jetzt weg mit ihm, bevor ich noch Alpträume kriege.«

»Alles klar, Chef! Soll ich ihm noch ein blaues Bändchen ins blonde Haar flechten?«

»Gute Idee, Adelheid. Nimm aber eines, womit man sonst Weihnachtsgeschenke einpackt, da sind Sterne drauf.«

»Hihi. Ja, das ist lustig, Professorchen. Willi, das Sternenkind aus einer fremden Galaxy. Aber wäre es dann nicht viel klüger, wir würden Willi an die NASA verkaufen? Anonym natürlich. Haben Sie Liechtensteiner Nummernkonto?«

»Nö, auf den Kaimans. Aber das ist schon so voll, es platzt bald. Na, was solls, das Kinderheim freut sich sicher.«

Ja, ich freue mich auch! Weil ich denen da die Hölle heißmachen werde. Im wahrsten Sinne des Wortes.

*

Das hört sich aber gar nicht gut an, was Willi da denkt. Mal sehen, ob er es auch macht. Aber wie ich eben in seinen Unterlagen lese, scheint er in seinen ersten Lebensjahren ein braves Knäblein gewesen zu sein. Zumindest hat er nichts Schlimmes notiert. Aber wie heißt es? Stille Wasser ....

Ring. Ring. Jingle Bells, Jingle Bells ...

»Hallo, Walburga, alte Weihnachtsglocke.«

»Selber hallöchen, Fredy. Wenn du glaubst, dass das, was du über Willis Geburt gelesen und fast wahrheitsgetreu wiedergegeben hast, alles ist, dann hast du dich aber gewaltigst geschnitten. Warte ab, bis Willi in die Flegeljahre kommt.«

»Du weißt also schon, was er dann alles anstellen wird?«

»Nein, aber meine Glaskugel hört deine Gedanken ab. Ich lausche nur mit. Hab jetzt Quadrofonie-Lautsprecher.«

»Jaja, und wahrscheinlich auch noch in Farbe. Haha!«

»48 Mega-Pixel auf den Quadratmillimeter. Schärfer geht es nicht.«

»Doch, Walli. Wenn ich bei Rebecca bin und ...«

»Lustmolch! Äh, wann bist du wieder bei ihr?«

»Vergiss es, Walburga. Sie hat ihr Schlafzimmer jetzt mit Strahlen durchscheinsicheren Bleitapeten versehen. Da hat selbst deine Spy-Glaskugel keine Chance mehr.«

»Du vergönnst mir aber auch gar nix, Fredy. Kannst du da nicht ein kleines Löchlein reinbohren? Ein ganz kleines?«

Tut. Tut. Tut. Da der Satellit gerade gewartet wird, ist Ihr Gesprächspartner heute nicht mehr zu erreichen.

So, die ist erst mal ruhiggestellt. Jetzt ein Käffchen, dann geht's weiter.

*

»Willi!!! Komm sofort her, du Saukerl, du missratener!«

»Was ist denn, Fräulein Babette?«, fragt Willi.

»Was ist das?!«

»Das ist eine Katze, Babette. Hast du noch nie eine Katze gesehen?«

»Schon, aber noch nie kopfüber am Treppengeländer hängend. Wo hast du das Seil her, mit dem du sie an den Füßen gefesselt ans Geländer gehängt hast, Willi?«

»Ach, das habe ich letzte Nacht von einem Fischkutter im Wattenmeer runtergeklaut, warum?«

»Willi, du hattest zwar gestern deinen Geburtstag, aber du bist erst drei Jahre alt geworden. Ludowika, Hilfe! Was soll nur aus einem Gör wie dem Willi werden?«

»Schau ihn dir an Babette, dann weißt du es. Ein astreiner Berufskiller wird aus Willi«, weiß Ludowika sanft lächelnd. »Letzte Woche hat er siebzehn Gänsen den Hals umgedreht. Die Woche davor, als wir mit den Heimkindern den Ausflug gemacht hatten, hat er im Hafen von Emden ein Kreuzfahrschiff aus Grönland-West versenkt. Und davor …«

»… hat er unseren Pförtner erschossen und behauptet, der habe Selbstmord begangen. Die Polizei hat es ihm geglaubt, aber ich hab gesehen, wie er seinen Revolver im Sandkasten verbuddelt hat. Ich frag mich nur, wie er an das Schießeisen rangekommen ist, Babette.«

»Der gehörte dem Bullen, der mich vor vier Wochen beim Ladendiebstahl erwischt hat«, meint Willi cool.

»Himmel, das weiß ich ja noch gar nicht«, stöhnt Babette, der Ohnmacht nahe. »Was hast du stehlen wollen, Willi?«

»Ach, bloß Kleinkram. Eine Megapackung Kondome und eine Pulle Kentucky Bourbon-Whiskey. Ah ja, und das neue Smartphone von …«

»Willi, ab in dein Zimmer!«, befiehlt Ludowika.

Sie und Babette sind die Erzieherinnen des Kinderheims, vor dem man Willi nachts abgelegt hatte, und sie ärgern sich jeden Tag aufs Neue über Willis Untaten.

Wenn ihr zwei dummen Hennen wüsstet, dass ich jetzt auf meinem Zimmer einen Laptop und eine geile Spielekonsole mit lauter schrägen Ballerspielen stehen habe. Aber die zwei Tussen riechen es ja nicht mal, wenn ich am offenen Fenster rauche. Echt voll cool der Stoff, den ich mir per Internet aus Holland hab kommenlassen. Und Babette hat bis heute nicht gemerkt, dass ich den mit ihrer Kreditkarte bezahlt habe. Da hat sie mich eben auf eine geile Idee gebracht. Muss gleich mal schauen, wo es eine Ausbildungsstelle zum Berufskiller gibt. Wozu gibt's schließlich das Internet. Haha.

»Babette, leg ihn aber in Ketten, sonst türmt er wieder!«

»Okay. Soll ich ihm auch die extrastarken Schlafpillen in den Kakao tun, Ludowika?«

»Nein, jetzt noch nicht. Ist doch erst 10 Uhr Vormittag, da kann Willi ruhig noch ein bisschen mit dem Kopf gegen die Wand klopfen. Die Wand hält es aus. Und bei ihm kann nix kaputtgehen. Hässlicher kann er davon nicht werden.«

»Ja, hast recht, Ludowika. Hoffentlich klappt das morgen mit den neuen Pflegeeltern, sonst sorge ich dafür, dass Willi beim nächsten Ausflug vom Emdener Leuchtturm fällt!«

Der Emdener Leuchtturm? Geil! Da kann ich ja ... Nanu, was macht den der Meik wieder bei uns, den hatten sie doch gestern adoptiert, oder?

»Howdy, Meik. Woran hat's diesmal gelegen?«

»Caramba, hör bloß auf Willi. Hätte alles so easy gepasst. Supervilla mit Pool und Billard im Keller, geile Dienstmagd und Rolls mit Chauffeur. Jede Menge Schwarzgeld im Safe und jedes Wochenende steigt eine Fete mit Gogo-Girls, bei der auch im Sommer Schnee auf den Tischen liegt. Aber die bescheuerte Alte vom Alten hatte irgendwie spitzgekriegt, dass ich kubanisch Wurzeln habe.«

»Du bist aber auch selten dämlich, Meiki. Ich hatte dich noch gewarnt. Aber du musstest dir ja unbedingt ein Tattoo mit Fidel und Che stechen lassen. Putzige Katzenbabys habe ich dir geraten, oder Leopardenbabys, bei denen wird jede Frau schwach. Selbst eine schrullige Adoptivmutter.«

»Jaja, du Klugscheißer. Hab morgen schon einen Termin bei Rodriguez de la Corrupta. Er macht mir aus den Köpfen am Rücken die Gorch Fock mit gehissten Segeln.«

»Na also, geht doch, Meik. Pass aber auf, dass er nicht auf jedes Segel Totenköpfe draufsticht. Die kommen auch nicht besonders gut an. Hugh, bis später, ich muss wieder mal die abschließbaren Socken mit den Eisenketten anziehen.«

Komischer Kauz, dieser Meiki. Hat mit 16 in der sechsten Klasse, den Schulabschluss nur ganz knapp verpasst, hat in Mathe sogar 'ne 5,4 geschafft, aber mit Adoptiveltern hat er einfach kein Glück.

»Willi, kommst du, deine Strümpfe sind fertig! Ich habe

sie dir ein bisschen mit Zweitakter-Öl eingefettet, dann gibt es nicht wieder so hässliche Striemen, wenn du zu fest daran ziehst. Hast ja gehört, morgen bekommst du Eltern. Sie sind zwar nur vorübergehend, aber besser als gar keine Eltern«, lacht Ludowika. »Benimm dich aber, wenn sie dich morgen abholen. Oder willst du, dass es dir wie dem Meiki geht? 16 Jahre und noch immer bei uns. Nicht mal das nette Pärchen aus Grönland hat ihn lange ertragen. 2 Tage nur, dann hatten sie ihn bei unserer Köchin gegen eine Dose Kieler Sprotten eingetauscht. Der Generalkonsul von Grönland hatte darauf gepocht, sonst würde er Kleintümpelshausen dem Erdboden gleichmachen.«

Soso, dann bin ich schon mal auf morgen gespannt. »He, Babette, ich hab Hunger. Bring mir rasch 2 Monster-Burger, eine Riesentüte Pommes rot/weiß, einen Kübel Popcorn und die Porno-DVD, die du dir letztes mit Ludowika angeschaut hast.«

»Das war eine Doku über Bienen und Blümchen, Willi!«

»Ah! Und wer bei euch war die Biene und wer die Blume, die von dem Bienchen bestäubt wurde? Ich hatte euch leider nur laut und lange stöhnen gehört, aber nicht gesehen.«

»Ich hab nicht gestöhnt, Willi. Ich hatte nur die Couch im Aufenthaltsraum etwas zur Seite schieben müssen, weil mir der Vibr … Ventilator … Drücken die Socken noch, Willi?«

»Pass schon, hab vorher noch mal reingepinkelt!«

»Supi!«, freut sich Babette.

»Und was ist mit meinem Happi, happi?«

»Das können dir ja morgen deine Pflegeeltern kaufen! Als Willkommensgeschenk. Oh, schon so spät? Ich muss, Willi, die Videothek macht eben auf. Muss da was zurückbringen, sonst muss ich für 4 Wochen Überziehungszins zahlen.«

Mann, war das eine beschissene Nacht. Ich hab geträumt, meine Pflegeeltern sind schon über 80, fast blind und haben eine polnische Dienstmagd, die auch nicht recht viel jünger ist.

»Willileinchen, Sonnenscheinchen. Kommst du bitte runter, deine lieben Pflegeeltern sind da!«

»Wenn mich jemand von den Ketten befreit!«

»Hach, ist er nicht süß, der Willi. Immer zu scherzen aufgelegt, Herr und Frau Schnöselig. Babette, schaust du bitte nach Willi, er findet sicher seine Straßenschuhe nicht.«

»So, da sind wir auch schon«, grinst Babette. Sie hat Willi so fest am Genick, dass er freiwillig ein lächelndes Gesicht macht. »Sehen sie nur, Herr und Frau Schnöselig, wie Willi sich freut, Sie zu sehen. Seit gestern redet er bloß noch von Ihnen. Gell, Willi?«

»Aha? Äh, ich meine, jaja, und wie!«

»Das ist seine Geburtsurkunde, Frau und Herr Schnöselig. Die Papiere hatten Sie ja schon unterschrieben.«

»Ja«, nickt Eusebia Schnöselig. »Unsere Dienstmagd, die Romina Rominovsky hat es für uns gemacht. Sie wissen ja, wird sind nicht mehr so gut mit den Augen. Gell, Gustav?«

»Hä? Hast du was gesagt, Eusebia? Wo steckst du eigentlich?«

»Hier, Gustav, ich stehe direkt neben dir!«

»Ach so, du bist das. Ich dachte, es sei eine Ritterrüstung. Die fühlen sich auch kühl wie ein Eiszapfen an. Können wir gehen, ich muss meine Herz-Kreislauf-Pillen nehmen.«

»Morgen wieder, Gustav, du hattest heute schon welche.«

»Die sind aber so köstlich. Sind mit Armagnac gefüllt, hat die Romina gemeint, als sie nachgeschaut hat, ob ich wieder den Wandsafe offengelassen hab. Sie war so lieb und hat ihn zugemacht. Bloß gut, dass sie die Kombination auswendig kennt. Ich gab sie ihr, da ich sie ständig vergesse. Die Kombination, nicht die süße Romina.«

»Aha, da haben wir es ja schon wieder, du alter Bock! Den Namen von der Romina kannst du dir merken, aber dass wir beide schon seit 62 Jahren verheiratet sind …«

»Hä, was sagst du, ich hör nix!«

»Los, komm, Willileinchen, wir gehen jetzt nach Hause«, faucht Eusebia. Sie nimmt den sprachlosen Knaben bei der Hand. »Die Romina, sie kommt aus Polen. Sie hat dir schon ein putziges Kinderzimmer eingerichtet. Ich hoffe, du hast nichts gegen rosa, Willi. Das Himmelbettchen hat Rüschen und nachts leuchten ganz viele Sterne oben am Betthimmel. Die Tapete hat ein tolles Motiv. Katzenbabys! Alle Kinder mögen Katzenbabys, sagt Romina. Auf der Bettwäsche sind keine, da sind Feuerwehrmänner drauf. Buben möchten später einmal Feuerwehrmann werden …«

»Sagt die Romina, oder?«

»Toll, Willi! Woher kennst du die Romina, ich hab sie dir doch noch gar nicht vorgestellt, oder? Äh. Wo sind wir hier, Gustav? Das hier ist doch nie und nimmer das Vereinsheim, wo dein Veteranentreffen immer stattfindet.«

»Doch, doch, Bianca. Da vorne stehen die Kanonen.«

»Das sind aber keine Kanonen, Herr Schnöselig, das sind die Heizungsrohre unseres Instituts.«

»Oh, ein Luftschutzbunker! Wo steckt meine Alte, Ludowika, ist die Luft rein? Wir könnten doch …«

»Sie steht direkt hinter Ihnen, Herr Schnöselig.«

»Wer bin ich? Herr Schnöselig? Kenn ich nicht. Eusebia, lass uns heimgehen, das Schloss hier gefällt mir nicht. Hier spukt es. Nein, das kaufen wir nicht.«

Mich trifft beinah der Schlag als wir an der Luxusvilla von den Schnöseligs ankommen. Die ist nämlich gar keine Villa, sondern eine bessere Gartenlaube mit drei Zimmern. Rolls und Chauffeur waren auch nur gemietet, um im Kinderheim einen besseren Eindruck zu machen. In ihrer Küche steht ein Kohleofen, mit dem auch schon Karl der Große gekocht hat. Die Fenster sind so klein, dass man sogar bei strahlendstem Sonnenschein Licht anmachen muss. Natürlich mit Kerzen, nicht elektrisch. Ihr Garten ist riesig. Eine Tomatenpflanze und ein Zwergbonsai-Apfelbaum haben darin Platz. Und so eine Art Hundehütte. Die ist die Einliegerwohnung von Romina, der polnischen Pflegekraft. Eusebia stellt sie mir gerade vor. Sie meint, Romina sei früher oft im Ausland gewesen, habe als Putzdame gearbeitet. Bei Geheimdiensten. Russland und China, Amerika und England. Auch in Frankreich, aber dort nur ganz kurz, da war ihr der Boden unter den Füßen zu heiß geworden. Wegen Fußbodenheizung und so.

Trotz der ersten Enttäuschung finde ich doch noch einen winzigen Lichtblick. In meiner Kammer, 2 auf 2,20 Meter, gibt es weder ein Himmelbett noch Katzenbabytapeten. Sie besteht nämlich nur aus vier Holzwänden, einem Guckloch in der ekelig quietschenden Tür, Pritsche mit Strohmatratze und einem Tisch, auf dem grade mal ein Fressnapf Platz hat.

»Na, Willi, wie gefällt dir unser Schloss? Mein Gustav hat es vor 62 Jahren mit den eigenen Händen erbaut. Nur sieben Jahre hat er gebraucht«, sagt Eusebia mit stolzgeschwellter Brust. »Und wenn du was haben willst oder brauchst Willi, unser Willileinchen, so sage es einfach der Romina, sie sieht dann zu, was sie wo organisieren kann. Romina hat echt ein Händchen dafür, wenn es darum geht, uns nicht verhungern zu lassen. Letztens hatte sie sogar einen ganzen Sack Hafer angeschleppt, vom Pferdegestüt um die Ecke. Acht Wochen lang hatten wir jeden Tag eine Mahlzeit. Den Hafer hatte sie aber nicht mit Brunnenwasser gekocht. Nein, mit frischer Milch. Du musst wissen, der Bauer, der ums andere Eck, der ist ein ganz reicher Schnösel, der hat gleich zwei Milchkühe und eine Legehenne, die fast jede Woche ein Ei legt. Er lässt sich den Reichtum aber nicht raushängen. Und bei dem holt unsere Romina immer die Milch. Um drei Uhr nachts! Der Bauer steht nämlich erst um vier Uhr auf. Ach ja, ehe ich es vergesse, das Klo steht im Garten. Die Romina zeigt dir, wo du deine Scheiße entsorgen kannst, wenn der Eimer voll ist. Pinkeln darfst an den Gartenzaun vom Bauer Hein.«

»Wie lang ist meine Kündigungsfrist, Eusebia?«

»Aber, Willi, wer wird denn gleich die Flinte in das Korn werfen wollen. Willst du wirklich wieder in das furchtbare Kinderheim zurück, in dem es jeden Tag nur Pizza, Burger, Spaghetti Bolognese oder Carbonara gibt. Wo ihr Ausflüge zum Emdener Leuchtturm machen müsst! Beim Gustav und bei mir gibt es so was nicht. Bei uns darfst du machen, was du willst. Geschirr abspülen, den Müll im Garten vergraben. Du musst dich auch nicht waschen, das macht der Regen.«

»Ah, papperlapapp, Eusebia«, meldet sich Romina. »Hör nicht auf das blöde Gewäsch, Willi. Du hast ja sicher schon gemerkt, dass sie und der Gustav kein Gramm Hirn mehr im Schädel haben. Wenn etwas ist, frag mich. Ich fahre einmal die Woche nach Leer.«

»Warum?«

»Um meine private Speisekammer aufzufüllen. Bin doch nicht blöd und fresse deren Haferbrei! Komm, ich zeig dir mein Reich, Willi. O Gott, wie kann man nur Willi heißen? Wie wäre es, wenn ich dich ab sofort Rudi nenne. Rudi, das war mein bester Kumpel. Leider hat man ihn vor drei Jahren beim Pokern erstochen. Pech, Ass aus dem Ärmel gefallen.«

»Danke, ich bleibe lieber der Willi, Romina. Du sagst, du fährst öfter nach Emden, könntest du mich mal mitnehmen, ich hätte dort was Wichtiges zu erledigen.«

»Klaro. Hast wohl ‚ne fesche Freundin dort, oder?«

»Hä? Ich bin erst drei! Mein Dealer wohnt in Emden. Der Peter van de Mar.«

»Was, du kennst den Peter? Uff. Wie alt bist du, drei? Ich hab erst mit vier angefangen. Nicht Koks, Vodka.«

»Ach, der schmeckt doch nach nichts. Bourbon ohne Eis, da ist Musik drin. Kommst du irgendwie an ein Handy ran, Romina, ich fühle mich ohne wie nackt.«

»Null Problemo, Willi. Prepaid oder Vertrag?«

»Kommt drauf an, auf welchen Namen der Vertrag läuft.«

»Eusebia Schnöselig. Deiner würde auf Gustav laufen, ich habe beide Kreditkarten. ihre Unterschriften beherrsche ich blind. Sie wissen eh nicht, wie viel Rente sie haben. Ich sage immer, sie müssen eisern sparen, sonst würde man ihnen ihr Haus unterm Arsch wegpfänden. Das zieht immer.«

»Du gefällst mir, Puppe! Was machst du in zehn Jahren? Ich bin Junggeselle, Romina, und du trägst keinen Ring.«

»Ruf mich einfach in 10 Jahren an, Willi, ab morgen hast du ja Handy.«

»Mit riesig viel Speicherplatz. Für Fotos von den Banken in Emden, Leer, Kiel und Kleintümpelshausen.«

»Banken überfallen? Geil, Willi!«

*

Irgendwie habe ich das Gefühl, unser guter Willi haut da ein bisschen arg aufs Blech in seinen Memoiren. Ich könnte mich heute nicht mehr daran erinnern, was ich mit 3 Jahren gesagt und getan oder getrunken habe. Als Willi seine Erinnerungen auf Papier schmierte, war er schon 34. Da wusste ich, dass ich mich im Kindergarten zu Fasching als Cowboy verkleidet habe, und dass die Schultüte bei der Einschulung fast so groß gewesen war wie ich. Ich werde sicher auch nie vergessen, wie ich im Ferienheim ins Bienennest gestiegen war. Mein Fuß war auf Fußballgröße angeschwollen. Hatte zwar sauweh getan, hatte mir auch eine Menge Süßigkeiten eingebracht. Schoki, Gummibären, Kaugummi und Kekse, Kekse, Kekse. Oha, da fällt mir gerade ein, ich muss ja noch einkaufen. Ich hab keine Joghurts mehr im Haus, auch nicht im Garten.

Ich, Fredy, nicht Willi, bin noch 10 Meter von dem Laden meines Selbstvertrauens entfernt, da rollen sie schon den roten Samtflorteppich aus. Als ich den Laden lächelnd betrete, reicht mir meine Lieblingsverkäuferin ein Haferl schwarzen Kaffee und wünscht mir ein wunderschönes Einkaufserlebnis. Demütig meint sie, heute sei die Kühltheke wieder randvoll. Es tue ihr ja so leid, dass wegen der Wartungsarbeiten gestern mein Lieblingsjoghurt nicht dagewesen sei. Ich verzeihe ihr und stolziere zur Theke, in der Wurst, Käse, Milch und auch Fruchtjoghurts stehen. Pfirsich-Maracuja ist mein absoluter Lieblingsfavorit. Geht super zum Beamen, besser als ein Becher vom Kirsch-, Birne- oder Zitronenjoghurt.

Sieben Becher landen zuhause in meinem Kühlschrank,

dem achten Pfirsich-Maracuja-Joghurt geht es sofort an den Kragen. Behutsam ziehe ich den Aludeckel ab. Der langstielige Löffel liegt schon parat. Mit dem gelingt es mir, dass im Becher nichts zurückbleibt. Mein Löffel wandert danach ins Spülbecken, Becher und Deckel in den Müll – natürlich fein säuberlich getrennt.

Dann drucke ich das bisher von mir Geschriebene aus und stecke es in ein Kuvert. Ich hatte Natascha versprochen, ich würde ihr jedes Kapitel aus Willis chaotischem Lotterleben separat zuschicken. Damit Rebecca Nataschas Post nicht zu sehen bekommt, versiegle ich den Umschlag. Drei Mal. Ich habe ein Siegelset. Das Wachs ist rot, der Stempel trägt das Stadtwappen von Kleintümpelshausen. Hat mir Bruni einst geschenkt. Für Notfälle. Und heute ist ein Notfall. Rebecca soll Nataschas Post nicht heimlich öffnen können. Daher die Dreifachversiegelung. Ein Siegel kann ja mal kaputtgehen, aber nicht alle drei. Das Schwierigste am Verschicken ist: wo ist ein Briefkasten? Früher gab es die in Hülle und Fülle. An jeder Straßenkreuzung war einer gestanden, doch heute muss man durch die halbe Stadt rennen, um einen zu finden. Ich weiß aber, wo einer ist. Gute fünfzehn Gehminuten von meinem Heim entfernt. Zwei brandgefährliche Kreuzungen muss ich überqueren, um den Brief an Natascha einwerfen zu können. Eine Brieftaube wäre jetzt angebracht. Aber die macht viel Dreck. Füttern müsste ich sie auch. Und das

Futter ist auch nicht billig. Teurer als das Briefporto. Also laufe ich los. Dicke Jacke, Frotteesocken, die hohen Stiefel sind Lammfell. Taubenzüchter füttern ihre Tauben mit Vogelfutter, aber wer hat meine Stiefel mit Lammfell gefüttert? Ein Fell- oder Lammzüchter? Die schneewetterfrostfeste Winterjacke ist wattiert. Nicht mit Gänsedaunen, kommt gar nicht in Frage. Mir ist schön warm und die Gans erfriert.

Oje, kaum redet man von Gänsen, kommt auch schon eine angewatschelt. Keine graue, eine dumme!

»Hallo, Herr Nachbar. Na, an wen schreiben wir heute, an das Finanzamt?«

»Wir? Ich weiß ja nicht, an wen Sie … Ah, doch. An das Amt, das vermisste Ehemänner nach einer gewissen Zeit für tot erklärt, damit die Gattin das fette Erbe einstreichen kann. Ich schreibe gerade an meinen Brieffreund, den Dogen von Venedig. Sehen Sie die drei Siegel?« Ich halte sie ihr unter die Nase, aber nur winzig kurz, damit sie nicht sieht, dass es das Siegel von Kleintümpelshausen ist. »Der Doge hat mich zum Karneval eingeladen. Anfang Februar in Venedig. Jetzt muss ich den Empfang beim Dalai Lama auf Juli umlegen.«

»Oh! Und was ist mit der Audienz in Buckingham?«

»Auch daran habe ich bereits gedacht. Ich fahre jetzt nicht zu Charles, er kommt zu mir, Frau Neugierig. Im August, wenn ich das Grillfestival schmeiße. Die Models von Gucci,

Viktoria's Secrets, Lacoste und L'Oréal kommen auch.«

»Wau! Kommt der Pitt …«

»Nein, der dreht da gerade. Und vergeben ist er auch. Sie brauchen sich also keine Hoffnung zu machen, dass er Ihr Gatte Numero 8 wird.«

»Scheiße. Na, dann muss ich mich wohl doch noch bei ein paar weiteren Partnersuchbörsen anmelden.«

»Genau, machen Sie das, Frau Huber, Meier und Co. Die Hoffnung stirbt bekanntlich zuletzt. Schönen Tag noch. Und viel Spaß beim Suchen. Aber vielleicht hat ja dieses Jahr das Christkind …«

»Himmel! Der Wunschzettel! Danke, Sie sind ein Schatz, Herr Nachbar. Tschaui!«

Kapitel 11

Ich freu' mich ja so! Endlich darf ich in die Schule!

Ja, Willi ist jetzt schon sechs Jahre alt. Seit seinem dritten Lebensjahr hatte er x-mal die Pflegeeltern und Kinderheime gewechselt wie andere die Socken. So steht es zumindest in seinen Aufzeichnungen. Aber die letzten drei Jahre, schreibt er, seien so schnöde verlaufen, dass er diese erst gar nicht in seinen Memoiren erscheinen würden.

Da ich natürlich schon ein paar Seiten vorausgelesen hab, kann ich nun auch gleich weitermachen. Und das wird, wen wundert es – heftig! Wie gesagt, Willi ist jetzt 6 Jahre alt.

*

Gestern war ich wieder ins Heim zurückgekehrt – nach 8 Wochen Entziehungskur! Nix mehr Bourbon Whiskey, nix mehr kiffen. Entweder ich geh freiwillig hin, hatte die Tussy im Kinderheim gedroht, oder ich dürfe nicht zur Schule. Nix Schultüte, nix Lehrer ärgern. Letzteres hatte ich mich schon fest vorgenommen. Die Lehrer, nicht aber die Pädagoginnen zu triezen. Jetzt stehe ich vor der besten Schule von Kleintümpelshausen. Es gibt nur eine. Bei gerade mal 90 Einwohnern, zehn im Kindesalter, da genügt das auch vollkommen.

Das zweite Schulkind, ich bin das erste, ist weiblich, also ein Schulkind/in. Sie kommt heute in die zweite Klasse. Das heißt: Eins zu Eins. Ein Schüler gegen eine Lehrkraft*in – pro Unterrichtsstunde. Jede Stunde, die in der Schule komischerweise nur 45 Minuten dauert, kämpft ein Schüler/in gegen eine Lehrkraft. So hat man es mir die Romina erklärt, als ich als 3-jähriger bei ihr und dem Ehepaar Schnösel war. Aber nicht lange. 11 Tage, dann hatten sie mich wieder umgetauscht. Gegen Detlev. Fette Hornbrille, doof wie trocken Brot. Er hatte mit vier Jahren noch nicht einmal gewusst, dass es Männlein und Weiblein gibt. Aber Geige spielen kann er, der Knilch. Da geht mir echt der Blondschopf hoch. Geige spielen, statt Mädels anzubaggern.

»Willi Willisen?«

Ich heiße jetzt nicht mehr bloß Willi. Ich heiße jetzt mit zweitem Namen Willisen. Toll, denn das heißt, ich bin jetzt erwachsen. Kinder ruft man nur mit dem Vornamen.

»Ja, was ist? Wann ist Pause? Wo ist hier das Scheißhaus? Sind Sie mein Lehrer*in? Ledig? Mögen Sie rote Rosen und Bilder von putzigen Katzenbabys? Und wann krieg ich mein Zeugnis? Das brauch ich für die Lehre zum Berufskiller.«

Hab ich was vergessen? Schauen wir mal, was der Tag so bringt. Wenn diese komische Tante an der Tafel vorne zickt, packe ich sofort meine Schultüte und hau wieder ab.

»Das waren ja jetzt ganz schön viele Fragen auf einmal, mein lieber Willi«

*Hä, hast du 'nen Knall? Von wegen mein lieber Willi, du bist überhaupt nicht mein Typ*in.*

»Zuerst ja, ich bin ab heute deine Lehrerin. Ich werde dir das Schreiben, Lesen, Rechnen und noch so manches mehr lehren, damit aus dir mal etwas Ordentliches wird. Was ich von dir bisher so hörte, war nicht gerade sehr berauschend. Leute ärgern und so. Doch das werde ich dir rasch austreiben.« Sie hat einen langen Zeigestab aus Eiche in der Hand und zeigt damit auf Willi. »Ich bin Emma Emmersen, man nennt mich die knallharte Emma! In den nächsten 9! Jahren mache ich aus dir einen Finanzbeamten oder Abgeordneten. Wenn du aber bei mir in der Schule nicht richtig mitmachst, wirst du entweder auf einem maroden Fischkutter als Krabbenpuhler landen oder in einer stinkenden Gosse. Liegt also allein an dir, was mal aus dir wird, Willi.«

»Das weiß ich schon. Berufskiller! Sie lehren mir Lesen Rechnen, Schreiben, davon aber nur das Wichtigste, und ich verspreche, dass ich fromm, wie ein Lämmchen bleibe. Ich habe nämlich auch einen netten Spitznamen. Trapper Willi! Mist, jetzt hab ich mein Bowie-Messer vergessen. Na, dann bringe ich es eben morgen mit. Aber dann können Sie diesen albernen Zauberstab, den sie in Ihrer faltigen Hand halten, ganz schnell vergessen. Deal?«

Warum grinst du jetzt so blöde? Denkst du vielleicht, ich mache spaß? Hä, was macht sie denn jetzt?

»Schau mal, Willi, was der alberne Zauberstab kann. Der kann sich im Handumdrehen in ein …«

Bah, spinne ich? Das Ding ist ein getarntes Schwert. Und es sieht ganz so aus, als wäre es scharf wie Chili.

»Okay, überredet. Ich lass mein Messer zu Hause und Sie lassen dafür Ihr Henkersschwert stecken. Ich kann nämlich kein Blut sehen. Ich meine damit aber nicht meins!«

*

Nach nur einer Woche Schule erkenne ich mich nicht wieder. Ich kenne die Buchstaben A, B und C nicht nur, nö, ich kann sie sogar schreiben. Groß und Klein! Auch weiß ich, wie eine Lesefibel von innen aussieht. Tante Emma, ich darf jetzt Tante zu ihr sagen. Sie meint, in zwei Jahren würde ich Micky Mouse und Bussi Bär lesen, nicht nur durchblättern können. Und ich Idiot hab auch noch brav genickt. Ich habe echt Angst, meine Würde zu verlieren. Was soll aus meinem Traum werden. Echte Berufskiller lesen doch keine Comics, sie lesen Gebrauchsanleitungen für Pistolen und Gewehre!

Nein, so darf das nicht weitergehen, sagt mir mein zweites Ich. Doch mein erstes Ich, der brave, liebe Willi in mir. Ich weiß auch nicht, wo er plötzlich herkommt. Er hält dagegen.

Willi, willst du mal so enden wie deine Eltern? Säuferleber oder von Kugeln durchsiebt? Nein, will ich natürlich nicht. Schon gar nicht jetzt, wo ich bald die Baupläne von Banken und Kunstmuseen lesen kann. 13 rechts, 48 links, 87 rechts. Das waren Vaters letzte Worte, ehe er zum letzten Bankraub aufgebrochen und nicht wiedergekehrt war. Ich glaub nicht, dass die Kleintümpelshausner Zentralbank die Kombination für ihren Safe inzwischen geändert hat. Diese wird nämlich mein erstes Ziel, sobald ich mit der blöden Penne fertig bin. Ich brauche schließlich Startkapital. Startup nennt man das heute, wenn jemand mit einer genialen Idee ganz groß rauskommen will, der aber selbst keine Kohle besitzt. Die leihen sich das Geld und zahlen es dann irgendwann einmal wieder zurück. Was ich natürlich nicht vorhabe. Ich bin doch nicht bescheuert. Er mach ich mir die Hände schmutzig …

»Willi, träumst du schon wieder?«

»Ja, Tante Emma! Ich habe eben von einem eigenen Büro im Finanzamt geträumt.«

»Oh, sehr löblich, Willi. Und was hast du in diesem Büro gemacht? Doch nicht etwa selber gearbeitet, dafür wirst du dann, wenn es mal so weit ist, dein Personal haben. Du sitzt nur hinter deinem Schreibtisch und schaffst an. Karrieresau, nicht mehr Willi wird man dich ehrfürchtig nennen. Mit den Höchsten der Hohen wirst du telefonieren. Wirst auf jedem großen Event erscheinen. Im Nadelstreifenanzug. Die Platin Kreditkarte in der Brusttasche.«

»Und links und rechts eine geile Tussy im Arm!«

»Genau! Und der Chauffeur wartet im Bentley.«

»Cool. Dann labern wir aber jetzt nicht mehr lange herum, Emma, heute ist der Buchstabe D dran. Gibt's da nicht einen flotten Trick, wie ich diesen ganzen Schulquatsch schneller lernen kann?«

»Nein, Willi. Ohne Fleiß kein Preis.«

»Und wie sieht es mit etwas Nachhilfe aus, Tante Emma. Ich muss erst gegen 22 Uhr ins Bett. Nach dem Abendkrimi. Ich zahle auch gut!«

»Mit was, Willi, mit Gummibären oder Schoki?«

*

»Das ist aber ein sehr schönes Zeugnis, Willi«, schwärmt die Leiterin des Kinderheims. »Wer hätte vor 5 Jahren damit gerechnet, dass du einmal lesen und schreiben kannst. Wenn du die sechste Klasse auch so gut hinkriegst, Willi, darfst du auf eine höhere Schule gehen.«

»Nö, das geht nicht. Ich hab bereits einen Profivertrag bei den Kleintümpelshausner Kickers unterschrieben. Nach der siebten Klasse ist Schluss mit der Schule. Dann bestimmen nur noch runde Lederkugeln mein Leben. Kein Arsch wird mich dann noch fragen, ob ich irgendwann mal in die Schule gegangen bin. Habe auch schon einen festen Posten. Libero. Denn der Libero ist der Spieler …«

»Ich weiß, was ein Libero ist, Willi. Das ist jener Spieler, der seine Mitspieler immer zusammenscheißt, wenn sie das Tor nicht treffen und die Mannschaft deswegen verliert.«

»Bah, bist du aber blöd. Das ist der Trainer! Der wird aus dem Verein rausgeschmissen, wenn die Stürmer zu dämlich sind, Tore zu schießen. Alles klar? Prima, ich muss nämlich jetzt zum Training. Pünktlichkeit ist das A und O im Leben. Das weiß doch jedes Kind.«

»Oha, sehr lobenswert, Willi, weiter so. Ich sehe dich bereits auf den Titelblättern aller Zeitungen.«

Ja, ich auch, du dumme Walnuss! Bankräuber flieht unerkannt. Killer streckt Chefarzt und zwei Krankenschwestern nieder. Fünf Luxusautos in Kleintümpelshausen gestohlen. Entführer kassiert unerkannt 3 Millionen Lösegeld.

Kapitel 12

Nicht nur die Bäume vor meinem Küchenfenster werden Tag für Tag älter. Ich auch. Und wenn ich lese, was Willi in der nächsten Zeit so alles anstellt, krieg ich auch noch graue Haare. Ich dachte, er würde der Jugend Vorbild, wenn er als Kicker Sieg um Sieg und Pokal um Pokal erringt. Aber …

Bah, das darf doch wohl nicht wahr sein! Jetzt fährt doch der Postbotenbriefträger schon wieder an meinem Haus vorbei. Und wie er dabei grinst! An die Wand könnte ich … tue ich aber nicht. Wäre schade um die schöne Fassade. Hab sie im Sommer erst neu gestrichen. Naja, nicht ganz, aber mit dem Gartenschlauch hab ich sie abgespritzt. Bah, was da für Dreck zum Vorschein gekommen ist! Am Griff des Gartenschlauchs, nicht am Haus. Zweimal habe ich mir die rechte Hand waschen müssen! Aber jetzt strahlen sie wieder. Alle drei. Das Haus, wenn die Sonne scheint, der Schlauch, weil er wieder im Schuppen liegen darf, und meine rechte Hand, wenn ich damit in der Erde meines Gemüsebeets rumkrame. Zwei Schnittlauchhalme und ein Kilo Radieschen habe ich im Herbst geerntet. Den Schnittlauch hab ich kleingeraspelt, die Radieschen habe ich in Rizinusöl eingelegt und meiner vorwitzigen Nachbarin geschenkt. War echt nett von mir, wo sie doch oft darüber gejammert hat, ihr Stuhlgang wäre hart wie Beton. Drei Pack Kohletabletten hatte die dumme Kuh geschluckt, bis ihr Stuhl … Äh, der Postler. Ich habe ihm extra einen Wegweiserpfeil mitten auf den Gehweg gestellt. Mit dem freundlichen Hinweis: „Halt, Stopp, ja nicht weiter! Erst Post ohne Werbung einwerfen". Der armdicke Pfeil, der zu meinem Briefkasten hinzeigt, ist knallrot und blinkt, sobald man sich ihm nähert. Da muss ich doch jetzt glatt mal rausgehen und nachsehen, ob das Blinklicht kaputt ist, sonst wäre der Postler wohl kaum dran vorbeigefahren.

Uff, so ein Hammel! Welcher auch immer. Irgendjemand hat mein Schild so hingedreht, dass der Pfeil jetzt zum Ende der Straße zeigt. Und einen Grinse-Smiley hat er auch noch mit draufgemalt, derjenige, wer auch immer.

»Hallo, Herr Nachbar! Suchen Sie ihre Post?«

»Nein, den gestrigen Tag!«

»Ach so. Ich habe nämlich unserem Postboten gesagt, er braucht bei Ihnen keine Post mehr einzuwerfen, da Sie bald umziehen. Hollywood, hab ich gesagt. Stimmt doch, oder?«

»Fast. Island de fresh Cocomilk wäre richtig gewesen.«

»Ups! Soll ich dem Postler nachlaufen, der radelt nämlich jetzt gen Westen, Ihre Insel liegt aber im Süden, gell?«

»Südsee! Südsüdwest oder Südsüdost.«

»Ah, haben Sie jetzt zwei Inseln, Herr Nebenan. Das muss ich mir aber aufschreiben, sonst komme ich durcheinander. Wissen Sie die zwei Postleitzahlen der Inseln frei Kopf oder soll ich meine Nachbarin fragen. Die hat Netz.«

»Ja, ein Haarnetz. Die Postleitenzahlen lauten 01 und 02.«

»Und welche gehört zu welcher Insel?«

»Egal, gehören mir ja beide.«

»Klar. Ich kann aber auch manchmal dumm …«

»Wahre Worte! Schönen Tag noch, ich hab es leider nicht so schön wie Sie, gnä Frau. Die Hauswände sind fertig, jetzt decke ich das Dach neu. Wollen Sie mir helfen, Frau Huber-Meier-Weber-Schmidt-Schmied-Wepps-Kleinschmitz?«

»Gern, aber ich bin nicht schwindelfrei!«

»Super, passt. Sie gehen aufs Dach, ich sag Ihnen, wo die Ziegel hinmüssen. Wenn sie abstürzen, einfach die 112 oder das Beerdigungsinstitut Ihres Vertrauens anrufen.«

Ich weiß zwar nicht, warum die gute Frau es plötzlich gar so eilig hat, aber sie wird schon ihre Gründe haben.

»Ach, der Herr Oberpostdirektor! Na, schon wieder fertig mit der heutigen Tour?«

»Hä, schon? Es ist 5 Uhr – am Nachmittag!«

»Fahrrad so lahm? Schönen Gruß der Huber-Meier-We-ber-Schmidt&Co. Sie hat eine neue Adresse, ist aber noch nicht dazugekommen, den Nachsender zu stellen. Sie wohnt jetzt: Moskau, Roter Platz, Kreml 1.«

»Danke. Das passt prima. Morgen muss ich eh wieder die Tour Peking-Tokio radeln. Mein Kollege, der sonst die Tour fährt, hat Rücken. Schönen Abend noch, der Herr.«

Ah, ist das nicht wunderherrlich. Jeden Tag eine gute Tat. Amseln zwitschern, Krähen krähen, Vögel … Vögel sind so wunderbar. Und so treu! Ich habe im Garten eine Taube, die kommt fast jeden Tag. Und immer dann, wenn ich ihr beim Rumfliegen zusehe, scheißt sie mir genau auf die Schulter. Ich sinne aber nicht nach Rache, da sie mir gerade das Fliegen beibringt.

Ich gehe wieder zurück ins Haus. Wird auch langsam Zeit, meine Zehen sind schon indigoblau. Tja, das kommt davon, wenn man kurz vor Weihnachten nur in Socken rausgeht.

Da es jetzt schon spät ist, lasse ich meinen Laptop aus. Es rentiert sich nicht mehr groß, an Willis Memoiren weiterzuschreiben. Aber morgen schreibe ich, bis mir die Finger … bis ich keine Lust mehr hab. Morgen ist für Willi ein ganz besonderer Tag. Morgen wird Willi …

*

Letzte Nacht hatte ich wieder einen Alptraum. Ich hatte geträumt, der Postbote steht mit dem Fahrrad im Himalaja-Gebirge und sucht dort den Roten Platz. Navi kaputt?

Ich schalte den Laptop ein. *Ssst, ratter, ratter. Pling!* Geht ja ganz schön fix, denke ich und lasse mich vom Tempo des Laptops anstecken. *Klack, klack, klack!* Die Buchstaben der Tastatur, vor allem E, I, A, U, O können gar nicht so schnell hochkommen, wie ich sie erneut niederdrücke. Schon ist die Willi-Datei als Text auf dem Bildschirm. Kurz lese ich die letzte Zeile. *Entführer kassiert 3 Millionen Lösegeld.*

Gut, dann kann ich ja wieder in Willis Haut schlüpfen.

»Willi?«

»Ja, Tante Emma?«

»Komm doch mal bitte zu mir an das Pult vor. Ich hab da ein klitzekleines Problemchen.«

Scheiße, wer hat mich diesmal hingehängt?

»Nicht dass du denkst, ich würde dir nachspionieren, aber ich war am Sonntag auf dem Kleintümpelshausner Fußballplatz.«

»Und?«

»Unsere Stadt hat weder einen Fußballplatz noch eine Elf, die man als Mannschaft bezeichnen kann. Ich habe mit dem Bauer Rübensen gesprochen, dem der bucklige Rübenacker gehört. Er meint, die 3 Männer, die hier ab und zu einen Ball gegen seinen Trecker ballern, wären keine Elf. Für eine Elf würde man zum Fußballspielen elf Mann brauchen. Für ein Spiel sogar 2 x 11 Mann. Kannst du mir nun erklären, Willi, wie es da sein kann, dass du einen Profivertrag in der Tasche hast? Du weißt, heute ist dein letzter Schultag. 7 Klassen in nur zehn Jahren, Willi, das ist wirklich eine super Leistung, aber trotzdem, lüge mich jetzt bloß nicht an, sonst lasse ich dich zum vierten Mal durchfallen!«

»Äh? Hm? Also! Das ist so, Tante Emma. Ich bin genauso perplex gewesen, wie du, dass wir hier gar keine Fußballelf haben. Hab mich immer gewundert, dass ich beim Training der einzige war. Die Leerer Kripo hat mit dann gesagt, dass ich einem hundsgemeinen Lügner aufgesessen sei. Er würde Buben in meinem Alter Profiverträge unterzeichnen lassen, die er dann an das Ausland weiterverkaufen würde, um dort horrende Ablöseprämien zu kassieren.«

»Himmel! Da hast du aber noch mal Glück gehabt, dass du dich an die Polizei gewandt hast, Willi. Ich hatte gedacht, du hättest mich wieder, wie so oft, angelogen. Hier, weil du so aufrichtig und mutig bist, Willi, dein letztes Zeugnis. Ah, warte, ich mach nur noch schnell aus deinen Fünfen Zweier. Das sieht besser aus, wenn du dich morgen beim Finanzamt bewirbst. Tust du doch, oder, Willi?«

»Logo! Ich bin jetzt 16! Wird Zeit, dass ich mich um die Knete von Kleintümpelshausen kümmere. Der Haushalt der

Stadt lässt mir eh schon viel zu lange zu wünschen übrig. In unseren Banken lagert viel zu wenig Bargeld. Kein einziger Goldbarren liegt im Safe. Aber das ist noch lang nicht alles, was sich in unserer Stadt ändern muss, Emma. Im Autohaus Krawuttke zum Beispiel. Da stehen nur langweilige Karren, die würden sicher nicht als Fluchtwagen taugen.«

»Fluchtwagen, Willi? Vor wem willst du fliehen?«

Das binde ich gerade dir auf die Nase, du Hohlbirne!

»Fluchtwagen? Ich meine Lieferwagen für frischen Brötchen und die Tageszeitung in der Früh.«

»Na dann. Hier, dein Zeugnis, alles Gute, Willi.«

Der aufrichtige und höfliche Schüler Willi Willisen hat die Schule mit Bravour bestanden. Eifer sowie Hilfsbereitschaft gegenüber seiner Lehrkraft/in waren stets vorbildlichst.

Ich glaube beinahe, sie hat mir nur ein so gutes, vor allem aber falsches Zeugnis ausgestellt, damit sie mich endlich los ist. Naja, mir solls rechtsein.

»Danke, Tante Emma. Du wirst noch viel hören von mir. Da kannst du sogar Gift drauf nehmen!«

»Hihi. O, Willi, immer zum Scherzen aufgelegt. Tschö!«

»Ja, selber Tschö. Oder Adios, wie der Japaner sagt. Und nun, Emma, auf Nimmerwiedersehen … vielleicht!«

»Ja, hoffentlich, Willi. Zehn Jahre hab ich für diesen einen

Tag gebetet. Und jetzt werde ich dafür beten, dass du das im Leben erreichen mögest, was du dir vorgenommen hast. Ich glaube an den Himmel, glaub du an dich, Willi.«

Wenn die gute Frau wüsste, was alles auf Willis Wunschliste steht, würde sie die nächsten fünfundzwanzig Jahre die Kirche nicht mehr verlassen, um Tag und Nacht zu beten.

»Ich bin frei! Endlich frei!«, schreit Willi, nachdem er das 12-stöckige Schulhaus, in dem es nur ein einziges Klassenzimmer gibt, verlassen hat. Ein älterer Mann und sein zotteliger Rauhaardackel Wastl, die eben im nahen Park spazieren gehen, drehen die Köpfe zu Willi und kratzen sich dabei gleichzeitig am Hals.

»Schau, Wastl«, meint der betagte Mann zu seinem treuen Vierbeiner, »das ist der Willi, der Taugenichts, von dem ich dir schon so oft erzählt habe. Dümmer als Knäckebrot ist er. Nur Scheiße im Schädel. Komm, lass uns lieber verschwinden, ehe er dir genauso den Hals umdreht, wie er es mit dem Bauer Rübsen seinen Möhren gemacht hat. Einer Rübe nach der anderen hat er den Hals … äh, das Kraut umgedreht.«

Zum Glück hat Willi es in seiner berauschenden Euphorie nicht mitbekommen, sonst würde er jetzt ihnen allen beiden den Hals umdrehen. Nanu, er wird doch nicht?

»He, Alter, wohin so eilig. Hat Mutti den Grießbrei fertig, oder was ist los? Bleib stehen, sonst säge ich deinem Köter die Stummelbeine ab!« Der ängstliche Mann bleibt stehen, sein gehorsamer Hund auch. Als Willi sie erreicht hat, grinst er und droht ihm: »Lass mal 'nen 10er rüberwachsen, sonst gibt's Saures! Aber ein bisschen flott, wenn ich bitten darf!«

»Ich hab aber nur zwanzig Cent einstecken«, erwidert der Alte mit bebender Stimme. Seine Hände zittern wie ein Aal, als er Willi die zwei 10 Cent Stücke zeigt. »Die brauche ich für Hundekacktüten, wenn der Wastl im Park …«

»Wohnst du weit von hier, Alter?«

»Nein, gleich dort drüben, am anderen Ende des Parks. Im Seniorenstift für obdachlose Dackelbesitzer. Es ist das total verfallene Haus, das noch weniger Kalk an den Wänden hat als seine Bewohner im Kopf. Was sagtest du, was willst du? Ach ja, die Uhrzeit wolltest du wissen. Hab aber keine Uhr, nur Löcher in meinen Socken. Aber wenn ich den Stand der Sonne richtig deute, so müsste es jetzt gerade Dienstag sein. Äh, Freitag? Welches Jahr haben wir, junger Herr? Sind Sie neu hier in Barcelona?«

»Bah, gegen welchen Panzer bist du denn gelaufen? Ich krieg die Krise. Verschwindet ihr beiden, sonst … Ah, leckt mich doch am Ar….«

Was hab ich damals bei meiner Geburt über meinen Vater gelästert, nachdem ihn die Polizeikugeln durchsiebt hatten wie 'nen Kaffeedauerfilter? Zu blöd, um einen ordentlichen

Bankraub hinzukriegen. Und, bin ich etwa besser? Nö, um keinen Deut. Aber das ist Tante Emmas Schuld, dass ich nun nicht mal mehr fähig bin, einen Greis auszurauben. Früher, bevor ich in die Schule kam, da hätte ich den Dackel an die nächstbeste Tulpe getackert, und dem alten Knacker hätte ich die neuen Lackschuhe geklaut ... Moment, hat der nicht gesagt, er würde ... Grrr! Der Sack hat mich voll verarscht! Verdammt, wo ist er hin, ich sehe ihn und sein Hundsvieh nicht mehr. Na warte, lauf du mir noch mal über den Weg!

»Na, was sagst du, Wastl, den Dummkopf haben wir ganz schön an der Nase rumgeführt, gell? Er hat aber noch Glück gehabt, dass ich mein Pfefferspray nicht aus der Hose geholt hab. Komm, jetzt gehen wir in den „Kronenwirt" und feiern unseren Sieg über die Dummheit, bis sich dort alle Balken biegen. Stimmt also doch, was man über Willi sagt. Dass er dümmer ist als eine Dose Ölsardinen. Haha!«

Geladen wie eine Schrotflinte, steuert Willi schnurstracks aufs Rathaus zu, das er auch mit finsterer Miene betritt. Der Pförtner blättert gerade in der Tageszeitung, neben ihm steht eine halbvolle Thermoskanne lauwarmer Ostfriesentee. Das Krabbenbrötchen, das ihm die Gattin morgens liebevoll ins bunte Butterbrotpapier gepackt hat, ist schon verspeist.

Willi donnert mit der Faust gegen die Panzerglasscheibe und plärrt durch die drei Löcher, die sich in der Scheibe zur

Verständigung befinden.

»He, du da, ich brauch einen Perso!«

»Wie bitte?«

»Eine Karte, mit der man sich ausweist, brauche ich.«

»Personalausweis oder Reisepass?«

»Scheißegal, Hauptsache es ist ein Ausweis!«

»Im fünften Stock, Zimmer 503! Haben Sie ein aktuelles Passfoto dabei?«

Foto, damit man mich erkennt? Der Kerl spinnt doch. Na, wenigstens höflich ist er. Ich glaube, er ist der erste Mensch, der mich seit meiner Geburt mit Sie angeredet hat.

»Foto hab ich nicht. Aber Sie lesen gerade die Zeitung, da sind sicher Fotos drin. Da, auf der Seite, die aufgeschlagen ist, da ist doch eins.«

»Das ist unser Bundespräsident, junger Mann!«

»Na und, ist doch mir wurstegal. Ich kann ja wohl schlecht das Foto einer Frau in den Pero reinmachen lassen. Los, ausschneiden und her damit, ich hab's eilig!«

»Im siebzehnten Stock ist ein Automat, da können Sie ein Foto von sich machen. Kostet nix, zahlt der Steuerzahler.«

»Steuerzahler? Was für ein dämlicher Name. Sicher heißt der Typ auch noch Eugen-Detlev-Hugo mit Vornamen.«

Oben im 17ten Stock angekommen, sieht Willi sich um.

Er findet den Automaten, doch der will ums Verrecken kein Bild machen. Als eine kurvenreiche Schönheit um die Ecke kommt und sieht, dass Willi eben kurz davor ist, den Automat kurz und klein zu schlagen, legt sie ihm ihre zarte Hand auf die Schulter.

»He, immer mit der Ruhe, Jungchen, der Kasten kann nix für, dass … Hä, hast du die ganzen Wartenummern gezogen und auf den Boden geworfen? Bist du bescheuert?«

»Ich bin nicht blöd! Aber was soll ich mit Nummern, ich brauche ein Passfoto, aber dieser Scheißkasten …«

»Also doch dumm wie Stroh! Sag, bist du nicht der Willi, von dem die Leute sagen … Der Kasten macht keine Bilder, er gibt Wartenummern aus. Der Fotoapparat steht ums Eck. Du erkennst ihn an dem kleinen runden schwarzen Loch und dem weiß durchsichtigen, viereckigen Glas, das die Augen vor dem Blitzlicht schützt. Nett lächeln und auf den kleinen roten Knopf drücken, schon kriegst du ein Foto.«

»Geil! Willst du auch mit drauf. Auf das Foto, dann lasse ich gleich einen Doppelpass machen. Habe ich beim Kicken auch immer gemacht – Doppelpass.«

»Ich soll mit aufs Foto. Das ist echt nett gemeint, aber ich hab heute meine Schokoladenseite nicht dabei.«

»Mist. Aber denkt dir nix, ich ärgere mich immer darüber, wenn mein Brot mit der Marmeladenseite … Kannst du mal auf den Knopf drücken, dann kann ich mich besser auf das Blitzlicht konzentrieren. Äh, denkst du, ich solle zuvor noch schnell zum Friseur gehen?«

»Nö, lieber nicht, sonst sieht man auf dem Foto vor lauter Ohren kein Gesicht mehr. Bleib einfach so, wie du bist. Ich kenne eine Frau, die ist noch viel schlimmer dran als du. Der ist letzte Woche ein Fingernagel abgebrochen!«

»Scheiße! Da lieber Ohren wie Satellitenantennen.«

»Dann viel Spaß noch, Sternenritter.«

»Klaro. Um zwanzig Uhr an der Emser Brücke, Puppe?«

»Logo. Nimmst du die Pille, Willi?«

»Eh, wer nimmt die nicht. Ich habe seitdem kein Kopfweh mehr. Echt cool, wenn die Geister kommen.«

Der Automat spuckt einen Dreierpack Fotos aus. Willi ist begeistert. Aber nur, weil sie in schwarz-weiß sind. In Farbe hätte ihn der Schlag getroffen. Sein blondes Haar schimmert rötlich, die Lippen sind Albino mäßig, und die knallgelben Pickel im Gesicht gleichen leuchtgelben Glühwürmchen.

Dann sprintet Willi runter in den fünften Stock, reißt dort die Tür des Büros Nummer 503 auf, stürmt hinein, als wolle er den Beamten, der daraufhin behäbig das schüttere Haupt erhebt, überfallen. Die Kundin, die gerade an der Reihe ist, schiebt er samt Stuhl beiseite. Er wolle einen Perso, Fotos habe er dabei. Der Amtsträger schüttelt den Kopf. Erst eine Wartenummer ziehen, auf dem Flur warten, bis an der Tafel die Nummer aufgerufen werde, dann anklopfen und eintreten. Jetzt kommen Willis Pickel richtig zur Geltung. Sie stechen vom knallrot angelaufenen Gesicht noch besser ab.

»Jetzt hör gut zu, du Suppenkasper!,« droht Willi. »In drei Minuten hab ich einen Ausweis, oder du brauchst einen Totenschein. Ich zähle bis 1. 999, 998, 991 …«

»Falsch!«, mahnt der Beamte, der scheinbar die absolute Ruhe erfunden hat. »Nach 998 kommt 997. Noch mal!«

Willi will gerade anfangen, das sieht er das Namensschild des Beamten. Eugen-Detlev-Hugo Emmersen.

»Du bist der Macker von der Tante Emma? Kein Wunder, dass sie lieber in die Schule geht als mit dir … Was ist nun mit meinem Pass?«

»Wollen Sie meinen Pass haben, junger Mann?«, fragt die Dame, die Willi etwas unsanft zur Seite geschoben hat. »Er ist zwar seit neun Jahren abgelaufen, aber wenn Sie das Datum abändern und Ihr Passbild über meins kleben …«

»Her damit! Wo ist der Automat mit Fotokleber?«

»Neunter Stock, neben dem Korrekturstiftautomat. Aber den Weg kannst du dir sparen, du zu kurzgeratener Knirps, ich mach das Foto mit dem Tacker fest«, grinst Emmersen. »Kostet nix, zahlt der Steuerzahler.«

»Der schon wieder. Der Typ muss echt Kohle haben!«

Stolz wie ein siegreicher Gladiator, der zehn Löwenbabys erlegt hat, verlässt Willi das Haus, in dem Räte raten, wofür sie die Steuergelder morgen wieder verschwenden könnten.

Willis neues Ziel ist Romina Rominovsky. Er hat Zweifel an der Echtheit seines Ausweises. Und da Romina nicht nur acht gefälschte Ausweise, Arbeitserlaubnisse und so weiter in der Tasche hat, mit denen sie die ganze Welt bereist und betrogen hat, will Willi sie nun um Rat fragen. Sie hat auch einen guten Rat, aber der ist teuer. Ihr Bruder, Schwager, Onkel, je nach dem, in wen er gerade schlüpfe, der habe eine Druckerei. Alte Stanzgasse 3, Keller, ganz hinten links, dort könne Willi ihn finden. Aber nur gegen Vorkasse würde der arbeiten. Dafür aber astrein.

»Hast du 'ne Knarre, Romina?«

»Aber logisch! Automatik oder Revolver? Schalldämpfer kostet extra. Hunni pro Tag, Schallschlucker 30.«

»Her damit, in einer Viertelstunde hast du die Kohle!«

»Hier! Ah, warte, Willi. Nimm lieber Handschuhe und die Skimaske mit. Ist ein Willkommensgeschenk. Pass aber auf, die Pistole zieht leicht nach rechts! Tüte für die Kohle?«

»Gern. Grazia, Senhorita! Bin gleich wieder zurück.«

Willi ist zu allem bereit. Er versichert sich noch mal, ob

die Waffe auch wirklich geladen ist und schneidet mit dem Trapper-Messer drei Schlitze in die Tüte, bevor er sie sich überstülpt. Die Kleintümpelshausner Bank hat große Fenster, so kann er sehen, ob sich darin gerade Kunden befinden. Tun sie nicht. Bei einer Großstadt mit neunzig Einwohnern halten sie sich Bankkunden in Grenzen. Er geht hinein. Die Kassiererin ist allein. Kameras gibt es nicht. Ja, schon, zwei, aber jeder weiß, dass es nur Attrappen sind. Er geht, die Pistole in der rechten Hand, zum Geldschalter und wartet, bis die junge Kassiererin ihn bemerkt, dann richtet er die Pistole auf sie.

»Das ist ein Banküberfall! Kohle, äh, Geld her!«

Das Mädel lächelt ihn verliebt an. Sie trägt eine Brille aus dem Jahr 1965. Ein Erbstück. Schwarzer fingerdicker Rand, Gläser dick wie kugelsicheres Panzerglas. Die Zahnspange ist nur zu sehen, wenn sie redet oder breit lächelt, wie jetzt. Das Kleid mit dem bunten Blumenmuster ist arg verblasst.

»Hallo, Willi! Alles gut?«

»Hä, du weißt, wer ich bin, Susi?«

»Aber sicher doch, Willi, mein Schatz, mein Augenstern, mein rotblonder Lockenkopf. Weißt du noch, damals, als du mit drei Jahren in das Kinderheim kamst? Ich war schon 4. Du bist gekommen, ich wurde an dem Tag adoptiert. Schon da hatte ich mich unsterblich in dich verknallt. Sag, wo hast du die ganzen Jahre gesteckt?«

»Bah, du blöde Kuh, Susi. Ich meine, an was du mich jetzt erkannt hast, ich trage doch eine Maske!«

»Schon, Willi, aber die durchsichtige Tüte für Obst eignet sich nur bedingt für einen Bankraub. Hast du keine andere? Eine, durch die man nicht durchschauen kann? Ach, warte, ich hab da was.« Sie zieht eine Clownsmaske unter dem Tresen hervor und schiebt sie dem baffen Willi zu. »Das alte Dings liegt hier schon ewig herum. Seit 16 Jahren hat meine Kollegin gesagt. Mit der hatte vor 16 Jahren ein Idiot versucht, die Bank zu überfallen, wie du gerade. Die Polizei war aber zu schnell am Tatort, hat meine Kollegin gesagt. Der Trottel hat das Geld Schein für Scheinchen nachgezählt. Mathe war wohl nicht seine große Stärke gewesen. Meine Kollegin, die damals gerade Dienst gehabt hat, hat ihn jedes Mal, wenn er sich verzählt hat, von vorn anfangen lassen. Hat er gemacht. Nicht mal bis zur Hälfte ist er beim Zählen gekommen, dann haben ihn Polizeibleikugeln durchsiebt, bis er ausgeschaut wie … ein Sieb! Weißt du, was lustig ist, Willi? Der Trottel hatte auch Willisen geheißen, wie du, Willi Willisen.«

»Tja, Zufälle gibt's, Susi. Was ist jetzt mit dem Geld?«

»Schlecht, Willi, schlecht. Du kommst echt ungelegen. Es kommt erst morgen Vormittag, ist noch in der Druckerei.«

»Um wieviel Uhr soll ich morgen da sein, Susi?«

»Puh! Lass mich mal überlegen, Willi. Um neun kommt der Panzerwagen. Bis das Geld ausgeladen ist, ist es locker 9.45. Dann muss ich es zählen. Mit der Zählmaschine, nicht selber. Geht ganz fix. Von zehn Uhr bis 10 Uhr zwanzig hab ich Pause, sind wir also schon bei 10 Uhr 30, bis das Geld dann … Ach nein, wäre ja blöd von mir, würde ich das Geld erst hinunter in den Tresor bringen, wenn du mich um 10.32 überfällst. Du musst aber pünktlich sein, Willi. Hast du eine Uhr. Ach, wenn du fünf Minuten später kommst, macht das auch nix, wird mich schon nicht gleich einer überfallen. Und morgen Abend, wenn Gras über die Sache gewachsen ist, da lädst du mich dann ganz schick zum Essen ein, gell?«

»Und wenn nicht, Susi?«

»Dann verpfeif ich dich bei den Bullen, hihi.«

»Kannst du nicht, da ich dich beim Überfall erschieße!«

»Nö, Willi, das wäre doof. Abendessen mit Kerzenschein und alkoholfreiem Schampanier aus Frankreich und einem Geigenspieler aus der Arena in Verona. Romantik ist doch viel schöner als tot. Ich weiß auch schon, was ich esse.«

»Kaninchenfutter?«

»Nein, das gibt's die ganze Woche. Ich werde etwas ganz Ausgefallenes zu mir nehmen. Pfannkuchen mit Apfelmus! Die hab ich schon ewig nicht mehr gegessen. Das letzte Mal im Kinderheim. Bei Ludowika und Babette.«

»Geil. Dann esse ich Pommes mit Schoki und Wasabi.«

»Cool! Ich steh auf scharfe Typen, Willi.«

»Also gut, abgemacht. Morgen, 10 Uhr 32.«

*

Aller Anfang ist schwer, sagt man. Aber muss der Anfang unbedingt ein Banküberfall sein? Wohl eher nicht. Doch der war zum Glück missglückt. Willis nächsten Versuche waren genauso in die Hose gegangen. Mal hat er die Bank mittags berauben wollen, doch die Eingangstür war schon zu, er war voll dagegen gerannt und mit schwerer Gehirnerschütterung in der Klinik gelandet. Dann hat ihm Susi aus Versehen die Tüte mit Kamellen für die jungen Kunden mitgegeben, statt der Tüte mit den Geldscheinen. Beim vierten Überfall hatte ihn eine ältere Dame mit Regenschirm aus der Bank gejagt. Bein fünften Überfall, es war Willis 18. Geburtstag, hat ihm Susi heißen Kakao und eine Torte mit Wasabi serviert. Was zwar sehr nett gemeint war, doch sie hatte so viel Wasabi in die Torte getan, dass er wegen akuter Atemnot ohnmächtig geworden war. Im gegenüberliegenden Park war er wieder aufgewacht. Susi hat ihn über die Straße geschleift und auf die Parkbank gehievt. Willis Herz war stehengeblieben, als sie ihn erst angeschmachtet und dann auch noch geküsst hat. Bis zum Adamsapfel hat sie ihm ihre Zunge reingeschoben. Dabei hatte sich ihre Zahnspange in seinen Zähnen verhakt.

Prof. Dr. Schneider und die Krankenschwestern Klementine und Adelgunde war es nur mit viel Mühe gelungen, Susi und Willi wieder zu trennen. Und so hat der Willi mit 18 Jahren immer noch keinen Pass. Doch, Impfpass. Tetanus, Tollwut, Diphtherie, Masern Röteln, Gürtelrose, Scharlach, Hepatitis A, B, C, stehen da jetzt drin. Fast drei Wochen war Willi im künstlichen Koma gelegen. Professor Dr. Schneider hatte alle Impfseren in eine einzige Spritze getan. Für die Karies- und Pneumokokkenimpfungen solle Willi mal bei Gelegenheit in der Klinik vorbeischauen, hatte der Arzt gemeint.

Gestern hat man Susi befördert. Sie ist jetzt Leiterin in der Zweigstelle in Emden. Geräumige Filiale, viele Kunden und Blick auf den Leuchtturm. Doch dies wusste Willi nicht, als er heute die Kleintümpelshausner Bank überfallen wollte, er mit entsicherter Waffe am Schalter gestanden war. Der neue Kassierer, 2,07 Meter hoch, raue Stimme, breitschultrig und Muskeln wie Obelix, hat Willi nur schief angeschaut, schon war der geflohen. Mit einer Clownsmaske auf. Eine Polizeistreife, geleitet von Wachtmeister Roland, hat Willis Maske für sein echtes Gesicht gehalten und ihn daher im Zirkus in Leer abgeliefert. Da steht er jetzt. Clownsmaske auf, Waffe in der Tasche und kein Pfennig Geld, um sich eine Fahrkarte nach Kleintümpelshausen leisten zu können.

*

Klingeling, ringelig. Junge, komm bald wieder ...

»Toller Klingelton, Rebecca. Auf welchen Jungen wartest du?«

»Auf dich natürlich, mein Goldstück! Ich habe ab morgen drei Tage frei, Fredy«, haucht die Richterin.

»Schön für dich, Becca, ich hab drei Tage Bereitschaft.«

»Wo, Fredy? Feuerwehr? Notarzt? Babysitting?«

»Nö, Bohrinsel auf Grönland.«

»Geil! Da wird man so schön glitschig, gell? Ich kann dir gerne ...«

»Ich arbeite dort unter Eis, da könntest nicht mal du ... Ist die Natascha Nataschowitzka in der Nähe?«

»Schuft! Ich hol sie dir. Dauert aber, sie steckt gerade tief drin ... äh, drunter. Dreizehn Zentner Kartoffeln sind ihr auf den Schädel raufgedonnert. Sei einer Stunde versuchen wir, sie wieder freizukriegen. Ah, da kommt ja mein Aschenputtel. Natascha, schau nicht so grimmig. Freu dich lieber, dass du noch lebst. Hier, der Fredy ist dran. Morgen gehen er und ich unter Eis. Da ist es so arschkalt, dass wir uns gegenseitig wärmen müssen. Ganz, ganz viel wärmen!«

»Hi, Natascha. Denk dir nix, sie will dich nur eifersüchtig machen. Geht's den Kartoffeln gut?«, frage ich.

»Prima, nicht eine Beule! Was gibt's, Fredy?«

»Ich hab dir gerade das neue Kapitel geschickt. Versiegelt und mit Peilsender drin. Damit ich weiß, ob du es erhalten hast. Kennst du eine Susi? Hornbrille, Zahnspange, Blumen auf dem Kleid.«

»Logisch. Willi hat sie sitzenlassen, als er 18 war. Sie war ihm auf den Zeiger gegangen, hat ständig von Bienchen und Blümchen geredet. Willi wollte aber nicht Bienchen spielen. Sie ist ihren Blütenstaub inzwischen losgeworden. 8 Kinder hat sie jetzt. Noch was?«

»Nö, wollte bloß wissen, ob du noch schnaufst. Sag doch der Rebecca bitte … Nö, mach ich lieber persönlich.«

*Tut. Der Teilnehmer*in hat den Telefonmasten gekappt.*

Dann eben nicht!

Rrring. Versuchen Sie es zu einer weniger frequentierten Zeit noch einmal.

Noch ruhiger geht nicht!

Tut.

»Hallo, Fredy! Warum denkst du, habe ich mein Telefon aus der Leitung genommen, hä?«

Es ist meine Wahrsagerin Walburga, die scheinbar keine Lust hat zu telefonieren.

»Damit du nicht gestört wirst. Aber egal was du eben tust,

so wichtig kann das gar nicht sein, sonst hättest du auch dein Handy ausgeschalten. Ich will dich ja auch nicht stören, ich will dir nur ein bisschen auf den Keks gehen. Hast du deine Glaskugel geputzt, Walli, ich brauche eine Info.«

»Echtzeit, Mittelalter oder Zukunft? 90 Euro die Minute!«

»He, ich bin Freund, nicht Feind!«

»Feinde zahlen nur 30! Schieß los, die Uhr tickt.«

»Kennst du die Lottozahlen von kommendem Samstag?«

»Ich schon, du nicht, aber ich gebe dir einen kleinen Tipp. Die sechs Zahlen, bzw. 7, sind nicht höher als 49. Und male nicht wieder Herzchen auf deinen Tippschein. Kreuze oder X-en, was anderes gilt nicht. Und versuch auch nicht wieder die Lottofee mit einem leckeren Abendessen an der Fritten-bude zu bestechen. Sie hat zwar gesagt, sie kann die Kugeln hypnotisieren, aber das ist Quatsch. Versuche dich doch mal als Hütchenspieler, Fredy. Nein, lieber nicht, sonst bist du ruckzuck dein ganzes Hab und Gut los. So, ich muss.«

»Ein Kunde, der die Sterne wissen will, Walli …«

»Nein, Kaffeekränzchen mit der Lottofee. Hihi.«

Tut, tut, tut. Die Zusatzzahl lautet: -0,375.

Willi ist pleite, Susi ist in Emden und Rominas Bruder hat man hinter Kleintümpelshausner Gardinen gesperrt. Er hatte versucht, 1000er Euroscheine unters Volk zu bringen. Aber nicht beim Metzger, Bäcker oder in der Stammkneipe. Nein, ausgerechnet den Kommissar Hans Hansen hatte er gefragt, ob der einen 1000er wechseln könne. Der hatte erst genickt, dann hatten die Handschellen geklickt. Pech für Willi, denn jetzt sitzt Kleintümpelshausens bester Fälscher im Knast. In der Zelle neben Natascha Nataschowitzka!

*

Auch der schwärzeste Tag geht mal zu Ende. Zum Glück! Recht viel mehr an Willi-Schwachsinn hätte ich heute nicht mehr gepackt. Die Glotze ist meine Runterkomm-Oase. Ich drücke auf eine bestimmte Zahl, die ich aus Werbegründen nicht nennen darf. Ein Mann steht an einer Felsklippe. *Will der da etwa hinunterspringen?* So mein erster Gedanke. Es bleibt beim Denken. Er wartet nur auf jemanden. Auf eine Sie. Sie läuft auf ihn zu. Flüchtet sie vor dem bösen Wolf? Aber kurz vor ihm bleibt sie plötzlich stehen, so als habe sie Zweifel, das richtige zu tun. Sie wendet sich von ihm ab. Er ruft ihr zu, sie solle bleiben. Das mit ihrer Schwester sei nur ein Missverständnis gewesen, es tue ihm aufrichtig leid. Es komme nie wieder vor. *Zumindest nicht mit der Schwester*, denk er dabei, der Saukerl, der vermaledeite! Sie dreht ihren Kopf und lächelt ihn sanft an.

»Ich muss gehen, Charles, ich weiß nicht mehr, ob ich den Herd und die 2-Tassen-Kaffeemaschine ausgemacht und die

Abtauautomatik vom Frigo eingeschalten habe. Machs gut, ich werde dich niemals vergessen! Au revoir, Cherie!«

Den Schlussakt, ob es ein glückliches Ende gab, hatte ich leider verpennt. Macht aber nix, ruf ich eben morgen meine Hellseherin Walburga an, denn die kann nicht nur in die Zukunft, sondern auch in die Vergangenheit schauen.

Kapitel 13

Willi ist jetzt 20, hat die Prüfung mit Bravour bestanden. Prüfung? Ja, seit heute ist Willi ein illegal geprüfter Killer. Diplomberufskiller! Der Kleintümpelshausner Pate hat die Prüfung höchstpersönlich abgenommen.

Die ehemalige Lehrerin Emma Emmersen hat ihm zuerst gratuliert. Mit einem Fleißbildchen mit Katzenbabys drauf. Stolz wie Willi war er dann mit Diplom und Bildchen in das Autohaus Krawuttke geeilt. Er sei jetzt Berufstätig, brauche aber, um zu den Kunden zu kommen, einen flotten Wagen. Was er unter einem flotten Wagen verstehe, hatte Krawuttke gefragt. Mindestens 500 PS, 2,9 Liter Sprit auf 800 Kilometer, Steuerfrei. Letzteres sei wichtig, Al Capone habe man einst wegen Steuervergehen eingesperrt, das solle ihm nicht passieren. Der Krawuttke hatte Willi ein paar Autos gezeigt, doch die waren für ihn allesamt unerschwinglich gewesen. Das beste Gefährt, so Krawuttke zu Willi, sei der städtische Bus von Kleintümpelshausen. Null Spritkosten, keine Parkplatzprobleme. Ob er überhaupt einen Führerschein besitze. Nein, das nicht, aber ein süßes Fleißbildchen mit putzigen Katzenbabys. Da sei ein Tretroller wohl besser für Willi als ein 500 PS Bolide. Wo man einen Führerschein herkriege, hatte Willi in dem guten Glauben gefragt, diesen würde er auf Nachfrage im Rathaus erhalten. Nein, erst Theorie, dann Fahrstunden nehmen und mit ganz viel Fleiß und Glück, das aber nur sehr wenige Leute hätten, sei er dann stolzer Besitzer eines Lappens. Er bräuchte aber kein Putztuch. Den Wagen würde er durch die Waschanlage jagen, nicht selber putzen. Krawuttke, mit den Nerven schon fast am Ende, kannte Willi. Nie und nimmer würde der die Führerscheinprüfung bestehen. Daher hatte er Willi versprochen, sobald er seinen Lappen in der Hand habe, würde er, Krawuttke, ihm einen Flitzer mit 30% Skonto verkaufen. Er könne ihn aber auch leasen. Nö, mit dem Lesen habe er es nicht so, hat Willi ihm erwidert. Zehn Jahre Schule würden vollends genügen. Als Willi unverrichteter Dinge abgezogen war, war Krawuttke zur Kirche gerannt und hatte dort eine dicke Kerze gestiftet, und drei Kreuzzeichen gemacht.

Willi, nun voll motiviert, bald stolzer Besitzer eines Autos und eines Führerscheins zu sein, geht in das Kinderheim, in dem er, bis auf wenige Wochen bei Pflegeeltern, sein ganzes Leben verbracht hatte. Ludowika und Babette arbeiten dort noch immer, sie sind ganz erstaunt, als Willi vor ihnen steht. Hatte Willi doch an seinem letzten Heimtag noch felsenfest behauptet, nie mehr wieder würde er die Türschwelle dieses schrecklichen Hauses übertreten.

»Hallo, Willi, alter Ganove, wie geht's?«, fragen die zwei

Damen, die seit seinem Abgang viel frischer, fast jugendlich aussahen. »Komm rein in unsere gute Stube«, meint Babette und zeigt sofort zum Aufenthaltsraum. »Whiskey? Oder bist du inzwischen auf Ziegenmilch umgestiegen? Hihi.«

»Weder noch, ich muss nüchtern sein, sonst krieg ich den Führerschein nicht, hat der Krawuttke gesagt. Den hole ich mir nämlich gleich im Rathaus ab. Zum Glück habe ich die Fotos noch, die ich für den Ausweis machen musste. Die hat ein gewisser Herr Steuerzahler bezahlt. Netter Kerl, gell?«

»Supi, Willi. Hast du gehört, Ludowika, der Willi hat die Führerscheinprüfung bestanden! Ludowika?«

Die war plötzlich verschwunden. Doch nun kommt sie mit einem Briefkuvert in der Hand lächelnd zurück.

»Hier, Willi, der Brief ist für dich. Ich soll ihn dir geben, sobald du 18 bist, hat damals die Polizei gesagt, als die dich zu uns gebracht hat. An deinem achtzehnten Geburtstag hab ich nicht daran gedacht. Als es mir am nächsten Tag wieder eingefallen war, bist du leider schon weggewesen. Ich weiß nicht, von wem der Brief ist. Der Absender hat nur, und das kaum lesbar, Willi draufgekritzelt. Der Schrift nach könnte ihn ein zweijähriges Kind geschrieben haben.«

Ludowika reicht Willi den Brief. Neugierig öffnet er ihn, gibt ihn jedoch gleich wieder zurück.

»Hier, Ludowika, lies ihn vor, es sind mir viel zu viele

Buchstaben drin. Ich hab gehofft, es ist nur die Kombination vom Emdener Banktresor drin.«

Ludowika und Babette sind nicht minder gespannt, was in dem Brief an Willi steht.

Ludowika liest laut vor.

Halalihalalo, Willi!

Ich habe den Brief gleich nach deiner Geburt geschrieben, kurz bevor ich jetzt gleich die Bank überfalle. Irgendwie bin ich enttäuscht, aber du kannst ja nix dafür, dass du noch viel hässlicher bist als deine grässliche Mutter, die ich niemals geheiratet hätte, wäre ich an diesem Tag nüchtern gewesen. Naja, irgendwie wirst du dich schon durchs Leben schlagen. Nach der Bankräuberei haue ich ab. Warum? Deine Mutter wünscht sich noch mindestens acht weitere Bälger wie dich. Doch dies kann ich der armen Welt unmöglich zumuten. Ist doch ein Willi schon ein Willi zu viel. Stell dir bloß mal vor, in unserer Stadt würden lauter hässliche Willis rumlaufen. Da würde sich ja keine alte Sau mehr auf die Straße trauen, da jeder Angst hätte, er könnte sich bei den Willis anstecken und müsste dann genauso potthässlich herumlaufen. Damit du aber nicht mit ganz leeren Pfoten in die weite, weite Welt hinausziehen musst, wenn man dich mit spätestens achtzehn Jahren aus Kleintümpelshausen verbannt, hinterlass ich dir eine Kleinigkeit. Nicht viel, aber da du dich sicher nur des nachts auf die Straße trauen wirst, damit man dich nicht 24 Stunden lang hänselt und auspeitscht und die Geschäfte in der Nacht zu sind, wird es schon reichen. Uh, Jungchen, sei bloß froh, dass es bei uns keine Hexenverbrennungen mehr gibt! Der Schlüssel, der mit in dem Kuvert drin ist, passt für ein Bankschließfach. Da ist alles drinnen, was du brauchst. Auch meine Zweitwaffe, die 20-Schuss-Automatik. Ist ideal für Anfänger. So, jetzt mach ich Schluss. Dass deine Mutter den Brief nicht unterschrieben hat, liegt daran, dass sie zum Schreiben zu blöde ist. Nicht mal ein ordentliches X kriegt sie hin, malt sogar Herzchen auf ihren Lottoschein. Darum gewinnt sie auch nix. Sie weiß nix von dem Brief. Es ist besser, du verbrennst ihn, wenn du ihn dir hast vorlesen lassen. Den Brief hat Emma Emmersen geschrieben. Sie hatte sich erst verweigert, doch als ich ihr meinen Acht-Schuss Trommelrevolver an die Schläfe gehalten hab, hat sie es doch gemacht. Tja, man muss eben reden mit den Leuten, denn der Ton macht die Musik. Mein Colt macht auch schöne Musik.*

So, das wars. Machs gut, Willi.

»Gibst du mir mal dein Feuerzeug«, bittet Willi die blass und sprachlos gewordene Babette. Doch die ist so perplex, dass sie ihm die Whiskey-Flasche in die Hand drückt. Willi dreht den Schraubverschluss auf und setzt an. Die Flasche war noch halbvoll, doch als er sie wieder absetzt, ist sie leer. Noch ein lauter Rülpser, dann holt er den Schlüssel aus dem Kuvert, das Ludowika auf den Tisch gelegt hatte.

»Hab schon gar nicht mehr gewusst, wie anständiger Tennessee-Bourbon schmeckt. Babette, verbrenne den Brief, es war der letzte Wille meines … Nein, ich kann ihn nicht Vater nennen, der Mistkerl hat mich im Stich gelassen. Ich hab auch keine Mutter. Nicht mal Schwester, Bruder, Oma, Opa, Tante, Onkel, Neffen, Pfarrer. Weder hier noch in Amerika, England, Frankreich und Grönland. Hab auch keinen Goldhamster, Goldfisch und Tigerhai. Rot-blondes Haar, große Ohren, ein unschönes Gesicht, Schuhgröße 34 und …«

Babette unterbricht ihn, als sie gerade dabei ist, den Brief im Aschenbecher zu verbrennen.

»Willi, krieg dich wieder ein. Ich bin auch allein. Hab nur sieben Geschwister, vier Eltern, fünfeinhalb Großeltern und zwei Hunde, 12 Katzen und einen Swimmingpool mit Kois. Ich kann auch nix dafür, dass meine Tanten und Onkels, die in Neuseeland, Indien, Kalifornien, London, St. Tropez und auf den Maledivens leben, so unsagbar steinreich sind. Die Schecks über 5000.- Dollar, die mir jeder von ihnen schickt, die sind am 10. des Monats schon wieder aufgebraucht. Und dein Gesicht ist nicht unschön, es ist nur furchterregen und potthässlich, wie der Absender jenes Briefes richtig erkannt hat. Worüber also willst du dich beschweren hä?«

»Oje, entschuldige, Babette«, säuselt Willi mit gesenktem Haupt. »Ich wusste ja nicht, dass es dir noch viel schlechter geht als mir. Und du, Ludowika, bist du auch so eine arme Sau wie die Babette?«

»Ach, Willi. Glaub mir, das willst du gar nicht wissen. Es würde dir glatt dein Herz brechen. Babette, haben wir noch Whiskey im Haus?«

»Ja, aber nur noch 3 Flaschen.«

»Passt doch«, grinst Willi. Für jeden eine Pulle. Und wenn uns der Stoff ausgeht, gehe ich schnell den Supermarkt oder die Tanke überfallen. Und morgen gehe ich in die Bank und schau nach, was in dem Schließfach liegt.«

»Wir gehen mit, Willi! Wirst gewiss einen Begleitschutz brauchen, bei der fetten Kohle, die da liegen wird«, sind sich die beiden Damen sicher.

»Okäh, Punkt 9 Uhr vor der Bank. Kommt aber mit einem Wagen mit großem Kofferraum. Oder ihr mietet euch einen SUV mit 7,80 Meter Ladefläche. Sollte genügen, oder?«

»Und wenn nicht«, grinst Babette, »dann fahren wir eben zwei oder dreimal. Verstauen tun wir das Zeug dann hier im Keller, da kommt außer Ludowika und mir keiner rein. Wir haben da eine einbruchssichere Titantüre mit Zahlenschloss eingebaut. Selber! Die Kombination ist unknackbar!«

»Ja! 1, 2, 3, 4, da kommt keiner drauf«, prahlt Ludowika.

*

Der arme Willi hat morgen ganz schön was zu tun. Zuerst Bank, Führerschein und den Flitzer kaufen. Danach eine Wohnung mit Garten und Südbalkon mieten.

Eine Wohnung? Wo ist Willi eigentlich untergekommen, seit er aus dem Kinderheim ausgezogen, oder besser gesagt geflohen ist? Bei Bauer Rübsen. Dem hilft er hin und wieder auf den drei Feldern, dafür bekommt er täglich eine warme Mahlzeit. Möhrensüppchen, Rübenpüree und Bratkartoffeln stehen abwechselnd auf dem gesunden Speiseplan. Und das Gratiswohnen im Schuppen ist auch mit dabei. Willi gefällt es dort, denn Rübsen hat keine Tiere. Keinen Hahn, der um vier Uhr nachts kräht, keine Schweine, die den ganzen Tag grunzen, und Kühe gibt es dort auch keine zu melken. Willi ist kein Langschläfer, steht meist zwischen 7 und 8 Uhr auf. Nur wenn er mal im Schutz der Dunkelheit durch die Stadt schleicht, und vergeblich versucht, irgendwo einzubrechen, dann pennt er morgens länger. Doch damit soll jetzt Schluss sein. Nicht mit dem Herumschleichen, mit dem Ackern auf den Feldern. Er hat ja schließlich den Abschluss zum illegal geprüften Diplomkiller nicht für die Katz oder den Kuckuck abgelegt. Jetzt müssen endlich mal Taten folgen. Und zwar

Taten, die ihn in seinem Gewerbe bis an die Spitze bringen. Er hat es schon vor Augen, wie er den Paten von Kleintümpelshausen vom Thron stößt. Wie er mit Zepter und Krone das Übel dirigiert. Die brandgefährlichen, die ganz harten Sachen, die will er selbst erledigen. Und morgen, sobald das Schließfach geleert ist, will er mit den Vorbereitungen für seine steile Karriere als Boss aller Berufskiller beginnen.

Ich bin schon gespannt wie ein Flitzebogen, wie Willi das hinkriegen will. Bei der wenigen Hirnmasse, die ihm Mutter Natur mitgegeben hat, dürfte das nicht so leicht werden, wie er es sich vorstellt. Aber wie sagte damals ein gewisser Herr Volksmund? Die Dummen haben Glück … oder so.

Kapitel 14

Rrring! Rrring! Guten Morgen, liebe Sorgen, seid…

»Ja, wo brennt's?«

»Nirgends, Fredy, ich möchte dir nur ein bisschen auf den Keks gehen.«

»Ist dir auch schon bestens gelungen, liebe Walburga. Es ist fünf Uhr, also noch mitten in der Nacht. Was ist, brauchst du wieder mal ein Rezept für einen Zaubertrank. Für einen, der dich zu einer Schönheitskönigin macht? Fehlanzeige, so was wird es auch in 10.000 Jahren noch nicht geben. Stülpe dir einen blickdichten Kartoffelsack über und bilde dir ein, du seist schön, schon ist dein Problem gelöst.«

»Ach, was bist du heute wieder einmal charmant, du altes Ekel. Tja, selber schuld. Gerade wollte ich dir verraten, was Willi W. heute alles anstellen wird. Aber wer nicht will, der erfährt auch nix. … Na gut, weil du es bist, Willi …«

»Nein, Walburga, nichts verraten, du versaust mir ja mein Buch! Gerade jetzt, wo es anfängt, spannend zu werden, da würdest du plötzlich daherkommen und schnattern wie eine Souffleuse im Geigenkasten. Und zudem, ich habe längst in Willis unleserliches Memoirengekritzel reingelugt, ich weiß also schon, was Sache ist. Ist nett gemeint von dir, oder auch nicht, aber trotzdem danke. Vielleicht ein andermal.«

»Ein andermal, da kannst du mich mal. Hihi.«

Tut. Die Anruferin ist schwer beleidigt!

Wäre ja noch schöner, mir mein Buch versauen! Ich will es selber schreiben, nicht mir von anderen diktieren lassen.

So, Willi. Bist du schon wach oder warst du letzte Nacht wieder auf Tour? Ah, er pennt noch. Gut, dann lasse ich ihn ausschlafen, er hat schließlich einen harten Tag vor sich.

*

Dichte Nebelschwaden liegen über den Karotten-, Kartoffel- und Rübenfeldern von Bauer Rübsen. Einsam und allein stehen dort drei Vogelscheuchen und passen auf, dass ihnen keiner zu nah kommt. Was jedoch die schwarzen Raben und Krähen, die sich längst an die Strohpuppen gewöhnt haben, wenig stört. Am nahen Weiher steht ein Reiher. Stolz sieht er aus, wenn er erhobenen Hauptes am Ufer steht, die Augen immer auf die ruhige Wasseroberfläche gerichtet. Er wartet, wartet auf sein Frühstück. Sobald das Wasser sich zu bewegen beginnt, senkt er seinen Kopf. Dann, als sein Opfer nah genug am Ufer ist, schnappt er zu. Hmm, lecker!

Plötzlich durchbricht ein zähes Quietschen und ein lautes Kreischen die Stille dieses herrlichen Morgens.

Uii! Krah! Krah!

Erschrocken fliegen die vielen Raben und Krähen davon. Ganz in ihrer Nähe hatte sich ein Scheunentor geöffnet. Ein Mann tritt heraus. Er macht sich lang und gähnt. Es ist Willi, der eben gerade aus einem süßen Traum erwacht ist. Er hat von großem Reichtum und einem goldenen Thron geträumt. Langsam schlurft er zum Weiher, doch der Reiher lässt sich nicht stören. Der nächste Fisch ist in Sicht, den will er sich auf keinen Fall entgehen lassen. Willi bückt sich leicht und wirft sich zwei Hände voll Wasser ins Gesicht. Er nickt. Das wäre schon mal geschafft. Tolle Leistung. Sich am Morgen das Gesicht zu waschen, ohne dabei gleich zu ertrinken. Als der Reiher zuschnappt und seinen Fang danach gekonnt hinunterschluckt, kriegt Willi Hunger. Leichte Kopfschmerzen plagen ihn. Liegt es am Wetter, fragt er sich. Doch es liegt nicht am nebligen Wetter, sondern am Whiskey. Dabei hatte er sich doch vorgenommen, nichts zu trinken. Aber Babette und Ludowika hatten ihn … nein, er selbst hatte zur Flasche gegriffen. Und auch zur nächsten. Doch er ist ein Willisen, und Willisens sind hart im Nehmen. Wenn man nicht gerade von Polizeikugeln durchlöchert wird oder vom achtzehnten Stock der Klinik aus dem Fenster springt.

Wann wollte er sich mit den beiden Mädels heute treffen? Und warum? Filmriss. *Ah, Auto! Uff, Wohnung! Bah, das Schließfach meines Erzeugers! Der Brief? Da war doch ein*

Brief. Ja, der Brief, den Babette ... oder war es ... egal, wer ihn mir vorgelesen hat. Wo ist er? Feuer! Es hatte gebrannt. Der Tisch hatte, nein, auf dem Tisch hat es gebrannt. Mist, der Aschenbecher. Im Aschenbecher hat etwas gebrannt. Es war doch nicht etwa ... doch, das war mein Brief. Scheiße! Was zum Henker war in dem Brief gestanden? Es hat was mit der Bank zu tun. Ja, genau, in der Bank liegt etwas, das mir gehört. Aber was, und wo in der Bank? Ludowika, Babette. Die vertragen viel mehr als ich, die beiden wissen es sicher noch. Neun oder zehn, wann wollen wir ... neun? Ja, um neun Uhr.

Als Willi zum Schuppen zurückschlendert, steckt er beide Hände in die Hosentaschen. Und dort findet er etwas. Es ist ein Schlüssel. Plötzlich fällt auch der letzte Groschen. Sein Hirn ist wieder auf dem Laufenden. Im Schließfach, zu dem der Schlüssel passt, liegt was drin. Babette hat von viel Geld geredet, daher auch der Wagen, den die Mädels besorgen.

Auf Willis Weg in die Stadt, Rübsens Gemüsebauernhof liegt zwei Gehminuten von der Stadt entfernt, klaut Willi in einem fremden Garten einen sauren Apfel. Sein Frühstück. Gestern gab es eine saftige Williams-Birne. Als er gerade in die Kleintümpelshausner Hauptstraße einbiegt, sieht er am Straßenrand ein Muttchen, das sich am schnittigen Rollator festklammert. Hat sie Angst, die lebensgefährliche, achtspurige Straße zu überqueren? Ja. Willi hilft ihr. Die 10.- Euro

Straßenüberquerungsgeld hat er aber vorsichtshalber schon vor dem Überqueren kassiert.

Es ist fünf Minuten vor neun, als er an der Bank ankommt. Nur drei Minuten später fährt ein krasser SUV vor und stellt sich auf den einzigen Kundenparkplatz, den es vor der Bank gibt. Zwei Frauen steigen aus.

»Tag, Willi. Na, was macht dein Brummschädel?«, grinst Babette. »Ich hab dir lecker Tomatensaft mitgebracht.«

»Bäh! Willst du mich umbringen, Babette? Ich hab gerade einen grünen Apfel gefuttert. Wenn ich jetzt auch noch eine Tomate trinke, kommt es in meinem Bauch zu einer chemischen Vitamin-Reaktion und ich explodiere!«

»Äpfel ist man auch nicht«, weiß Ludowika, »man trinkt sie, so wie Tomatensaft. Calvados steht auf der Flasche. Er kommt aus der Normandie und ist saulecker, Willi.«

»Normandie? Ist das nicht da, wo die Sioux leben?«

»Nein, Willi, das ist Nordamerika. Die Normandie liegt in Frankreich.«

»Ah, Frankreich. Da leben doch die Nürnberger, gell?«

»Nein, Willi, das ist Franken. Ohne reich.«

»Kein Reich? Oh, die armen Franken!«

»Hallo, können wir jetzt endlich?!« Babette ist schon ganz hibbelig.«

Im selben Moment schlägt der Kleintümpelshausner Dom neun Mal. *Dong. Dong. Dong ...*

»Jetzt«, sagt Willi. »Jetzt betreten wir die Bank. Wenn 9 Uhr ausgemacht ist, dann gehen wir nicht ...«

»Halt die blöde Klappe, Willi, und geh zu. Wir folgen dir unauffällig. Keine Angst, wir sind beide bewaffnet.«

Ludowika und Babette ziehen ihre praktische Derringer, die kleine, gut zu versteckende Miniknarre aus ihren halterlosen, blickdichten Strümpfen, die sie neben ihren nur handbreiten Miniröcken tragen. Ihre High Heels machen sie um 18 cm größer. Willi kommt sich vor wie ein Zwerg.

Willi war schon immer ein Zwerg! In jeder Beziehung.

Willi geht an den Schalter und sieht zum Kassierer empor. Seine Bodygirls warten an einem Stehpult und tun dort so, als würden sie ein Bankformular ausfüllen. Babette kritzelt Herzchen und Katzenbabys auf einen Überweisungsschein für eine Fernsehlotterie, Ludowika steht ihr gegenüber und beobachtet mit Argusaugen den Schalterbeamten.

Willi legt seinen Schlüssel auf den Tresen. »Ich will zum Schließfach 581!«

Dem Schaltermann kommt die Situation spanisch vor. Er wurde in Madrid geboren, war jedoch wegen der Hitze dort nach Kleintümpelshausen ausgewandert. Mutter Japanerin. Sie und sein Vater hatten sich in Barcelona kennengelernt, als sie sich dort damals die Kathedrale angesehen hatten. Ihr war der Made-in-China-Fotoapparat entglitten, er war sofort zur Unglücksstelle geeilt, hat die zum Glück heilgebliebene Kamera aufgehoben und sie ihr gereicht. Wie ein Torero im Stierkampfstadion war er vor ihr gekniet. Arm ausgestreckt, als habe er ein mächtiges Schwert in seiner Hand und würde jede Sekunde einen Stier erdolchen. Der weinrot-roten Rose zwischen den schneeweißen Zähnen hatte die Geisha nicht wiederstehen können. Noch in der Kathedrale hatte sie ihm das Ai-Wort gegeben. Er hatte Si gesagt. Dann waren sie im Beichtstuhl verschwunden …

Der Kassierer zögert noch. *Soll ich den roten Alarmknopf drücken oder nicht,* sinnt er. Doch dann greift er lieber zum Telefon. Schon bald erscheint der Bankdirektor in der Bank. Seit Susi in der Zweigstelle in Emden ist, hat der keinen Tag mehr durchgeschlafen. Der Kassierer, der nebenbei noch im Kleintümpelshausner Spielcasino am Pokertisch jobbt, zeigt auf Willis Schlüssel, in den die Nummer 581 eingestanzt ist. Nachdem der hünenhafte Kassierer Willi nach einer Waffe durchsucht und keine gefunden hat, geht der Direx mit Willi in den Keller. Zuerst passieren sie drei Stahltüren. Eine jede ist fast so dick wie eine Scheibe Toastbrot. Ganz am Ende des unterirdischen Ganges ist eine Holztür, neben der sich zwei kleine Kästchen befinden. Das eine sei die Tastatur für den Zahlencode, erklärt der Direktor, in anderen liege der

Code. 1, 2, 3, 4. Ohne Sternchen oder Raute.

In der Mitte des mit sauteurem Ferrara-Marmor gefliesten Ganges befindet sich eine weitere Stahltüre. Man kann nicht sehen, wie dick sie ist. Links ist in Augenhöhe ein Kästchen mit 10 Zahlen. Der Direktor tippt vier Zahlen ein.

Tröt! Falscher Code! Noch zwei Versuche!

Er legt einen Finger auf die Lippen und denkt nach. Dann streckt er denselben Finger zuerst gen Himmel, dann legt er ihn auf die 1. Dann auf die 2, die 3 und die 9.

Tröt! Falscher Code! Noch ein Versuch!

»Mist!«, flucht er. »Das darf doch nicht wahr sein. Bin ich denn wirklich zu blöd, um mir 4 Zahlen merken zu können? Ich selbst hab doch den ididotensicheren Code festgelegt.«

»Darf ich mal?«, fragt Willi grinsend.

»Von mir aus! Doch wenn du dich vertippst, Junge, dann ist hier gleich die Hölle los. Nach dem dritten falschen Code rücken das Spezialkommando der Bundeswehr, die Bullerei aus Leer, Emden und Garmisch-Partenkirchen, die Notärzte aus Amsterdam, das Bombenräumkommando aus Moskau, der Seemannschor der Heilsarmee aus Flensburg- Mitte, der Pfarrer von Lourdes, der Senioren Fußballverein aus Wien- Wienerwald und die Feuerwehr aus Grönland-Ost an!«

»Lass mal gut sein, Opi, ich mach das schon. Ist ja nicht

das erste Zahlenschloss, das ich knacke. Im Kinderheim hab ich sogar mal den Code von Ludowikas und Babettes Fernbedienung für den DVD-Recorder herausgekriegt. Geil. Die gucken DVDs, da geht dir echt der Hut hoch. So, und jetzt rück ein Stück, alter Mann, damit der Willi knacken kann.«

Willi stell sich so vor den Direktor, dass diese nicht sehen kann, welche Zahlen er eintippt.

Klack!

»Jippie! Du hast es tatsächlich geschafft, Junge. Schreibst du mir den Code bitte auf. Zettel und Stift liegen im Tresor. Was sagtest du, welches Schließfach gehört dir?«

Der Direktor öffnet die Stahltür – mit zwei Fingern. Willi darf vorausgehen und läuft vor die Schließfachreihe mit den 580er Nummern. »Hier, die 581.«

Der Direx steckt seinen Schlüssel ins linke Schlüsselloch, Willi seinen ins rechte. Dann schickt er den Direktor hinaus. Was nicht ungewöhnlich ist. Wer will sich schon andere zusehen lassen, wenn man in die Wundertüte schaut.

»He! Lass aber die Tür auf!«, ruft er dem überglücklichen Direktor hinterher, als dieser im Marmorgang verschwindet.

»Keine Angst, Herr Willisen, drinnen ist auch ein Kasten, der Geheimcode ist derselbe wie hier draußen«, erwidert der Bankleiter. »Bring mir meinen Schlüssel mit hoch, sobald du fertig bist. Er steck im Fach. Verliere ihn aber nicht, das ist ein Generalschlüssel. Der passt nicht nur hier in der Bank überall, auch im Rathaus, der Polizeistation und der Münzpräge von Kleintümpelshausen.«

»Alles klar!«

Verdammt noch mal! Ausgerechnet heute hab ich keinen Kaugummi einstecken. Ach was, halb so wild. Da muss ich eben Morgen noch mal in mein Schließfach. Haha.

Dann zieht er einen langen, verchromten Kasten aus dem Schließfach. Er hat einen Deckel mit Zahlenschloss. Willi dreht daran. 13 rechts, 48 links, 87 rechts. Die Hände zittern, als er den Deckel öffnet. »Bah, ist das geil! Eine 20-Schuss-Automatik! Und 5 Schachteln Patronen noch dazu. Und das Amtssiegel von der Stadt! Cool! Ups, was ist das denn? Oh, Knete zum Abdruck machen für Nachschlüssel. Wau! Ein Blankoführerschein, in den ich nur noch meine eigenen Daten schreiben und mein Passfoto reinkleben muss. Wie viele Moneten das hier wohl sein mögen? Auf den Banderolen steht 50.000.- Euro. Es sind 8, 9, 10 Bündel. Danke Vat … Danke. Warum eigentlich? Das war doch das mindeste, was du für mich tun konntest. So, dann wollen wir mal schauen, was für Papierkram das hier ist. Ups. Aktien. Und keine billigen, da kenne ich mich aus. Zumindest bei der Telebörse. Oje, da ist ja noch mehr drin. Hammer! Nachschlüssel für die Banken in Leer und Emden samt Code für die Tresore.

Ah, habe ich mir schon gedacht, dass der Code in beiden Banken 1, 2, 3, 4 lautet.«

Willi steckt sich ein paar Fünfhunderter und den die leere Fahrerlaubnis ein, den Rest seines Schatzes lässt er in dem Blechkasten. Er streichelt ihn noch, dann räumt ihn wieder zurück und sperrt das Schließfach ab.

»Hier, Direx, der Schlüssel und das Kuvert mit dem Code. Am besten, du gibst ihn in dein Handy ein. Dann kannst du ihn auch nicht mehr vergessen. Kann sein, dass ich morgen noch mal kurz verbeischaue.«

»Jederzeit, Herr Willisen!«

Dann verlässt Willi die Bank. Ludowika und Babette sind kurz vor ihm hinausgegangen und warten nun am SUV. Sie verdrehen verwundert die Augen.

»Und, was war drin, Willi?«, fragt Babette, die sich schon in einem See aus Geld schwimmen sah.

»Pah, vergiss es Babette. Du auch Ludowika. Eine Knarre ohne einen Schuss Munition. Und ein Ersatzgebiss, bei dem zwei Eckzähne fehlen. Wenn ich das gewusst hätte …«

»Scheiße«, flucht Ludowika. »Das heißt also, du bist noch genauso arm wie vor einer halben Stunde, Willi. Was willst du jetzt tun?«

»Arbeiten, was sonst.«

»Iiiih!« Babette schüttelt sich. »Wenn du jetzt zu arbeiten anfängst, Willi, sind wir die längste Zeit Freunde gewesen! Mit sowas wollen wir nix zu tun haben, gell, Ludowika?«

»Genau! Machs gut, Willi. Und trau dich ja nicht, dass du noch einmal bei und anklopfst, sonst drehen wir dir den Hals um. Tschüssikowsky!«

Willi wartet, bis die beiden geldgierigen Monster mit dem SUV davonbrausen, dann zieht er einen Fünfhunderter aus der Tasche und küsst ihn. Er läuft zur Tanke und kauft sich mit dem großen Geldschein ein Bismarkherigbrötchen. Der Tankwart lässt den Schein durch den Geldprüfautomat laufen. Da der Schein scheinbar keine Blüte ist, gibt er Willi das Wechselgeld zurück. Das nächste Mal solle er ihn in der Bank wechseln oder nicht so früh am Morgen kommen.

Zurück in der Scheune packt Willi seine drei Habseligkeiten in den grünen Rucksack, den er im Wald fand. Was so aber nicht ganz stimmt. Der Eigentümer, ein Jäger, war auf dem Hochstand gesessen und hatte seinen Rucksack mit der Tagesverpflegung unten stehenlassen. Für Willi, der in den Wald gegangen war, um dort zu pinkeln, was das natürlich ein gefundenes Fressen. Im wahrsten Sinne des Wortes. Er schnallt sich den Rucksack auf den Buckel, dann trabt er in Richtung Kleintümpelshausner Hauptbahnhof, wo er schon bald an Gleis 22 auf den Eilzug nach Leer wartet. 29 Gleise hat die Anlage. Die Bahnhofshalle ist so groß, man könnte darin mindestens sechs Jumbo-Jets parken. Darum fährt der Vorsteher die Gleise auch mit einem Mofa ab. Der Zug, der einzige, fährt die Strecke Emden – Leer und umgekehrt im Stundentakt. In Kleintümpelshausen macht er dreizehn Minuten Halt. Willi steht in Richtung Leer. Neben ihm stehen zwei Frauen um die fünfundzwanzig, die auf dem Rückweg nach Leer sind. Sie waren zum Shoppen hier. Sie unterhalten sich über ihre Ehemänner. »Meinen würde ich am liebsten auf den Jupiter schießen«, keift die eine. »Ich würde den meinen lieber unter der Erde sehen, dann käme ich wenigstens an sein Geld. Der ist so langweilig und geizig, der alte Sack, umbringen möchte ich ihn«, hört Willi, dessen große Ohren wie zwei Lauschantennen funktionieren.

»Entschuldigung, die Damen, ich will sie ja nicht stören, aber ich könnte ihre Probleme im Halsumdrehen lösen. Ich bin … Gestatten, Willi W., unamtlich geprüfter Berufs- und Auftragskiller. Ich arbeite fix, vor allem sehr sauber. Nicht eine Patronenhülse lass ich am Tatort zurück. Wenn Sie mir die Namen ihrer unliebsam gewordenen Gatten, ihre Adressen und pro Nase fünftausend Euro in bar geben, sehen sie sich schon sehr bald als Witwen wieder.«

Die Damen tuscheln kurz, dann nicken sie. Einverstanden, meinen sie. 5000.- wären in Ordnung. Als der Zug einfährt, steigen sie und Willi ein, tun jedoch so, als würden sie sich nicht kennen. Nach exakt 13 Minuten erklingt die Pfeife des Vorstehers und der Zug setzt sich gen Leer in Bewegung.

Kurz vor Leer, im einzigen Waggon, der der antiken Diesellok angehängt ist, erhält Willi zwei Zettel, auf denen mit purpurroten Lippenstiften je ein Name sowie eine Adresse stehen. Die Villen, in denen sie wohnen würden, seien aber mit Videokameras und Alarmanlagen ausgestattet. Er, der Killer, müsse die Ehemänner daher auf dem Weg zum Büro oder zur Geliebten erschießen. Null Problemo, prahlt Willi, er habe schon viele Ehefrauen zur Witwe gemacht. Er wisse, wie, wann und wo er zuschlagen müsse. Dies dauere jedoch einige Tage, er müsse die Gatten erst beobachten. Das Geld sei aber im Voraus fällig. Heute Nachmittag im Stadtpark.

Der Zug hält an. Die beiden Damen, die an jedem Finger zehn Männer haben könnten, steigen zuerst aus. Willi wartet kurz ab, dann verlässt auch er den Zug. Er folgt ihnen, ohne dass sie es bemerken. Sie setzen sich auf die Terrasse eines Cafés. Willi zückt das Smartphon, das er Babette gestern bei der Sauforgie geklaut hatte, und macht Fotos, wie die zwei Frauen sich angeregt unterhalten. Die Farbfotos druckt er in einem nahen Drogeriemarkt aus. Dann geht er noch in einen Internetladen, in dem man auch surfen oder kopieren kann, tippt auf einem Computer zwei anonyme Briefe runter und steckt diese in die Brusttasche seines Hemds. Bevor er die

Briefe bei der Polizei in den Postkasten wirft, wischt er seine drauf befindlichen Fingerabdrücke ab. Derweil waren die zwei Ehefrauen in einem Reisebüro gewesen und hatten vier Wochen Urlaub auf den Seychellen gebucht. Das Blutgeld hatten sie auf dem Weg zum Stadtpark abgehoben.

Willi sitzt entspannt auf einer Parkbank und putzt sich mit einem dünnen Birkenzweig seine abgenagten Fingernägel. Eine Dame setzt sich links neben ihn, die andre rechts. Jede schiebt ihm ein dickes Kuvert unter den Oberschenkel. Eins links, eins rechts. Dann erheben sie sich und gehen wieder. Willi wirft einen raschen Blick in die prallgefüllten Kuverts und nickt. *So rasch verdient man 10.000.- Kröten*, denkt er, als er am Bahnhof steht, um die Heimfahrt anzutreten. Nicht mal die Finger hat er sich schmutzig gemacht. Kein Schuss war gefallen, kein Ehemann gestorben. Aber das weiß ja der Pate von Kleintümpelshausen nicht, wenn er dem die Story vom toten Hund, zwei angeblich von ihm eiskalt ermordeten Ehemännern, erzählt.

Als er in den Zug nach Kleintümpelshausen steigt, hört er Polizeisirenen. Er grinst. In den zwei Briefen, die er bei der Polizei eingeworfen hat, war gestanden, dass die Frauen ihn, namenlos, angeheuert hätten, ihre Gatten zu ermorden. Als Beweis hatte er die Fotos beigelegt und bei ihren Gatten auf den Anrufer gesprochen. Mit verstellter Stimme. Dass seine Geschichte stimme, könnten sie an den Kontobewegungen der Gattin sehen. 5000.- Euro. Auch hätten diese schon eine Reise auf die Seychellen gebucht. Das Reiseziel kannte er vom Gespräch der Frauen im Zug.

Es ist Nachmittag, als Willi zu Hause ankommt. Zuhause, das ist zurzeit eine kleine Pension in Kleintümpelshausen, in die er sich auf unbestimmte eingemietet hat. Sie liegt am südwestlichen Stadtrand. Das Kinderheim von Babette und Ludowika liegt abgelegen im Norden.

Wie sich ein Killer zu verhalten hat, hat Willi während der Ausbildung gelernt, die er in der Abendschule für Berufskiller gemacht hatte. Das erste Gebot: Verschwiegenheit. Nur ein falsches Wort zum falschen Mensch, schon sitzt man lebenslang im Knast. Doch Willi hatte noch viel mehr gelernt. Schießen, sich verkleiden, falsche Spuren legen, Leute aufs eigene Kreuz legen und so weiter.

Die Nacht bricht herein. Willi liegt auf dem Doppelbett, das im Zimmer steht, und zählt sein erstes, selbstverdientes Geld. Es sind genau 10.000.- Euro. Genug, um die nächsten Tagen über die Runden kommen zu können. Wenn nicht, er hat ja auch noch das Geld im Schließfach.

Morgen will Willi ganz groß shoppen gehen.

Kapitel 15

Draußen ist es arschkalt. Bald ist Weihnacht. Bei mir. Bei Willi ist es gerade Hochsommer. Ich steige *gaaanz* langsam aus meinem Bett, zieh mir den blauen Morgenmantel an und gehe rüber in die Küche, wo in der Thermoskanne der schon gestern Abend durch die Maschine gelaufene Kaffee wartet. Erst ein Schluck Wasser, dann Kaffee. Dabei lese ich wieder in Willis Unterlagen. Ich schmunzle. Aber nicht lange.

Poch, poch.

»Hallo, Herr Nachbar!«

Gut, dass ich meine Fenster zu sind, sonst stünde die nervige Nachbarin schon längst in meiner Küche.

»Hallo! Schmeckt der Kaffee? Ich hab Neues!«

»Was denn, einen achten Ehemann?«, frage ich, nachdem ich das Fenster einen winzigen Spalt geöffnet habe.

»Nein, die Typen in den Onlinebörsen sind entweder viel zu jung oder haben nicht genug Geld.«

»Angeln Sie sich doch einen, der verheiratet ist. Wenn er demnächst plötzlich verstirbt oder auf nimmer Wiedersehen verschwindet, dann können Sie es der Gattin in die Schuhe schieben. Er muss nur vorher sein Testament ändern.«

»Supi! Ich kenne da sogar einen, der würde haargenau ins Rosenbeet reinpassen, das ich erst im Herbst angelegt habe. Rosen lieben echten Bio-Dünger. Und seine drei Goldzähne kann ich dann ausgraben, wenn ich mal knapp bei Kasse bin. Schönen Tag noch, Herr!«

»Adios, Frau!«

Auweia, die armen Rosen! Naja, wenn sie Eis und Schnee aushalten, werden sie auch Nummer 8 überstehen.

Ringklingeling.

»Ja?«

»Hallo, Janine, mein süßes Mäuschen. Ist deine Mami, äh, ist der Frau Oberbürgermeister daheim?«

»Ui! Hallo, Fredy. Wann kommst du endlich zu mich? Ich bin hier ganz mutterselenallein. Brunhilde ist mit ihren Hunden und unserem Amts-Heli unterwegs. Sie braucht frische Briefmarken, die Hunde einen Baum. Ist dir auch so kalt?«

»Und wie! Ich bin schon ganz … Sag Bruni, sie soll mich anrufen, sobald sie wieder zurück ist.«

»Puh, das muss ich aber notieren. Ach, ich hör ihn soeben. Er landet. Oje, jetzt hat unser Nachbar keinen Kamin mehr! Ah, doch! Bruni hat nur unsere Satellitenschüssel gerammt. Da werden sie aber ganz schön blöd dreinschauen, die Leute in Grönland, wenn sie jetzt mit uns keine Videokonferenzen mehr machen können. Letztes Mal, als Brunhilde das Dings abrasierte, hat die Reparatur 4 Monate, eine Woche, 7 Tage und 5 Stunden 36 gedauert. Moment, jetzt springt sie gerade beim Panoramafenster rein. Nur gut, dass ich es vorhin nicht zugemacht habe. Du weißt ja, wir sind hier im 87ten Stock. Psst. Ich hab morgen den ganzen Tag frei, Fredymausi!«

Ich will Janine gerade etwas Unanständiges in den Hörer flüstern, da ist plötzlich der, die, das Bürgermeister dran.

»Hallo, Fredy, was gibt's?«, fragt Bruni.

»Rindergulasch, Maccheroni, rotes Blaukraut, Preiselbeeren, bunten Kopfsalat und Erdbeer-Mango-Eis.«

»Toll. Danke für den Tipp, aber ich habe mir gerade Tofu besorgt.«

»Warum, Bruni?«

»Ist gesund, haben die von der Opposition gesagt.«

»Ah, das leuchtet natürlich ein, Bruni.«

»Der Tofu ist für Moritz und Maxi. Heißt das jetzt der, die oder das Tofu, Fredy?«

»Tofu!«

Tut, tut. Die Teilnehmerin macht gerade Sesamöl in einem Wok warm.

*

Der Laptop ist auf Betriebstemperatur, ich auch.

Willi steht am Zeitungskasten vor der Bank und liest die Schlagzeile: *Ehefrauen wegen Mordkomplott verhaftet!*

Willi reibt sich die Hände, dann betritt er Punkt 9 Uhr die Bank. Der Filialleiter begrüßt ihn mit Handschlag und gibt ihm den Generalschlüssel.

»Du kennst dich ja unten aus, Junge. Schließ aber wieder alles gut ab, wenn du fertig bist.«

»Klar, Chef, ist doch Ehrensache. Hast du Prospekte von 3-Zimmer Eigentumswohnungen? Möglichst ruhig. Balkon muss, Garten kann mit dabei sein. Nachmittagssonne.«

Der Direx läuft in sein Büro und kommt mit einem frisch ausgedruckten Immobilienangebot zurück.

»Ist eine Villa! Ganztagssonne, Balkon, Garten. 3 Bäder, Vollautomatikküche, Spielsalon, Sauna, Pool, Rasenmäher per App steuerbar, Solardach. Kabel-, Internet-TV. Alles für nur 280.000.- Zwangsverkauf, der Besitzer ist pleite.«

»Gekauft! Mach du schon mal die Papiere fertig, ich hole inzwischen das Kleingeld.«

Zehn Minuten später ist Willi stolzer Besitzer einer Villa. Zwölf Minuten später steht er im Autohaus Krawuttke und kauft sich einen Mittelklasse-Van. Ja nicht auffallen, so die Ganovenregel Nummer 2. Er zahlt bar, was ihm einen Satz

Winterreifen mit Alufelgen als Rabatt einbringt. Dann geht er in das Rathaus, wo ihm der nette Pförtner die Passbilder in den Führerschein und den Reisepass tackert. Die sind ihm rausgefallen, meint Willi. Dass die Dokumente nicht ausgefüllt sind, erklärt er damit, dass sie leider in der Waschmaschine gelandet wären. Dann geht er in die Kleintümpelshausner Börse, aber der Kurs für seine noch im Schließfach liegenden Aktien steht gerade nicht gut. Danach geht er, von mächtigem Hunger getrieben, in das drei Sterne Nobellokal im Villenviertel der Stadt. Es gibt noch ein anderes, aber das hat nur 2 Sterne. Er nimmt Platz.

»Kommen Sie wegen der defekten Dunstabzugshaube?«

»Hää, was ist hin? Ich komme wegen Kohldampf zu euch, du Suppenkasper! Habt ihr Pommes rot-weiß-grün?«

»Der Himmel bewahre uns! Mein guter Herr, ich glaube, Sie haben sich im Lokal geirrt. Doch das hatte ich mir schon gedacht, als sie zur Tür hereingekommen waren. So, wie Sie und Ihre Kleidung aussehen. Hat man Sie im australischen Dschungel gefunden? Wenn ich Sie also bitten dürfte, unser Feinschmeckerlokal möglichst unauffällig zu verlassen. Der Wagen mit den Pommdefritte steht heute am Hauptbahnhof. Zwischen dem Friseur und der öffentlichen Herrntoilette.«

Willi wollte schon seine 20-Schuss-Automatik ziehen, die er heute aus dem Schließfach geholt hatte, doch er überlegt es sich anders und legt einen 500er-Schein auf den Tisch.

»Die Speisekarte, Opa, aber zackig!«

Sofort stehen drei Ober vor Willi. Einer liest die Speisekarte vor, einer die Weinkarte, der dritte die Dessertkarte.

»Wenn ich Ihnen das Tagesmenü empfehlen dürfte? Das wäre zarter Tofu auf Morcheln, Zander, pardon, Kugelfisch. Jakobsmuscheln an sibirischem Malossol-Kaviar …«

»Bist du noch ganz dicht, du Pinguin? Ich will was Essen, kein Aquarium kaufen. Wenn ich eine Fischstulle will, gehe ich zum Hafen oder fahre zum Leuchtturm von Emden. Ich will auf der Stelle Pfannkuchen mit Apfelmus. Pommes rot, weiß und grün. Und für und gegen meinen Durst … äh. Eine Flasche Kentucky-Bourbon ohne Eis, ohne Strohhalm, ohne Glas. Auf dem Tisch liegen 500.- Möpse. Steck ein und fahr auf. Und schmeiß einen Euro in die Musikbox, ich will jetzt den Dave Dudley hören.«

Während im vornehmen Lokal ein Pianist per Notenblatt ein Trucker-Lied spielt, erklärt Willi dem Küchenchef, was rot-weiß-grüne Pommes sind. Dann setzt er sich wieder und lässt sich seine Wünsche servieren. Die Seidenserviette mit dem eingestickten Namenszug des Lokals steckt er ein.

»Ich hab schon besser gefuttert, vor allem mehr. Hat nicht mal für den ersten Hunger gereicht!«, mault Willi den Ober an, als dieser ihm die gesalzene, aber mit den 500.- Euro bereits bezahlte Rechnung präsentiert. »Sag dem Koch, der soll sich eine größere Pfanne zulegen. Ich hab den Pfannkuchen mit der Lupe suchen müssen, so klein war er. Und das Apfelmus war auch nicht aus dem Glas, da kenne ich mich super aus. Und der Rechnungsführer soll die Kasse überprüfen lassen, sie setzt das Komma zu weit nach rechts. Oder findest du 299.00 Euro für eine Pulle Whiskey okay? Im Supermarkt krieg ich die für 15.-, bei der Tanke für 26,00 … Aber die haben auch durchgehend 27 Stunden auf.«

Mit halbleerem Magen trottet Willi zur Bushaltestelle, die nur wenige Meter vom Restaurant entfernt ist. Er wäre jetzt lieber mit seinem neuen Wagen gefahren, doch den musste der Autohausbesitzer Krawuttke erst anmelden. Das gehöre bei ihm zum Kundenservice. Da kein Bus in Sicht ist, setzt Willi sich in das Wartehäuschen und holt die Tageszeitung raus, die er im Rucksack verstaut hatte. Er blättert sie durch, ohne sie wirklich zu lesen. Bei ihm würde es reichen, wären nur Bilder drin. Doch da fällt sein Blick auf eine Annonce, die seine ganze Aufmerksamkeit erregt. Und er denkt sofort an seine Killerausbildung. Paragraf 3: Zwischen den Zeilen lesen! Die Suchanzeige ist codiert und mit Chiffre versehen. Willi reist sie heraus, den Rest der Zeitung stopft er in den städtischen Mülleimer, der unterhalb des Fahrplans ist. Der Bus kommt. Willi steigt ein und will die Kurzstreckenkarte mit einem 500.- Euroschein bezahlen, doch der Fahrer kann nicht wechseln und nimmt Willi daher umsonst mit, weil er bereits an der nächsten Haltestelle schon wieder aussteigen muss. Dort ist das Pressehaus von Kleintümpelshausen. Das Haus ist gigantisch und mit dem aller Neuesten vom Neuesten bestückt. Die vollautomatisiere Druckmaschine schafft dreitausend Zeitungsexemplare pro Minute. Da die Auflage nur 74 Stück beträgt, inklusiver dem Freiexemplar fürs Rathaus, läuft die Druckmaschine nur sehr kurz. Willi geht ins Redaktionsbüro und legt den Schnipsel mit der Anzeige auf die Theke. Ein Verlagsangestellter liest die Chiffrenummer, nickt und meint, Willi solle einen Moment warten. Er geht an ein Postfach, zieht dort einen Umschlag heraus und gibt ihn an Willi weiter. Da Presseleute schon von Berufs wegen her stets neugierig sein müssen, fragt er Willi, warum er den Brief nicht gleich aufmache. Willi hatte sich schon zum Gehen umgewandt, dreht seinen Kopf, grinst und meint, weil sonst morgen in der Zeitung stehe, dass er eben 8 Mio. Euro geerbt habe. Erst fällt dem in den Innendienst strafversetzen Redakteur die Kinnlade runter, dann eilt er in das Büro des Chefredakteurs.

Mit dem geheimnisvollen Brief in der Tasche trabt Willi noch einmal zur Bank zurück, geht ein zweites Mal ins Postfach hinunter und holt sich dort noch ein Bündel 500er. Als er dem Bankdirex den Zentralschlüssel zurückgibt, gibt der ihm die Schlüssel für die Villa, die Willi gekauft hat. Strom und Wasser seien angeschlossen, er könne sofort einziehen.

»Extrablatt! Extrablatt! Kleintümpelshausen ist um einen Millionär reicher! Extrablatt! Kleintümpelshausen …«, ruft ein Mann, als er aus dem Verlagshaus der Tageszeitung geeilt kommt. »Extrablatt …«

Der Zeitungsbote, der gerade in die Bank stürmen wollte, als Willi herauskam, hätte beinahe seinen Stapel Zeitungen verschluckt. Der Mann, der ihm gegenübersteht, ist derselbe wie auf dem Titelblatt. Der Zeitungsmensch hatte von Willi heimlich ein Foto gemacht. Für Willi ein echter Glücksfall. Keiner wird ihn danach fragen, woher er das viele Geld hat. Die Frage ist, werden Ludowika und Babette dies auch tun? Sie wussten ja von dem Schließfach, in dem angeblich nicht viel drin gewesen sei. Und da Willi schon gestern nicht hat teilen wollen mit den geldgierigen Damen, muss er sich nun etwas einfallen lassen, sonst würden sie ihn ausnehmen wie einen Weihnachts-Karpfen.

Mist! Warum können die zwei Bissgurken nicht in einem Kloster oder Bordell leben? Im Kloster würden sie denken, sie sind aus der Kirche ausgetreten, wenn sie morgen Früh nicht zur Messe erscheinen, weil ich sie in unserem Weiher versenkt hab. Im Bordell … Aber verschwinden müssen sie. Und zwar noch heute Nacht!

Scheint, als habe Willi heute seinen Glückstag. Als er den Garten seiner Nobelvilla inspiziert, sticht ihm ein Schuppen ins Auge. Er ist aus wetterfestem Alu. Er macht das Tor auf. Rasenmäher, Spaten, Heckenschere, Dünger, Rattengift und noch einiges mehr findet er dort vor. *Rattengift, ist das nicht nur für Ratten tödlich? Babette und Ludowika sind Ratten! Whiskey saufende Ratten, haha.*

Als Willi in den nahen Supermarkt geht, um drei Flaschen Kentucky Bourbon zu kaufen, dämmert es. Als er die letzten Brösel in zwei der drei Flaschen rieseln lässt, ist es dunkel. Als er am Kinderheim schellt, in dem es wegen Kindermangel zurzeit nicht viel zu tun gibt, ist es stockdunkel.

»Babette, Willi steht draußen, soll ich ihn reinlassen?«

»Auf keinen Fall, Ludowika! Ich möchte dieses hässliche Arschgesicht niemals mehr wiedersehen.«

»Er hat drei Flaschen Whiskey dabei. Kentucky!«

»Soll reinkommen!«

Willi setzt sich und legt das Bündel Fünfhunderter auf den Tisch. Er habe noch viel mehr. O ja, keift Babette, angeblich geerbt. Sie glaube aber der Zeitung nicht. Willi gesteht, dass die Meldung eine Ente sei. Er habe gar nix geerbt, das Geld sei aus dem Schließfach. Siegessicher stoßen Ludowika und Babette mit Willi an. Es wird herzlich gelacht und es werden Zukunftspläne geschmiedet. Nie wieder quengelnde Gören!

Nie mehr verschissene Windel wechseln und Hausaufgaben machen, lachen die nun bereits angeheiterten Damen. Willi hält sich zurück mit saufen, nippt nur an der Flasche. Jeder hat eine Flasche in der Hand, aber nur eine davon ist nicht mit tödlichem Rattengift versetzt.

Keine Stunde später sind zwei Flaschen ganz, eine nicht mal halb geleert.

Erst fängt Babette, die zarter gebaut ist als Ludowika, das Zappeln und das Zucken an, dann die Tischnachbarin. Willi sieht ihnen genüsslich zu und packt zuerst die drei Flaschen wieder in den Rucksack, dann das Geldbündel.

»Was ist, vertragt ihr heute nichts?«, fragt Willi, als er mit einem feuchten Tuch den Tisch von seinen Fingerabdrücken befreit. »Wo wollt ihr eure ewige Ruhe finden? Im Weiher, bei Fröschen und Karpfen? Oder unter einer schönen Linde im Stadtpark? Ich kann euch aber auch mit eurem eigenen Wagen an die Nordsee fahren, um dort ein nettes Lagerfeuer zu entfachen, in dem ihr in der Stille der Nacht zu feinstem Staub zerfallt, ehe ich euch in die See streue. Haha!«

»Du Mistkerl, du hast uns vergiftet. Ich bring dich um!«

»Aber, aber, liebste Ludowika, wer wird denn gleich böse werden? Ich tat es nur zu eurem … zu meinem Besten. Sieh dir mal die Babette an, du Monster. Schau, wie schön sie die Augen verdrehen kann. Und wie ruhig sie bereits ist. Ist das nicht himmlisch?«

Aber Babette kämpft noch. » Wa … was hast du … du uns in den Whis …. ge … getan, du Schw … Schwein?«

»Oh, nur Rattengift, Babette. Aber hätte ich gewusst, dass es ewig braucht, bis es bei euch wirkt, hätte ich was anderes hergenommen. Ich war mir aber nicht so ganz sicher, ob mir der Apotheker nicht dumme Fragen stellt, wenn ich ihn um ein Fläschchen Arsen bitte. Uii! Schau, Babette, jetzt fängt es auch bei der Ludowika richtig an. Geil! Mit dem Zittern könnte sie Harfe spielen. Pech, Ludowika, es ist leider etwas zu spät für eine Musikkarriere. Haha.«

Babette liegt mausetot am Boden, Ludowika zappelt noch ein paarmal, dann starrt auch sie die Zimmerdecke an. Willi bringt sie hinaus in die Garage. Er hat zwar nicht übermäßig viel Hirn, dafür aber umso mehr Muskelmasse. Er wirft die beiden leblosen Körper in den Kofferraum, weiß aber nicht, was er machen soll. Sie im Wald zu vergraben, würde nicht nur Zeit, auch viel Kraft kosten. Schnell und leicht soll die Sache vonstattengehen. Also doch Nordsee.

Willi fährt jedoch nicht weit, da er es sich anders überlegt hat. Er fährt zur nahen Ems. Die fließt an Kleintümpelshausen vorbei und mündet nur wenig weiter in die Nordsee. Er fährt mit dem Wagen der beiden Toten bis ans Ufer, holt sie aus dem Kofferraum und legt sie ab. Willi spricht ein paar letzte Worte, dann rollte er sie in den Fluss und sieht zu, wie sie in Richtung Dollart und von da ins offene Meer treiben. Das sie tot sind und nicht viel anhaben, gehen sie auch nicht unter. Ihre Handys wirft er ebenfalls in den Fluss.

Legt euch nie mit einem Willisen an!

Dann setzt er sich wieder in den Wager, fährt zurück und stellt das Fahrzeug in die Garage und macht das Tor zu. Das Haus sperrt er ab, will den Schlüssel mitnehmen. Doch dann denkt er an seine Ausbildung, an Paragraf XY: Falsche Spur legen. Und so holt er den Wagen wieder aus der Garage und fährt erneut ans Ufer der Ems. Fingerabdrücke von ihm gibt es nicht, da er schon die ganze Zeit über Gummihandschuhe getragen hatte. Den Wagen sperrt er ab und legt den Schlüssel zwischen Vorderrad und Schutzblech. Das tun viele, die in einem Fluss oder See nur schnell eine Runde schwimmen wollen.

Nicht mal eine halbe Stunde hatte Willi dann von der Ems bis zu sich nach Hause gebraucht. Dort genehmigte er sich erst mal einen doppelten Bourbon, die zwei leeren Flaschen, aus denen Ludowika und Babette getrunken hatten, hatte er in die Ems geworfen. *Hab ich an alles gedacht*, fragt er sich dabei. Ja, das hat er. Sauberer konnte man einen Tatort nicht verlassen. Dass die Leichen jemals gefunden werden, damit war nicht zu rechnen.

Das sind ja rosige Aussichten. Willi hat den Bogen raus, ist auf den Geschmack gekommen. Für zwei Auftragsmorde Geld kassiert, ohne je einen Mord begangen zu haben. Zwei unliebsame Gesellinnen ermordet, und das auch noch gratis, damit sie die Klappe halten. Guter Schnitt. Und nun will er sich, wenn ich das in seinen Memoiren richtig lese, an sein erstes richtiges Opfer als Berufskiller heranwagen.

Ich suche auch nach einem Opfer. Den Telefonhörer habe ich schon in der Hand.

Tüdeldidü. ... schick ich dir Rosen aus Amsterdam.

»Hallo, Walburga, ich bin es, geh ran.«

»Die Teilnehmerin ist bis vorgestern auf einem Seminar!«

Hä, bis vorgestern? Das muss sie mir erklären.

Ramtamtam, ramtamtam ...

»Hallo, Fredy, hast du die Ansage auf dem Festnetz nicht gehört, ich bin nicht zu Hause.«

»Echt? Ich habe mir gedacht, probiere es mal am Handy, dann hast du vielleicht Glück. Äh, was sind das für seltsame Geräusche im Hintergrund?«

»Das ist bloß der Wind. Ich bin gerade auf dem Brocken, Da ist das Wahrsager-, Hellseher- und Hexentreffen. Heute ist das feierliche Gelöbnis für die Neuen. Gestern reiten wir mit unseren Reisigbesen um den gesamten Brocken herum. Dreizehn Mal, so will es das alte Gesetz von Anno 842. Am vorgestern kommt dann Merlin höchstpersönlich! Ich freue mich riesig, ihn vorgestern in die Arme nehmen zu können. Er zeigt uns, wie man aus Trockenlinsen echte Brillis macht. Ich hab 25 Kilo Trockenlinsen in meinem Zauberkoffer!«

»Äh? Linsen? War das nicht Aschenputtel?«

»Die hat sie aussortiert, ich mache daraus Edelsteine.«

»Vorgestern?«

»Ja. Morgen gibts die Alchemie nicht mehr. Heißt dann Chemie. Wie Alfred ohne Al. Wo hast du eigentlich das y geklaut, Fred-y?«

»Sonderangebot. Wenn ich dich richtig verstehe, Walli, kommst du erst vorvorgestern wieder heim, oder?«

»Ja, Punkt 0,00 Uhr!«

»Tschüss und viel Spaß beim Brillis machen, Walli.«

»Lieb von dir. Ich bring dir auch ein Edelweiß mit, Fredy. Ich flieg nämlich am Rückweg am Matterhorn vorbei.«

Da Willi schon schläft, schalte ich den Laptop aus, schau noch kurz in die Tele, dann verschwinde auch ich unter der Bettdecke.

Kapitel 16

Gar nicht mal übel so ein eigenes Bad, denkt Willi, als er unter der warmen, fast heißen Dusche steht. Der Vorbesitzer der Villa hatte sich mit den Baukosten verspekuliert, und so hatte er nach nur wenigen Monaten ausziehen und das Haus verkaufen müssen, aber Geschmack hatte er. Marmorböden, Stuck an allen Decken. Küche, Licht, alles ist hier komplett per Computer oder Handy-App zu steuern. Die ersten Teile, die Willi nach seiner Dusche vom Netzt trennt, sind die vier Außenkameras. Er weiß, wann er kommt und geht, das muss man nicht auch noch auf einer Festplatte speichern. Paragraf 5 oder 8 der Ausbildung. Nur *keine* Bilder sind *gute* Bilder. Dann setzt er sich in die Bibliothek, die sehr antik und mit unzähligen Büchern ausgestattet ist. Was Willi aber weniger interessiert. Sie hat einen Erker, in dem ein bequemer Sessel und ein runder weiß-grauer Marmortisch steht. Auf den legt er den Brief, den er gestern in der Zeitungsredaktion erhielt. Seine geladene und entsicherte Pistole steckt er in einen am Tischbein montierten Flaschenhalter. Man kann nie wissen, wer unangemeldet zu Besuch kommt.

Auf dem Briefkuvert steht nur eine Chiffrenummer. Kein Name, keine Adresse. Er hält es in die Morgensonne. Nichts zu sehen, scheint somit keine Briefbombe zu sein. Er öffnet das schlichte Kuvert, entfaltet den darin befindlichen Brief und – staunt! Nur eine Telefonnummer, mehr steht nicht auf dem schneeweißen Papier. Sie hat eine andere Vorwahl, der Absender ist kein Kleintümpelshausner. Da das Festnetz im Haus nicht angemeldet ist, funktioniert es auch nicht. Und so zieht er sich an und läuft in die Stadt, wo in der Nähe des Stadtparks eine Telefonzelle steht. Pech, sie funktioniert nur mit Karte. Also Tankstelle und Telefonkarte kaufen.

Willi nimmt den Hörer ab, steckt die Karte in den Schlitz, wartet auf das Freizeichen, dann wählt er die Nummer.

»Hello?«

»Naa, nix Hello, ich bin der Willi. Ich ruf wegen der Anzeige mit der Chiffre an. Zeitung. Kleintümpelshausen. Du verstehen?«

»Ah! Yes, well, ich verstehe. Meine Deutsch ist leider etwas verrostet. Wann können Sie bei mir sein?«

»Kommt drauf an, wo das ist, das bei dir. Äh, kann es sein, dass du gerade deine Stimme verstellst und in Wirklichkeit eine Frau bist?«

»Wow, uff! Sie sind … du bist echt gut, Willi. Also, höre mir jetzt bitte sehr gut zu. Es geht um folgendes …«

Willi wird blasser und blasser. Als die ominöse Dame auflegt, ist die Telefonkarte leer. Der teuerste Anruf, den Willi je getätigt hat. Aber er scheint sich gelohnt zu haben. Er hat soeben einen äußerst lukrativer Auftrag erhalten. Die Sache hat jedoch einen winzigen Haken, die Auftraggeberin wohnt in Queenstown!

Und da diese Englisch gesprochen hat, die Sprache kennt Willi von alten Wildwestfilmen her, und weil Willi sich mit Geografie ebenso gut auskennt, wie mit Bienen züchten, hat er natürlich sofort zugesagt. England. Pah, das ist ja nur ein Katzensprung. Dass Queenstown aber nicht in England sondern in Tasmanien liegt, wird ihm erst später bewusst. Dann geht er wie am Telefon abgemacht zum Kleintümpelshausner Hauptbahnhof und öffnet Schließfach Nummer 001.

Kleintümpelshausen ist im Vergleich mit der Republik ein paar Schritte weiter was Technik betrifft. Die Schließfächer sind ohne Schlüssel und mit Zahlencode zu öffnen. 600 gibt es hier im Bahnhof. Würde er eins mieten, würde er die 007 nehmen. Den Code hatte ihm die ominöse Dame am Telefon gesagt. Und der lautet: 1, 2, 3, 4.

Er zieht ein buchdickes Kuvert heraus. Erst denkt er sich, die Lady habe sich einen schlechten Scherz erlaubt und habe ihn nur auf den Arm genommen.

Was will ich mit einem Buch, ich bin ja schon froh, wenn ich die Schlagzeile der Tageszeitung fehlerfrei lesen kann.

Er setzt sich samt Kuvert ins Bahnhofs-Café und will es

gerade öffnen, da kommt ein Roboter angefahren und fragt ihn mit blecherner Stimme nach seinem Wunsch.

Wollen Sie ein Heiß- oder Kaltgetränk? Wir führen auch Kuchen und Speiseeis. Geben Sie die Artikel per Zahlencode in die Tastatur an meinem Bauch ein. Die Codes finden sie in der Speisekarte, die auf dem Tisch liegt.

Willi nimmt besagte Karte zur Hand. Kaffee schwarz, die kleine Tasse. Die 01. Am Roboter gibt er allerdings die Zahl 987654321 und die Rautetaste ein.

Code falsch! Der Artikel ist nicht im Sortiment! Bitte neu eingeben!

Willi will nicht streiten, also tippt er 01 und Raute.

Eine Tasse Kaffee, schwarz. Kleinen Moment.

Nach zwei Minuten kommt der Rollroboter zurück. Er hat ein Tablett in den Händen, auf dem Willis Kaffee steht.

Bitte!

»Was, ich muss ihn mir selber vom Tablett holen? Wo bist du den in die Oberkellner-Roboter-Schule gegangen?«

Zahlen Sie bar oder mit Karte?

»Mit Bleikugeln du … du wandelnde Aschentonne!«

»Entschuldigung, aber haben Sie ein Problem mit unserer Servicekraft?«

Eine Frau mittleren Alters in rotem Kittel hat sich zu Willi und dem Roboter gesellt. »Das Automatiksystem ist noch in der Erprobungsphase.« Sie zieht eine kleine Fernbedienung aus dem Kittel, drückt auf den roten Knopf, woraufhin der Blechkasten gen Kaffeeküche rollt. »Kaffee schwarz, macht 3,50 Euro.« Willi gibt ihr 20 und nickt. Was heißt: Passt so. »Danke, einen schönen Tag wünsche ich noch. Hoffentlich beehren sie uns bald wieder. Ein kleiner Tipp. Kommen Sie dann einfach an die Theke, dort bediene ich persönlich.«

»Danke, aber ich bin nur auf der Durchreise«, schwindelt Willi, als sie ihn verliebt anlächelt. »Queenstown!«

»Oh, ein Weltenbummler. Dann wünsche ich Ihnen eine gute Reise. Nehmen Sie sich am besten ein dickes Buch mit. Ich war nach mal Australien geflogen. 23 Stunden! Mit zwei kleinen Zwischenstopps. Schönes Land.«

»Ich weiß, ich bin das Double von Crocodile Dundee!«

Da sie ihm jetzt gar nicht mehr von der Pelle rücken will, kippt Willi rasch den letzten Schluck Kaffee hinunter, packt sein Kuvert und eilt davon.

»He, bring mir ein Autogramm vom Dundee mit!« ruft sie ihm hinterher. Willi hebt die Hand und läuft unbeirrt weiter.

Im Stadtpark findet er dann ein einsames Plätzchen. Hier gibt es weder Roboter noch nervige Bedienungen. Dort leert er den Inhalt des Kuverts auf die Parkbank. Und staunt. Es ist kein Buch, was den Umschlag so breit gemacht hat. Ein

Bündel Geldscheine war zum Vorschein gekommen. Noten zu 50 und 100 Euro. Fünftausend Euro sind es. Und es liegt ein Brief bei. Am Computer geschrieben und nicht signiert.

Das Geld ist eine Anzahlung, den Rest erhalten Sie, wenn Sie Ihre Arbeit anstandslos erledigt haben. Das Handy, das mit im Kuvert liegt, ist ein Kartenhandy und mit 300.- Euros aufgeladen. Das ist auf den Namen Josef Bungee registriert. Am Flughafen Hamburg ist schon ein Ticket auf ebendiesen Namen reserviert und bezahlt. Ehe Sie losfliegen, sollten Sie unbedingt noch shoppen gehen. Vollbart und Sonnenbrille, Lederhandschuhe, Treckingrucksack. Buch in Englisch, das gibt es am Flughafen. Legere Freizeitkleidung, Slipper. Das alles müssen Sie auf alle Fälle dabei, bzw. anhaben. Wie Sie vor dem Flug aussehen müssen, sehen Sie an dem falschen Pass, der sich ebenfalls im Kuvert befindet. In Queenstown erhalten Sie weitere Anweisungen.

»Was, schon alles? Endet ein Brief nicht immer mit: Ich liebe dich! Tausend Küsse, deine Susi!«

Willi ist immer noch nicht drüber hinweg, dass Susi jetzt in der Bank in Emden ist. Seit der Versetzung haben sie sich nicht mehr gesehen.

Das Geld und den Brief steckt Willi ein, dann probiert er das Handy aus. Er ruft am Flughafen an, was mit den neuen Dingern kein Problem ist, da sie ja fast alles alleine machen.

Ein paarmal auf den Touchscreen getippt, schon meldet sich die Flugauskunft. Morgen Früh um 8.00 Uhr gehe der Flug. Da es schon Nachmittag ist, muss Willi sich sputen Er muss shoppen. Und dies macht er im hiesigen Einkaufscenter. Es gibt dort nichts, was es nicht gibt. Sogar einen falschen Bart bekommt er dort. Ebenso ein englischsprachiges Buch. Die Slipper und die coolen Freizeitklamotten, die ihm die nette Verkäuferin passend zu seinem Typ empfohlen hat, gefallen ihm gut. Er fühlt sich darin gleich wie ein anderer Mensch. Seinen alten Rucksack lässt er im Sportgeschäft zurück. Er hat ja jetzt einen schmucken Treckingrucksack. In den passt mehr rein, als er besitzt. Da ist viel Platz für Souvenirs aus Queenstown.

Bevor er nun wieder nach Hause geht, schaut er noch im Autohaus Krawuttke vorbei. Sein Van ist schon angemeldet und vollkaskoversichert. Mit diesem düst er zur Frittenbude, anschließen zu seiner Villa und stellt ihn dort in die Garage. Er stellt den Handywecker auf vier Uhr nachts, dann geht er nach zwei doppelten Bourbon ohne Eis zu Bett.

Es ist Punkt vier Uhr, als sich das Handy meldet. Willi ist seit viertel nach drei wach. Er ist viel zu aufgeregt, als dass er noch länger hätte schlafen können. Er springt rasch unter die Dusche, packt danach Waschzeug in den Rucksack, isst die Scheibe Mettbrot, die er gestern an der Frittenbude mit-genommen hatte, dann steigt er in den Wagen und fährt nach

Hamburg. Haus und Garage hatte abgesperrt.

Das Auto hat Automatikgetriebe und Navi. Willi hat zwar keine gültige Fahrerlaubnis, doch wenn juckt das schon um halb fünf in der Nacht. Das Navigationsgerät ist Idiotensicher. Sogar Willi schafft es, den Hamburger Airport als Ziel einzugeben. Nach der Ankunft stellt er dort den Wagen in die Langzeitparkzone. Wenn ich in England bin, dachte er, bummle ich durch London, da soll es Spielfilmraritäten von James Bond, Emma Peel, Bonnie und Clyde und der Miss Marple geben. Und Schellacks, die in Deutschland nie auf den Markt kamen. Er hat beschlossen, Sammler zu werden. Ganz egal was sammeln, Hauptsache alt. Und er denkt noch immer, Queenstown liegt in England.

Willi verschwindet im Parkhaus im Herrenklo, klebt sich einen falschen Vollbart ins Gesicht, setzt die dunkel getönte Sonnenbrille auf und geht zum Flugschalter, um das auf Josef Bungee reservierte Ticket abzuholen. Er bekommt dies anstandslos, nachdem er den falschen Reisepass hergezeigt hat. In einer Stunde müsse er beim Check-in sein, meint der freundliche Schaltermensch, der für eine große Fluggesellschaft arbeitet. Er packt seinen ganzen Kram und verbringt die ihm jetzt noch verbleibende Zeit in einem Café. Auf dem Weg zum Check-in kauft er sich eine Flasche Parfüm. Herb, männlich, unwiderstehlich!

Oje, Willi glaub wohl auch noch an den Weihnachtsmann oder dass die Hoffnung zuletzt stirbt.

Die Durchleuchtungsschleuse bleibt stumm, als Willi sie passiert. Dass man zum Fliegen besser keine Schusswaffen an sich tragen oder im Gepäck haben soll, hat ebenfalls bei der Ausbildung gelernt. Zum Glück, sonst hätte er wohl jetzt ein Problem. Auch bei der Ticketkontrolle, bevor es dann in den Flieger geht, kommt er mühelos durch. Er besteigt das übergroße Langstreckenflugzeug und sucht seinen Platz, die Lady hat 34 A gebucht. Fensterplatz. Da er zum ersten Mal fliegt, weiß er nicht, dass er sich anschnallen muss. Was ihm die adrette Stewardess aber umgehend erklärt. Sie hilft ihm sogar, da er sich etwas dämlich anstellt. Als dieselbe Dame den Passgieren sagt und andeutet, wo sich die Notausgänge und Sauerstoffmasken, WCs und Kotztüten befinden, grinst Willi. Er kotze nie, ob er seine Tüte auch zum hineinpinkeln benutzen dürfe, erkundigt er sich. Er würde sie danach auch zum Fenster hinauswerfen.

Gelächter und Applaus.

Dann wird es ernst. Der Jet rollt langsam auf die Startbahn zu, bleibt kurz stehen, dann drückt es Willi in den Sessel. Er wird plötzlich ganz still und blass. Als sich der Flieger laut donnernd in die Lüfte bewegt, so als sei er eine Rakete auf dem Weg zum Mars, wühlt Willi panisch im Netz vor seinen

Knien, in dem zudem eine Zeitung steckt. In letzter Sekunde findet er die Kotztüte.

Wieder Gelächter und Applaus.

Willi bleibt ganz cool. Er ist ja nicht als Willi zu erkennen, da er den Bart im Gesicht und die Sonnenbrille auf hat. Aber zielsicher ist er, hat keinen Tropfen danebengekotzt. Wofür ihm die nette Stewardess so dankbar ist, dass sie ihm gleich ein Glas Champagner serviert. Woraufhin Willi fragt, ob er noch 5 Kotztüten haben könnte.

Da er heute schon lange wach ist, schläft er bald mit dem Champagnerglas in der Hand ein.

Das Anschnallzeichen ertönt und eine Flugbegleiterin am Mikrofon gibt bekannt, dass man sich jetzt im Landeanflug auf Dubai befinde. Willi war gerade aufgewacht, aber auch hellwach hätte er Dubai mit Dublin verwechselt. Und da er weder in Dubai noch in Dublin aussteigen musste, war es ihm egal, wo der Flieger jetzt zwischenlanden würde. Was er dann auch tut. Die Landung ist butterweich. Nachdem ein paar Passagiere ausgestiegen, andere wiederum zugestiegen sind und der Jet aufgetankt ist, erhebt der sich wieder in die Lüfte. Das nächste Ziel sei Sydney, posaunt die Stewardess, die manche mit Saftschubse ansprechen, ins Mikro. Sydney sagte Willi nichts. Liverpool kennt er, da es die Heimat der Beatles ist. Dass die sich schon vor ewigen Zeiten getrennt haben, muss Willi irgendwie verschlafen haben.

Ein erneutes Warnsignal erklingt. Diesmal meldet sich der Chefpilot persönlich. Man fliege jetzt über offenes Meer, da könne es hin und wieder zu Turbolenzen kommen. Die auch kamen. Willi verdrehte die Augen, hatte das Gefühl, er sitze in einem wilden Fahrgeschäft einer Kirmes, so rumpelte und polterte es. Als ein Herr, der an Flugangst litt, nach den Rettungsfallschirmen schrie, war bei Willi der Ofen ganz aus. Er drückte auf den Knopf, der die Atemmaske aus dem Fach über seinem Kopf löste. Als er sie sich überziehen will, verhedderte sie sich in seinem künstlichen Vollbart.

Panik! Fliegt eben seine Tarnung auf? Nein, er hat Glück. Die schwangere Frau, die während des ganzen Fluges neben ihm sitzt, ist am Klo. Nicht zum ersten Mal. Ihre Blase habe nicht viel Platz, sei ständig voll, was aber im achten Monat ganz normal sei, hat sie Willi beim Zwischenstopp in Dubai erklärt. Willi würde ihr Kleiner heißen, sobald er das Licht der Welt erblickt habe. Sie sei Kölnerin, würde daher ihren Sohn nach einem berühmten Volksschauspieler benennen.

Willi legt die Maske beiseite und klebt sich rasch den Bart wieder richtig an, da kommt auch schon die Stewardess auf ihn zu. Er habe nur auf den Knopf gedrückt, da er gedacht habe, es sei die Fernbedienung für den Fernseher. Die Lady lächelt, räumt die Maske wieder weg und sagt ihm, dass der

TV nur von ihr bedient werden könne, doch der sei derzeit leider defekt. Blitzeinschlag.

Willi ist genervt. »Liebe Frau, ist dieser Flieger immer so lahm? Wir sind jetzt schon einen Tag unterwegs, aber keine Spur von England.«

»England? Zeigen Sie mir mal ihr Ticket, Herr …«

»Bungee. Josef Bungee.« Willi reicht ihr das Ticket.

»Also, Herr Bungee. Das Ticket ist in Ordnung. Dies hier ist der Flieger nach Hobart.«

»Häää? Ich muss aber nach Queenstown, Madame.« Willi sieht seinen Auftrag flöten gehen. Er zittert.

»Alles ist gut, Herr Dund … äh, Bungee. Von Hobart fährt ein Bus gen Queenstown. Sie können aber auch am Airport einen Mietwagen nehmen, dann sind Sie beweglicher.«

»Haben Sie noch Schampus an Bord?«

»Aber sicher. Mehr als genug.«

»Und Bourbon? Tennessee.«

»Nein, den hatten wir früher mal dabei, aber dann sind uns zu viele Gäste ausgerastet, wenn wir in Turbolenzen kamen. Soll ich Ihnen Lavendeltee bringen, der beruhigt auch.«

»Dann brauche ich aber noch 10 Kotztüten! Eine Flasche Schampus, schon schlafe ich wie ein Baby. Im Heim hatten sie mir abends dunkles Bier eingeflößt. Da war ich aber erst drei. Ah ja, ich trinke gleich aus der Pulle. Aus Pappbechern schmeckt er immer so … pappig.«

Die nette Lady bringt ihm ein en Champagner, den sie jedoch mit Wasser verdünnt hat.

Nach fast 32 Stunden, inklusive der Zwischenlandungen, setzt der Flieger in Hobart auf. Willi bleibt noch sitzen, bis alle anderen Fluggäste den Jet glücklich strahlend verlassen haben. Als er sich erhebt, spürt er die Beine nicht mehr. Ob sie ein Hörgerät für ihn habe, fragt er die Stewardess, als er sich von ihr verabschiedet. Seine Beine seien taub. Sie lacht und wünscht ihm einen schönen Aufenthalt in Tasmanien.

»Tasmanien, ist das Ost- oder Westengland? Wie weit ist es von hier aus bis London?«

»Sie hält dies für einen Scherz. »Ach, nur dreiunddreißig Flugstunden, Mister Bungee. Ich freu mich schon jetzt, Sie auf dem Rückflug nach Hamburg begrüßen zu dürfen.«

Willi holt sich seinen Treckingrucksack aus dem Handgepäckfach, dann verlässt er den Flieger und geht in Richtung Ausgang. Plötzlich klingelt sein Handy.

»Ja?«

»Willkommen in Hobart, Herr Bungee! Gehen Sie zu den Schließfächern, dort erhalten Sie weitere Anweisungen.«

Willi schaut sich um. Woher wusste die Frau, dass der Jet

eben gelandet und er ausgestiegen war? Klar, sie muss hier irgendwo auf dem Flughafengelände sein. Er lässt den Blick noch einmal schweifen, doch er sieht keine auffällige Frau. Ein Handy haben viele Leute in der Hand oder am Ohr. Er geht wie befohlen zu den Schließfächern. Eine ältere Dame stellt ihre Reisetasche in eins der Schließfächer, sperrt es ab und geht. Und wieder klingelt sein Handy.

»Wo sind Sie?«, fragt er sofort.

»Spielt keine Rolle, Willi! Geh zum Fach 18. Es ist offen. Mach aber schnell, bevor es jemand besetzt. Es liegt ein Kuvert im Fach. Öffne es aber vorsichtig, es ist ein Schlüssel mit drin, den du auf keinen Fall verlieren darfst.«

Während er das Kuvert aus dem Fach holt, denkt er an den Anruf, den er in Kleintümpelshausen mit der ominösen Frau getätigt hatte. Ihre Telefonnummer. Es war eine Hamburger Nummer, er hatte keine Ländervorwahl gebraucht. Aber im Fach liegt noch mehr. Eine Pistole nebst Schalldämpfer. Er steckt beides in den Rucksack. Jetzt weiß er, warum es der Lady, die zuvor am Fach 18 war, so pressiert hatte. Wegen der Schusswaffe.

Er steckt den Schlüssel ein, den beiliegenden Brief liest er auf dem Weg zum Ausgang. Doch dann bleibt er stehen und schaut auf die Hinweistafeln, die hier überall von der Decke hängen.

Ah, da hinten ist die Autovermietung!

»Tag, ich bin Josef Bungee, ich hole den Mietwagen.«

»Well, Mister Bungee. Very good car!«

Eine Unterschrift, dann erhält Willi den Autoschlüssel. Er geht ins Parkhaus und … staunt. Es ist ein Geländewagen.

Geil! Hammer! Mit sowas wollte ich schon als Kind eine Spritztour machen!

280 PS, Allrad und Navi. Willi fühlt sich wie im Paradies. Er fährt ein Stück aus der Stadt und parkt den Wagen in der Nähe einer Ranch. Sie ist jedoch nicht sein Endziel, das ist Queenstown. Er muss den Brief noch mal lesen, vorhin hatte er ihn nur kurz überflogen. Auch der Brief wurde an einem Computer getippt. Zwei Namen, ein Ort, die Uhrzeit und der genaue Tatablauf, auch das, was Willi nach vollbrachter Tat zu tun habe, steht in dem Schreiben.

Was er jedoch nicht tut, er verbrennt den Brief nicht, wie vom Schreiber ausdrücklich verlangt, denn Willi hat Angst, er könnte einen Namen, die Adresse oder die Uhrzeit bzw. Tatzeit vergessen oder verwechseln. Willi sieht auf die Uhr. Viel Zeit bleibt ihm nicht. Um 18.00 Uhr muss er am Tatort sein, die Sache sauber erledigen, nach Hobart zurückfahren und den Wagen wieder am Flughafen abgeben. Dort ist auch sein Nachtquartier, ehe er morgen wieder in den Flieger gen Germany steigen wird. Und wieder klingelt sein Handy.

»Ja?«

»Hast du den Brief verbrannt, Willi?«

»Klar!« Was hätte er auch anderes sagen sollen. »Warum sprichst du so gut deutsch? Und du warst im selben Flieger, wie ich, oder?«

»Nein, war ich nicht, das war meine Schwester. Sie hatte auch die Chiffreanzeige aufgegeben. Sie hatte auch deinen Flug gebucht und mich informiert, als du in Deutschland in den Flieger gestiegen warst. Mein Deutsch? Mein Mann und ich hatten uns während unseres Architekturstudiums kennen und lieben gelernt. Da war er noch ein cooler Draufgänger, doch heute ist er die Schlafpille in Person.« Das hörte Willi jetzt schon zum zweiten Mal, Ehemänner seien langweilig. »Wir leben seit drei Jahren hier, sind aber vor drei Wochen in das neue Haus umgezogen. Daher gibt es dort noch keine Kameras. Wie du den Auftrag zu erledigen hast, weißt du. Noch Fragen, Willi?«

»Nein, alles klar. Wird ein Kinderspiel.«

»Gut, alles Weitere erfährst du morgen am Flughafen.«

»Ah, und wie, wenn du doch ab heute Abend die trauernde Witwe spielen und dich morgen um die Beerdigung deines verblichenen Gatten kümmern musst?«

»Lass dich überraschen. Viel Glück, Willi!«

Tut, tut, tut.

Um Punkt 18.00 Uhr öffnet ein etwa 45 Jahre alter Mann die Tür eines noblen Hauses, das zu einer Farm gehört.

»Hello, Mister …?«

»Josef Bungee! Es wäre mir ganz recht, wenn wir uns auf Deutsch unterhalten könnten. Ich lebe selbst noch nicht lang hier. Haben Sie den Tasmanischen Teufel schon getroffen? Haha! Kleiner Scherz.«

»Und der war gut, Josef. Ich heiße Tom Berger. Nein, ich habe ganz und gar nichts dagegen, so kann ich mein Deutsch etwas auffrischen. Aber kommen Sie doch erst mal herein, Bungee. Komischer Name für einen Deutschen. Waren Ihre Eltern …«

»Engländer. London. Abbey Road.« Willi hat sich an das wohl berühmteste Bild der Pilzköpfe erinnert. »Handeln Sie mit Schmuck oder sind Sie Goldschmied? Ich meine wegen der Münzen, Herr Berger.«

»Ach so. Nein, ein Fehlkauf. Meine Gattin steht mehr auf Brillis. 10.000.- Australische Dollar das Stück, so hatte ich es auch inseriert.« Willi will die drei Münzen sehen. »Klar doch, ich würde auch nicht die Katze im Sack kaufen. Aber ich kann Ihnen versichern, die Dinger sind echt. Pures Gold. Sonderprägung mit Zertifikat. Gehen wird doch ins Arbeitszimmer, dann zeige ich sie Ihnen.«

Willi folgt und sieht sich dabei um. »Nettes Häuschen, ist wohl noch nicht ganz fertig. Keine Bilder, keine Statuen.«

Ist schon toll, was man während seiner Ausbildung zum Verbrecher so alles lernt, denkt Willi.

Er habe keine Eile meint Tom Berger. Rom sei auch nicht an einem Tag erbaut worden. Nicht mal der Eiffelturm, und der würde bekanntlich nur aus ein paar Stahlteilen bestehen.

»Sie haben echt Glück, dass sie einfach ohne Anmeldung gekommen sind. Ich erwarte nämlich um 8 Uhr, 20 Uhr auf europäisch, noch einen weiteren Interessenten. Einen Mister Robb Austin. Kennen Sie ihn?«

»Hm? Robb Austin? Irgendwo habe ich den Namen schon mal gehört. Ist das nicht der Goldschmied, der in …«

»Sydney. Mal sehen, wer mir mehr bietet, Sie oder er. Die Münzen … Mister Austin kommt aus Sydney, während Sie hier ganz aus der Nähe sind. Ich habe Ihren Wagen gesehen, Josef. Tolles Teil. Teuer?«

»Halb so wild. Wer Geld hat, muss nicht drüber reden. Ich habe da eine Idee. Weil Sie sich so um Robb Austin sorgen. Ich schaue mir die Münzen an, wenn sie mir gefallen, nenne ich eine Summe. Dasselbe Spiel machen Sie dann mit Robb Austin. Sollte der mich um mehr als 50% überbieten, hat er gewonnen. Ich komme morgen Vormittag um 10 vorbei und frage noch mal nach. Natürlich mit einem Koffer voll Geld.

Viel Geld! Haha.«

Während Tom Berger den kleinen Safe im Sekretär öffnet und die drei Münzen herausholt, zieht Willi unbemerkt die Lederhandschuhe an und greift zur Pistole, die er unter dem Hemd im Hosenbund versteckt hat.

»So, Herr Bungee, da sind die … Mü … was soll das? He, lassen Sie den … den Unsinn! Wenn Sie Geld …«

Der Schuss war schnell und lautlos erfolgt. Doch dafür ist das runde Loch zwischen Bergers weit aufgerissenen Augen umso besser zu sehen. Willi schnappt sich die drei Münzen, eilt hinaus und wischt die Türglocke ab. Mehr hatte er nicht angefasst. Die Waffe entsorgt er, wie von der Lady verlangt, in einem Fluss, der zwischen Queenstown und Hobart liegt. Die Handschuhe und sein Sportjackett verbrennt er am Ufer. Dann fährt er zum Flughafen, gibt den Wagen wieder ab und kauft sich dort in einer Boutique ein neues Jackett, denn es ist Winter in Tasmanien. Willi findet den Preis für das Teil ganz schön teuer, was er jedoch nicht weiß, der australische Dollar ist wesentlich weniger wert als ein Euro. Gerade mal zwei Drittel. Der Verkäufer hatte aber die dreihundert AUD nicht umgerechnet, sondern Willi 300.- Euro abgenommen. Das heißt, dass die Münzen, die er geraubt hat, nur 20.000.- Euro wert sind. Nach einer kurzen Shoppingtour geht er in das nebenan gelegene Hotel.

Willi hat Hunger. Morden macht hungrig. Und durstig. Er greift, inzwischen auf dem bequemen Bett seines Zimmers sitzend, zum Telefon und wählt die Nummer der Rezeption, da diese in der auf dem Nachtkasten liegenden Telefonliste ganz oben steht. In gebrochenem Deutsch wird ihm erklärt, dass sich die Speisekarte ebenfalls auf dem Nachtkästchen befinde. Zum Bestellen er müsse dem Room-Service seine Zimmernummern nennen. Er könne aber auch im Restaurant speisen, das habe bis 24 Uhr geöffnet. Willi zieht es vor auf dem Zimmer zu speisen. Zum einen war er heute schon lang genug auf den Beinen, zum anderen hatte er eben erst den falschen Bart abgenommen.

»Room-Service! Your Wiener Schnitzel, Sir!«

Scheiße, mein Bart!

»Ich bin in der Dusche!«

»What?«

Hastig eilt Willi ins Bad, dreht die Dusche auf und nimmt ein kleines Handtuch zur Hand, hüpft aus seinen Klamotten, setzt sich die Perücke wieder auf und öffnet mit dem Handtuch vor dem Gesicht die Tür.

»Oh, sorry, you're under the shower. The Diner, Sir.«

»Nein, ein Schnitzel habe ich bestellt, keinen Diener! Zieh Leine, aber lass den Wagen mit dem Futter stehen.«

»Okay? Autogramm, please.«

Der Mann vom Zimmerservice hält Willi einen Zettel und einen Stift entgegen. Willi unterschreibt mit Willisen. Aber zum Glück hat er schon immer eine furchtbare Sauklaue, es könnte auch Wagner, Beethoven oder Chopin heißen.

Ah, endlich wieder Pommes!

Er hat sich das Schnitzel nur wegen der Pommes bestellt. Dass nur Ketchup, aber keine Majo und keine Wasabi-Paste dabei ist, stört ihn wenig. Der Bourbon ist amerikanisch.

Nachdem Willi gespeist und zwei Whiskey geschlürft hat, will er sich zur Ruhe begeben, doch da bimmelt das Handy.

»Ja?«

»War das Schnitzel gut, Willi?«

Willi fallen fast die Zähne aus dem Mund.

»Äh. Bist du jetzt du oder deine Schwester?«

»Ich bin die Schwester. Hast du alles erledigt?«

»Logo, ich sagte doch, es ist ein Kinderspiel. Was ist mit diesem Robb Austin? Wird er als Mörder verhaftet oder wie habt ihr euch das vorgestellt, du und deine Schwester?«

»Gut kombiniert, Willi. Wir fahren jetzt raus zu der Farm, die ja sehr abgelegen liegt, und finden den Toten. Wir sind natürlich entsetzt. Die Polizei wird anhand Toms Kalender sehr schnell rausfinden, dass ein gewisser Robb Austin und

Tom für acht Uhr abends verabredet waren. Er hat auch ein Mordmotiv, die drei Münzen. Und Toms Safe ist offen …«

»Ja, das ist er. Und das Samtsäckchen, in dem die Münzen waren, liegt auch auf dem Schreibtisch.«

»Gut gemacht, Willi! Meine Schwester wird der Bullerei sagen, dass drei Münzen fehlen, alles andere gibt sich dann von allein. Tschüss!«

»Halt! Wer ist Robb Austin, was hat er euch angetan?«

»Nichts, Willi, er ist nur ein Bauernopfer. Ciao!«

Willi stellt sich den Handywecker, trinkt noch drei Gläser Whiskey, dann geht er schlafen.

Nicht nur Willi geht ins Bett, ich mache es auch. War ein echt harter Tag heute, nicht nur für Willi.

Kapitel 17

Ich sitze bei meinem allmorgendlichen Kaffee und denke an Walburga. Ob sie den Merlin wirklich getroffen hat? Und wenn, weiß sie dann jetzt, wie man aus Trockenlinsen Gold macht? Ich glaube nicht. Viel zu oft hat die Walburga mich jetzt schon mit ihren Ammenmärchen aufgezogen. Aber ich will sie auch nicht anrufen. Sie ruft mich ja auch schon seit Tagen nicht an. Haha. Vielleicht ist sie vom Besen gefallen, als sie um den Brocken rumgeflogen ist. Apropos, Fliegen! Ich hab schon mal gelugt. Willi ist gesund und um einiges reicher in Kleintümpelshausen zurück. Er hat die drei Münzen in das Schließfach Nummer 21 gelegt und den Schlüssel am Infoschalter deponiert, wie es die Schwester der scheinheilig trauernden Witwe verlangte. Wie die an den Schlüssel gekommen ist, davon hat Willi in seinen Memoiren nichts erwähnt. Was er aber notiert hat, dass er das restliche Blutgeld für den erfolgreich erledigten Auftrag per Paket erhalten hat. Er hat noch mal einen Anruf bekommen, ehe er das Handy in der Ems versenkt hat. Ohne Simkarte. Er hatte der Schwester der Auftraggeberin am Handy seine Adresse genannt.

Ringdingdong. Süßer die Glocken nie klingen …

»Guten Morgen, Walburga! Na, wie wars?«

»Geil! Ich weiß jetzt, dass man selber kein Gold machen kann. Der Besen hat mich abgeworfen und das Hexenfeuer war total außer Kontrolle geraten. Und der Zaubertrank, den wir Wahrsagerinnen zusammen kreiert hatten. Bah, so einen Durchfall hatte ich noch nie! Darum konnte ich dich ja auch nicht eher anrufen. Zwei Tage und Nächte war ich …«

»Mahlzeit! Hast du auch was Schönes erlebt, Walburga?«

»Das war das Schöne. Schöner kann ein Ausflug bis nach Vorgestern gar nicht sein, oder? Und du, Fredy, was hast du so alles angestellt?«

»Ich habe die herrliche Ruhe ohne deine lästigen Anrufe genossen, Walli.«

Tut, tut. Die Anruferin geht jetzt Klopapier kaufen.

Ja, tu das, kauf aber die Hotelpackung, Walli!

Ding, ding, dong!

»Hey, so früh. Was ist denn bei dir kaputt, Rebecca, mein Augenstern?«

»Mein Herz ist kaputt, Fredymaus!«

»Wie heißt er, ich mach ihn kalt!«

»Quatsch, Fredy. Ich hab doch das süße Glasherz mit den putzigen Katzenbabys drauf. Es ist runtergefallen. Jetzt liegt es in Milliarden Scherben zerbrochen vor meinen Füßen.«

»Ich bin noch ganz und liege dir auch gern zu Füßen. Hast du keinen Kleber, oder warum rufst du wirklich an, Becca?«

»Da hilft kein Kleber mehr, Fredy. Aber wenn du schnell zu mir kommst und mich tröstest, dann …«

»Sorry, aber ich bin auf Wochen ausgebucht, Becca. Soll ich dir ein neues Herz schicken? Ich hatte damals drei Stück gekauft, da ich mit schon dachte, dass dir eines Tages eines kaputtgehen würde. Wie ist das passiert, du hattest es doch in die abschließbare Glasvitrine aus Panzerglas gestellt.«

»Ja, schon, aber da war diese Spinne an der Zimmerdecke über der Vitrine. Ein Monster von Spinne! Und als ich auf die Vitrine stieg, um das Monstervieh … Hab sie aber nicht umgebracht, sie sitzt jetzt in einem Terrarium. Ich hab den Mann vom Zoogeschäft gefragt. Der sagt, das Vieh ist eine Tarantel. Ihr Gift sei aber nicht tödlich. Außer ...«

»Ja, Becca, das kenne ich. Walli reagiert auf Bienenstiche allergisch. Ich auf neugierige Nachbarinnen. Und die steht schon wieder draußen vor meinem Küchenfenster. Aber ein kleiner Gratistipp noch, Becca.«

»Ja, was soll ich tun, Fredy?«

»Umziehen oder die Spinne ins Zoogeschäft bringen. Du weißt doch, dass du sogar auf Allergien allergisch reagierst. Bring das Ding weg, dann lebst du auch länger, Schatz.«

»Gute, Idee, Fredy. Ich tu sie der Natascha in die Zelle.«

»Pech gehabt, Rebecca! Die Natascha ist sogar gegen das Gift der Schwarzen Mamba immun.«

Ideen haben die Leute. Apropos Gift. Willi hat etwas vor. Weiterbilden in: Einbruch, Urkundenfälschung, Kunst, und Gifte. Drei Jahre wird er dafür brauchen.

*

Vier Jahre später

Willi hat es geschafft. Drei Jahre war er in Italien und hat dort gelernt, dass man nicht immer eine Pistole braucht, um jemand zu töten oder um ein kostbares Bild zu rauben. Wie man perfekt aussehende Dokumente herstellt, weiß er jetzt auch. Und er kennt den Unterschied zwischen einem echten und einem nachgemalten Picasso. Und dass es Kräuter und Pflanzen gibt, die man auch zu Hause im heimischen Garten anbauen kann, um damit Getränke herzustellen, die genauso giftig sind wie Arsen.

Nach der Weiterbildung hat Willi erst mal richtig Urlaub gemacht. Am Strand der Sonneninsel Sizilien. Der Fortbildungskurs hatte in Neapel stattgefunden. Acht Morde hatte er dabei begehen müssen. Genickbruch im Handumdrehen, lebendig im Brückenpfeiler einbetonieren, Bräutigam nach der Trauung mit Schierling vergiften, den Sauerstoff aus der Taucherflasche gegen Kohlenmonoxyd austauschen und so weiter. Die Einbrüche hatten ihm besonders Spaß gemacht.

~251~

Das Kunstmuseum von Rom war der Höhepunkt seiner Diebestour, auf der er alles geklaut hat, was ihm zwischen seine Langfinger gekommen war. Originale, keinen Ramsch.

Nach vier Jahren ist Willi wieder in seiner Heimat zurück. In Kleintümpelshausen war es gar nicht aufgefallen, dass er nicht dagewesen war. Das erste, was er tut, er begeht einen Fehler. Kehre niemals an einen Tatort zurück, heißt es in der Ganovenbibel. Er besucht die alte Heimat, das Kinderheim, in dem er einst viele Jahre verbracht hat.

Die zwei neuen Heimleiterinnen arbeiten eben im Garten, als er dort erscheint. Er kennt sie nicht, sie kennen ihn nicht. Da sich in Kleintümpelshausen niemand gefunden hatte, das Heim zu leiten, hat man zwei Frauen aus Holland eingeflogen. Jung, hübsch, Holzschuhe.

»Guten Tag, suchen Sie jemanden?«, wird Willi von einer der Frauen auf Deutsch mit holländischem Akzent gefragt.

»Nö, eigentlich nicht. Ich heiße übrigens Willi.«

»Schön, es gibt Schlimmeres«, sagt die andere Frau. »Ich kannte mal einen, der hieß auch Willi, aber der war hübsch. Ich bin Antje. Meine Freundin, die zurzeit Single ist, das ist Heike. Was willst du, uns beim Gartenumgraben helfen?«

»Hä? Seh ich so aus, als müsste ich arbeiten? Ich will nur sehen, ob es meinen Kinder, die es noch nicht gibt, bei euch gutgeht, wenn ich sie euch eines Tages vor die Tür lege.«

»Hihi. Du bist putzig, Willi, du gefällst mir!«, gräbt Heike ihn an. »Ist dein Haar echt oder hast du es gefärbt? Und die Ohren. Du siehst dir wohl gern Filme aus dem Weltall. Oder bist du gar ein richtiger Außerirdischer?«

»Ertappt! Ich komme aus der Galaxy Sizilien und bin auf der Suche nach … äh, Bourbon Whiskey. Der ist mein Lebenselixier. Ohne ihn muss ich jämmerlich verenden.«

»Tut's auch alter Gouda oder junger Maasdamer, Willi?«, fragt Antje. »Wir haben aber auch holländische Tomaten in der Bude. Eben erst geerntet.« Sie zeigt zu einem Glashaus, in dem an Tomatenpflanzen reife Tomaten hängen.

»Ich habe das Gefühl, nicht ich, sondern ihr beide seid aus einer fernen Galaxy. Habt ihr Kräuter? Ich will meinen acht Hektar großen Garten begrünen. Mit Cannabis und so.«

»Oje, das wird nix, Willi«, weiß Heike, »das baust du am besten im Keller an. Die Pflanzen wollen unter sich sein, so wie wir beide. Wir haben aber zufällig welche da. Im Keller. Kannst gern ein, zwei Ableger abhaben.«

»Hm? Lieber nicht. Mein grüner Daumen ist rot. Habt ihr Zeug, schon fertig geerntet und getrocknet? Ein Pfund reicht für heute. Und Papier zum Selberdrehen. Ich zahl euch denselben Preis wie über der Grenze. Nervt mich nämlich, das ständige hin- und herfahren.«

»Hi«, kichert Heike. »Du glaubst aber auch jeden Scheiß,

Willi. Das war doch nur Spaß. Das hier ist ein Kinderheim, in dem wir Kinder aufziehen, keine Cannabispflanzen!«

»Moment!«, meldet sich Antje zu Wort. Ihr ist eben etwas eingefallen. »Du bist das hässliche Kind auf dem Bild, das drin im Treppenaufgang hängt, Willi. Die Haare, die Ohren, dazu der dämliche Blick, so wie jetzt gerade. So schaust du auch auf dem Bild, auf dem unsere beiden Vorgängerinnen mit drauf sind. Wie alt warst du damals, Willi, drei?«

»Dreieinhalb, ja! Wo sind Ludowika und Babette?« Willi tut so, als würde er dies nicht wissen.

Vermutlich ertrunken, geben die holländischen Blondinen an. Ihren Wagen habe man vor etwa fünf Jahren an der Ems gefunden, am Dollart. Man munkelt, sie hätten damals wohl ein nächtliches Bad genommen, seien jedoch vom Fluss ins offene Meer getrieben worden. Das letzte, was man sicher wisse, dass sie sich am Tag des Verschwindens sehr seltsam verhalten hätten. Im Supermarkt, in dem sie Bourbon-Whiskey gekauft hätten, hätten sie zur Kassiererin gesagt, dass sie am Abend zu immens viel Geld kommen würden. Woher oder von wem, hätten sie ihr aber nicht gesagt.

Willi ist wieder beruhigt. Er hatte gedacht, er hätte damals doch einen fatalen Fehler gemacht.

»Oh, das ist aber traurig«, gibt er mit betrübter Miene von sich. »Habt ihr beiden süßen Käsemäuse Bock, ich schmeiß demnächst eine Grillparty. Ihr seid herzlichst eingeladen.«

Antje und Heike lieben Grillpartys. »Wer kommt noch?«, fragt Antje mit leuchtenden Augen.

»Wir drei! Reicht doch, oder?«, grinst Willi lüstern.

»Sag uns Bescheid, wann die Sause abgeht, Willi, wir sind dabei. Sollen wir was mitbringen?«, will Heike wissen.

»Bikinis. Ich hab ´nen Pool, falls meine Grillkohle zu sehr glüht«, scherzt Willi, dann dreht er sich um und geht.

So etwas nennt man wohl klar Schiff machen. Willi reibt sich die Hände. Er sieht sich schon mit Antje und Heike im Pool planschen.

Sollte man für eine Grillparty nicht wenigstens einen Grill plus Zubehör zu Hause haben? Und den Garten könnte man auch aufhübschen. Willi hat auch schon eine tolle Idee. Und so läuft er nach Hause, steigt in seinen Wagen und fährt ins Kleintümpelshausner Gartencenter.

Willi schnappt sich einen Einkaufswagen, dann startet er seine Shoppingtour. Grill, Buchenholzkohle, Grillanzünder, drei Flaschen Brennspiritus, Lampions, Girlanden. Beides mit lustigen Motiven drauf. Nicht Willi selbst sucht sich die Sachen zusammen, ein freundlicher Verkäufer geht ihm zur Hand. Wozu man für einen Grillnachmittag unbedingt einen zweiten Rasenmäher und vier Eimer Deckenfarbe für innen braucht, findet Willi zwar etwas seltsam, aber der Verkäufer wird schon rechthaben, er ist schließlich vom Fach.

Willis Einkaufswagen biegt sich schon durch, als er an die Kasse kommt. Er bezahlt die 4266, 73 Euro bar. Als kleines Dankeschön erhält er einen Mini-Kaktus im Wert von sage und schreibe 99 Cent. Kakteendünger würde er hinten neben der Tiernahrung finden, meint die Kassenkraft. Aquarien in allen Größen wären auch gerade im Sonderangebot. Für den Außenbereich hätten sie Kois. Krokodile jedoch gebe es nur auf Vorbestellung und Selbstabholung.

Willis Van geht in die Knie, er auch. Der Wagen ist zwar schon voll bis unter das Dach, aber ihm fällt noch etwas ein. Ein unbedingtes Muss! Er muss doch die Mädels mit etwas ganz Besonderem beeindrucken. Er rennt noch mal in die Dekoabteilung zurück, füllt da den Einkaufswagen, bezahlt, packt das ganze Zeug auf und unter den Beifahrersitz, dann düst er nach Hause. Zuerst verstaut er seinen ersten Einkauf im Geräteschuppen, danach holt er den zweiten Einkauf und verteilt diesen überall im Garten. Es handelt sich dabei nicht um Blumen, junge Bäume oder Mausefallen. O nein, es sind Gartenzwerge. Einem steckt ein langes Messer im Rücken, dem nächsten steckt ein Pfeil in der Brust, am besten jedoch gefällt ihm der, dem mit einem Beil der Schädel gespalten wird. Putzig findet er sie. Viel schöner als damals die Bilder mit den Katzenbabys von Babette und Ludowika.

Willi greift an die linke Gesäßtasche seiner Jeans.

Scheiße, ich hab ja gar kein Handy mehr!

Auto wieder raus aus der Garage, Auto wieder rein in die Stadt. Er fährt in das Parkhaus des Elektromarkts. Der ist so riesig, jede Abteilung hat ein eigenes Stockwerk. 3000 qm Mixer. 3000 qm Staubsauger. Willi fährt in den 14ten Stock. 3000 qm Smartphones. Bei Willi heißen die Mobiltelefone immer noch Handys. Dort lässt er sich von einer brünetten Verkäuferin verschiedene Modelle erklären. Er entscheidet sich für ein im Preis im Mittelfeld liegendes Gerät. Er weiß, dass er auch dieses Handy irgendwann in einen Fluss, See, oder in ein Meer werfen wird. Er kauft es ohne Vertrag und ohne Prepaid-Karte. Als Geburtstagsgeschenk. Simkarte sei schon vorhanden. Dann geht er in die Abteilung für tragbare Mini-Stereoanlagen. Läppische 1899,00 Euro muss er dafür berappen. Das Handy hatte 1226, 57 gekostet. Jetzt lässt er sich vom Elevator in die 7te Etage fahren. 3000 qm Musik auf CD. Schelllacks gibts im 8. Stock, DVD-Filme im neunten. Das CD-Regal mit dem Buchstaben R ist 45 Meter lang. Davon sind 6 Meter nur Ra wie Ramazotti. Wer passt besser zu einer Grillparty als der Eros. Den hatte er in Italien rauf und runter gehört. An jeder Straßenecke, in jedem Café war Eros allgegenwärtig gewesen. Naja, hin und wieder hatte er Adriano Celentano gehört. Am Strand von Sizilien hatte er oft die Melodie aus „Der Pate" um die Ohren gekriegt.

Smartphonhandy, Stereoanlage, acht CDs von Eros. Willi kommt sich vor, als sei heute Weihnachten. Und er ist das Christkind. Im Kinderheim hat es zu Weihnachten Pfannkuchen mit nix drauf gegeben. Einmal sogar einen Lolli. Aber den hatte Willi im Supermarkt geklaut. Himbeere. Lecker!

Jetzt fehlte ihm nur noch eins, eine Sim-Karte für das neue Handy. Aber die war kein großes Problem. Die Haushälterin des hiesigen Pfarrers, weiß Willi, besitzt auch ein Handy mit Auflade-Sim. Und das liegt herrenlos in der Sakristei, wenn sie für Hochwürden das Mittagsmahl zubereitet.

Willi weiß es noch von früher. Jeden Sonntag hat er in die Kirche gemusst. Ganztags, denn am Sonntag wollten Ludowika und Babette ungestört sein. Warum auch immer. Willi hat dann stets den Opferstock ausgeraubt. Der war aber auch leicht zu knacken gewesen. Einen kleinen Schraubendreher und zwei geschickte Hände, schon hatte er wieder für eine Woche Taschengeld für Whiskey und Zigaretten gehabt.

Willi schaut auf die Armbanduhr. Das wird heute nichts mehr mit der Sim, es ist schon bald Abend. Na, morgen ist auch wieder ein Tag.

Er liegt auf seiner Couch, die er bei Bedarf zum Doppelbett umfunktionieren kann. Er grinst. 3 Filme auf DVD hatte er im Elektromarkt mitgehenlassen. War null Problemo, die durch die Sicherheitsanlagen zu schleusen. Hat er während seiner Ausbildung gelernt. Dass die Filme nicht jugendfrei sind, das hatte ihn gereizt, nicht das Stehlen. Doch nun kam das böse Erwachen, die drei Hüllen sind leer. Willi hatte das Schild, dass es sich im Regal für nicht jugendfreie Filme nur um leere Schaupackungen handle, nicht gelesen. Die Filme würde man mit dem Kassenzettel an der Warenausgabe im Basement erhalten. Naja, wieder etwas gelernt, Willi. Traue keiner Hülle, denn auf die inneren Werte kommt es an!

*

Irgendwie war Willi immer noch nicht dran gewöhnt, dass er nachts alleine war. Im Kinderheim hatten Ludowika und Babette stets ihr Unwesen getrieben, in Italien waren es die anderen Kursteilnehmer, die die ganze Nacht rumgeisterten. Er ist am überlegen, wie er diesen fast schon unerträglichen Zustand möglichst schnell ändern könnte. Antje oder Heike, eine oder beide könnten doch bei ihm schlafen. Zimmer hat er ja genug, sie müssten sich also nicht mal das Bett mit ihm teilen. Manche Frauen haben die Unart, nachts in den Kühlschrank zu gehen oder sich ein paar Rühreier in die Pfanne zu hauen. Nur irgendwelche Geräusche müsste sie machen, schon würden seine nächtlichen Ängste verschwinden. Bei der Grillparty morgen könnte er sie fragen. Heute waren den ganzen Tag Leer und der Garten angesagt. Leer? Ja, Willi hat zwar ein Handy, aber keine Sim. Seine Idee, das Handy der Haushälterin des Pfarrers samt Sim zu stehlen, hatte er schon wieder verworfen. Versündige dich nie an der Kirche, hatte er in Italien gelernt. Und daran will er sich auch halten. Er will nicht eines Tages oben an der Himmelspforte stehen, um wegen einer blöden Sim nicht eingelassen zu werden.

Er hüpft unter die Dusche, springt in seine Klamotten und hechtet danach in seinen schnellen Van. Bis nach Leer ist es auf der Autobahn nur ein Katzensprung. Sein Navi lotst ihn in eine schäbige Gasse, in der sich nachts nicht mal Ratten alleine auf die Straße trauen. Und in genau ebenjener Gasse gibt es eine Spenglerei. Die gehört einem gewissen Roberto Robertino, der mit bürgerlichem Namen Robert Kurz heißt. Er stammt aus Dresden, ist aber nach der Wende nach Leer gezogen. Unter neuem Namen. Er hat früher einmal für den Ost-Geheimdienst agiert. Den Roberto hatte Willi auf seiner Weiterbildung kennengelernt.

»Moin, Roberto!«

»Ciao, Willi. Alles paletti?«

»Fast, Roberto. Ich brauch eine Simkarte. Es können aber auch gerne drei oder vier sein. Zwei Handschellen und einen Satz Fußfesseln mit App-Verfolgungsfunktion stehen auch auf meiner Wunschliste. Wenn du sonst noch was auf Lager hast, was ein Ganove und Berufskiller im Alltag so braucht, dann her damit.«

Die beiden gehen ins Magazin, auch Lager genannt. Dort

sieht es aus wie bei einer Firma, die Handys, Computer und Satelliten ausschlachtet. Sie gehen Reihe für Reihe durch. Willi hat einen leeren Karton in der Hand, Roberto langt hin und wieder in ein Regal, nimmt etwas heraus und legt es in den Karton.

»Handgranaten, Willi?«

»Klar, gib mir five! Hast du ein handliches Maschinengewehr, Roberto?«

»Machst du Scherze, Willi? Da vorn rechts! Such dir eins aus. Sind alle Länder vertreten. Die Ketten mit der Munition hab ich im Tresor. Weißt ja, Explosionsgefahr. Wie sieht es bei dir mit Narkosemittel und Gift aus?«

»Kann man immer brauchen, Roberto. Ich habe mal zwei Kronzeugen in einem Mafia-Prozess mit Rattengift kaltgemacht. Echt schlimm, wie lang das gedauert hat, bis sie endlich über dem Jordan waren.«

Nachdem Willis Wünsche erfüllt sind, setzen sie sich ins Büro, Willi zahlt die Zeche, dann betrinken sie das Geschäft mit einem Grappa. Bevor Willi in den Wagen steigt, macht Roberto einen Alkoholtest bei ihm. 0,2 Promille.

Willi steckt sich noch einen Himbeer-Lolli in den Mund, dann startet er sein Gefährt und fährt zurück. Den „Einkauf“ verstaut er, bis auf die drei nicht registrierten Simkarten, im Schuppen. Dort schnappt er sich die bunten Girlanden und die lange, ausfahrbare Leiter. Er will den Garten dekorieren. Ehe er anfängt, eine Sim ist schon im Handy, ruft er bei der Kleintümpelshausner Telefonauskunft an und lässt sich dort die Nummer des Kinderheims geben.

Klinkelingkeling.

»Kinderheim Kleintümpelshausen, Heike am Apparat.«

»Hai, Baby, ich bin's, der Willi. Wie schauts aus bei euch, heute Nachmittag um 3 steigt meine Grillparty.«

»Geil! Wir haben uns extra neue Bikinis gekauft. Hast du genug zum Saufen daheim, oder sollen wir …«

»Ist alles da, Puppe! Ich freu mich schon auf eure Bikinis. Hoffentlich hat der Designer keinen Stoff verschwendet.«

»Nö, da haben wir schon drauf geachtet. Wegen der hellen Streifen, die es gibt, wenn wir am Pool in der Sonne liegen. Apropos Stoff, Willi.«

»Haha. Hab ich mir doch gedacht, dass ihr im Keller was anbaut. Mitbringen. Tschau.«

Würstchen, Fleisch und Kartoffelsalat hat Willi schon am Heimweg besorgt. Nun geht's an dekorieren. Er lehnt seine Leiter an einen der zwölf Apfelbäume, die es im Garten gibt, nimmt eine der Girlanden und kraxelt rauf. Möglichst hoch will er sie hängen. Er steht auf der siebten Stufe, nimmt ein Ende der Girlande in den Mund, den Rest lässt er nach unten fallen. Dann geht es hoch hinaus. Er kommt sich vor wie der Erstbesteiger des Harzer Brocken. Er ist weder lügen- noch schwindelfrei. Noch zwei Stufen, dann ist das Ende der Leiter erreicht. Er schafft sie problemlos, nimmt das Seilende der Girlande und will es an einen Ast anbinden, da kippt die Leiter zur Seite.

»Ahhhh!«

Kling. Rrring! Die Kirschen in Nachbars Garten ...

»Hallo, Fredy, was machst du im Garten deines Nachbarn, Kirschen klauen?«

»Im Dezember? Was gibt's denn, Rebecca, ich muss den Notarzt rufen. Der Willi ist von der Leiter gefallen.«

»Dein Nachbar heißt Willi, Fredy? Apropos Notarzt. Du musst sofort zu mir in den Knast kommen. Nataschowitzka, die Natascha ist am Abnippeln! Höchstens zwei Tage meint der Knastdoktor, dann ist sie sozusagen begnadigt.«

»Wie konnte das passieren, Schatz? Hast du ...«

»Nein, ich hab gar nichts, Fredy. Einer der Häftlinge muss ihr irgendetwas eingeflößt haben. Kommst du jetzt? Wenn nicht, dann schick der Natascha ein Beileidstelegramm, das wird sie freuen, ehe sie den Löffel abgibt.«

Wenn du zwei Probleme hast, versuche wenigstens eines

davon zu lösen. Willi oder Natascha?

»Gut. Sag dem Doc, er soll sie ablenken, dann denkt die Natascha nicht ans Sterben … Weiße oder rote Rosen? Ich meine für den Kranz für Natascha, Becca?«

»Vergissmeinnichte. Obwohl? Ein Kaktus tut es auch. Ich stifte ihr den Grabstein. Hab auch schon eine tolle Idee. Ein Halteverbotsschild als Grabstein! Cool, oder?«

»Weil sie wegen des Falschparkens im Knast sitzt?«

»Genau! Der Zug geht um sechs Uhr. Nachtzug. Dann bist du am Vormittag da. Du kannst ihr ja das Telegramm und den Kranz persönlich überreichen, falls sie noch lebt. Und nach der Beerdigung machen wir einen zünftigen Leichenschmaus. Wir zwei beide ganz allein. Ich hab den Schampus schon kaltgestellt. Arme Natascha. Hihi.«

»Okay, dann bis morgen, du süßes Monster!«

»Ist er tot?«

»Nein, Antje, Willi atmet noch ganz leicht. Das kann aber auch der Wind sein.«

Antje und Heike hatten Willi überraschen wollen. Sie sind früher gekommen, um ihm etwas zur Hand zu gehen. Doch gerade da, als sie in den Garten gekommen waren, war die Leiter umgekippt. Jetzt liegt Willi im frisch gemähten Gras.

Naja, immerhin nicht unter dem Gras. Er atmet kaum noch, die Augen sind zu.

»Verdammt, wo bleibt der Notarzt, Antje?«

»Warum, hast du ihn schon angerufen, Heike?«

»Nein, ich dachte, du … Oh, Willi hat die Augen … Nein, jetzt sind sie wieder zu. Meinst du, er hört uns, Antje? Wenn einer im Koma liegt, dann …«

»Flüstere ihm halt etwas Schönes ins Ohr, dann siehst du, ob er reagiert. Und sobald er die Augen aufmacht, zeigst du ihm deinen neuen Bikini, Heike!«

»Damit der Willi einen Herzinfarkt kriegt! Wie du mich daheim angestarrt hast, wie ich im Bikini vor dir gestanden war, da dachte ich, das wird nix mit Willis Grillenparty. So große, nein, so gierige, so geile Augen hattest du …«

»Das können wir gleich nachholen, Süße. Der Notarzt ist unterwegs. Ich hab ihm gesagt, es eilt nicht.«

»Da! Jetzt hat Willi schon wieder geblinzelt. Er verarscht uns, Antje!«

»Hm? Ich weiß nicht, Heike. Es waren immerhin 10 bis 12 Meter, die er in die Tiefe gerauscht ist.«

Tatütata, der liebe Onkel Doktor ist schon da!

Puls messen, dann liegt Willi auf der Trage. Den Bourbon, den ihm Meike einflößen will, trinkt der Notarzt selber. So etwas habe er noch nie gesehen, meint dieser. Willi müsste eigentlich bei den Englein sein. Zahlreiche Knochenbrüche, Milzriss, Gehirnerschütterung, Herzstillstand, so seine erste Diagnose. Man werde ihn im Schritttempo ins Hospital von Kleintümpelshausen kutschieren. Ob Willi wieder ganz der Alte werde, will Heike wissen. Wenn ja, ob er dann im Rollstuhl sitzen müsse und eine nette Pflegerin brauche. Sie sei gelernter Bestatter, könne aber auch Windeln wechseln. Die werde Willi nicht brauchen, meint der Assistent des Arztes. Man werde Willi in der Klinik Magen und Darm entfernen. Sicher auch Milz, Leber und eine Niere. Zudem müsse man ihm beide Beine sowie den linken Arm amputieren. Ob er geistig noch etwas mitbekomme, sei mehr als fraglich, weil die schwere Gehirnerschütterung ein Blutgerinnsel im Kopf verursacht habe. Und blind werde er sein, falls er die Augen überhaupt noch einmal aufmache.

»Ach so! Ich dachte schon, er hat ernsthafte Verletzungen und würde meine Hilfe brauchen«, gibt Heike überglücklich von sich.

Ihre Freundin hat eine Spitzenidee. »Weißt du was, Heike. Morgen bauen wir im Klinikgarten einen Grill auf und grillen. Und damit es Willi, solange er sein Krankenbett hüten muss, und wir zwei nicht bei ihm sind, nicht so langweilig ist, bringen wir ihm ein paar Hefte mit heißen Bildern mit.«

»Geil, Antje! Und eine, nein lieber drei Pullen Kentucky Bourbon, falls der Zimmernachbar schnarcht wie ein Bär. Äh, Herr Doktor. Hat die Klinik Familienzimmer mit drei Betten?«

»Nö, aber nachts sind alle Katzen grau! Haha.«

Antje und Heike winken dem Notarztwagen hinterher, als er Willi gen Klinik fährt. Antje mit einer Papierserviette, die Heike mit dem Oberteil ihres Bikinis.

Röntgen, Ct, MRT, Blutwertkontrolle. Es gibt nichts, was die Ärzte nicht untersuchen und nachschauen. Dann haben sie Gewissheit. Eine leichte Gehirnerschütterung und zwei Beine und den linken Arm gebrochen. Sie hatten Willi sogar ein starkes Narkosemittel gespritzt, da er während der Analyse erwacht war. »Scheiße, die Grillwürste und Steaks verbrennen!«, hatte er dabei gerufen.

Jetzt liegt er auf Zimmer 329. Ganz am Ende des Flurs im dritten Stock. Das Schwesternzimmer hat 301.

Klopf, klopf!

»Willi? Dürfen wir reinkommen oder stehst du gerade in der Dusche? Wir sind es, Antje und Heike.«

»Er kann Sie nicht hören«, meint eine Krankenschwester, die gerade nach Willi sehen will.

»Um Himmels willen! Nie mehr?« Heike hätte beinah die

Tüte mit dem Bourbon fallenlassen. Die heißen Hefte und ein Kuscheltier, ein putziges Katzenbaby aus Kaschmir, hat Antje unter dem Arm.

»Quatsch! Willi hat eine Narkose gekriegt. Dauert nur, bis sie nachlässt«, brummt die Krankenschwester. »Einen Elefanten hätte man mit der Dosis für zwei Tage außer Gefecht gesetzt, aber der Willi hat einfach nicht einschlafen wollen, und da hat ihm der Narkotiseur noch eine dritte Portion von dem Narkosemittel verpasst. Moment«, sagt die Schwester, bevor sie Willis Zimmer betritt. »Ich schau mal, ob er schon wach ist. Äh, wart ihr gerade im Schwimmbad?«

»Nö, warum?«, fragt Heike.

»Na, kommt selten vor, dass der Besuch im Bikini kommt. Schicke Teile. Ein bisschen weniger Stoff, dann könntet ihr eure Bikinis als Geschenkbänder hernehmen. Hihi. «

Als die hübsche Schwester wieder rauskommt, knöpft sie sich den obersten Knopf ihres Kittels zu. »Ihr könnt rein, er ist wach. Hab nur schnell seinen … Blutdruck gemessen.«

»Aha, und das ohne Blutdruckmessgerät?«, faucht Heike die eifersüchtig und rot angelaufen ist. Das Gerät würde sich ständig an Willis Arm befinden. Dies sei die Intensivstation, da würden die Patienten besonders intensiv betreut werden. »Das mache ab sofort ich, klar! Finger weg von Willi, sonst gibt's Saures! Antje, jetzt sag doch auch mal was!«

»Ja, Heike. Hat Willi einen TV mit DVD im Zimmer. Was darf er schon essen? Wir haben im Hof den Grill aufgebaut. Willi liebt Grillwürste und Steaks!«

»Willi liebt Pommes!«

Den Satz rief nicht eine der der Frauen, nein, es war Willi, der plötzlich hellwach ist.

»Pommes rot-weiß-grün!«

Heike stürmt sofort zu ihm und will ihn umarmen.

»Au, mein Arm! Bist du verrückt, Heike? Willst du mich umbringen?«

Willi ist beinahe komplett eingegipst. Nur den Kopf kann er noch bewegen. Und die Augen.

»Uff, tolle Bikinis habt ihr beide an. Schwester, machen Sie mir die Entlassungspapiere fertig, ich reise ab!«

Die grinst nur. Das solle er ihr in sechs Wochen noch mal sagen, jetzt sei Bettruhe angesagt. Und mit Bettruhe meine sie auch Bettruhe.

Was Antje gar nicht passt. »Nix da, Schwester! Bring uns einen Rollstuhl. Willi, Heike und ich wollen grillen. Kohle entfachen, Würstchen, Steaks und Pommes drauf, zweimal wenden, fertig. Das Zeug dazu haben wir aus deinem Frigo, Willi, hast ja nichts gegen, gell? Kartoffelsalat haben auch mit dabei. Was ist, Schwester, wo bleibt der Rolli?«

»Seid ihr drei noch ganz dicht. Es ist gleich Mittenacht!«

»Und, hast du noch nie unter dem Sternenhimmel gegrillt, du doofe Nuss, du? Wenn das Feuer knistert und die Amseln zwitschern und der Mond dazu scheint und Eros von Amore singt. Wenn das Echo der Nordseewellen und dir der Wind aus dem warmen Süden entgegenbläst. Wenn …«

»Schwester, du hast den Alarmknopf gedrückt, was ist mit Willi?« fragt der Bereitschaftsarzt, der verschlafenen in das Zimmer kommt. »Kollabiert der Patient wieder?«

»Nein, ich, Herr Doktor! Herr Willisen will grillen gehen. Mit diesen beiden Damen, die unsere ehrenwerte Klinik mit dem Kleintümpelshausner Freibad verwechseln.«

Der Arzt ist erst einmal sprachlos. Aber nicht lange. »Aha, grillen will der Herr also? Mit den beiden Damen … Sie da, sie, mit dem feuerroten Bikini.«

»Ich?« Antje ist sich keiner Schuld bewusst.

»Ja, Sie. Haben Sie manchmal Nackenbeschwerden, dazu ein leichtes ziehen in der Hüfte?«

»Äh. Ja, aber nur, wenn ich … Aber jetzt, wo Sie davon reden, mein lieber Herr Doktorlein …« *Mein Gott, ist der Knabe süß*, denkt Antje. »Ich habe da ganz oft so ein Kribbeln, zwischen … Ach, die Stelle zeige ich Ihnen lieber unter vier Augen. Wo ist denn Ihr Behandlungszimmer, Herr Doktor, denn dazu müsste ich mich hinlegen.«

»Mitkommen, das hört sich ja furchtbar an, das muss ich umgehend untersuchen. Und du, Schwester, gib Willi noch eine doppelte Ladung Propofol, also Narkosemittel.«

»Und was ist mit mir?«, fragt Heike.

»Gehen Sie halt, während ich Ihre Freundin durchchecke, mit der Schwester grillen. Es ist Mitternacht, der Mond steht am Himmel und Eros singt von Amore …«

Kapitel 18

Ich war vor einem halben Jahr, als man Willi betäubt hat, nach Kleintümpelshausen gefahren. Es war arschkalt, aber zum Glück hatte es nicht geschneit. Mit dem Nachtzug war ich gefahren. Als ich Stunden später im hohen Norden aus dem Zug gestiegen war, war mir eingefallen, dass es der Tag der Heiligen Nacht war. Weihnachten. Die ganze Stadt hatte gestrahlt und gefunkelt. Überall hatten bunte Lichterketten gebrannt. Bei manch einem auch der Adventskranz. Auf der achtspurigen Hauptstraße war ein pummeliger Weihnachtsmann gestanden und hatte Autofahrer angehalten, um ihnen ein Säckchen mit Nüssen und einem roten Apfel durch das Fahrerfenster zu reichen. Und er hatte sich dabei den Arsch abgefroren. Es war kein anderer als Kommissar Hans Hansen. Brunhilde hat ihm von ihrem Büropanoramafenster im 87. Stock aus zugesehen. Nett hat Bruni ausgesehen mit der roten Zipfelmütze auf ihrem Kopf. Ihre zwei Kampfchihuahuas auch. Zum Glück hatte sie mich nicht erblickt, als ich gen Gefängnis gelaufen war. Ich hatte vorsichtshalber mein Handy ausgeschalten. Bei Rebecca war ich ohne Kranz und Beileidskarte aufgetaucht. Ich hatte schon geahnt, dass mich das Luder mit dem angeblichen Sterben von Natascha nur zu sich gelockt hat, um mit mir Weihnachten feiern zu können. Was wir beide auch getan hatten. Ich hatte die Rebecca zu einem unvergesslichen Weihnachtsmenü eingeladen. An der Pommesbude - bei getrennter Kasse. Zum Entree gab es für Rebecca Krabbenbrötchen mit Majo, bei mir Pomm de Fritten. Ihr Hauptgang war Pommes mit Mayonnaise, bei mir Pommes mit Ketchup. Das Dessert hatte ich ausgesucht. Becca Mettbrötchen mit Schoko-Kaviar-Glasur, ich hatte Pommes mit Himbeer-Brombeersoße. Zum Trinken gab es die Weihnachtsmischung vom Ostfriesentee in der 1,5 Liter Thermoskanne mit zwei Weihnachtstassen. Sie hat zwar die ganze Zeit über komisch geschaut, als hätte sie erwartet, ich würde sie in ein schickes Lokal ausführen, doch als ich ihr den neunen Kalender mit den putzigen Katzenbabys in die Hand gedrückt hatte, war sie der seligste Mensch der Welt gewesen. Dann hatten wir Natascha besucht. Zwei Minuten hatte ich mit ihr in ihrer Zelle unter vier Augen und einem Mini-Weihnachtsbaum mit Lametta geredet. Das hatte mir aber gereicht, um noch etwas mehr über Willi in Erfahrung bringen zu können. Der Brunhilde habe ich vor der Abreise vom Hauptbahnhof aus eine SMS mit lustigen Weihnachtsmännern geschickt. Ich könne leider nicht zu ihr kommen, da ich in Südtirol eingeschneit in einer Berghütte säße. 4,30 Meter Schnee vor der Hütte, bei -46, 371 Grad. Zum Glück hätte ich genug Holz vor der Hütte. Bruni hatte mir ihre

Rettungsdrohne mit Glühwein und Lawinenhund schicken wollen. Keine Chance, hatte ich geantwortet. Die Hütte sei gerade in eine Gletscherspalte gerutscht, sie würde nur noch an einem einzigen Eiszapfen hängen. Der Wind der Drohne würde sie zum Absturz bringen. Dann hatte ich mein Handy und das Festnetz ausgeschalten. Im TV hatten sie zwei Tage später berichtet, wie ein Rettungstrupp die Südtiroler Berge nach einer Berghütte mit einem Münchner Wanderer darin absuchte. Zum Glück hab ich ihr nicht gesagt, wo genau ich angeblich abgestürzt sei. Und sie hatte, warum auch immer, der Bergrettung meinen Namen nicht genannt. Sie habe den Notruf per Satellitentelefon erhalten, der Kontakt sei jedoch wegen des gewaltigen Schneesturms abgebrochen. Am dritten Tag habe ich mich dann bei Brunhilde gemeldet. Ich sei wieder Zuhause, hätte mich mit letzter Kraft selbst befreien können. Ich hätte mir aus Zahnstochern und Zwirn eine Leiter gebaut. 124 Meter lang. Die restlichen 67 Meter wäre ich mithilfe der Fingernägel bis nach oben geklettert. Barfüßig! Zwei Tage und siebzehnen Stunden sei ich in der Felsspalte gehangen. Ich hab ihren Jubelschrei noch heute im Ohr.

Der Laptop steht auf der Pole-Position, er wartet nur noch darauf, dass die Ampel das Startsignal gibt. Doch ich muss noch einmal in die Box. Nachtanken. Mein Kaffeebecher ist leer! Nein, so kann man kein Rennen beginnen, geschweige denn gewinnen.

Mal sehen, wo ich gerade bin. Aja, auf Seite 275! Na, da wollen wir doch einmal schauen, wie dick Willis Memoiren noch werden. Wenn er so weitermacht wie bisher, könnte es nach der Seitenzahl das dickste Buch aller Zeiten werden. Der aktuelle Rekord liegt bei über 50.500 Seiten. Ups, das könnte knapp werden.

Der Kaffee steht auf dem Schreibtisch und flirtet mit dem Käsekuchen, den ich gestern Nachmittag gebacken hatte. Es ist aber nicht nur ein stinknormaler Quarkkuchen mit Quark und drei Eiern. Er ist mit Kiwis und Blaubeeren aufgepeppt. Er schmeckt saulecker, ist das Rezept Numero 6 in meinem Kochbuch, das eigentlich gar kein Buch ist. Es hat weniger als 49 Seiten und zählt somit nicht zu den Büchern. Bücher, habe ich mal gelesen, werden erst Bücher genannt, wenn sie mehr als 49 Seiten haben. Egal, mein Kochbuch ist zwar zu dünn, dafür aber handgeschrieben und signiert. Eine echte Rarität – unbezahlbar!

Ah, da geht's weiter!

Willi darf heute …

»Herr Nachbar! Hallo, ich sehe Ihren Blondschopf!«

»Das sind keine Haare, das ist meine Wohnzimmerlampe! Oder anders gesagt, es sind die verstaubten Spinnweben, die an ihr runterhängen. Was gibt's denn, Sie alte Nervensäge?

Wollten Sie heute nicht Fenster putzen und den Sperrmüll wegbringen? Und zudem bin ich gerade in Verhandlungen mit einem weltberühmten Unternehmen, das mein Spaghetti Bolognese Rezept global vertreiben will. Das Angebot liegt gerade bei 3,7 Millionen. Euros, nicht Dollars!«

»Bah, uff! Voll abgefahren! Und da haben Sie noch nicht Ja gesagt, Herr Spaghetti-Millionär?«

»Nö, unter 10 Millionen verkaufe ich nicht. Und wenn Sie mir noch länger auf den Keks gehen und die Verhandlungen stören, verklage ich Sie auf 11 Millionen Schadensersatz.«

»Oje, 11 Millionen! Da muss ich aber noch verdammt oft heiraten und Witwe werden, bis ich das bezahlen kann. Ich komm dann lieber später nochmal. Tschü-hüss!«

So, die wäre ich los. Und was macht der Willi?

Willi darf heute nach sechs Monaten die Klinik verlassen. Er wird sogar gefahren, aber nicht nach Hause, sondern an den schönen Bodensee, wo er eine drei-monatige Rehabilitation absolvieren darf. Gehen kann er schon wieder, wenn auch nur mit der Hilfe eines Gehroboters, an den er stehend angekettet ist. Für den Transport zur Reha hat man ihn aber losgeeist. Seinen linken Arm kann er auch wieder bewegen. Aber nicht sehr viel. Am Ohr kann er sich damit noch nicht kratzen. Zum in der Nase bohren muss er den Kopf senken.

Wovon er jedoch heftigste Migräneanfälle kriegt. Dagegen nimmt er dann ein Medikament, von dem er Verstopfungen, Darmwinde und Völlegefühle kriegt. Zum Glück hat er ein Abführmittel. Doch das wirkt so schnell, dass er es zwar mit dem Roboter bis aufs Klo schafft, sich aber nicht hinsetzten kann, weil er an dem Gerät angebunden ist. Die Verschlüsse der acht Gurte sind auf der Rückseite des Körpers und somit für ihn nicht selbst zu öffnen. Die rechte Kniescheibe hatten die Chirurgen bei einem vierstündigem Eingriff gegen eine kratz- und bruchfeste, zweilagige Oblate aus dem 3D-Drucker getauscht. Der Versuch des Schönheitschirurgen, sein Gesicht halbwegs ansehnlich zu machen, war fehlgelaufen. Er sieht also noch genauso hässlich aus wie vor dem Unfall, bei dem er von der Leiter gestürzt war.

Antje und Heike, die Willi jeden Tag in der Klinik besucht hatten, wollen im Krankentransportauto mitfahren, aber die Krankenschwester, die für Willis Blutdruck und seinen Puls zuständig ist, lässt dies nicht zu. Der Patient sei noch viel zu schwach, er vertrage weder Aufregung noch viel zu knappe Bikinis. Und so fährt Willi ohne sie zum Bodensee.

»He, Sani! Wo ist eigentlich dieser Bodensee? Gehört der zur Nord- oder Ostsee?«, fragt Willi.

»Haha, scherzen kannst du also schon wieder, Willi. Der See liegt im Süden. Lindau, da fahren wir hin. Die Stadt der

Äpfel und Blumen gehört zu Bayern. Genauso wie ein Teil des Sees. Den Rest teilen sich die Schweiz und Österreich.«

»Aha! Und warum kann ich die Retranspiration nicht zu Hause im eigenen Garten machen, wo ich heiter grillen und kunterbunte Girlanden an Apfelbäume hängen kann?«

»Erstens – Rehabilitation! Sag einfach Reha, Willi. Punkt 2: Auf eine Leiter steigen? Da müsste schon ein medizinisches Wunder geschehen. Wenn du die Reha überlebst, was ich aber bezweifle, kannst du vielleicht allein zum Scheißen gehen. Ein neues Auto brauchst du auch. Selbstfahrend und sattelitengesteuert.«

»Danke! Super! Das nennt man Motivieration, oder?«

»Naja. Motivieren bringt aber nix, wenn dir die Wirklichkeit das Genick bricht. Entweder springst du dann aus dem Fenster im 18. Stock einer Klinik, säufst dich zu Tode oder kommst wirst während eines Bankraubs von den Kugeln der Polizei durchsiebt. Alles klar, Willi?«

»Ja, und jetzt muss ich dringendst pissen!«

»Du hast eine 24-Stunden-Windel an, Willi!«

»Super, hatte ich vor 25 Jahren auch mal. Kannst du dem Fahrer sagen, er soll an der nächsten Pommesbude anhalten, ich hab Hunger auf Pommes rot-weiß-grün.«

»He, Herr Kollege Fahrer, verlass die Autobahn und mach

einen Abstecher zu einer Frittenbude, unser Mamasöhnchen will Pommes, sonst heult es.«

»Okay. Hat Willi eine bestimmte Stadt im Sinn? Pommes sind nicht gleich Pommes.«

Hat Willi nicht. Der Fahrer hat aber ein bestimmtes Ziel im Auge. Er weiß, wo es gute Pommes gibt. Auf dem Autobahnschild steht, dass die nächste Ausfahrt Aachen ist, also setzt er den Blinker und fährt ab, bleibt aber nicht in Aachen an einem Frittenstand stehen, sondern fährt Richtung belgische Grenze. Er überquert sie auch. Da man in der EU ist, werden an der verwaisten Grenze weder Ausweise verlangt noch Fahrzeuge begutachtet. In einem kleinen Ort, drei Kilometer weiter, hält der Fahrer an. Nicht zum Pommes kaufen. Er tankt. Das hatte er vor der Abfahrt an der Klinik verschwitzt, den Transportwagen vollzutanken. Die Benzinuhr stand schon auf Reserve. Bezahlt wird per Karte. Die Rechnung wird vom Konto der Klinik abgebucht. Dabei fragt er den Tankwart nach der besten Pommesbude der Stadt. Zwei Straßen weiter, so seine Antwort. Da Willi nicht aussteigen kann, bringen ihm der Fahrer und der Sani zwei Straßen weiter eine kleine Tüte Pommes. Ohne alles. Ist Willi aber egal, er hätte die knusprig frittierten Kartoffeln auch roh und mit Schale gegessen. Dann geht es weiter gen Bodensee.

Es ist schon nach 21 Uhr und fast dunkel, als sie in Lindau

landen. Die Reha-Klinik liegt ganz in der Nähe des riesigen Sees. Vom Hinterausgang aus kann man über den seicht abfallenden Park hinunter ans Ufer laufen. Es sind nur wenige Schritte, die für Willi jedoch noch Zukunftsmusik sind. Der Sanitäter liefert am Empfang Willis Krankenakte und seine Genehmigung für die Reha ab. Die Dame an der Rezeption tippt Daten in den Computer, Willi muss in der Wartehalle warten, wo schon bald ein Krankenbruder erscheint und ihn in das Zimmer 34 im zwölften Stock bringt.

Es ist genau sieben Uhr, als eine Krankenschwester Willi aus seinen Träumen reißt. Die Nacht war kurz und so ist er weder ausgeruht noch gut aufgelegt. Ein Kaffee wäre jetzt nicht schlecht, brummt Willi die gute Frau an, die ihm eine Blutdruckmanschette um den rechten Arm wickelt. Kaffee sei gestrichen, erst müsse er gesund werden. Er mosert, ihm würde nichts fehlen, er sei fit wie eine ganze Herde Bullen.

Der Blutdruck liegt bei 145/98, das sei zu hoch, meint die Dame im weißen Kittel und gibt ihm einen Blutdrucksenker und ein Glas Leitungswasser.

»Los, schlucken, und ja nicht schummeln! Ich kenne euch Burschen! Kaum dreht man euch den Rücken … Brav, so ist es schön, so mag ich das«, grinst sie, nachdem Willi die Pille mit böser Miene geschluckt hat. »So, jetzt messen wir

noch Fieber, dann bringe ich Sie zum Blutabnehmen, Herr
Willisen. Hose runter, Arsch her!«

»He, die Temperatur wird im Ohr gemessen!«

»Das müssen Sie schon mir überlassen, Herr Willisen. Ich
bin noch von der ganz alten Schule. Warten Sie erstmal ab,
bis ich Ihnen in der kalten Dusche beim Einseifen helfe. Da
würden Sie sich wünschen, ich würde Ihnen nur das … aber
das sehen Sie ja dann, wenn sie nach den weiteren Untersu-
chungen und dem Frühstück wieder aufs Zimmer kommen.
Ich habe übrigens 7 Tage die Woche Dienst, ich wohne hier
in der Einrichtung.« Sie schaut auf das Fieberthermometer,
mit dem sicher auch schon bei Kaiser Augustus die Temperatur gemessen wurde. Sie verdreht die Augen. 36,9, das ist
viel zu hoch, Herr Willisen. Bei mir fängt der Rote Bereich
bei 36,6 an. Moment, ich hole fix einen Fiebersenker. Wäre
doch gelacht, würden wir zwei Hübschen, das nicht in den
Griff bekommen!«

Als sie kurz das Zimmer verlässt, versucht Willi, sich von
der Gipsschale zu befreien, in der beide Beine stecken. Aber
es gelingt ihm nicht.

»So, da bin ich wieder, gleich geht es Ihnen wieder besser,
Herr Willi Willisen. Ach, Sie sind nicht zufällig mit Kapitän
Admiral Nelson verwandt, oder?«

»Hä, wer ist das denn? Nein, ich bin Vollwaise und habe

auch sonst keinerlei Sippschaft. Was ist mit diesem Nelson, ist der auch hier auf Rekonstruktion oder wie dieser Quatsch heißt. Ist er auch von der Leiter gefallen?«

»Vergessen Sie Nelson, Herr Willisen. Wirkt die Kombitablette gegen Bluthochdruck und Fieber schon?«

»Weiß ich nicht, aber ich glaub, ich lebe noch.«

Sie misst erneut. 100 zu 60. »Oje, Herr Willisen, das sieht aber gar nicht gut aus. In spätestens fünf Minuten muss ich Sie reanimieren. Das hatte ich letzte Woche auch schon mal, so einen schwierigen Fall wie Sie. Der Herr hatte, als er zu mir auf Station kam, auch gemeint, er sei fit. Aber dann, ich kann Ihnen sagen … Nein, lieber nicht. Ich heule immer, wenn von seiner Beerdigung rede.«

Nachdem Willi die Tablette gegen den nun viel zu niedrigen Blutdruck heimlich wieder ausgespuckt hat, fährt ihn die Schwester samt Bett ins Erdgeschoss. Dort befinden sich auch mehrere Untersuchungsräume. Willi peilt schon mal die Lage. Über dem breiten und langen Hauptgang hängen Wegweiser mit Nummern und Buchstaben. Ein Pfeil zeigt zum Haupteingang, ein Pfeil zum Seeausgang, ein weiterer zum Speisesaal. Was es mit C6 und B2 und so weiter auf sich hat, erklärt ihm die Schwester. C6 ist die Station C im sechsten Stock. B2 ist die Station B im zweiten Stock. Die Gymnastik-Räume für Sportanwendungen hätten Nummern an der Tür, aber da würde er noch einen Lageplan kriegen.

Nach einer Irrfahrt durch ein paar Gänge kommen sie zur MRT. Dort schiebt man Willi in eine Röhre. Die übereifrige Schwester war wieder hoch auf Station 12. Dann wird Willi von einer medizinisch-technischen Assistentin ins Arztzimmer gefahren. Der Arzt sitzt mit dem Rücken zu Willi am Schreibtisch und glotzt auf den Monitor des Computers, der ans Netzwerk des Hauses angeschlossen ist. Er streicht sich übers Kinn und schüttelt den Kopf. Ob es so schlimm stehe um ihn, fragt Willi. *Für immer im Rollstuhl*, denkt er dabei. Der Drehstuhl mach eine 180 Grad Drehung – mit Arzt.

»Aha, Sie sind also dieser berühmte Herr Willisen, der mit Kapitän Nelson verwandt ist. Glückwunsch! Sie wollen also jetzt von mir wissen, wie es um Ihre Beine und Ihren linken Arm steht. Hm? Tja! Sagen wir mal so …«

»Ja?«

»Also. Ich habe mir die Aufnahmen drei Mal angeschaut. Es ist unglaublich … Puh, ich …«

»Machen Sie es kurz und schmerzlos, Doktor! Geben Sie mir eine Spritze, von der ich nie wieder erwache, dann habe ich es hinter mir. Ich bin zwar erst 25, aber was solls. Lieber kurz und schmerzlos, als mein ganzes Leben an Schläuchen und den Rolli gefesselt zu sein.«

»Haha! Schwester!«

»Herr Doktor haben gerufen?«

»Nein, das war der Graupapagei von Admiral Nelson, den Herr Willisen in seinen bunten Ringelsocken stecken hat.«

»Uiii! Darf ich mal sehen, Herr Willisen?«

»Oje, das war ein Scherz, Schwester. Sind sie sich sicher, dass das die Bilder von Herr Willisen sind, Schwester?«

»Ja, Herr Doktor. Das sieht man doch an den Ohren, die so groß sind wie die Hauptsegel der Gorch Fock. Hihi. Blöd, dass man auf den Bildern seine Haare nicht sehen kann. Sie sind nämlich in Wirklichkeit knallig rot. Viel roter noch als mein Lippenstift. Er hat sie nur gebleicht! Hihi.«

»Danke, Schwester. Abgang!«

»So, Herr Willisen. Jetzt will ich Ihnen …«

»Die Todesspritze? Super, ich bezahle auch bar! Ich habe Kohle ohne Ende! Über dem See liegt doch die Schweiz, da könnten Sie doch untertauchen und …«

Der Arzt dreht sich zum Computer, druckt drei Bilder aus und reicht sie Willi. »Was sehen Sie darauf, Herr Willisen?«

»Hm? Makkaroni? Spargel? Hundeknochen?«

»Supi! Ja, das sind Ihre Knochen, Herr … Äh, wenn Sie mit Nelson verwandt sind, dann sind Sie ja ein Lord.«

»Nein, ein Willisen. Was ist mit den Knochen, Doc?«

»Sie sind ganz!«

»Ja, hat man mir in Kleintümpelshausen auch gesagt.«

»Ich meine, sie waren noch niemals gebrochen. Vielleicht geprellt oder gestaucht, aber nicht gebrochen. Welcher Arzt hatte Sie in der Heimat behandelt, wer hatte Sie eingegipst? Ah, da steht es ja.« Er hat Willis Krankenakte auf seinen PC geladen. »Professor Schneider? Wundert mich, dass er noch praktiziert, er müsste längst in Ruhestand sein. Ach, er war auch vor 25 Jahren der Arzt, der Ihnen auf die Welt half.«

»Nö, meine Mutter hat mich geboren, ehe sie sich aus dem 18. Stock der Klinik in die Tiefe gestürzt hat. Meinen Vater hat man … Von dem hab ich auch die roten Haare geerbt.«

Während Willi von früher erzählt, greift der Arzt zu einer Art Kreissäge und befreit Willi aus seinem Gipsgefängnis.

»So, das wäre geschafft. Jetzt versuchen Sie doch mal, ob sie gehen können, Herr Willisen.«

Als Willi strahlend aufsteht und sich auf die Beine stellt, brechen sie sie ihm sofort weg, doch der Arzt fängt ihn auf, er hatte schon damit gerechnet, nach so langer Zeit in Gips, da könne auch er nicht mehr laufen.

»Das Einzige, was Sie jetzt brauchen, Herr Willisen, das sind Muskeln. In drei, vier Monaten werden sie wieder über Wiesen und Felder hüpfen wie ein junges Reh. Und was den schwankenden Blutdruck und das Fieber angeht. Ab sofort nicht mehr rauchen, absolutes Alkoholverbot. Nichts Süßes, keine Pommes. Fleisch … Gestern hat meine Frau Schnitzel mit Pommes gemacht. Hammer! Aber auch Fleisch können Sie vergessen, Lord Willisen. Ich mache Ihnen eine Speisekarte Gemischter Salat mit Tofu. Gegrillte Aubergine mit Tofu. Sojaquark mit … Lecker, Herr Willisen!«

»Sojaquark mit Tofu?«

»Nein, mit gewürfelten Pastinaken und Seetang. Und als Getränk … Äh, Sauerkraut- oder Rote Bete-Saft. Und am Abend bekommen sie auf der Station einen Einlauf, dann kommt es auch nicht zu Blähungen. Schwester!«

»War das wieder der Papagei? Darf ich ihn streicheln?«

»Da müssen Sie Herr Willisen fragen. Bringen Sie ihn auf sein Zimmer. Er hat die 1234.

»Ah, zwölfter Stock, das Zimmer 34. Das ist das Zimmer, Herr Willisen, aus dem sich letzten Freitag einer in die Tiefe gestürzt hat. Er hatte Probleme mit dem Blutdruck. Möchten Sie gleich hoch? Oder solle ich Ihnen erst den Park und den See zeigen? Wann füttern Sie den Papagei, Herr Willisen?«

»Nur nachts, und da auch nur mit Kentucky Bourbon!

Ein Woche später kann Willi schon ohne Krücken gehen. Den Rollator nimmt er, so wie eben, nur zum Einkaufen, da der ein Netzt für die Einkäufe und eine stabile Ablage zum

Draufsetzten hat. Als er durch den Supermarkt schlendert, kauft er Zahnpasta, Himbeerkaugummi, Lakritzschnecken, Whiskey, Kondome und Ohrenstäbchen. Die Lavendelkerzen kauft er, da gerade im Sonderangebot, im Reha-Kiosk. Nachdem er alles auf sein Zimmer gebracht hat, will er einen Ausflug machen. Er will zur anderen Seite des Sees – mit dem Ausflugsdampfer. Seinem Arzt hatte bei der Visite gesagt, er habe da Verwandte, die er schon ewig nicht mehr zu Gesicht bekommen habe. Vor allem seine Erbtante Lisbeth. Sie sei eine Verwandte der leider dahingeschiedenen Queen. Der Urururgroßvater des Gatten der Erbtante sei mit Lord Nelson in See gestochen.

Nachdem das Boot am Schweizer Ufer angelegt hat und Willi problemlos durch die Passkontrolle gekommen ist, ist er in ein Taxi gestiegen, um sich in die nahe Großstadt kutschieren zu lassen. Fünfzig Schweizer Fränkli verlangt hatte der Taxifahrer. Willi bezahlt mit Euro. Den Fahrpreis rechnet der Fahrer so: 50 Franken gleich 299 Euro.

Nun steht Willi vor dem Bankhaus *Money und Knete*. Er rückt sich den steifen Kragen seines weißen Hemds zurecht. Willi hat es aus einem Arztzimmer geklaut, eine nette Krankenschwester hat es frisch gewaschen, glattgebügelt und mit Stärke eingesprüht. Jetzt hat Willi statt Rolli einen Gehstock mit Löwenkopfgriff dabei. Er geht nicht an den Schalter, um dort Geld für die Rückfahrt abzuheben. Nein, er lässt sich von einem Banker zum Büro des Chefs bringen.

»Herein!«

»Chef, Kundschaft.« Der Angestellte macht dabei ein Zeichen. Der Typ ist steinreich, bedeutet die Geste.

»Salü, kommen Sie doch näher, Herr …«

»Willisen. Willi *Lord* Willisen. Urururenkel von Nelson.«

»Ist nicht wahr!« Dem Direktor fällt die dicke Zigarre aus der Hand. »Aua! Scheiße! Äh, nehmen Sie doch Platz, Herr Lord. Kann ich Ihnen etwas anbieten? Cognac, Champagner. Ich habe auch einen 1963er Chateau de Bonbonjeur?«

»Bourbon, Kentucky, 1987!«

»Oh, endlich mal ein Kenner! Sonst wollen die Engländer, die zu mir kommen, höchstens Darjeeling Tee oder Dry Gin. Ihr Whiskey kommt sofort, Eure Lordschaft!« Der Direktor greift zum goldenen Hörer und lässt sich von der Sekretärin mit einem Delikatessengeschäft verbinden, dann gibt er an, der Whiskey sei in 10 Minuten hier. »Was kann ich derweil für Sie tun, Lord Willisen?«

Paragraf 7 der Gaunerfibel. Hau kräftig aufs Blech, dann wird es zu purem Gold.

»Ich brauche einen Kredit. 3 Millionen Euro. Man hat mir ein Angebot gemacht, bei dem ich einfach nicht Nein sagen kann. Ein echter, faszinierender, genialer Picasso, man hatte ihn erst kürzlich am Speicher des Vatikans entdeckt. Leider ist das Bild nach all den Jahren total eingestaubt und muss von Fachleuten restauriert werden. Den Namen des Bildes, um welches es sich handelt, darf ich Ihnen leider aus versicherungstechnischen Gründen nicht nennen, Herr Direktor. Bezahlt hab ich es schon, aber die Kosten für die Reha …äh, Restaurierung, die 3 Millionen. Tja, eigentlich ein Taschengeld für mich, doch leider hatte ich kürzlich mein Vermögen in China in Aktien angelegt und ist somit …«

»Kein Problem, Herr Lord. 3 Mio. sagten Sie? Das ist aber eine arg krumme Zahl, machen wir doch 5 daraus. Das sieht doch wesentlich besser aus, oder? Drei Millionen. Da lohnt es sich doch nicht mal, den Tresor aufzusperren. Wollen Sie das Geld in Bar oder als Barscheck?«

»Einen Scheck. Aber datieren Sie ihn bitte auf das Datum in drei, vier Wochen. Ich bezahle die Wiederherstellung des Bildes nämlich erst dann, wenn ich es begutachtet habe. Ich, Lord Willisen, kaufe doch die Katze nicht im Sack!«

»Sehr vernünftig, Herr Lord. Vorsicht ist die Mutter in der Porzellankiste, aber auch in meiner Bank. Ah, Ihr Whiskey! Wollen Sie ihn on the rocks, äh mit Eis?«

»Eis? Himmel!« Willi schaut auf das Etikett. »Was ist das denn, das Gesöff ist von 1986. Ich bin aber 1987 geboren!«

Erst entschuldigt sich der Direktor tausend Mal bei Willi,

danach zückt er sein Scheckheft und trägt die ausgemachte Summe ein.

»Lassen Sie aber den Lord weg, Herr Direktor. Schreiben Sie einfach … Ach, den Namen trage ich selber ein. Datum und Ihre Unterschrift genügen. Ich möchte wegen des Lords nicht bevorzugt behandelt werden.«

»Ganz wie Sie wünschen, Lord. Sie können diesen Scheck weltweit einlösen.«

Willi nimmt den Scheck entgegen, hebt zum Gruß seinen Gehstock, dann verdrückt er sich. Sein Gang ist noch etwas wacklig. Mal knickt ihm ein Knie weg, mal stolpert er über die eigenen Beine oder eine Bordsteinkante, er wankt so, als sei er stockbesoffen. Aber spätestens in einer Woche, hatte er heute beim Frühstück geprahlt, werde er schneller laufen als ein Gepard. Dann werde er seine Rekonstruktion abbrechen und erst mal Urlaub machen. Im Bayrischen Wald oder auf den Malediven. Oder bei den Astronauten auf der ISS. Im Weltall werde sein erstes Selfie machen und es dann auf allen sozialen Netzwerken posten.

*

Wie oft liest man von Betrügern, und davon, wie leicht es ihnen die Leute machen. Würde ich mich als Lord… nein, da lieber schreibe Romane und fremde Memoiren als eines Tages im Knast zu landen. Apropos Knast.

Klingeligelingdingdong. Wenn ich einmal reich ...

» Hallo, Rebecca, hatten wir den Ton nicht schon mal?«

»Hi, du alte Sprotte! Wo bleibst du, Fredy, ich warte.«

»Ich war doch erst kürzlich bei dir, Becca.«

»Echt? Warum rufst du dann an, wenn du nicht kommst?«

»Wie? Meinst du, ruf mich nicht nicht an, wenn du nicht kommst, oder meinst du, ich komme, wenn du anrufst?«

»Blödmann, bayrischer! Ich meinte, warum rufst du mich an, wenn du morgen nicht zu mir zu kommst. Ich rufe doch auch nur an, wenn ich wissen will, wann du zu mir kommst. Klar?«

»Äh. Du denkst also ...«

»Willst du mir jetzt unterstellen, dass ich ...«

»Nein, Becca, mein Sonnenschein.«

»Ah, geht doch! Bis wann bist du da, mein Chauffeur?«

»Du meinst Charmeur, Becca?«

»Da, geht es schon wieder los! Wenn du so weitermachst, du Wortverdreher, brauchst du nicht zu mir kommen! Also, wann kommst du?«

»Am 17ten um 14 Uhr 43.«

»Morgen, Punkt 14 Uhr 43. Ich freu mich schon, Hase!«

»Nicht morgen, am siebzehnten Juli, Becca.«

»Aber um 14 Uhr 43! Und sei pünktlich, ich stell nämlich jetzt gleich Pastawasser auf. Den Schampus mache ich aber erst auf, wenn wir beide …«

»Schön, Rebecca, freue mich. Wie heißt das Medikament, das dir der Gefängnisarzt verschrieben hat?«

»Äh? Irgendwas mit Nitro oder so. Es soll helfen.«

»Bei was?«

»Null Ahnung. Ist aber scheißegal, Hauptsache es wirkt!«

»Tut es, Becca, tut es.«

Oje, arme Rebecca. Ich glaube, Kleintümpelshausen wird sicher bald einen neuen Richter brauchen. Ich wüsste auch schon jemand. Die Natascha Nataschowitzka kennt sich aus in Sachen Knast und Umgang mit Häftlingen/*~'#innen.

Kapitel 19

Die Zeit vergeht wie im Schwalbensturzflug. Gestern hatte ich geschrieben, Willi ist 25 Jahre und auf Reha. Heute ist er 26 Jahre alt und hat in der Schweiz einen Zweitwohnsitz. Den Scheck hatte er nach der Reha in der Bank von Kleintümpelshausen eingelöst, jetzt liegen die 5 Mio. gut verstaut in seinem Schließfach. Der Name auf dem Scheck? Scheich Abdul Ben Sara Kali Da Nichda. Willi hat sich als Scheich verkleidet, Anje und Heike hat er als seine Erst- und Zweitfrau vorgestellt. Jeweils 100.000.- hat den Grazien der Spaß, sich für ihn als Haremsdamen zu verkleiden, eingebracht.

Heute zieht es Willi, wieder mal Ebbe im Portmonee, zur Bank und zum Safe. Zwar hat er für Notfälle eine EC-Karte in Gold einstecken, doch die Ganovenfibel sagt: *Nur Bares ist Wahres!* Jede Geldtransaktion per Karte hinterlässt ihren Fußabdruck. Der Direktor hat sich den Safe-Code, 1,2,3,4, in die Innenseite seiner linken Hand tätowieren lassen. Blöd nur, dass er sich genau die Hand letztes Wochenende beim Golfspiel gebrochen hat. Der Ball hatte sich in einer Baumwurzel verheddert. Der Banker hat dann nicht den Ball, sondern die Wurzel getroffen. Und schon hat es herrlich *Knack* gemacht. Seine Mitspieler hatten applaudiert, alle 5 Finger mit einem Schlag gebrochen, das solle ihm mal einer nachmachen.

»Ich hab den Code geändert, Willi!«

»Und wie heißt der neue Code, Herr Direx?«

Als der auf seine Gipshand starrt, kriegt Willi die Krise.

»Nein, nicht wahr? Hast du hier unten eine Kreissäge oder Schmiedehammer mit Meißel? Pressluftbohrer? Leimlöser? MRT? CT? Schwefelsäure? Irgendwas, womit ich den Gips entfernen kann, ohne dir wehzutun? Äh, hat man dich schon mal hypnotisiert? Ich kann das gut! Habe ich schon mal bei einer Krankenschwester gemacht. Bis in ihre früheste Kindheit hab ich sie zurückführen können. Dort ist sie zwar jetzt immer noch, war aber lustig. Kannst du dich noch erinnern, was du als einjähriger Knabe zu Weihnachten gekriegt hast? Die Krankenschwester hatte einen Fußball bekommen.«

Der Bankdirektor bekommt Panik. Er will sich weder den schönen Gips mit all den Unterschriften seiner Golffreunde entfernen noch hypnotisieren lassen. Er ergreift die Flucht, kommt aber nicht weit. Willi hat ihm den Feuerlöscher, der neben der Tresortür hing, nachgeschmissen. Voll auf die 12. Er sieht Sterne. Sie sind nummeriert! Willi beugt sich über ihn und will ihm gerade den ganzen Arm ausreißen, da ruft er: »Halt, Willi, jetzt weiß ich ihn wieder! 1,2,3,4!«

»Geht doch. Ich hab doch gesagt, ich beherrsche das mit

dem Hydroventillitralieren.«

Da der Direktor den Generalschlüssel bereits ins Schloss der Tresortür gesteckt hat, Willi hätte auch einen, gibt dieser nun den Code ein. Und voila, die Tür lässt sich öffnen - ohne Alarm zu schlagen! Willi öffnet das Schließfach, packt ein bisschen Taschengeld in seinen Treckingrucksack, 200.000 sollten ihm für die nächsten Tage genügen, dann verschließt er Fach und Tresor und steckt dem noch leicht benommenen Direktor den Schlüssel ins Jackett. Mit dem Geld hat Willi vor, in den Urlaub zu fahren, den er vor einem halben Jahr wegen Zahnweh nicht hat antreten können. Zum Glück hatte er eine Reiserücktrittsversicherung abgeschlossen. Nun hat er London gebucht, um sich dort die berühmte Abbey Road anzusehen. Aber nicht wegen der Straße selbst, den Zebra-streifen, an dem vier Pilzköpfe die Straße einst überquerten, den will er sich ansehen.

»Und wehe dir, du änderst den Code noch einmal, Direx! Dann hast du nicht nur eine kleine Beule am Hinterkopf, dann findest du dich in den Schließfächer wieder. In jedem Fach ein kleiner, blutiger Teil von dir! Schönen Tag noch!«

Als Willi wieder nach Hause kommt und in den Briefkas-ten sieht, grinst er. Ausnahmsweise mal keine Werbung, es ist ein echter Brief. Der Aufkleber ist mit Schreibmaschine getippt. Kein Absender. Die Portomarke selbstklebend. Das kommt ihm bekannt vor. Genauso sehen die Briefe aus, die er an seine Ganovenkollegen in aller Welt schreibt. Besser gesagt, Willi diktiert sie seiner ehemaligen Lehrerin Emma Emmersen. Er macht dies natürlich verschlüsselt. Sie könne sonst Fragen, stellen. Die Texte handelten dann vom Malen oder Basteln. Übersetzt so: *Hay, Charlie, hast du einen Auftrag für mich? Einbruch, Kunstraub, Mord. Egal was, mir ist so fad.* Das käme nicht gut an bei Emma, die Willi noch immer für einen lieben Jungen hält, der nicht recht viel mehr kann als ein bisschen lesen, schreiben und rechnen. Womit sie nicht mal so unrecht hat. Bis auf das Lieb sein.

Ciao, Willi. Ich hab deine Telefonnummer verlegt, kannst du mich mal anrufen? Gruß Roberto.

Mehr steht nicht im Brief, aber für Willi liest er sich wie die Einladung zu einem Rendezvous. Und so was Ähnliches ist der Brief auch. Er bedeutet, Willi bekommt Arbeit. Nach dem kurzen Anruf mit dem Handy mit der nicht registrierten Simkarte weiß er Bescheid. Wer, wann und wo. Es handelt sich um einen Einbruch. Kunstgegenstände und Bargeld in nicht geringer Menge.

Schon am nächsten Morgen sitzt Willi in seinem Van und fährt gen Süd-Ost. Nach mehreren Stunden Fahrzeit landet er im – Bayrischen Wald! In einem kleinen Kaff fragt er an der Tankstelle nach einer bestimmten Adresse, doch die gibt es dort im Umkreis von fünfzig Kilometern nicht. Und der Tankwart muss es wissen, er fährt nebenberuflich Taxi. Als Willi Roberto anruft, kriegt der einen Lachanfall. Willi sei ebenso dämlich, wie er auch aussehe. Im Erzgebirge, nicht im Bayrischen Wald lebe sein Opfer. Er solle es aber, wenn irgendwie möglich, nicht töten, nur im Notfall.

Willi hatte im Winter, jetzt ist spätes Frühjahr, einen Kurs in Alarmanlagen und Videokameras ausschalten absolviert. Dort hatte er auch Roberto kennengelernt. Ganove Roberto gehört einer Organisation an, die aber in keinem Firmenregister zu finden ist.

Roberto buchstabiert den Ort des künftigen Geschehens, Willi gibt diesen ins Navi ein. In den Bayrischen Wald war nach Landkarte gefahren. In den Bayernwald war Willi aber nur gefahren, weil er während der öden Fahrt an Antje und Heike gedacht hat, die ihm eine Karte aus ihrem Skiurlaub im Bayrischen Wald geschickt hatten.

Willi fährt Richtung Sachsen. Da es schon spät geworden ist, beschießt er sich ein Zimmer zu nehmen. Da der Auftrag nicht zeitgebunden ist, kann er sich die kleine Pause leisten. Die Pensionswirtin, die im Pensionsalter ist, stellt ihm keine Fragen. Da sie nicht mehr die allerbesten Augen hat und von Ausweiskontrolle und Beherbergungsformular nichts hält, ist es ihr auch egal, wer da in ihrer Pension absteigt. Zimmer 10 Euro, Frühstück 3, Doppelter Wodka 1,20.

Geschlafen hatte Willi ausgesprochen gut, bis sieben Uhr. In dem kleinen Nest, in dem er gelandet war, stand sogar der Hahn erst um diese Uhrzeit auf. Das Frühstück besteht aus Landkaffee, Kaffee, der aus Malz gewonnen wird. Das Brot ist im Steinofen gebacken. Geht nicht anders, weil das Kaff weder Strom- noch Gasversorgung hat. Es gibt hier nur drei Häuser, ein Wirtshaus, die Kirche und einen Bauernhof, wo Vieh gezüchtet und Obst und Gemüse angebaut wird. Das Wirtshaus ist im Erdgeschoss der Pension untergebracht. Es ist auch der zentrale Treffpunkt der Bürger. Da werden alle wichtigen Dinge besprochen. Wie viele Eier das Huhn pro Tag zu legen und die Kuh Milch zu geben hat, ob der Pfarrer bei der Sonntagsmesse über das 3te oder 5. Gebot predigen soll. Ob Hochwürden das Bier stärker brauen soll. Die Frühstücksmarmeladen, Hagebutte, Erdbeere, Blaubeere, macht die Pensionswirtin selbst. Schinken, Wurst, Eier und Käse, Kaffee, Müsli, Karotten und die Erdäpfel sind vom Bauern. Nach dem Tischgebet, das die Hausherrin runtergenuschelt hat, darf Willi endlich zugreifen. Dass der Pfarrer neben ihm sitzt, stört ihn wenig, dass dem aber während des Frühstücks ständig das obere Gebiss in die Kaffeetasse fällt, das schon eher. Wofür sich der Pfaffe jedoch stets entschuldigt. Willi denkt zumindest, dass der Pfarrer sich entschuldigt, denn er versteht den hiesigen Dialekt nicht. Er kommt sich vor wie in einem böhmischen Dorf.

Gewaschen hat sich Willi am Brunnen vor dem Haus, das aussieht, als würde es beim nächsten kleinen Windhauch in sich zusammenbrechen. Willi geht hoch in sein Zimmer und packt den Rucksack, in dem er unter anderem auch Gewand zum Wechseln hat. Er bezahlt die Zeche, mit Trinkgeld sind es 14,50 Euro, dann setzt er sich in seinen Van und rauscht in Richtung Schönheide davon. Er hat den Namen, den er in sein Navi eingegeben hat, dreimal nachkontrolliert. Denn er hat nicht vor, noch mal in den Bayrischen Wald zu fahren. Nach einer guten halben Stunde ist er am Ziel. Fast am Ziel. Er biegt kurz vor der Ortschaft ab, da er eben ein Hinweis- schild zu einem öffentlichen Parkplatz sieht. Auf dem lassen Wanderer ihre Fahrzeuge stehen, um sich die schöne Land- schaft zu Fuß anzusehen.

Willi parkt seinen Wagen weit hinten, wartet, bis niemand mehr in Sichtweite ist, dann verkleidet er sich wieder in den Mann, den er auch in Tasmanien gemimt hatte. Aber er zieht sich sportlicher an. Perücke, Vollbart und Sonnenbrille wie gehabt, dazu Jogginghose, Laufschuhe, Schweißband. Zwar hätte er jetzt losjoggen können, die wieder vollständig ge- nesenen Beine würden es auch leicht mitmachen, doch dazu war er nicht hierhergekommen. Den Rucksack lässt er im

Van. Nur ein kleines Täschchen bindet er sich um seinen Bauch. In dem befindet sich ein Zettel, auf dem Name und Adresse seines Opfers stehen. Und etwas zu schreiben hat er mit dabei. Stift und Papier. Erst ausspähen, dann zuschlagen. Roberto hatte ihm gesagt, der Besitzer des Hauses, in das Willi einsteigen soll, habe einen sehr unregelmäßigen Tagesablauf. Mal sei der tagelang nicht zuhause, mal sei er nur kurze Zeit weg oder gar nicht. Und wenn bei ihm abends Licht brenne, habe dies nichts zu bedeuten, da sich die Beleuchtung per Zeitschaltuhr selbst einschalte.

Willi spaziert gemütlich durch die Kleinstadt, dabei fragt er einen ihm eben entgegenkommenden Passanten nach der nächsten Pommesbude. So etwas habe man hier nicht, meint dieser, nur Wirtshäuser. Da Willi mächtig Hunger hat, greift er zu seiner Notration, die aus einem Schokoriegel besteht. Schmatzend biegt er in ein Gässchen ein. Hinten rechts, das vorletzte Haus, hatte Roberto gesagt.

Warum Roberto den Einbruch nicht gleich selber mache, wenn er sich schon so gut auskenne, hatte Willi ihn gefragt. Weil er gerade an einer anderen Sache dran sei. In Paris.

Willi läuft am Haus vorbei und macht dabei heimlich ein paar Handyfotos. Am Ende der Gasse biegt er rechts ab und läuft über die hinter den Häusern liegende Wiese. Auch hier macht er wieder hübsche Bilder. Dann legt er sich auf einer

Anhöhe auf die Lauer. Das Haus sieht ganz unscheinbar aus. Kein Mensch käme je auf die Idee, dass sich darin ein paar wahre Schätze befänden. Gemälde vom Meister Renoir, um genauer zu sein. Zwei Stück an der Zahl. Mehrere Millionen wert. Dass im Safe viel Geld liegt, nimmt Roberto nur an.

Dann sieht Willi ihn – den Hausbesitzer. Circa 55, graues, kurzgeschorenes Haar, blaugraue Strickjacke, verwaschene Jeans, ausgelatschte Sandalen, Strohhut, Zigarre. Unter dem Arm die Tageszeitung. Er setzt sich auf der Terrasse in den Ledersessel, das Wohnzimmer liegt nach hinten hinaus. Er tippt über dem Marmoraschenbecher, der auf einem runden Tisch steht, auf die Zigarre, sodass die Asche in den Ascher fällt. Willi sieht ihm zu, wie er die Zeitung aufschlägt. Erst Schlagzeile lesen, dann die Rückseite. Machen viele Leute so. Willi wird fade, denn der Mann liest noch langsamer als er selbst. Willi schaut auf sein Handy und vergewissert sich, dass er der Flugzeugmodus eingeschalten hat. Hat er. Er will jetzt weder gestört noch durch plötzliches Klingen entdeckt werden. Nach etwa einer halben Stunde legt der Mann die Zeitung weg und geht ins Haus. Er schließt die Schiebetür und Willi verliert ihn aus den Augen. Plötzlich erschrickt Willi und zieht den Kopf ein. Der Mann steht oben im ersten Stock am Fenster und sieht genau in Willis Richtung.

Hat er mich gesehen?

Scheinbar nicht, denn er dreht sich um und zieht dabei die Strickjacke aus. Auch das T-Shirt, das er darunter anhat. Er wirft beides nach rechts, wo scheinbar entweder ein Sessel oder das Bett steht. Wieder verliert Willi ihn aus dem Blick. Und so erhebt er sich und läuft zur Gasse zurück. Er kommt gerade in die Gasse, da sieht er, dass der Mann sein Haus verlässt. Willi lugt, an der hohen Hecke stehend, ums Eck. Der Mann zieht erst die Haustür zu, dann gibt er am außen angebrachten Kasten für die Alarmanlage einen vierstelligen Code ein. Willi kann ihn auch sehen. *2603*! Genau die vier Zahlen hätte auch Willi beim Einsteigen in das Haus eingetippt, denn sie sind Geburtsdatum des Hausherrn. Der Land Rover war schon vorhin vor dem Garagentor gestanden. Der Mann fährt langsam aus der Einfahrt und das Tor schließt sich, nachdem er auf die Fernbedienung gedrückt hat. Willi hatte ganz schnell die Straßenseite gewechselt. Er tut, als lese er den Namen am Briefkasten des Hauses, vor dem er jetzt steht. Er schielt zur anderen Seite, der Land Rover entfernt sich. Aber wie lang? Ist der Kerl auf dem Weg zur Arbeit? Nein, Roberto hat gesagt, er arbeite stets von zu Hause aus. *Will der zum Supermarkt?* Der ist vorne an der Hauptstraße. Willi hatte ihn beim Hergehen gesehen. *Macht er einen Ausflug?* Heute ist Dienstag. Eher nicht. Willi rätselt nicht weiter, er hat aber auch keine Lust, sich die Füße in den Bauch zu stehen. Gäbe es in der Gasse ein Caféhaus mit Außenbereich, könnte sich Willi auf die Terrasse setzten und warten. Gibt es jedoch nicht. Also beschließt er, in das nächste Wirtshaus zu gehen. Mit Glück könnte er dort Pommes rot-weiß-grün kriegen.

*

Tröt! Tröt!

Ah, der Postillion kommt! Tut mir ja leid, Willi, aber nun musst du warten. Ich gehe vor die Tür, wo mich ein grinsendes, altbekanntes Gesicht empfängt.

»Ich habe Post für Sie!«, freute sich der Briefträger.

»Echt? Ich dachte, Sie wollen mir einen Staubsauger oder Toaster andrehen. Wer schreibt mir denn einen Brief?«

»Keine Ahnung. Ihre Nachbarin war leider nicht daheim, sonst wüsste ich es. Es ist bestimmt eine Mahnung, oder die Androhung zur Zwangsversteigerung für Ihr Haus. Haha!«

Na warte, Bürschchen!

Ich mache den Brief noch vor seinen Augen auf. »Oh, das ist aber nett!«

»Was denn, was schreiben die denn? Los schon!«

»Achtung, Herr Postvorsteher, sonst fallen Ihnen noch die Froschaugen aus der Höhle raus! Es ist ein Brief von … der Lottozentrale. Ich habe … Bah, Wahnsinn!«

»Was, schicken die jetzt schon eine Nachricht, wenn man

6 Euro für zwei Richtige mit Superzahl gewonnen hat?«

»Sechs plus Superzahl! Und sechs von sieben Zahlen bei Spiel 77, Herr Postminister! Das macht schlappe 3, 13 Mio. Euros. Schönen Tag noch, Herr Glücksbote!«

»Nein! Nein! Wenn das die Huber-Meier-Weber … Bah, die Alte flippt voll aus! Nicht etwa, dass ich es ihr verraten würde, dass Sie 28 Millionen gewonnen haben, aber …«

»Ehe Sie einen Herzkasperl bekommen, Herr von und zu Briefmarke. Da vorn kommt die Hexe gerade … Äh, meine Nachbarin. Tschüss. Und sag ihr, es sind 53 Mio.!«

So Willi, jetzt bist du wieder dran. Bin schon gespannt, ob du die Pommes rot-weiß-grün kriegst. Sollst ja schließlich nicht vom Fleisch fallen.

»Herr Nachbar! Hallo, ich bin‘s, Ihre liebe Nachbarin!«

Hat heute echt lang gedauert, bis du deinen neugierigen Entenarsch an mein Küchenfenster ranbewegt hast. Sorry, Willi, aber du musst dich noch eine Minute gedulden.

»Was gibt‘s denn?«

»Schönes Wetter heute, gell? Einfach herrlich, alles duftet und blüht. Riechen Sie die Gänseblümchen?«

»Nö! Aber ich rieche Neugier, Frau Nebenan. Ganz viel Neugier!«

»Ja, jetzt rieche ich es auch. Ist sicher noch vom Postler.

Der war gerade bei mir. Stellen Sie sich vor, Herr Nachbar, was der mir gesagt hat? Er ist aber auch ein Ratschkathl. Er hat geprahlt, dass Sie in der Lotterie gewonnen hätten. Ganz viel sogar, hat er ausgetratscht. So ein Plappermaul! Stimmt das? Wieviel ist es denn genau? Kaufen Sie sich jetzt einen Buttler, der Ihnen Ihren Rasen mäht und die Socken stopft? Und eine Mamsell, die kocht und wäscht und auf die Kinder aufpasst? Ach, sie haben ja keine Schreihälse. Aber ich hätte da eine tolle Idee. Ich suche doch einen gutsituierten Gatten. Wir zwei kennen uns jetzt doch schon so lange. Da könnten wir doch …«

»Netter Versuch, Frau Geldgier. Und wo ist nach unserer Hochzeit mein Grab? Recht viele Möglichkeiten haben Sie ja nicht mehr, mich spurlos verschwinden zu lassen.«

»Ach, wo ein Wille … Ich habe erst neulich im Fernsehen gesehen, da hatte einer seine Frau, Tante, Oma. Oder war es doch die Geliebte? Egal. Klein wie Schinkenwürfel für eine Spaghetti Carbonara hat er sie gehackt und dann im Ofen zu Hundetrockenfutter verarbeitet. Ofen auf zweihundert Grad vorheizen. Ober- und Unterhitze, ja nicht Umluft! Und nach nur 35 Minuten sind die Leckerlis für Hasso fertig.«

»Da wird er sich aber gefreut haben, der Hasso, oder?«

»Ach, einen Scheißdreck hat er. Dran verreckt ist er! Aber den Killer haben sie so überführen können. Der Mörder hat den Hund wegen Bauchweh zum Tierarzt gebracht. Zu spät. Bei der Obduktion hat der Veterinärarzt*in die Würfel entdeckt und untersucht. Bah! Die ganze schöne Praxis hat der Arzt vollgekotzt! Und das Beerdigungsinstitut …«

»Da bin ich echt froh, dass Sie keinen Hasso haben, Frau Huber-Meier-Weber-Co. Aber wie ich Sie kenne, haben Sie für meine Schinkenwürfel, wenn Sie mich massakriert und getrocknet haben, einen wesentlich besseren Platz als einen Hundebauch.«

»Aber klar doch, Raben sind Allesfresser! Darf ich schon den Pfarrer fragen, ob er an diesem Samstag Zeit hat, uns zu trauen? Oder ist Ihnen Sonntag lieber? Ach so, wann haben Sie denn Ihren Gewinn auf dem Konto, Herr Nachbar?«

»Gar nicht!«

»Was? Warum? Der Postler hat doch gesagt …«

»Hab alles der Kirche gespendet.«

»Dann haben Sie ja jetzt gar kein Geld mehr? Und sowas soll ich heiraten? Nein, nie und nimmer! Auf Wiedersehen, Sie, Sie … Grr, Sie Heiratsschwindler!«

So Willi, auch die wären wir los. Na, sind deine Pommes schon in der Fritteuse?

Ehe Willi das Wirtshaus betritt, nimm er die Sonnenbrille

ab. Ganovenregel Nummer 8, betrete nie ein Haus, wenn du die Sonnenbrille noch aufhast. Stets unauffällig bleiben. Nie dem Opfer in die Augen sehen, wenn du es nicht umbringst. Deine Augen sagen mehr als dein Personalausweis. Er setzt sich an den kleinen Zwei-Mann-Tisch in der Ecke. Mit dem Rücken zum Eingang. So, dass er die vertäfelte Wand sieht, wenn er nach vorne schaut. Der Wirt, ca. 50 Jahre, legt ihm die Speisekarte auf den Tisch. Was Willi trinken wolle, fragt er in nur sehr zu verstehendem Akzent. Cola mit Eiswürfeln, gibt Willi zurück. Dazu Pommes rot-weiß-grün. Ob er mit grün Schnittlauch meine, will der Wirt wissen. Nein, grün sei Wasabi. Eine scharfe Paste aus Asien, gibt Willi zurück. Senf sei auch scharf, meint der Wirt, aber der sei eher braun, nicht grün. Genervt nimmt Willi die Pommes nur rot-weiß.

Während Willi auf seine Pommes wartet, hört er, wie sich zwei Männer einen Tisch weiter über Geld unterhalten. Viel Geld. 750.00 Euro. Für was diese sein sollen, versteht Willi anfangs wegen ihres Dialekts nicht. Erst als der Name eines berühmten Malers fällt, weiß er, dass es sich hierbei um ein Gemälde handeln muss. Das Bild sei aber 3 Millionen wert, meint der eine Mann. Willi dreht seinen Kopf. Der Mann ist um die 35 Jahre, schlank und schlecht rasiert. Der zweite ist etwa fünfzig und kein anderer als der Mann, den er vorhin von der Anhöhe aus observiert hat. 3 Mio. würde er nur bekommen, wäre das Gemälde nicht als gestohlen registriert.

Er, der zweite Mann, könne es daher nur sehr schwer unters Volk bringen. In Asien oder Südamerika könne er das Bild einem Interessenten anbieten, aber nicht hier in Europa. Die Bestechungsgelder für die Beamten hier seien enorm. Eine Million, keinen Cent weniger fordert der andere. Der zweite schlägt ein. Abgemacht! Übergabe um 23 Uhr am Parkplatz auf der Landstraße gen Auerbach.

Jetzt weiß Willi, wann er ins Zielobjekt einsteigen kann, wann der Hausherr ganz sicher nicht zu Hause ist. Und er weiß auch, dass es bis 23 Uhr noch lange hin ist, denn es ist erst Mittag. Ein ausgedehntes Nickerchen im Van, danach eine Runde spazieren gehen, ja, das könnte er machen. Oder andersrum. Erst laufen, dann liegen, und vor dem „Bruch" etwas essen. Er nickt. Ja, genau so würde er das machen. Er zahlt für Pommes und Cola fünf Euro - mit Trinkgeld, schon macht er sich auf den Weg zu seinem Wagen. Dort entledigt er sich seiner Maskerade. Unter dem Bart hat sich ekeliges Schwitzwasser angestaut, und die Kunsthaarperücke juckt.

Er legt sich auf die Rückbank. Decke braucht er nicht, ist ja Sommer. Eine Stunde später wacht er auf. Der Schlaf hat ihm gutgetan, auch wenn er immer wieder mal die Stimme eines Wanderers vernommen hatte, der von seiner Tour zum Auto zurückgekehrt war. Einer war beim Pinkeln im Wald in einen Ameisenhaufen hineingestiegen und hatte geflucht. Ein junger Bursche war von einer Wildsau verfolgt worden, der nächste hatte mit sich selbst geredet, da er sich verlaufen und den Rückweg erst nach Stunden wiedergefunden habe.

Willi setzt die unechten Haare wieder auf und klebt sich den Bart ins Gesicht, steckt sich die geladene Pistole in den Hosenbund, dann marschiert er los. Zehn Minuten läuft er durch den Wald, dann bleibt er plötzlich stehen, da vor ihm ein Trimm-dich-Pfad liegt. Eine Frau hängt gerade an einer Stange und macht Klimmzüge. Mit nur einem Arm! Und sie zählt laut mit, hat angeblich schon 44 Stück geschafft. *Pah, die mach ich doch mit links*, denk Willi grinsend und wartet, bis sie das Gerät verlässt, um sofort zu der nächsten Fitness-Übung zu eilen. Willi schafft stolze 4 Klimmzüge. Mit zwei Armen!

Willi kommt zwei Stunden später zu seinem Auto zurück, eine Stunde davon hat er auf einer Bank gesessen und hatte über die kommende Nacht nachgedacht, da sieht er, wie ein Polizist einen der Wanderer kontrolliert. Der Streifenwagen steht genau neben Willis Van. Er denkt sich nichts und geht gemütlich auf sein Auto zu. Ganovenregel Nummer 13: Nie schnell gehen, wenn ein Bulle in der Nähe! Der eben Kontrollierte steigt in seinen Wagen und fährt davon. Als Willi gerade seinen Van aufsperrt, ruft ihm der Polizist zu, er solle warten, Fahrzeugkontrolle. Er solle ihm Autopapiere, Führerschein und Ausweis zeigen. Willi nickt, die Papiere sind im Handschuhfach, meint er. Er habe sie dort deponiert, um sie beim Wandern nicht zu verlieren. Er geht zur Beifahrertür und macht sie auf. Inzwischen ist der Ordnungshüter bei ihm angekommen. Plötzlich zieht dieser die Pistole und zielt auf Willi.

»Keine falsche Bewegung! Hände hoch!«

»Was ist denn, Herr Wachtmeister, ich hole doch nur die Papiere aus dem Wagen. Die wollten Sie doch sehen.« Als Willi in den Außenspiegel der Beifahrertür sieht, erstarrt er. Sein hat Bart sich gelöst. Die linke Seite hängt runter. *Mist, das kommt vom Schwitzen bei den Übungen,* denkt er.

Was tun? Die Pistole ist auf ihn gerichtet. Was könnte er dem Bullen erzählen? Warum der falsche Bart?

»Ach, Sie sind wegen des Bartes so nervös, Herr … Ich heiße Josef und bin auf der Durchreise nach Köln. Ich habe dort einen Auftritt. Freilufttheater vor dem Dom. Ich spiele da den Josef, einen Waldmenschen, der sich von Beeren und Pilzen ernährt. Ich habe hier im Wald geübt, daher der Bart. Sieht täuschend echt aus, gell?«

Die Ausrede hätte der Polizist sogar geglaubt, aber Willis Hemd hat beim Händehochnehmen seine Pistole freigelegt. *Eine Schrotflinte oder ein Gewehr mit Zielfernrohr hätte ein Waldmensch dabei, um sich ein Reh oder ein Wildschwein zu schießen, aber niemals keine Pistole,* denkt der Bulle.

»Nehmen Sie Ihre Pistole und werfen Sie sie zu mir! Mit

zwei Fingern!« Die Hand mit der Dienstwaffe des Polizisten zittert, er scheint noch nie in so einer Situation gewesen zu sein. »Los, machen Sie schon!«

In diesem Moment ertönt im Funkgerät im Polizeiwagen eine Stimme. »Zentrale an Wagen 4!«

»Ich glaube, Sie sind gemeint, oder sind Sie nicht Wagen 4?«, grinst Willi. »Ich bin zwar kein Polizist, aber ich würde jetzt rangehen. Es könnte ja etwas Schlimmes passiert sein. Bankraub, Polizistenmord. Das Verbrechen lauert …«

»Halten Sie Ihre verdammt Klappe! Ich weiß selber, dass ich Wagen 4 bin!«

»Wagen 4 bitte melden!«

Das ist aber auch das Einzige, was der Polizist weiß. Erst sieht er Willi an, dann den Streifenwagen. *Soll ich oder soll ich nicht?* Er denkt für eine halbe Sekunde zu lang. Und die genügt Willi, um seine Pistole zu ziehen. Eiskalt drückt er ab. Blattschuss sagt der Jäger zu einem Volltreffer. Willi hat genau zwischen die Augen getroffen. Der Polizist hat nicht mal mehr aufschreien können. Willi packt die Leiche in den Kofferraum des Polizeiwagens, dann geht er ans Funkgerät.

» Hier Wagen 4!«

»Endlich! Ich wollte schon die Kavallerie losschicken. Ist was vorgefallen oder warum hast du so lange gebraucht?«

»Pinkeln.«

»Genehmigt. Fahr die Landstraße Richtung Auerbach, da soll irgendwo ein totes Reh auf der Fahrbahn liegen.«

»Geht klar.«

»Was ist mit deiner Stimme, Joachim?«

»Sommergrippe!«

»Oje, du auch? Ein heißes Fußbad und Salbeitee, die wirken bei mir am besten. Gute Besserung, Joachim!«

Das war verdammt knapp! Trotzdem hat Willi jetzt zwei Probleme. Den toten Polizisten und den Streifenwagen. Was soll er damit tun? Einfach hier am Parkplatz stehenlassen? Sie irgendwo in der Pampa verstecken? Wie käme er wieder zurück? Willi kann auch nicht mit zwei Autos gleichzeitig fahren. Es ist auch nur eine Frage von Zeit, bis sich die Polizeizentrale wieder melden würde. Den eigenen Wagen in die nahe Stadt fahren, zurücklaufen und den Streifenwagen samt dem toten Bullen im Dickicht im Wald verstecken? Er sperrt den Polizeiwagen ab, steckt den Schlüssel ein, dann fährt er seinen Van ins nahe Schönheide und parkt ihn dort im Parkhaus. Am Rückweg hat Willi eine geniale Idee. Der Parkplatz ist leer und von der Landstraße her durch das hohe Buschwerk nicht einsehbar. Willi öffnet den Kofferraum, entkleidet die Leiche und zieht sich die Polizeiuniform an.

Sie hat nicht einen einzigen Blutspritzer.

Ganovenregel Nummer 1b: Immer auf den Kopf zielen!

Dann fährt er zu dem toten Reh, zieht es von der Fahrbahn und ruft per Funk die Zentrale an. Auftrag erledigt, er werde jetzt nach Hause fahren, um sich in die Badewanne zu legen. Den Salbeitee werde er im Bett trinken, Morgen sei er dann wieder fit. Danach düst er zu einem kleinen Dorf, in dem er sich als Polizist einen deftigen Braten und eine Cola bestellt. Gut genährt fährt er per Navi zur Adresse des toten Bullen, die hat er auf dessen Ausweis gesehen, stellt den Polizeiwagen vor dessen Haus ab und schleicht sich von dort aus ins Parkhaus. Nachdem er sich wieder umgezogen hat, geht er zufrieden zu seinem Zielobjekt. Es ist schon dunkel, nur wenige Leute sind noch auf der Straße. Die Uniform steckt er unterwegs in einen Container für Altpapier.

Bis jetzt ist alles glattgegangen, aber irgendetwas stimmte nicht an seinem Plan. Er weiß auch was. Die zwei Gemälde, die er gleich zu stehlen gedenkt, sind nicht gerade klein. Sie haben die Maße von 150x120 cm. Die kann er wohl schlecht unter dem Hemd verstecken. Also wieder zurück und Auto holen. Er parkt es ganz am Ende der Gasse nach dem letzten Haus in der freien Wiese. Dann wartet Willi, bis sein Opfer das Haus verlässt, in den fetten Wagen steigt und wegfährt. Willi wartet mit den Einbruch noch drei Minuten. Könnte ja sein, der Hausbesitzer hat etwas vergessen und kommt noch mal zurück. Hat er scheinbar nicht. Da er aber das elektrisch gesteuerte Messingtor der Garageneinfahrt nicht wieder geschlossen hat, wird sein Ausflug, sich ein gestohlenes Bild zu kaufen, wohl nicht allzu lange dauern. Doch Willi bleibt die Ruhe in Person.

Regel Nummer 9a: Nur keine Hektik!

Er geht an die Haustür, wo an dem Code-Eingabekästchen ein kleines rotes Lämpchen leuchtet. Die Alarmanlage ist in Betrieb. Willi tippt eine vierstellige Zahl ein. *2603*. Das rote Licht erlischt und das grüne leuchtet auf. Grinsend geht er außenherum zur Rückseite des Hauses, es ist von einem 1,2 Meter hohen Maschendrahtzaun umgeben. Rechts und links wehren hohe Hecken die Blicke der Nachbarn ab, zur Wiese hin nicht. Da will der Besitzer freie Sicht haben. Willi zieht eine Drahtschere aus seinem Rucksack und zwickt den Zaun von unten bis fast ganz nach oben durch. Dasselbe macht er von rechts nach links, bis er bequem hindurchpasst. An der Terrassentür setzt er das Brecheisen an. Ein leises Knacken, schon lässt sie sich aufschieben. Ganz schön nachlässig der Hausherr, findet Willi. Millionenwerte im Haus haben, aber am Schutz sparen. Willi muss nicht lange suchen. Roberto hat gesagt, die zwei Gemälde von Meister Renoir befänden sich im Wohnzimmer. Doch dort hängen nicht nur die zwei Bilder. Wie im Louvre kommt sich Willi vor. Er knipst eine kleine Lampe an. Da er weiß, welche zwei Gemälde er stehlen soll, muss er nicht lange suchen. Roberto hatte ihm von den Objekten Fotos aufs Handy geschickt. Willi nimmt sie samt Rahmen von der Wand ab und lehnt sie an die offene Terrassentür. Nun sucht er den Wandsafe. Er findet ihn, er ist hinter einem kleinen Bild versteckt, auf dem nur ein paar Farbtupfer sind. Moderne Kunst nennt man sowas. Regt bei Kunstliebhabern die Fantasie an. Bei den einen sind die vier Kleckse ein herrlicher Sonnenaufgang im Morgennebel, bei anderen ist es die Erschaffung des Weltalls oder ein Reiter, der mit erhobenem Schwert einen Drachen tötet.

Der Tresor ist für Willi ein Kinderspiel. Ein Rad, das man nur ein paarmal drehen muss. *Baujahr 1960 vom Flohmarkt,* grinst Willi. Fünf Sekunden, dann hat er ihn auf. *2603.* Der Hausherr scheint ein arg mieses Zahlengedächtnis zu haben. Vorne und im Haus derselbe Code, dümmer geht's nimmer.

Hä, ist das alles? Scheiße, das sind höchstens 10.000! Ich dachte ... Verdammt, der Typ muss ja das neue Bild bar auf die Kralle bezahlen. Naja, meine Reisekosten sind jedenfalls gedeckt. Und eine Tüte Pommes springt auch noch raus.

Willi packt das Geld in den Rucksack, verschließt die Tür des Tresors wieder, schnappt sich die Gemälde und geht ins Freie. Die Terrassentür zieht er fest zu. Fingerabdrücke gibt es keine, er hat Handschuhe an. Nachdem er die Bilder im

Kofferraum seines Vans verstaut und mit einer Decke zugedeckt hat, startet er seinen Wagen, der leiser schnurrt als ein Kätzchen, und fährt rückwärts auf die Gasse. Er will gerade gen Hauptstraße fahren, da wird er blass und steigt voll auf die Bremse. Die Alarmanlage! Er hat vergessen, sie wieder einzuschalten. Er lässt den Motor laufen, läuft zur vorderen Tür und gibt den Code erneut ein. Die rote Lampe leuchtet. Er eilt zum Wagen, springt hinein und düst los. Als er auf der Landstraße gen Westen an dem toten Reh vorbeikommt, macht er etwas, was er schon lange nicht mehr gemacht hat. Er blickt gen Himmel und bekreuzigt sich.

Es tut mir echt leid um dich, armes Ding. Danke, dass du mir das Leben gerettet hast. Wäre nicht der Funkspruch auf dem Parkplatz eingegangen, ich weiß nicht, wie die Sache geendet hätte. Entweder hätte der Polizist mich abgeknallt oder ich ihn. Eher ich ihn. Der Junge war viel zu nervös, hatte gezittert wie ein ängstlicher Zitteraal. Der hätte sicher danebengeschossen. Oder auch nicht. Und glaub mir, hätte ich es jetzt nicht so eilig, würde ich dir ein wunderschönes Grab ausheben, dich sanft zur Ruhe betten und dir ein Kreuz draufstellen. Machs gut, wo auch immer du jetzt sein mögst.

Willi gibt richtig Gas. Je schneller er von hier wegkommt, desto besser. Zwar weiß er nicht, wann der Hausherr wieder zurückkommt, und den Diebstahl bemerkt, aber allzu lange wird es sicher nicht mehr dauern. Wird er dann die Polizei informieren, die umgehend eine große Ringfahndung in der ganzen Umgebung veranlassen wird? Kommt drauf an, ob er die Renoirs ehrlich oder von einem Hehler erworben hat.

Die Bilder wird Willi in der Nähe von Leer übergeben. Er hat Roberto schon eine SMS geschickt. Die da lautet:

Zwei Wolken sind am Himmel aber kein Unwetter in Sicht. Was heißt: *Ich habe die Bilder, alles in Butter.*

Kapitel 20

Der Sommer war herum. Erst war der Herbst gekommen, danach der Winter. Drei Monate später hat sich der Frühling breitgemacht, dann wieder der Sommer. Das Ganze hat sich ein paarmal wiederholt. Heute schreiben wir den 31. März, morgen feiert Willi Willisen Geburtstag. Einen Runden. Er wird 30 Jahre! Das ist noch lang kein biblisches Alter, doch das, was Willi in den letzten dreißig Jahren alles erlebt und angestellt hat, passt auf keine Kuhhaut. Unzählige Straftaten stehen bislang auf seinem Kerbholz. Sieben Auftragsmorde, fünf Banküberfälle, mindestens zehn Einbrüche in Museen, Juwelierläden und Luxusvillen. Überall da, wo es ordentlich was zu holen gab. Die Aufträge hat er stets von der Organisation bekommen. Urkundenfälschungen, auch mit Drogen hat er hin und wieder gehandelt. Seine Kunden waren aber nicht diese armen Hunde von der Straße, die ihren nächsten Schuss auf Pump haben wollten. Nein, er lieferte das Zeugs nur im Großen an Leute, die ihre Rechnung stets in bar und mit großen, nicht nummerierten Scheinen bezahlten.

Warum Willi dies alles tut? Nicht des Geldes wegen, nein, weil es ihm riesig Spaß macht Leute auszurauben oder um-zubringen. Jedes Mal, wenn die Tageszeitungen über einen sagenhaften Kunst- oder Juwelenraub beichten, bekommt er am ganzen Körper Gänsehaut. Wenn irgendwo auf der Welt nach einem eiskalten Killer mit Vollbart und schwarzen Locken gefahndet wird, sieht er in den Spiegel und lächelt.

Für morgen hat Willi eine große Sause geplant. Man wird schließlich nur einmal 30. Er hat auch Gäste eingeladen. Die Lehrerin Emma Emmersen nebst Gatten, Kommissar Hans Hansen, den Ex-Oberbürgermeister, der vor einigen Jahren von einer Frau, der Brunhilde, abgelöst wurde, und natürlich Antje und Heike. Ob sie auch wirklich alle kommen, er lässt sich überraschen. Eingekauft hat er jedenfalls für alle. Antje und Heike haben schon fest zugesagt. Sie sind die einzigen, die über seinen unlauteren Lebenswandel Bescheid wissen. Bis auf die Morde, über die hat Willi bislang noch kein Wort verloren. Immer wenn er irgendwo auf der Welt einen Auftragsmord begangen hat, war er angeblich gerade in Urlaub. Er schrieb den zwei Mädels sogar Ansichtskarten. Aber nie vom Ort des Geschehens aus. Immer von unterwegs.

Aus Willis Haus war in den letzten Jahren fast ein zweites Silicon Valley geworden. Technik, wohin das Auge nur sah. Es gab dort kaum etwas, was nicht computergesteuert war. Das Geheimzimmer hinter der riesigen Bücherwand ist die Zentrale. Von hier aus kommuniziert Willi mit der ganzen Welt, der ganzen Unterwelt. Dort hat er sich in den letzten Jahren einen Namen gemacht. Beinah täglich bekommt er neue Aufträge, die meisten davon lehnt er jedoch ab. Zu einfach, nicht rentabel oder einfach keine Lust. Er kann es sich aussuchen, ob er gerade Lust auf einen Raubzug oder Mord hat, denn er ist ja schließlich Willi. Willi W., der Vollwaise, den alle für einen Vollpfosten halten. Und er ist Willi W., der Killer, der kein Erbarmen kennt. Und er ist Willi W., der nette Kerl von nebenan, der gerne mal einer alten Oma ihren Einkauf nach Hause trägt.

Als er am Abend die elektrischen Rollos herunterlässt und danach in seine Zentrale geht, kommt gerade ein Fax an. Es ist aus Südamerika. Die Leitung ist genauso abhörsicher wie Handy und Festnetzt, das ganze Haus ist mit einem Störsender ausgestattet. Sobald Willi das Arbeitszimmer betritt, ist der Störsender aktiviert. Brasilien macht Willi in dem neuen Fax ein Angebot. Eine große Sache. Drogen! Er müsse aber vor Ort sein. Die Bosse würden nur persönlich verhandeln. Morgen, 12 Uhr Ortszeit in Rio. Willi lächelt, als er das Fax in den Schredder steckt. Dann setzt er sich an seinen ultraschnellen PC, tippt die Antwort runter und schickt sie nach Brasilien.

Leider keine Zeit, hab 30. Geburtstag. Bin in vier Wochen wieder erreichbar. Roberto kann für mich einspringen.

Die Antwort kommt prompt.

Roberto springt nie mehr. Tragischer Unfall in Moskau!

Das ist bitter – für Roberto. Willi nimmt es zur Kenntnis, dann schenkt er sich einen doppelten Whiskey ein.

Ciao, ragazzo! Warst ein feiner Kumpel, aber ich hatte dich immer gewarnt. Du und deine Weibergeschichten. Sie werden dir eines Tages zum Verhängnis. Bist sicher an eine russische Geheimagentin geraten, oder? Erst hat sie dir den Kopf verdreht, dann den Hals umgedreht. Oder war Gift in deinem Gin-Fizz? Egal, spielt keine Rolle mehr. Sag dem Al Capone einen recht schönen Gruß von mir. Wenn er wieder auf die Welt kommt, soll er sich einen besseren Steuerberater zulegen. Haha. Prost, Roberto!

Nach dem doppelten Bourbon folgt ein dreifacher. Dann geht er schlafen.

*

Rrrrr! Rrrr! Rrrr!

»Halt dein Maul, du blödes Ding, ich bin ja schon wach!«

Willi drückt auf den gelben Kopf der Wecker-Ente, dann schweigt sie. Er hatte den lustigen Wecker auf einer „Reise" gesehen und auch sofort gekauft. Der Wecker ist eines der wenigen Dinge, die noch von Hand zu bedienen sind. Willi geht in die Küche und nimmt die fertige Tasse Espresso, er hat das Gerät vom Schlafzimmer aus per App eingeschalten, kippt das starke schwarze Heißgetränk runter, dann geht er ins hellblau gefliese Bad. Sobald er die Dusche geschlossen hat, prasselt von oben angenehm warmes Wasser auf ihn nieder. Sich selber abtrocknen? Das hatte man einst im Mittelalter gemacht, heute stellt man den Körper vor das Warmluftgebläse. Danach geht er in das Ankleidezimmer, wo ihn eine liebliche Frauenstimme aus einem Lautsprecher fragt, wie er sich anziehen wolle. Eher bieder oder leger.

»Geburtstagsparty im Garten, Susi.«

Susi ist der Computer, der reden aber auch sehen kann.

Herzlichen Glückwunsch, Meister. Ich rate zu ...

»Leg mir einfach die Jeans und ein passendes Hemd raus, du Nervensäge.«

Nervensäge. Bezeichnung für ...

»Klappe, Susi!«

Klappe. Eine Klappe ist ...

»Aus, Susi! Ich hole mir die Klamotten selber.«

Nachdem er in sein Alltagsgewand gesprungen ist und die neuen Anfragen bearbeitet und vernichtet hat, geht er in den überdachten Teil seines riesigen Gartens. Um neun Uhr will die Möbel-Verleihfirma da sein. Die bringt ihm für 20 Gäste wetterfeste Stühle und Tische. Es ist der 1. April, das Wetter ist zwar im Moment sehr vielversprechend, doch das kann sich hier schnell ändern. Eben noch strahlende Sonne, zehn Minuten später Eisregen. Den Einkauf mit der Verpflegung hat er auch nicht selbst erledigt. Der ist auch noch nicht ihm Haus. Er hat eine Catering-Firma beauftragt, die Fressalien und Sauferei um 14 Uhr zu liefern. Bedienen wird die Gäste eine blonde Hostess - aus Schweden. Für Gäste mit Rücken, Nacken oder sonstigen Beschwerden, hat er eine Masseurin aus Thailand einfliegen lassen. Besser gesagt, sie sitzt noch im Flieger, dürfte aber spätestens um 16 Uhr im Garten sein.

*

Klingeldidingel. Mein kleiner grüner Kaktus ...

»Hallo, Walburga. Langeweile?«

»Nö! Ich sehe nur eben gerade in meiner Glaskugel, dass du eine Gartenparty gibst. Wann soll ich da sein, Fredy?«

»Doofe Nuss! Putz mal dein Kügelchen, dann siehst du, dass Willi die Party schmeißt, nicht ich. Du kannst aber gern herkommen, in meiner Küche stapelt sich der Abwasch. Du hast nicht zufällig ein Zauberelixier, das mir ...«

»Haha, Zauberelixier. Eine Haushälterin für ganztags, die brauchst du, Fredy. Ich habe sogar gerade ganz zufällig eine bei der Hand. Die beherrscht alles ... Äh, was den Haushalt betrifft natürlich. 30 Euro die Stunde plus freie Verpflegung und Fahrkosten. Sie kann sogar kochen, kostet jedoch extra. Gefahrenzulage wegen der heißen Herdplatten. Dasselbe ist auch fällig, wenn sie auf eine Leiter steigen muss, um deine schwarzen Vorhänge zu waschen.«

»Die sind hellgrün!«

»Und du bist farbenblind, Fredy! Als du sie einst gekauft hast, da waren sie hellgrün, jetzt sind sie schwarz.«

»Ja, das kommt von der Druckertinte.«

»Aha. Und woher kommt das Zeug, an deinen Fenstern?«

»Ist nur Blütenstaub. Ich habe schon eine Biene dressiert, die das Zeug ableckt, dauert aber natürlich. Ich würde ihr ja gerne helfen, aber ich passe nicht in den Bienenstock hinein. Meine Schultern sind leider viel zu breit.«

»Uff! Schon mal mit Glasreiniger versucht?«

»Macht der meine Schultern schmäler?«

»Idiot! Die Fenster sollst du damit putzen.«

»Was, ich soll meine Biene arbeitslos machen? Schon mal was von Joberhalt gehört? Zudem haben wir einen Vertrag. Die Biene darf meine Fenster putzen, dafür kriege ich jeden dritten Monat ein Glas Honig.«

»Von deiner Biene? Klar, logisch!«

»Nein, vom Supermarkt! Die Biene kann sich doch nicht auch noch um den Vertrieb kümmern, du Dummerchen.«

Tut. Tut. Tut. Die Teilnehmerin ist ausgeflogen.

*

Der Garten ist fertig, als die ersten Gäste eintrudeln. Und das sind Antje und Heike. Sie strahlen übers ganze Gesicht, als sie all die Leckereien und Saufereien sehen. Heike fällt Willi gleich um den Hals. Nicht nur, um ihm zu gratulieren.

Willi ist zwar potthässlich, aber irgendwas hat er an sich, was mache Frau schwachwerden lässt. Antjes hält sich eher zurück, er ist nicht ihr Typ.

»Bedient euch, Mädels. Oh, danke, für mich?«

Heike und Antje haben ihm ein Kuvert überreicht. Es sei von ihnen beiden. Willi hatte verlauten lassen, dass er keine Geschenke annehmen würde, die kein Kuvert wären.

»Los, mach schon auf, Willi, mein Hase«, fordert Heike.

»Später, Mäuschen, wenn alle Gäste da sind.«

Und die lassen nicht lange auf sich warten. 13 sind es dann zum Schluss. Mehr, als er erwartet hatte. Der blonde Engel aus Schweden steht am kalten Buffet und bedient die Leute. Der Ex-Oberbürgermeister stürzt sofort zur Thai-Masseuse. Er habe ein lästiges ziehen. Vom Genick bis runter zur Ferse und von der Stirn bis an den kleinen Zeh. Kommissar Hans Hansen nimmt lieber Unterricht in Schwedisch. Wachtmeister Roland legt sich unter das Bierfass und dreht den Hahn auf. Das Ehepaar Emmersen frisst sich durch das Buffet wie ein Bandwurm nach einer dreimonatigen Zwangsdiät. Willi hat Glück, dass sein Geburtstag diesmal auf Samstag fällt, da hat nicht nur er Zeit, um ausgelassen feiern zu können.

Willi gefällt die Party und freut sich, dass sie auch seinen

Gästen gefällt. Er fragt Anje, wer das da hinten sei. Er zeigt zum Ex-Oberbürgermeister, der sich in einer Massagepause mit zwei Frauen unterhält.

»Unser Ex-Oberbürgermeister, Bürgermeister Brunhilde und der Richter Rebecca. Warum?«

»Ach, nur so. Ist die Richterin neu in der Stadt, Antje, ich hab sie noch nie gesehen.«

Ich, Fredy, der Schreiber von Willis Memoiren, habe die Rebecca schon oft gesehen, aber Willi W. noch nicht.

»Sei froh, Willi. Sie soll, so munkelt man, ein eisenharter Hund sein. Wer auf der Anklagebank sitzt, der hat nichts zu lachen. Freispruch ist ein Fremdwort bei ihr. Sie ist jedoch nicht nur Richter, sie leitet auch das hiesige Gefängnis. Erst verurteilt das Weibsbild dich zu zehn Jahren, dann empfängt sie dich in ihrer Folterkammer. Lustig, gell?«

»Geil! Wie heißt sie?«

»Rebecca, warum?«

»Ach, nur so.«

Als sich Antje zu ein paar anderen Gästen gesellt, greift sich Willi zwei Gläser Champagner und geht damit lächelnd auf die Frau Richterin zu. Als er nur noch drei Schritte weg ist, tut er so, als würde er über einen Stein stolpern und kippt den sündteuren Schampus über das hautenge, extremst weit ausgeschnittene Kleid von Richter Rebecca.

»Oha, das tut mir aber leid«, entschuldigt er sich. »Ich bin aber auch ein Schussel! Zum Glück ist es nur Champagner, kein Tomatensaft. Darf ich Ihnen mein Bad zeigen Frau …?«

»Frau Rebecca. Und Sie, sind Sie hier auch Gast?«

»Nicht ganz, schöne Frau. Gast ja aber Geber. Ich bin der Gastgeber. Willi. Willi Willisen!« Willi sieht Rebecca und stöhnt: »Warum nur durfte ich ein so bezauberndes Wesen wie sie in meinen jungen 30 Lebensjahren noch nicht kennenlernen? Wo hat man Sie all die Jahre nur versteckt?«

»Im Gericht, Sie Charmeur. Wo sagten Sie ist das Bad?«

»Darf ich vorausgehen und es Ihnen zeigen, Rebecca? Ah, Rebecca. Der Name bedeutet sicher bezaubernde Elfe. Oder nein, nach Ihnen wurde die Rebecca-Rose benannt!«

Sie hält sich den Handrücken vor den Mund und kichert, wird sogar leicht rot im Gesicht. »Das Bad, Willi. Äh, … ist deine, Ihre Dusche schwer zu bedienen?«

»Verdammt schwer, Rebecca! Ich erkläre sie dir. Du hast ja sicherlich nichts dagegen, dass ich jetzt Du sage, wir sind hier schließlich unter Freunden.«

»Gut, dann sollten wir aber auch nach der Dusche Bruder- und Schwesterschaft trinken, Willi, okay?«

Als die beiden nach einer halben Stunde zurückkommen,

ist nicht nur Rebeccas Haar zerzaust, sie trägt auch eins von Willis Hemden. Willis Haar sieht immer zerzaust aus, drum kämmt er sich auch nie. Seine persönliche Note. Den Gästen erzählen sie die Story vom nassen Pudel.

»Da bist du ja, Willi!« Heikes Blick spricht Bände. »Ich, wir haben dich vermisst. Hast du einen Baum gepflanzt, du bist nämlich total verschwitzt.«

»Nein, Heike. Rebecca …«

»Rebecca? Du warst mit dieser alten Schachtel ... Wo wart ihr, an der Pommes-Hütte und habt …«

Rebecca ist nur fünf Jahre älter als die keifende Heike.

»Ist da jemand eifersüchtig, Willi?«, fragt Rebecca, bevor sie den Kopf zu Heike dreht. »Keine Angst, Süße, ich wollte eh gerade gehen, ich hatte meinen Spaß. Äh, Willi, ich habe dir meine Handynummer auf deinen Tisch im Wohnzimmer geschrieben - mit Lippenstift. Er geht leider nur sehr schwer weg. Ist aber auch Sinn der Sache. Hätte ich sie dir auf den beschlagenen Spiegelschrank im Bad geschrieben, hätte sie nicht lange gehalten. Ruf mich morgen an, dann sag ich dir, wann du dir dein Hemd abholen kannst. Heut Nacht brauche ich es noch, denn ich werde drin schlafen. Tschüss, Heike.«

Willi versucht noch, sich irgendwie herauszuwinden, aber Heike glaubt ihm kein Wort. Wie auch, Rebecca hatte mehr als genug gesagt.

»Antje!«, ruft Heike so laut, dass man sie sogar noch an der Pommesbude in der Stadtmitte von Kleintümpelshausen hört. »Komm, wir gehen! Ich habe Kopfweh!«

Bald darauf gingen auch die anderen Gäste. Um 21 Uhr steht Willi allein im Garten. Er geht an den Tisch, auf dem seine Geburtstagsgeschenke liegen. Jeder Gast hat ihm ein Kuvert geschenkt. Nur Emma Emmersen, die alte Lehrerin, hatte zu dem Kuvert noch eine Tafel Vollmilch-Nuss-Schokolade dazugelegt.

Neugierig öffnet er ein Kuvert nach dem anderen. Und mit jedem Kuvert, das er öffnet, ist er noch enttäuschter. Er hatte mit einem Haufen Bargeld gerechnet. Doch stattdessen sind in den Kuverts Gutscheine, wie zum Beispiel einer für eine Besichtigung des Emdener Leuchtturms. Super! Den hatte Willi schon lange Mal von innen sehen wollen. Als nächstes kommt eine Vierteljahreskarte für den Zoo zum Vorschein. Ein Tankgutschein für drei Liter Super-E10. In einem Kuvert steckt ein halber 10-Euroschein. Ein Zettel liegt mit dabei. Die andere Hälfte bekäme er zum 60. Geburtstag. Am meisten freut Willi sich über Heikes Umschlag. Da sind ein Nacktfoto von ihr und zehn Kondome drin.

Rebeccas Handynummer speichert er noch ab, dann geht er mit einer Flasche Kentucky-Whiskey im Arm schlafen.

*

Bei Willi ist heute Sonntag, bei mir Samstag. Könnte ein relativ ruhiger Samstag werden. Meine dämliche Nachbarin hatte mit gestern gesagt, sie wolle heute zu ihrer Schwester nach Regensburg fahren. Dort fände heute ein Speeddating statt. Männer to go. Anschauen und mitnehmen. Hoffentlich zieht sie dazu nicht das Kostüm an, mit den sie gestern auf der Straße rumgelaufen ist wie auf dem Catwalk. Nicht mal einen Blinden würde sie damit beim Dating abschleppen.

Ich mache mir drei Rühreier, streiche Margarine auf zwei Scheiben Brot und schneide sie in der Mitte durch. Auf das eine Viertel lege ich eine Scheibe Putenbrust, auf eines zwei dünne Scheiben Putensalami, auf eins Emmentaler. Auf das letzte Viertel kommt Erdbeermarmelade. Dazu Kaffee ohne alles drin, aber mit Coffein. Die gerührten Eier garniere ich mit Pecorino und Basilikum. Ich lege den schon laufenden Laptop neben mich, frühstücke mit einer Hand und gebe in die Suchmaschine *Events Regensburg* ein. Ich grinse. Das Schnell-mal-Kennenlernen findet um 3 statt. Nicht nachts, am Nachmittag. Ü 50! Nach oben hin gibt es keine Altersgrenze. 500 Teilnehmer werden erwartet. Ich rechne. Wenn da 250 Männer und genauso viele Frauen antanzen, steht die Chance für meine männermordende Nachbarin, ein neues Opfer zu finden, gar nicht mal so schlecht. Na ja, das werde ich dann sehen, wenn sie wieder zurück ist. Buddelt sie dann in ihrem Vorgarten ein tiefes Loch … Nana, wer wird den gleich den Teufel an die Wand malen? Ich!

Das Frühstück war saulecker! Heute Abend gibt's Hirsch mit Semmelknödeln, Blaukraut und Preiselbeeren. Morgen gibt es … keine Ahnung. Grießbrei mit Apfelmus? Ich lege den Laptop auf den Schreibtisch, setze mich hin und …

Klingeling.

Nanu, meine Türglocke! Am Samstag? Und um die Zeit? Himmel, ist die alte Schreckschraube jetzt doch nicht zum Daten? Ich renne ans Küchenfenster und … schnaufe kräftig durch, als ich ein gelbes Fahrrad erspähe.

»Guten Morgen, Herr Postillon!«, begrüße ich ihn, als ich das Fenster öffne. »So früh?«

»Ja, bin auch gleich fertig mit meiner Tour. Ich habe heute noch 150 Rendezvous. In der Oly-Halle«, er meint damit die Münchner Olympiahalle. »Da findet heute ein Speeddating statt. Lauter superheiße Feger! Soll ich Ihnen eine mitbringen? Ich muss nur wissen, auf was Sie stehen. Blond, brünett …«

»Danke, mein Schlafzimmer ist schon übervoll. Muss mal wieder ausmisten!«

Ich meine natürlich meinen Kleiderschrank.

»Wow. Geil! Was haben Sie denn da so im Angebot? Ich nehme Ihnen gern ein paar Puppen ab. Von jeder Farbe eine.

Haben Sie auch …«

»Puh! Wissen Sie was, Herr Postmeister, ich lege sie in drei Stunden vor meine Bio-Wertstoff-Tonne.«

»Super! Ich miete mir gleich einen Großraum-Van. Meine Mutter wird aber Augen machen … Tschau!«

Seine Mutter wird sogar sehr große Augen machen, wenn der Sohnemann mit löchrigen Socken und zerrissenen Jeans nach Hause kommt.

So, Willi, erzähl mal, was machst du heute? In die Kirche wirst du ja wohl am Sonntag nicht gehen. Aber dein Hemd könntest du dir bei Rebecca anholen. Oder mit einem fetten Strauß langstieliger Rosen vor Heike auf die Knie gehen. Er macht nichts. Am Sonntag hat der Blumenladen zu. Und zu Rebecca zieht es ihn nicht. Die soll erst ein bisschen zappeln wie der Haifisch im Netz. Also legt er sich vor die Glotze, trinkt schwarzen Kaffee mit Schuss und ruft zwischendurch einen Pizza-Service in Leer an. Irgendwann geht er mit einer Flasche Bourbon in der Hand zu Bett.

*

Es ist schon fast elf Uhr, als Willi aus dem Koma erwacht. Er hatte sich letzte Nacht mit der Whiskey-Flasche ins Bett gelegt und sie bis zum letzten Tropfen geleert. Jedoch nicht aus Liebeskummer. Ihm ist es egal, mit wem er flirtet. Heike oder Rebecca, das ist für ihn Jacke wie Hose. Den Whiskey hatte er getrunken, weil er im Rausch manchmal die besten oder dümmsten Idee hat. Und ihm war auch tatsächlich eine Idee gekommen. Bislang hatte er immer nur für andere, für das Syndikat geraubt und gemordet. Bis auf das eine Mal in Tasmanien. Und das hatte bestens funktioniert. Warum also sollte er sich nicht selbstständig machen. Eine Scheinfirma, zum Beispiel eine Detektei gründen, unter deren Deckmantel könnte er walten und schalten, ganz wie es ihm beliebt. Aber was macht er dann mit den Aufträgen, die ihm ständig per Mail ins Haus flattern. *Mein Ehemann betrügt mich, erst beschatten, dann umbringen.* Mit solchem Kinderkram will er sich jetzt nicht mehr abgeben, und schon gar nicht mehr für das Syndikat. Mord, Kunstraub, zur Entspannung Bankraub. Und das alles für die eigene Tasche. Nicht für andere, die ihm mit einem Taschengeld abspeisen, nachdem er für sie die Drecksarbeit gemacht hat.

Erst schluckt Willi zwei Kopfschmerztabletten, ohne die würde er den heutigen Tag nicht überstehen. Danach geht er ins Büro und lädt sich das Branchenverzeichnis auf den PC. Er beginnt, wie es sich gehört, bei A an. Er lacht, als er sieht, was für seltsame, schräge Berufe es gibt. Er liest und liest, findet aber nichts Passendes. Er kann ja schlecht eine Tierarztpraxis scheingründen. Katzen, Goldhamster, Fische und Wellensittiche oder Schlangen würden ihm die Kunden in die Praxis bringen, aber doch keine Mordaufträge. Eine Modelagentur? Die würde ihn eher reizen. Freie Zeiteinteilung. Nur ein Shooting im Monat. Ein paar nette Bilder knipsen und diese dann von einer Online-Firma zu einem Fotobuch binden lassen – fertig. Seine Augen hätten auch was davon. Aber wer ruft schon in einer Modelagentur an, wenn er den Freund oder Ehepartner loswerden will?

Er macht den Computer aus und geht zum Briefkasten. Er hat die Kleintümpelshausner Tageszeitung abonniert. Schon um fünf Uhr steckt sie im amerikanischen Briefkasten. Den hatte er von einem seiner Aufträge mitgebracht. Aus Texas! Er hatte einen Öl-Multi ins Jenseits befördert. Aus welchem Grund ihn die Gattin unter der Erde hat sehen wollen, weiß Willi bis heute nicht. Ist ihm aber auch egal. Hauptsache die Kohle stimmt. Schlagzeilen, Rückseite, dann durchblättern. An seiner Art, die Zeitung zu lesen, hat sich nichts geändert. Am meisten interessieren ihn die Annoncen.

Mein Morli ist entlaufen, Finderlohn garantiert.

Das hörte sich nicht schlecht an. Er greift zum Hörer und wählt die Nummer, die in der Anzeige steht. Einmal klingelt es, dann meldet sich auch schon eine Dame.

»Hallo?«

»Guten Tag, gnä Frau, ich rufe wegen Ihrer Katze an.«

»Oh, haben Sie sie gefunden? Lebt sie, ist sie gesund? Ist

ihr nichts passiert? Haben Sie ihr schon was zu fressen …«

Willi hat einfach aufgelegt. Zum Glück ruft er nur mit der unterdrückten Nummer an, die gute Frau würde sich sicher die Finger wundwählen und ihn tagelang mit Anrufen bombardieren. Da! Das könnte was sein!

Suche altes Gemälde, das mein trautes Heim verschönert. Rembrandt. Chiffre 1234.

Er reißt die Seite raus, zieht sich den Kaschmirmantel und seine mit Alpaka-Wolle gefütterten Cowboy-Stiefel an, geht in die Garage, setzt sich in den Van, bei dem er bereits per Handy die Sitzheizung eingeschalten hat, dann fährt er zum Zeitungsverlag.

Zielstrebig eilt Willi hoch in die Anzeigenabteilung. Bei jedem Schritt brummt ihm der Schädel, so als würde da der Schlagzeuger von Deep Purple drinsitzen und das berühmte Trommelsolo hinlegen. Der Angestellte hinter dem Tresen fragt Willi nach seinem Begehr.

Willi legt die Zeitungsseite auf den Tresen. »Ich komme wegen der Anzeige …«

»Ah, wegen der entlaufenen Katze Morli! Haben Sie sie? Nein, so wie Sie dreinschauen wohl eher nicht. Sie ist aber ganz leicht zu erkennen. Total überfressen, rosa Schleife im Haar und Lammfellstiefelchen. Wenn Sie Morli rufen, sagt sie *Miau!* 10 Euro Finderlohn hat Frau Gräfin ausgelobt.«

Frau Gräfin? Die sollte ich mir warmhalten!

»Nein, ich komme wegen der Chiffre 1234.«

»Moment, ich schau mal.« Der Katzenliebhaber geht zum Postfach, zieht einen Umschlag heraus und reicht ihn Willi. »Hier, die 1234. Brauchen Sie einen Brieföffner?«

»Nein, drei Kopfwehtabletten! Mit Whiskey, ohne Eis.«

»Wodka habe ich unter dem Tresen. Marie-Luise, hast du Kopfwehtabletten im Erste-Hilfe-Kasten?«

»Ja, Karl-Gustav! Wieviel brauchst du denn heute«, ruft die Kollegin aus dem Nebenzimmer herüber. »Sauf nicht so viel, Karl-Gustav! Letzte Woche hast du eine Schachtel mit 20 Stück verbraucht! In nur drei Tagen!«

»Halt die Klappe, Marie-Luise und lass rüberwachsen. Sie sind nicht für mich. Ein Kunde … Wie ist der werte Name?«

»Willi.«

»Willi hat Kopfweh, Marie-Luise.«

»Willi? *DER Willi*?« Eine Frau stürmt herüber. Tabletten in der Hand, Hornbrille, Zahnspange, Blümchenkleid.

»Susi?« Willi reibt sich die Augen. Fata Morgana oder der scheiß Whiskey! »Was tust du hier in Kleintümpelshausen? Äh, und warum nennst du dich jetzt Marie-Luise und nicht mehr …«

Susi, die ehemalige Bankangestellte, die man damals nach

Emden versetzt hatte, schickt ihren Kollegen hinaus.

»Vier Wochen arbeite ich schon hier. Ich bin geschieden, meine neun Kinder leben bei der Oma auf dem Bauernhof. Den neuen Namen habe ich nur angenommen, um endlich mit der Vergangenheit abzuschließen. Aber mein Ex, dieser Drecksack, zahlt keinen Heller Unterhalt. Umbringen könnt ich die Sau …«

»Gib mir die Tabletten, dafür mache ich dich zur Witwe, Susi. Hab mich jetzt selbstständig gemacht.«

»Geil! Ich hab jetzt Mittag. Kaffee? An der Pommesbude, so wie früher. Äh, hattest du nicht am Samstag Geburtstag? Den dreißigsten, oder?«

»Bah! Das weißt du noch, Susi? Hammer! Ich warte auf dich in meinem Schlaf … äh, unten an der Pommesbude.«

Während er unten auf Susi wartet, öffnet er das Kuvert, in dem sich ein Papier mit einer Telefonnummer befindet. Die Vorwahl verrät ihm, dass der Inserent in Holland sitzt. Willi will gerade anrufen, doch da kommt ihm Susi in die Quere. Bestellt hat er schon. Zweimal Pommes, eine Cola mit, eine ohne Zucker. Die Schmerztablette hatte er nicht genommen. Bei Susis Anblick war das Kopfweh wie weggeblasen. Erst unterhalten sie sich über früher, dann über Susis Ex. Das mit dem sie zur Witwe zu machen, sei nur Spaß gewesen, rudert Willi nun zurück. Er habe sich zwar selbstständig gemacht, aber mit einer Model-Agentur für Katzen. Es sei gerade auf der Suche nach einem neuen, interessanten Gesicht. Er weiß von Susis Katzenallergie.

»Aber ich könnte bei ihm einbrechen und schauen, ob er Bargeld oder Wertsachen im Haus hat. Ich raube deinen Ex aus. Unterhalt auf Umwegen. Na, wie gefällt dir das, Susi?«

»Cool! Er wohnt in Holland. Die feige Ratte versteckt sich dort vor mir - und dem Gerichtsvollzieher. Ich habe nur den Namen, aber leider keine Adresse, Willi.«

»Kein Problem, Susi. Hier, schreib mir seinen Namen auf das Briefkuvert. Ich muss eh gerade nach Holland, da kann ich mich auch gleich mal umhören. Ich kenne jemanden, der kennt jemand, der … Und was machst du sonst so, Susi, hast du einen neuen Macker oder lebst du solo?«

»Männer? Pah! Schnauze voll! Ich wohne im Kloster.«

»Schön für dich. Sucht ihr noch Mönche? Nee, war Spaß. Obwohl, wenn ich an Heike und Rebecca denke …«

»Deine Töchter, Willi?«

»So was Ähnliches. Du, ich muss wieder, Susi. Ich melde mich bei dir, wenn ich aus Holland zurück bin. Ich weiß ja jetzt, wo ich dich finde.«

Dann trennten sich ihr Wege auf unbestimmte Zeit.

Willi hatte den richtigen Riecher gehabt. Der Inserent ist tatsächlich an einem wertvollen Bild interessiert, das jedoch auf dem Markt nicht verfügbar ist. Der Rembrandt hängt in Groningen in Holland, nahe er deutschen Grenze. Dort ziert es den *Blauen Salon* eines Nobelhotels. Und es ist angeblich mehrfach gegen Diebstahl gesichert.

Nachdem der Aufraggeber Willi alle wichtigen Daten bei einem Anruf verraten hat, packt Willi seinen Rucksack. Das ist ein Auftrag ganz nach seinem Gusto, eine echte Herausforderung. Schon morgen will er ihn erledigen.

Die Nacht war kurz. Aber nicht wegen des Bildes, wegen Susi, die sich nun Marie-Luise nennt. Willi hatte gedacht, er würde sie nie wiedersehen. Hat er das überhaupt wollen, sie wiedersehen? Eigentlich nicht. Wissen, wie es ihr geht, das schon, mehr aber auch nicht. Wie sie ihn angesehen hat an der Pommesbude, ihm war ganz anders geworden. Kein gutes, eher ein mulmiges Gefühl hat ihn überfallen. Hatte sie sich Susi eingebildet, er würde für 9 Kinder den Vater spielen, würde das Dutzend vollmachen? Heiraten und von nun an in Puschen den Müll rausbringen? Nein danke.

Er setzt sich in seinen Van, gibt in das Navi Groningen als Zielort ein und fährt gen Leer. Von dort geht es auf der Autobahn über Winschoten nach Groningen.

Das Luxushotel mit dem Rembrandt am Markt ist nicht zu

übersehen. Pompöser geht es nicht. Links und rechts vom Eingang stehen X silberne Metallstangen, jede ist mit einer anderen Fahne bestückt. Der menschliche Türöffner in Uniform vor der Glastür schaut bierernst. Der Mann im Van mit Lockenhaar und Vollbart fährt an ihm vorbei, biegt aber an der nächsten Kreuzung rechts ab, wo er den Wagen am Seitenrand parkt. Willi steigt aus und sucht den Lieferanteneingang. Der liegt hinter einer hohen und breiten Einfahrt. Ein Wäschewagen steht gerade an der Rampe und lädt drei Container mit gewaschener Wäsche ab. Willi, der Mann mit Perücke und Rauschebart, geht zur Rampe, ein Auge immer nach oben auf die Wände gerichtet. Keine Kamera zu sehen. Er fragt den Kerl von der Wäscherei nach einer bestimmten Straße. Die hatte er vorhin auf dem Navi gesehen, sie ist nur zwei Straßen weiter. Der Wäschemann erklärt den Weg und fuchtelt dabei mir den Händen rum. Er bemerkt nicht, dass Willi ihm die Ausweiskarte des Hotels klaut, die an seinem Gürtel ist. Willi bedankt sich recht herzlich und verschwindet wieder. Das wäre schon einmal geschafft. Er wirft zwei Euro in die Parkuhr. Ganze zwei Stunden hat er jetzt Zeit, so lange ist die Parkdauer. Keine Strafzettel riskieren, sagt § 24 des Ganovengesetzbuchs. § 24a betrifft das Warndreieck, § 24b die Warnwesten., die immer mitzuführen sind.

Der Türportier hält Willi die Glastür auf und macht dabei einen tiefen Diener.

»Danke«, sagt Willi. »Kannst wieder hochkommen, sonst kriegst du `n Hexenschuss. Ach, da hinten an der Fahne von der Mongolei klebt ein Himbeerkaugummi am Mast.«

»Danke«, sagt der Türsteher auf Holländisch.

Die Empfangshalle erschlägt Willi. Sowas hatte er bislang nie gesehen. Gigantisch! Er zückt sein Handy und macht ein Foto nach dem anderen. Heimlich, aus der Hüfte heraus. Als er alle wichtigen Dinge auf Chip gebannt hat, folgt er einem Gast, so als würde er zu ihm gehören.

»Suchen Sie auch den *Blauen Salon*?«, fragt Willi, als er mit dem Spanier alleine ist. Doch der sucht die Sauna, wenn Willi richtig verstanden hat. Kann auch das Casino oder die Toilette sein.

»Sie suchen den *Blauen Salon*?«

Die Frage war von hinten gekommen. Willi dreht sich um und sieht in zwei graugrüne Augen, die zu einer Dame gehören, die einen weiten Mantel trägt.

»Äh … ja. Mein Geschäftspartner wartet da auf mich. Ich hab mich leider etwas verspätet … besser gesagt, mein Pilot hat in New York die Zeitdifferenz nicht … aber Sie wissen ja, wie das mit dem Personal …was man nicht selbst … ach, ich habe mich Ihnen nicht vorgestellt. Gestatten, gnä Frau, Josef Lord Bungee. Sie können ruhig Josch zu mir sagen. So nennt man mich auch in Buckingham, wenn ich meine

Urgroßtante Samantha … Wo sagten Sie, ist der berühmte Blaue Salon?«

»Rechts vor bist zu der Eichentür, vor der ein Wachmann steht. Viel Glück bei Ihren Geschäften. Und einen schönen Gruß an die werte Urgroßtante Samantha.«

»Danke, mach ich gern.«

Puh. Mein lieber Schwan, die Lady war ja mit mehr Gold, Juwelen und sonstigem Klimbim behangen als im Tower im Keller liegen. Ob sie das Zeugs nachts in ihrem Zimmer aufbewahrt? Ihre Zimmernummer hätte ich schnell raus. Aber ich habe weder Äther noch KO-Tropfen mit dabei. Mist!

Willi steckt sich einen frischen Himbeerkaugummi in den Mund, der alte hängt am Fahnenmast, dann geht er langsam auf den Sicherheitsbeamten zu. Er versucht so amerikanisch wie möglich zu klingen, was ihm dank des Kaugummis im Mund auch ganz gut gelingt.

»Howdy, friend! Meine Lady und ich haben für Abend um 8 … Äh, bei euch heißt das 20 Uhr, oder? Tisch 17. Ich will nur kurz nachsehen, ob meiner Lady der Tisch auch genehm ist. Sie ist ein bisschen … plemplem, crazy, du verstehst?«

»Texas?«

»Kentucky!«, grinst Willi. »Du kommst aus Texas?«

»Nein, aber ich schau mir gerne die alten Western an. Und

die spielen meist in Texas. Voll geil!«

»Well. Mein Urgroßvater hat Buffalo Bill gesehen. Nicht in USA, in Munich, äh München.«

»Hammer! Und?«

»Cooler Typ. So, wo steht Tisch 17, Cowboy?«

Der Westernfreund öffnet Willi die schwere Tür und zeigt zu einem Tisch, der halblinks im Blauen Salon steht. Willi geht hinein und hält wieder das Handy an der Hüfte wie eine Pistole.

Klick. Klick. Klick.

Der Rembrandt hängt hinter Glas an der Stirnfront. Den fotografiert er von allen Seiten. So kann er später auf den Fotos sehen, ob am Rahmen Bewegungsmelder und Drähte angebracht sind. Auch von unten knipst er ihn. Dazu geht er in die Hocke und tut, als sei sein Schnürsenkel offen. Nachdem er fertig ist und genug gesehen hat, geht er an die Fensterfront, die so lang ist wie der ganze Saal. Hier sieht er auf den ersten Blick, dass die an eine Alarmanlage angeschlossen ist. Aber er hat die Karte des Wäschekuriers, muss also nicht durchs Fenster einsteigen. So wie einst, als er in eine Villa eingestiegen war, um einen Raub vorzutäuschen, aber den Hausherrn erschossen hat. Der Witwe war ihr Fitnesstrainer im Bett lieber gewesen als der reiche Gatte.

Willi verlässt das Hotel wieder, setzt sich in den Van und

sucht am Stadtrand nach einer kleinen Pension. Da sieht er sich die Handyfotos an. Eins davon schickt er einem Freund, der sich mit Kunst wie kein anderer auskennt.

Der Blaue Salon in Groningen, in Holland. Faszinierend. Kein anderer als Meister Rembrandt selbst wacht über ihn, schreibt er unter das Foto des Gemäldes, das er dem Kunstkenner schickt. Die Antwort kommt prompt.

Wenn du nicht reden kannst, bist du stumm. Wenn du nicht hören kannst, bist du taub. Sei wachsam, die Herdplatte ist heiß, wenn du sie versehentlich einschaltest.

Was nichts anderes hieß als: Finger weg, das Ding ist mit einem stummen Alarm gesichert.

Kein Dieb der Welt würde sich jetzt noch an das Gemälde heranwagen, der Alarm, den man weder hört noch sieht, ist der Schrecken aller Einbrecher. Man ist am Werk und wiegt sich in Sicherheit, dabei ist die Polizei längst auf dem Weg.

Willi wartet, um halb drei Uhr nachts legt er den Zimmerschlüssel an den Tresen der unbesetzten Rezeption, bezahlt hat er das Zimmer für eine Nacht im Voraus und in bar, dann fährt er erneut zu dem Hotel und parkt den Van wieder da, wo er ihn schon mal abgestellt hat, neben dem Lieferanteneingang. Es ist totenstill, als wäre Groningen ausgestorben. Willi geht auf das große Tor zu, durch das der Wäschemann die Container mit der frischen Wäsche geschoben hatte. Er sieht sich um, dann hält er die Karte vor den Scanner. Dieser gibt mit einem leisen Piepsen und einem grünen Lämpchen das Tor frei und es öffnet sich kaum wahrnehmbar wie von Zauberhand. Willi findet sich schnell zurecht, da überall in den weiträumigen Gängen Wegweiser angebracht sind. Zur Küche geht es nach links, zum Büro nach rechts. Willi geht geradeaus. Keine Kamera. Lichtschranke? Aber vor der hat er keine Angst. Er zieht eine Spraydose aus dem Rucksack und nebelt den Gang ein. Nein, keine Lichtschranken. Sieht so aus, als habe das Hotelmanagement an machen Enden ein bisschen gespart. Auch die Türe zum Blauen Salon ist nicht gesichert.

Willi nickt und lächelt, als er vor dem Gemälde steht. Es wird von einem speziellen Licht schwach angestrahlt. Willi schaut links, rechts, unten. Seine Fotos haben nicht gelogen, es sind keine Kabel zu sehen. Aber um ganz sicher zu gehen, fährt er jetzt noch mit seinen behandschuhten Händen oben an der Sicherheitsverglasung entlang. Die Handschuhe sind so extrem dünn, damit würde er sogar ein Staubkorn fühlen. Aber auch dort findet er nichts. Nun geht es nur noch darum, das Glas zu entfernen, das das Bild vor Dieben schützt. Es ist an allen vier Ecken mit der Wand verschraubt. Normale Kreuzschlitzschrauben. Auch dafür ist er gerüstet. Er zieht einen Schraubendreher aus dem Rucksack, in dessen Kopf sich verschiedene Bits verstecken. Er setzt den richtigen ein und setzt an. Rechts unten beginnt er. Ganz vorsichtig dreht er das Gerät gegen den Uhrzeigersinn. Zuerst lockert er die Schraube nur, das Glas soll ja nicht bei der letzten Schraube auf den Boden krachen. Danach ist die linke Schraube dran.

Scheiße! Verdammte Scheiße!

Was ist passiert? Ist der Schraubenkopf abgebrochen? Ist das Glas gesprungen? Nein, an der linken unteren Schraube hatte es ein leises Klicken gegeben – der Stumme Alarm!

Und jetzt, Willi? Er stellt sich die Frage selbst, sieht aber das Gemälde an. *Was würdest du jetzt tun, Rembrandt? Ja, du würdest jetzt die Füße in den Arm nehmen und so schnell wie möglich türmen.*

Drei Minuten, schätzt Willi, dann wird es im Hotel nur so wimmeln vor schwerbewaffneten Bullen. Und auf die hatte er keinen Bock. Also nimmt er die Füße in den Arm und eilt zum Lieferanteneingang zurück. Er steht in der Einfahrt, da erspäht er links blaue Lichter, die sich im Kreis zu drehen scheinen. Es sind die Lichter der herannahenden Polizeiwagen. Noch sind sie nicht hier, aber die Hauptstraße, auf der sie mit einem Affenzahn entlangdüsen, ist nur wenige Meter entfernt. So schnell er kann, läuft er zu seinem Wagen und springt rein. Die Tür musste er nicht aufsperren, da die sich öffnen lässt, sobald der Wagenschlüssel in der Nähe ist. Er drückt auf den Startknopf, dann braust er ohne Licht die

Straße entlang. Noch ehe er in die nächste Seitenstraße einbiegt, sieht er im Rückspiegel, wie der erste Streifenwagen ums Eck kommt. Im Zickzack braust Willi durch die halbe Stadt, bis er am Ostende die Autobahnzufahrt in Richtung Deutschland erreicht. Nach wenigen Kilometern verlässt er die Autobahn und fährt auf einer Landstraße weiter. Als er sich in Sicherheit wiegt, fährt er rechts an den Straßenrand, hält an und sendet ein Dankgebet gen Himmel. Er steigt aus, da die Blase drückt. An einem Baum findet Erleichterung. Da plötzlich zuckt er zusammen. Er hört ein Geräusch. Weit weg, aber er kennt es. Er hat es schon mal gehört, als er wegen eines schweren Unfalls im Stau gestanden war. Da hatte ein Rettungs-Heli das Geräusch verursacht, doch heute, war er sich sicher, kam das von einem Polizeihubschrauber. Er schaut nach Westen. Ja, das ist ein Heli. Noch kreist er über Groningen, aber wie lange noch? Er steigt wieder ein und fährt los, die Schilder mit der geltenden Höchstgeschwindigkeit im Blick. Was er sich jedoch sparen könnte, da sein moderner Wagen die Schilder automatisch erkennt und sich ihnen anpasst.

Als die Autoreifen wieder deutschen Boden berühren und er Heimatluft einatmet, bekreuzigt er sich erneut. Aber noch ist es nicht geschafft. Die Polizei der Niederlanden und die deutschen Kollegen arbeiten eng zusammen. Das weiß Willi von den Gaunerkollegen, die auf Drogen spezialisiert sind.

Es ist schon taghell, als Willis Van in der Garage steht und er sich auf seine bequeme Wohnzimmercouch fallen lässt.

Junge, so was machst du nicht noch mal!

Dabei trinkt er einen vierfachen Bourbon. So etwas nennt man einen Satz mit X. Das war nix. Nicht nur der Kunstraub war schiefgegangen, er hatte auch Susis Ex nicht gefunden. Besser gesagt, er hatte sich gar nicht umgehört. Das hatte er nach der Diebestour machen wollen. Erst das geraubte Bild von Holland aus per Post zu seinem Auftraggeber schicken, dann mit sauberer Weste und leerem Kofferraum nach dem Ex suchen. Tja, das Leben ist nun mal kein Wunschkonzert, Willi.

Er schaltet den Fernseher ein und wählt den Nachrichtenkanal an.

Kunstraub eines wertvollen Gemäldes von Rembrandt in einem holländischem Luxushotel missglückt, gibt gerade ein Nachrichtensprecher bekannt. Zur gleichen Zeit klingelt das Handy. Willi geht auch ran.

»Ja?«

»Wenn du nicht reden kannst, bist du stumm. Wenn …« Dann legt der Anrufer ohne jeden weiteren Kommentar auf.

Willi weiß, wer dran war. Und er weiß auch, dass er jetzt von der ganzen Unterwelt verspottet wird. Und das ist bitter. Aber wer nicht hören will …

Er geht in sein geheimes Büro und checkt die E-Mails. Es sind nicht viele, aber die, die bei ihm gelandet sind, haben es in sich.

Vollpfosten!

Willi meets Rembrandt. Haha!

Anfänger! Klau lieber alten Omis die Handtasche!

Und das waren nur die nettesten Mails. Er schaltet den PC aus und beschließt erst einmal Pause zu machen. Keine Einbrüche und Morde mehr, einfach nur Pause machen.

Kapitel 21

Vier Jahre hatte sich Willi an sein Vorhaben gehalten, erst mal Pause zu machen. Nur hin und wieder war er mal kurz schwachgeworden. Da hat er die Kleintümpelshausner Bank überfallen und eine Tankstelle ausgeraubt. War in die Leerer Spirituosengroßhandlung „Promillo" eingebrochen und hat sich mit edlen Saufereien eingedeckt. Cognac, Champagner, Portwein und natürlich Bourbon Whiskey. 12 Jahre alten Scotch, den trank der Wachtmeister Wolf Wolfsen so gern. Gin für den Kommissar Hans Hansen. Der kam ab und zu mal zu Willi auf Besuch und berichtete ihm von seinen neuesten Fällen. Keinen einzigen Bankraub oder Mord hat dieser bislang in seiner über 20-jährigen Dienstzeit gelöst. Der Bourbon, den Willi im „Promillo" hat mitgehenlassen, war natürlich Eigenbedarf.

Zwei Tage nach dem missglückten Kunstdiebstahl in den Niederlanden hat Willi im Internet gelesen, mehrere Zeugen hätten den Täter beschrieben. Dunkles Lockenhaar bis zur Schulter, Vollbart, Himbeerkaugummi. Bei den einen hätte dieser amerikanisch gesprochen, bei anderen deutsch. Er sei nicht sonderlich groß und mache einen trägen Eindruck. So war es natürlich vorbeigewesen mit der bisherigen Tarnung.

Die Bank hat er dann entweder mit einer langen, blonden Perücke, Sonnenbrille und kariertem Schal im Gesicht überfallen oder mit einer Filmmaske. Donald Duck, Asterix oder Frankensteins Monster. Gesprochen hatte er nie dabei, stets dem Kassierer einen Zettel und eine Stofftasche gereicht.

Überfall! Geld her, sonst gibts Saures!

Dabei hatte er mit seiner Knarre rumgefuchtelt. Die Bank in Kleintümpelshausen war ein Kinderspiel. Bis Kommissar Hansen und die beiden Polizisten Wolfsen und Roland zum Tatort gekommen waren, war Willi längst wieder im trauten Heim gehockt und hat die Beute gezählt, die er zum größten Teil am nächsten Tag in sein Schließfach gelegt hat. So was nennt man zinslose und steuerfreie Altersvorsorge.

Die meiste Zeit der letzten vier Jahre aber hatte Willi mit der Richterin Rebecca verbracht. Heike hatte es aufgegeben, weiter um seine Liebe zu buhlen, hatte sich stattdessen bei sieben Online-Dating-Agenturen angemeldet. Mir eher sehr mäßigem Erfolg. Heike ist das, was man eine Klammeräffin nennt. Sogar nur zum Müllraustragen muss bei ihr der neue Liebhaber telefonisch erreichbar sein. Und wehe, er lässt es mehr als zweimal klingeln.

Doch dann, vor ein paar Monaten, war eine neue Frau in Willis Leben getreten. Sie ist keine Hiesige, ist in das leere Haus gezogen, in dem ein älterer Herr ewig lange gelebt hat und auch dort gestorben war. Zwar ist die Neue nicht ganz so granatenmäßig hübsch wie Rebecca, aber irgendwas hat sie an sich, dem Willi nicht widerstehen kann. Er meint, sie seien Seelenverwandt. Dasselbe denkt auch sie. Sie, von der jeder denkt, die Unschuld in Person zu sein.

Natascha Nataschowitzka!

Natascha ist Französin mit russisch-chinesischen Wurzeln und genauso feurig wie gefährlich. Bei Willi jedoch wird sie zum Lamm, schmilzt wie Butter, wenn er die großkalibrige Magnum rausholt. Und ihm wird ganz heiß, wenn Natascha mit sechs Handgranaten jongliert oder einem Huhn den Hals umdreht, nur weil es ihr gerade Spaß macht. Willi zeigt ihr dafür, wie man Ausweise, Kreditkaten und andere wichtige Dokumente fälscht. Sie antwortet mit Autotuning. Der Van macht jetzt 320 Spitze, bei nur 5 Liter Super Verbrauch.

Willi und Natascha haben auch schon zusammen ein paar krumme Dinger gedreht. Nicht hier in Kleintümpelshausen, im Umland. Natascha ist in Willis Alter, ein Jahr jünger ist sie. Sie hat früher als alles Mögliche gearbeitet und gejobbt. Fastfood-Restaurant, Putzfrau, Kinokartenabreißerin. Auch als Nanny, aber nicht für lange. Da hat sie keine Nerven. In der Bank in Tokyo hatte man ihr nach fünf Tagen gekündigt. Wenn Kunden Geld einbezahlten, hat sie gemeint, sie müsse es aufs eigene Konto buchen. Am besten hat ihr die Arbeit als Doppelagentin gefallen. Mal für Russland und Amerika, mal für China und Frankreich. Für Frankreich und Finnland. Italien-Süd und Kuba. Kanada und Niederbayern.

Mit dem Kinderkriegen, da sind sich die beiden eins, wird noch gewartet. Erst die Arbeit, dann das Vergnügen. Kinder kosten zudem Geld, extrem viel Geld. Leihmutter, Windeln, H-Milch, Hasch, Bourbon, Ferrari, Uni. Obwohl. Willi hat gemeint, die Uni könnten sich die Bälger sparen, er könnte ihnen die Diplome selber ausstellen. Er müsse dazu bloß in die Uni einsteigen und dort Urkunden und Stempel klauen. Dr. Prof. Willi Willisen jun. Tochter: Diplom-Archäologin Rosemarie-Wilhelmine Willisen. Deren Schwester würde er zu einer Spitzenpolitologin machen. Abgeordnete Susanne-Wilhelmina Willisen, die jeder Susi rufen würde. Natascha meinte, dann bräuchten sie aber auch noch einen Sohn, den könne sie dann als Diplom-Finanzhai bei der EU in Brüssel einschleusen. Willi solle schon einmal für mindestens drei Kinder Konten auf den Cayman Islands eröffnen.

*

Klingeling. Ich bin reif, reif, reif für die Insel ...

Wie recht Wolfgang Ambros doch mit dem Lied hat. Das Telefon bimmelt und hört auch nicht mehr auf. Gerade jetzt, wo es richtig spannend wird. Willi hat nämlich heute Abend ein Rendezvous.

»Oh, Walburga! Was gibt es denn jetzt schon wieder, du Nervensägen-Atomkraftwerk. Und wehe dir, es ist …«

»Es ist verdammt wichtig, Fredy-Mausi! Was könnte ich heute Abend kochen?«

»Hä? Hab ich 'nen Walfisch im Ohr? Deswegen rufst du mich an und störst mich bei einer immens wichtigen Arbeit? Ich krieg echt die Motten! Nimm das Kochbuch zur Hand, das ich dir zu Weihnachten geschenkt hab und …«

»Bäh, ich mag keinen Kugelfisch. Ich hab da eher …«

»Befrage deine Glaskugel. Und außerdem, du kannst gar nicht kochen! Am Ende rufst du doch immer entweder den Pizza- oder den China-Service an. Oder beide. Nicht einmal arschnormalen Hawaii-Tost oder Rühreier kriegst du hin.«

»Doch. Zumindest die ersten zwanzig Minuten, aber dann fängt entweder das Rührei Feuer oder der Hawaii-Tost läuft Gassi. Ich glaub, ich muss doch mal den Elektriker anrufen, irgendwie hat mein Herd eine Macke.«

»Wie der Herr, so das … Wie wäre es mit Leberwurst auf Brot, Walburga?«

»Schon wieder? Ich esse seit 4 Wochen nix anderes. Drum rufe ich dich ja an. Bitte, bitte, Fredy! Nur ein Rezept, dann lasse ich dich auch in Ruhe und leg auf. Versprochen!«

»Streichkäse auf Brot.«

»Geil! Du bist der Beste, Fredy! Äh, weil du jetzt schon mal bei mir angerufen hast. Oder so. Willi hat heute Abend ein Rendezvous. Weißt du schon, mit wem?«

»Nö … äh, doch.«

»Mit der Rebecca? Alte Liebe aufwärmen, Fredy?«

»Nö, mit einer Streichwurstfabrikantin, Walburga!«

Tut. Der Anruf wurde vom Amt beendet, die Teilnehmerin wäre sonst krass ausfallend geworden.

So, packen wir es wieder an!

Klingeling. Die Liebe ist ein seltsames Spiel …

Oh, Mann, ich dreh gleich … Oh, das ist Rebecca!

»Hai, Becca, was treibt den Hörer in deine zarte Hand?«

»Du alter, Charmeur, Fredy. Ich hab nur eine klitzekleine Frage. Weißt du, wie die Natascha damals den Willi in ihre Krallen gekriegt hat?«

»Ja, mit Himbeerkaugummi.«

Tut. Die Anruferin ist in den Wald – Himbeeren suchen.

Viel Glück, Rebecca. Fliegenpilze wirst du jetzt im Herbst dort finden, aber ganz sicher keine Himbeeren mehr. Na, da bist du wenigstens abgelenkt und kommst nicht auf dumme Gedanken. Oder?

Tut. Hier ist das Amt. Die Anruferin von eben gerade hat sich ein Zugticket nach München gekauft.

Scheiße! Ich muss die Bahn anrufen. Die müssen den Zug Kleintümpelshausen-München nach Moskau umleiten!

Erledigt. Der Zug fährt jetzt nach Nowosibirsk! Ich hoffe, Rebecca hat warme Winterklamotten im Gepäck.

Natürlich weiß ich, mit wem Willi verabredet ist. Mit …

»Hallo, Herr Nachbar! Ich weiß, dass Sie daheim sind, ich hab sie nämlich telefonieren gehört. Erst mit einer gewissen Walburga, dann mit Rebecca. Oder wie Sie sie oft nennen, Becca. Wie viele Weiber haben Sie eigentlich an der Angel? Letztens haben Sie mit Janine am Telefon geflirtet, und die Brunhilde, Bruni, haben Sie mir auch noch nicht vorgestellt. Maxi und Moriz, sind das Ihre unehelichen Kinder? Ich hab mir schon immer gedacht, dass Sie es faustdick hinter …«

»Emma, Gundula, Heike, Antja, Babette, Ludowika. Und auch Natascha haben Sie vergessen, Sie neunköpfige Natter mit 18 Schweinsohren und neun Giraffenhälsen. Haben Sie jetzt schon ein Loch gebuddelt oder entsorgen Sie Nummer Acht wieder kurzfristig in einer Nacht- und Nebelaktion. So wie Nummer 4 und all Ihre anderen Ehemänner.«

»Das waren Nummer Drei und Fünf. Nein, ich habe die Schaufel noch im Schuppen. Nummer 8 ist Apotheker, den kann ich ganz nebenbei vergiften und mit dem Sondermüll an alten Medikamenten in der Verbrennungsanlage … Aja, wissen Sie, was ich heute Abend kochen könnte?«

»Essen Sie alleine?«

»Ja, leider.«

»Nix leider. Geil! Fliegenpilze mit Arsen-Soße! Ich rufe dann morgen eine Firma an, die Ihr Hexenhaus abreißt. Sie werden es ja nach dem Abendessen nicht mehr brauchen.«

»Huch, wie gemein! Das muss ich sofort der Frau Wurmstich sagen! So was wie Sie ist mir noch nie …« Und schon eilt sie davon. »Frau Wurmstich! Hallo, Frau Wurmstich!«

Sind jetzt alle durch oder fehlt noch eine Nervensäge? Ich glaube, das wars. Obwohl? Es ist erst Mittag.

*

Natascha schraubt in dem alten Schuppen, den sie sich im Nachbarort zugelegt und somit vor dem Abriss gerettet hat, an einem gestohlenen Fiat 500 herum. Ein bisschen was an der Karosserie ändern, ein paar Motorteile austauschen, und schon wird aus einer zahmen Ente eine bissige Rakete. Aus diesem Wagen aber, will sie was ganz Besonderes machen. Der soll einzigartig werden. Besonders in der Ausstattung. Wäre die Karre nicht geklaut, könnte sie ihn bei der nächsten IAA vorstellen. Er ist auch schon so gut wie fertig. Nur ein paar Feinheiten und Raffinessen fehlen noch.

Und während Natascha eifrig dreht und hämmert, besorgt Willi derweil die Leckereien für ihr Rendezvous. Heute vor fünf Monaten hatten er und Natascha sich kennengelernt, an der linken Supermarktkasse von Kleintümpelshausen. Willi hat Himbeerkaugummis kaufen wollen, doch Natascha hatte ihm das letzte Päckchen vor der Nase weggeschnappt. Auf Knien hatte er sie angefleht, dabei war ihm die Magnum aus dem Hosenbund gerutscht, und Natascha war das Herz in ihre knallenge Jeans gerutscht. Er habe zu Hause eine exotische Briefmarkensammlung und eine Winchester 73, hatte er ihr mit leuchtenden Augen vorgeschwärmt. Natascha hat nicht lange gezögert. Doch. Ob er Amaretto und Himbeeren daheim habe, hatte sie ihn erst noch gefragt, ehe sie mit ihm gegangen war. Zwar waren die Himbeeren bei Willi tiefgefroren und der Amaretto ein Pernod gewesen, aber sie hatten beides nicht gebraucht, als Willi ihr das verspiegelte Schlafzimmer gezeigt hatte. Doch heute, zur Feier des 5-Monats-Jubiläiums, soll Natascha frische Himbeeren und den Amaretto kriegen.

Willi steigt in seinen Formel-1-Van und …

Klingeling. … Das bisschen Haushalt …

»Hallo, Fredy, ich bin's, deine liebe Bruni. Entschuldige, dass es so laut ist bei mir, aber die Janine spült gerade unsere Champagnergläser ab. Und ein smarter Handwerker zerlegt den Paternoster. Er klemmt. Maxi hat den Hundeknochen in das Zahnrad vom 86ten Stock geworfen. Nun ist sie traurig und winselt die ganze Zeit.«

»Erschießen, Bruni!«

»Den Handwerker? Bist du verrückt, Fredy? Den brauche ich noch.«

»Den Hund, du dumme Nuss!«

»Die Maxi? Nein, lieber den Handwerker oder Janine.«

»Himmel! Die Janine brauche ich noch, Brunhilde! Kauf dem Köter einen neuen Kauknochen, dann …«

»Dann will der Moritz auch einen haben, sonst streiten sie wieder auf Katze komm raus. Apropos Katze. Hast du schon gesehen, was die Rebecca sich gekauft hat. Ein Katzenbaby. Bah, ist das putzig. Ich war heute Vormittag bei ihr, hab das Kätzchen sogar streicheln dürfen. Sie hat ein weiches Fell. Kuschlig weich und mit vielen schwarzen Punkten. Leo hat Rebecca ihren kleinen Racker getauft. Leo, das kommt von Leopard. Die Mutter des Stubentigers ist Leopard, der Vater Leopard. Kein billiger Leo-Löwen-Mischling. Nö, astreiner Stammbaum. Sie frisst am liebsten Lamm, Schaf, Giraffen, Zebras, Krokodile und Pizza Quattro mit Artischocken ohne Sardellen.«

»Super, Bruni. Und wo hält Rebecca das Monster, bei sich daheim in einem Käfig?«

»Nein, bei Natascha in der Zelle. Rebecca hat gemeint, da kann Leo gleich mal Nataschas Witterung aufnehmen. Hihi. Das ist wie bei uns Menschen. Wir stecken unsere Nasen ja auch erst in den Kochtopf, bevor wird die Sau dann fressen. Erst schnuppern, dann …«

»Lebt die Natascha noch?«

»Na klar doch. Rebecca hat der Natascha ein Kettenhemd angelegt, ihr kann also für den Moment nix passieren.«

»Leoparden und andere Wildmiezen beißen aber gerne in den Hals, Bruni!«, bemerke ich.

»Ups! Ach, was solls. Dann ist es halt so. Es sitzen ja noch mehr Gefangene im Gefängnis, da wird es Leo sicher nicht fad, wenn die Natascha nicht mehr … Du, was anderes. Ich weiß nicht, was ich heute Abend …«

»Leoparden-Steaks!«

Piep. Die Anruferin hat eine Safaris gebucht.

Uff! Festnetz ist ausgesteckt, Handy auf Flugzeugmodus, wer soll mir jetzt noch … Scheiße, die Fenster! Ich eile wie ein Bekloppter in die Küche rüber, nehme gerade den Griff meines Küchenfensters in die Hand und will …

»Huch, haben Sie mich aber jetzt erschreckt, le Monsieur Nachbar.«

»Ist Ihr Apotheker Franzose, Frau Neugier?«

»Nein, aber der isst gerne Austern. Ich habe eben gehört, Sie haben sich heute einen echten Leoparden zugelegt. Leo heißt er, oder?«

»Ja. Hab ihn auch schon dressiert. Er frisst nur Frauen, die mit Familiennamen Huber-Meier-Weber-Schmidt-Schmid-Wepps-Kleinschmitz heißen und ständig am offenen Fenster ihres Nachbarn lauschen.«

»Huch! Sie sind ja lebensgefährlich, Herr Nachbar!«

»Ich nicht, Frau Klugscheißer – aber Leo!«

»Hilfe!! Frau Wurmstich, Hilfe!! Mein Nachbar will mich erschießen … mit dem Leo! Hilfe, Frau Wurmstich!«

»Schönen Tag noch, Frau Plappertasche. Und Vorsicht, in meinem Garten laufen drei hochgiftige Kobras spazieren.«

»Hilfe, Frau Wurmstich, jetzt bringt er mich … Äh? Wie heißt das eigentlich, wenn ich von den 3 Giftschlangen meines Nachbarn umgebracht werde?«

»Nachbarschaftshilfe!«

Wie eine Elefantenkuh stiefelt meine Nachbarin zu sich in ihr trautes Heim, aber zwei Minuten später steht sie schon wieder in meinem Vorgarten.

Hä, was macht sie den jetzt? Sind das etwa Mausfallen?

»Frau Neugier, was wird das, wenn es mal fertig ist?«

»Fragen Sie doch nicht so blöd, Herr Nebenan, das sehen Sie doch. Ich stelle Mausefallen auf!«

»Für die Kobras?«

»Nein, für unseren Briefträger!! Haben Sie ein Schlagen-

Vernichtungsmittel daheim, sonst lauf ich rasch zu meinem Apotheker, der hat sicher was gegen kurzsichtige Schlangen im Giftschrank. Wie schwer sind denn die Schlangen?«

»Mit leerem Magen 26 Kilo, mit vollem 90, warum?«

»Na, wegen der Dosis. Je schwerer, desto mehr Gift. Oje, Herr Nachbar. Haben sie noch nie jemanden vergiftet? Noch nicht mal die eigene Schwiegermutter?«

»Bin Single. Aber ich wüsste jemandin …«

»Jemandin? Eine Frau also. Die Frau Wurmstich?«

»Nö, die Huber-Meier-Weber …«

»Hilfe! Frau Wurmstich! Mein böser Nachbar, der Fakir mit den drei Kobras, will mich auf dem Dachboden erhängen. Mit einer Kobra! Hilfe, Frau Wurmstich!«

Würde mich nicht wundern, wenn jetzt gleich eine Armee Wildtierfänger in meinem Garten stürmt und hochtoxische Kobras mit Lesebrille sucht.

Ich lege Appenzeller Käse in die Mausefallen im Garten, dann mache ich mich wieder ans Werk, sonst werden Willis Memoiren ja nie fertig.

Willi steigt in seinen Formel-1-Van und düst damit zum Alkoholdealer seines Vertrauens. Weil dieser jedoch keinen Amaretto mehr auf Lager hat, bietet er Willi stattdessen den frisch von einem Lastwagen gefallenen, achtzigprozentigen Rum an. Drei Sorten hat er davon, alle 3 im Sonderangebot. Nur zwölf Euro pro Flasche. 6 Euro davon wären Gefahren- und Bestechungsgeld für ost- und westeuropäische Grenzer. Willi probiert den Fusel. Von jedem ein 0,75 Liter Glas voll. Da alle gleich schmecken, nach 100% Brennspiritus, nimmt er alle drei. Neue, verschlossene Pullen. Stockbesoffen fährt er nun zum Himbeerhändler. Als er in eine Polizeikontrolle gerät, überfährt er einen der Ordnungshüter, fährt noch zwei Mal zurück und wieder vor, steigt aus und stiehlt dem platt wie eine Flunder röchelndem Bullen die Dienstpistole. Als Willi wieder in seinen Sports-Van steigen will, wird er vom anderen, noch quietschfidelen Polizisten höflich gebeten, er möge doch bitte kurz warten, er wolle Warndreieck und den Verbandskasten sehen. Willi knallt den Polizisten eiskalt ab. Blut spritzt auf den nachtschwarzen Asphalt. Bloß gut, dass Willi stets eine Küchenrolle im Wagen hat. Es war ja inzwischen schon der vierte Bulle, den er jetzt schon erschossen hat. Aber mit dem Wagen plattmachen, war heute Premiere gewesen. Das ist ja auch nicht gut für die Reifen, die Stoß- dämpfer und die Spurstange. Und in der Waschanlage kostet eine Unterbodenreinigung auch noch extra. Mit seiner prak- tischen Küchenrolle verwischt er alle Spuren, vor allem das Reifenprofil, das auf dem Asphalt klebt. Regel § 10: Nicht nur das Profil des Gesichts verschleiern! Dann lächelt Willi noch in die Smartphones der Schaulustigen und gibt Gas. Während der von dem blinden Ohrenzeugen gerufene Arzt den am Boden liegenden, platten Polizist versorgt, rast Willi auf der 8-spurigen Hauptstraße durch Kleintümpelshausen, der 90 Einwohner großen Mega-City in Ostfriesland. Als er an der Pommesbude Heike und Antje stehen sieht, hupt er Beethovens Neunte für Querflöte in A-Dur und winkt. Antje zeigt ihm ihre Pommes mit Ketchup, Heike die langen, rosa lackierten Fingernägel. Dass die Hauptstraße eine 8-spurige Sackgasse ist, daran denkt Willi im Moment nicht. Heikes grau-grüne Augen haben sein gesamtes Denkvermögen außer Kraft gesetzt. Pech für ihn, denn die Hauptstraße endet abrupt im Wattenmeer. Da soll demnächst ein achtspuriger Tunnel nach Grönland gebaut werden. Rastplatz, 3-Sterne-Fastfood-Restaurant, Schwimmbad, Spielcasino, Autokino, Strip-Lokal, Pils-Brauerei, Duty-Free-Shop sowie ein Heim für ausgesetzte Katzenbabys, Großeltern und Teenager, die mit ihren Handy-Klingeltönen die Fahrer nerven. Man kann diese ja, wenn man will, auf dem Rückweg wieder abholen. Oder spenden. Willi fährt auf einem Treidelpfad nach Leer. Da hat sein zweiter Lieblingsobsthändler seinen Obstladen. Er hat sich vor 2 Jahren auf frische Himbeeren spezialisiert. Er führt aber auch anderes Obst. Nach einer Odyssee über Stock und Gestein kommt Willi am Obstladen an. Irgendwie nicht sein Tag. Gerade eben habe eine granatenmäßige Frau

Namens Rebecca, die das Kleintümpelshausner Gefängnis führe und dort der Richter/in sei, die letzten Himbeeren gekauft. Für einen, wie Rebecca geäußert habe, Idioten Namens Willi. Er solle stattdessen Kokosnüsse kaufen, sagt die Verkäuferin, die gerade mit einer Kiste voll Kokosnüssen aus Belize-Ostküste in den Verkaufsraum gedackelt kommt. Bei fünf Stück bekomme er eine Stofftasche gratis. Das Mädel hatte bis vor kurzem als Arzthelferin gearbeitet, Quereinsteigerin, war da aber entlassen worden. Sie hatte einem Patienten, statt ihm die Platzwunde an der Stirn zu kleben, das linke Bein abgenommen. Ohne Betäubung. Sie hatte die Schublade verwechselt und ihm statt der Narkose eine Grippeschutzimpfung verpasst. Willi will keine Kokosnüsse, er erschießt er die Verkäuferin. Der Ladenbesitzer hat da mehr Glück, der kommt mit dem Leben davon. Der hat sich vorher verabschiedet, er müsse nach Rio, ein Kunde wolle für die Feuerzangenbowle zwei Zuckerhüte, und die müsste er im Außenlager in Brasilien holen. Kundenservice.

Warum Willi das arme Ding einfach niedergestreckt hat? Er hat schon so viele Stofftaschen bei sich zu Hause, er kann keine mehr sehen. Eine davon hatte er beim Banküberfall in Buxtehude aufgehabt. Die hatte er mal bei einer Demo, auf der die sofortige Abschaffung allen Geldes gefordert wurde, geschenkt bekommen. Weder das Bargeld noch Geldkarten sollte es mehr geben. Man wolle laut der Demonstrierenden wieder mit Naturalien löhnen. Ein Liter Super würden dann 1 Kilo Kartoffeln oder 2 Pfund Karotten samt Grün kosten. Eine ganze Tankfüllung koste dann ein selbst gemaltes Bild mit drolligen Katzenbabys oder einem hübschen Sonnenuntergang am frühen Morgen. Für eine Schweinshaxe bekäme man 1 Kilo Mehl und 3 freilaufende Bio-Eier. Daraus könne man Spaghetti machen und gegen eine Schachtel Zigaretten oder 0,75 Liter Amaretto tauschen. Für einen 12 Jahre alten Benziner mit 263.000 Tachokilometern gebe es ein Ochsengespann mit Karren plus ein Jahr Garantie auf die Deichsel. Nicht auf die Ochsen, die wären Verschleißteile und seien somit nicht zu garantieren.

Willi ist verzweifelt. In ganz Friesland gab es heute weder Amaretto noch frische oder tiefgefrorene Himbeeren. Dabei freut sich doch Natascha so auf den Abend. Na, dann muss Natascha den Rum halt pur schlürfen, denkt Willi und köpft eine Pulle Rum. In einer Hand das Lenkrad, in der anderen die Buddel. Das hätten die Seemänner, als sie die Neue Welt entdeckten, genauso gemacht. Eine Hand am Ruder, in der anderen die Rum-Pulle, grinst Willi.

Willi will in Schlangenlinien nach Hause fahren, doch da leuchten hinter ihm die Blaulichter von zwei Polizeiwagen auf. Beim vorderen Fahrzeug steht auf der Leuchtreklame auch noch: *Stoppen Sie Ihren Wagen. Kontrolle!* Pah, das kommt ja gar nicht in die Stofftüte, denkt Willi und greift in das Handschuhfach seines Vans, der inzwischen aussieht, als hätte er an der Rallye Paris-Dakar teilgenommen. Er holt sein fünfzig Schuss Mini-Schnellfeuergewehr raus, lässt das Elektro-Fenster herunter und ballert während der Fahrt dem Streifenwagen das Blaulicht ratzeputz weg. Da er sich auf der Hauptstraße befindet, gibt er auch Vollgas. *Ups, was ist das denn, seit wann geht die Ampel wieder?* Sie geht nicht nur, sie zeigt auch noch rot. Aber Willi lässt sich nicht aus der Fassung bringen und düst munter weiter, und schafft es, die Kreuzung Kleintümpelshausen-Barcelona unbeschadet zu überqueren. Doch hinter ihm kommt es zu einer Massenkarambolage, in die über siebzig Fahrzeuge verwickelt sind. Darunter ist auch ein Dreißig-Tonner, der halb Nitro-Glyzerin und halb Schwefelsäure geladen hat. Ein 101-jähriger, der mit seinem E-Roller auf der Überholspur mit 164 km/h unterwegs ist, kann grade noch so ausweichen. Zuerst kippt der Laster um, dann explodiert er. Der nicht angeschnallte Fahrer wird bis an das Kinderheim von Antje und Heike geschleudert. Die beiden sitzen gerade im Garten und rauchen einen Joint, als erst der Fahrer, dann sein Lenkrad vor ihren hübschen, ewig langen Beinen landet. Der doppelte Tennessee Bourbon mit Himbeereiswürfeln, den Heike dem Fahrer im neuen Bikini serviert, lindert seine Schmerzen.

Die feuerrote Feuersäule, die durch die Explosion in den Himmel steigt, ist sogar in Grönland mit bloßem Auge zu erkennen. Da der Grönländer und der Kleintümpelshausner Außenminister gern einmal eine Partie Schach spielen und auch putzige Katzenbilder tauschen, schickt der Grönländer umgehend seine Feuerwehr gen Friesland. Pech! Die Fähre, die die Route Grönland-Ost und Nordfriesland achtmal pro Tag fährt, hat vor drei Minuten abgelegt. Bloß gut, dass die Grönländer Feuerwehr zwei Schlauchboote besitzt. Eins ist sogar ein Schnellruder-Schlauchboot - mit 24 Riemen! Aber es dauert ewig, bis das per Lungenkraft aufgeblasen ist. Die Doppelhubluftpumpe ist seit 9 Wochen in Reparatur. Hier im Autohaus Krawuttke von in Kleintümpelshausen, denn der hatte die Pumpe der Grönländer Feuerwehr verkauft und mit einem Knebelvertrag an sich gebunden. Reparatur nur bei ihm, sonst keine Garantie und eine Vertragsstrafe wegen Vertragsbruch in Höhe von 100.000.- Euro.

Es kommt zu weiteren Explosionen. Eine ist derart heftig, dass das Kleintümpelshausner Weltraumforschungslabor an einen zweiten Urknall denkt. Die Oberbürgermeisterin und Janine decken schon mal den Tisch mit friesischen Delikatessen. Sie denken, auf dem Dach seien eben Außerirdische gelandet. Mit Zwiebelmettwurst und Labskaus will man sie empfangen. Sowie einem Fass friesischem Pils. Im Kuhstall von Bauer Rübsen, der nun auch Kühe anbaut und vermehrt, kommt ein Kalb mit feuerrotem Haar, viel zu großen Ohren und einer extrem hässlichen Visage zur Welt. Rübsen glaubt nicht an Außerirdische, der denkt, die Mutterkuh habe sich bei Willi angesteckt und habe nun das schlimme Gen an ihr missratenes Kalb weitervererbt.

Da die achtspurige Hauptstraße mit italienischem Asphalt geteert wurde, bleibt sie unversehrt. Nur die Leiplanke, die man aus Kostengründen aus Asien hat, kommenlassen und von Mindestlohnarbeitern hat einbauen lassen, hat jetzt ein paar Schrauben locker.

Der Rum ist leer. Willi muss sich sputen. Der Nadelstreifenanzug, den er am Abend tragen will, befindet sich noch in der Reinigung. Die ist in Köln. Dort ist die Vollreinigung von Nadelstreifenanzügen mit eingetrocknetem Blutspritzer im Angebot. 1,50 Euro billiger als in Kleintümpelshausen. Den Blutspritzer hat er abgekriegt, als Natascha dem Huhn den Hals umgedreht hatte. Zwar gelingt es Willi, die Polizei abzuhängen, doch die Tankuhr zeigt an, dass ihm spätestens in 21 Kilometern der Sprit ausgehen wird. Er parkt den Van im Hinterhof vom Autohaus Krawuttke und steigt in einen gelben Lamborghini. Was Willi nicht ahnt, in dem zweiten Streifenwagen sitzt Kommissar Hans Hansen. Und der weiß von Willis Rendezvous mit Natascha. Die hatte ihn auf dem Revier besucht, um ihm selbstgemache Pommes mit Lachssoße zu bringen. Das hatte sie schon öfter gemacht. Hansen hatte Pommes gefuttert und nebenbei aus dem Nähkästchen geplaudert. Und heute Mittag hatte Natascha geplaudert und sich dabei verplappert. Sie und Willi würden heute Abend gemeinsam etwas schmieden. Kommissar Hansen hatte sofort an den letzten Bankraub in der Stadt gedacht. Natascha hat gesagt, sie fände es lustig, wenn Willi sie mit einer Frankensteinmaske erschrecke. Hansen wusste, beim Banküberfall hatte der Täter auch so eine Maske getragen.

Heute ist wirklich nicht Willis Tag. Als er nach 2 Stunden und 34 Minuten in Köln ankommt und die Wäscherei sieht, flippt er total aus und beißt in das Lenkrad des Lamborghini. Die Wäscherei ist bis auf die Grundmauern abgebrannt. Mit ihr sein schöner Nadelstreifenanzug, den er sich in Mailand von einem Maestro auf den Leib, hat anpassen lassen. Jetzt ist der Blutfleck ganz sicher raus. Er schreibt Natascha eine SMS.

Abendessen fällt aus. Wichtiger Auftrag. Melde mich in 3 bis 9 Tagen wieder. Kuss Willi.

Er hat nicht wirklich einen Auftrag jemand umzubringen oder etwas Wertvolles zu stehlen. Zum einen macht ihm der nachlassende Alkoholpegel Probleme, zum anderen will er die nächsten Tage niemand sehen. Nicht mal Natascha oder die Pommesbude, und schon gar keine Bullen. In seinem mit Polizeifunk ausgestattetem Handy hatte er gehört, dass man hinter ihm her sei. Großfahndung. Weltweit! Gerade kommt im Funk eine Meldung vom CI5. Willi gefasst. Willi Smith-

Goldborgh. Hansen funkt zurück: Falscher Willi! Auch aus
Australien macht ein Funkspruch die Runde. Känguru Willi
nach Verhör wieder freigelassen, werde aber observiert. Vor
lauter Frust und weil sein Körper Stoff braucht, wankt Willi
in eine Kneipe. Nüchtern wäre er wieder gegangen, aber da
er von 0,0 Promille meilenweit entfernt ist, setzt er sich am
Tresen auf einen Barhocker.

»Howdy, alter Cowboy, wie geht's dir? Hat wohl nicht so
ganz hingehauen damals, oder?«

Als Willi sich zu dem Typ dreht, der neben ihm sitzt und
ihn ansieht, haut es ihn vom Hocker. Der kräftige Kerl zieht
ihn wieder hoch und grinst. »Hast mich wiedererkannt, gell?
Genau, ich bin der Wachmann, der dich in den *Blauen Salon*
gelassen hat. Dem Rembrandt geht's übrigens gut.«

Willi verschlägt es die Sprache. Mit Handzeichen bestellt
er zwei doppelte Whiskey. Bourbon, fügt der Wächter noch
hinzu. Nach dem dritten Kentucky Whiskey tut Willi so, als
müsse er kotzen und stürmt durch den Notausgang ins Freie.
Der hilfsbereite Westernfreund aus Groningen/Niederlande
folgt ihm nach 2 Minuten. Was sich als Fehler herausstellt.
Willi schraubt einen Schalldämpfer auf seine Knarre, grinst
und sagt: »Schönen Gruß an Billy the Kid, Cowboy!«

Die Leiche stopft er in den Altpapiercontainer, der im Hof
der Kneipe steht. Dann geht er selenruhig wieder hinein und

legt fünfzig Euro auf die Theke.

»Passt, schon, Kumpel!«, sagt er zum Wirt, den die Mafia, egal ob italienisch, chinesisch oder russisch, mit Handkuss einstellen würde. »Mein Freund ist gleich hinten raus, er hat es eilig. Er arbeitet an der Sortiermaschine für Altpapier. Da kommst du nur einmal zu spät.«

»Ja, ja, Jobs gibt's … Aber was soll ich sagen. Kaum habe ich mal eine neue Bedienung gefunden, haut sie auch schon ab, weil sie unter bedienen, was anderes versteht als ich. Na, da muss man eben durch. Frag doch mal deinen Freund, den vom Altpapier. Ich suche gerade einen Rausschmeißer. Von 23 bis 6 Uhr.«

Willi nickt, verlässt das Lokal, das nachts sicher mehr als nur einen Rausschmeißer braucht, dann sucht er sich in der Nähe ein Pensionszimmer, das er für eine Woche im Voraus bezahlt.

Seine Matratze ist nicht nur durchgelegen, sie riecht auch so, als habe schon der Ötzi darauf geschlafen. Doch das ist ihm heute Jacke wie Hose. Nicht Nadelstreifen, eher Knastklamotten.

Kapitel 22

Ganze fünf Tage und Nächte lang hat Willi sich den Kopf zerbrochen, wie es weitergehen soll. Ich auch. Sein Handy hat er ausgeschalten. Ich auch. Kulinarisch verpflegt hat er sich mit Pizza- und Pommes-Service. Ich auch. Er hatte das Geld vor die Zimmertür gelegt, der Lieferant das Essen. Ich nicht, habe stets Auge in Auge bezahlt. Aber ich werde auch nicht weltweit gesucht.

Heute, man schreibt den 12.10.2021, hat Willi der Natascha eine SMS geschickt. Ich nicht. Ich habe Rebecca angerufen, die mich an Natascha weiterverbunden hat. Natascha hat einen Nebenanschluss in ihrer Zelle. Da tut sich die Rebecca leichter beim Belauschen.

Ich komme heute nach Hause, Schatz. Ich bring Amaretto und Himbeeren mit. Gruß Willi.

Böser Fehler, Willi! § 3a. Niemals eine Nachricht mit dem Handy verschicken, wenn man es orten kann. Willi hatte vor lauter Eile das normale Mobilhandytelefon eingesteckt, als er letzte Woche nur rasch Amaretto und Himbeeren kaufen fahren wollte. Und Kommissar Hansen hatte auf Nataschas Handy heimlich eine Spy-Software draufgespielt, die sogar

Textnachrichten lesen und an die Funkstation senden kann.

Es ist Nachmittag, als Willi von der Landstraße herkommend in die Hauptstraße von Kleintümpelshausen einbiegt. Und er wundert sich, keine Menschenseele ist zu sehen, kein Auto oder E-Bike fährt die Straße entlang. Er will direkt zu Natascha, deren Autoschrauberschuppen, in dem sie Autos aufmotzt, etwas abgelegen im Westen thront. Dabei kreuzt er die Kreuzung Leer-Kopenhagen und kommt dann bald an der Pommesbude vorbei.

Wegen krasser Renovierung heute ganztags geschlossen! So steht es dort auf dem handgeschriebenen Schmierzettel.

Will lacht. *Krasse Renovierung. Das Frittierfett wird der Ole Olesen endlich mal wechseln.* Amaretto und Himbeeren hat er bereits unterwegs besorgt. Plötzlich spürt Willi so ein komisches Drücken und ziehen in der Magengegend. Sowas hatte er zum letzten Mal in Groningen gehabt. Auch da hatte er es gespürt, dass die Polizei im Anmarsch war. Aber hier in Kleintümpelshausen? Unmöglich, denn Kommissar Hansen ist ein noch größerer Träumer als die Polizisten Roland und Wolf. Wolf ist der Polizist mit nur einem Ohr. Bei der letzten Ausfahrt vor dem Wattenmeer setzt Willi brav den Blinker und biegt rechts ab. 100 Meter weiter kommt er an einen runden Kreisverkehr. Baustelle! Und das in alle Richtungen? Hoppla, da stimmt doch irgendetwas nicht. Sofort legt er den Rückwärtsgang ein …

»Willi Willisen, kommen Sie mit erhobenen Händen aus dem gelben Lamborghini oder wir schießen!«

Das war doch endlich mal eine vernünftige Ansage. Sonst sagen die Bullen immer: Papiere, Warndreieck!

Willi holt seine Maschinenpistole unter dem Beifahrersitz hervor, zieht den Revolver aus dem engen Hosenbund, dann lässt er das Fester runter und steckt den Kopf hinaus.

»Papiere und Warndreieck, wie immer, Hansen?«

»Nein, diesmal nicht, Willi. Reifendruck und Ölstand. Ist jetzt Vorschrift! Du prüfst die vorderen Reifen, ich mach die hinteren. Hast du eine Küchenrolle dabei, sonst müssten wir zum Getriebeöl nachmessen extra zum Revier fahren.«

»Hab ich, Hansen! Seit wann brauchst du für eine simple Fahrzeugkontrolle Verstärkung? Das sind … Wau! Das sind mindestens 25 Bullen, Hansen! Hast du die in der Lotterie gewonnen?« Willi zeigt zu einem der Polizisten. »Der mit der dicken Brille, der kann schon mal die Frontscheibe putzen. Du weißt doch, ich kann kein Blut sehen, Hansen. Noch nicht mal das einer Mücke. Haha!«

»Halt die Klappe, Willi, und steig endlich aus. 47 sind es, um ganz genau zu sein. Und jeder Polizist hat eine geladene Waffe in der Hand, falls es dir noch nicht aufgefallen ist.«

Klar war es Willi aufgefallen, er will Zeit schinden, da er nach einer Lösung sucht. Nicht wegen seines Reifendrucks, der ist völlig in Ordnung, das Ölkontrolllämpchen hat auch nicht aufgeleuchtet. Willi könnte sich in den Arsch beißen. In seinem Van liegen mindestens zehn Handgranaten, doch der steht gerade im Autohaus Krawuttke.

Im Rückspiegel sieht Willi Kommissar Hansen. Noch hat dieser keine Waffe gezogen. Ist Willi schnell genug, um aus dem Wagen zu springen und Hansen als Geisel zu nehmen, ehe die 47 Polizisten und Hansen auf ihn losballern? Kaum.

»Ich komm schon, Hansen. Ruhig Blut!« Willi macht die Wagentür einen Spalt auf. »Kleinen Moment noch, Hansen, geh du schon mal nach vorne, ich mach die Motorhaube auf. Die geht nur innen per Knopfdruck auf.«

Hansen riecht den falschen Hasenbraten, tut aber so, als würde er einen Schritt nach vorne machen. In dem Moment springt Willi, der Vollpfosten, aus dem Auto und feuert auf die Polizisten, die linker Hand stehen. Aber auch die haben sein falsches Spiel längst durschaut und werfen sich auf den Boden, bevor auch sie das Feuer eröffnen. Ein paar Kugeln treffen den Lamborghini, der Rest Willi. Sprachlos bricht er zusammen. Die Polizisten haben aber nur auf seinen Körper und die Beine gezielt, nicht aber auf den Kopf. Willi ist zwar schwer verletzt, lebt aber noch. Eine Minute später ist schon der Notarzt vor Ort. Der hatte hinter einer Hecke auf seinen Einsatz gewartet. Hansen hatte sich schon gedacht, dass die Sachen nicht ohne Blutvergießen enden würde.

Erstversorgt und an einen Tropf angeschlossen, wird Willi in das Kleintümpelshausner Klinikum eingeliefert. Fast fünf Stunden operieren und flicken die Ärzte.

Natascha hatte alles live im Polizeifunk gehört. Willi hat ihn ihr ins Handy einprogrammiert. Sie hört auch, dass Willi operiert und außer Lebensgefahr sei. Für den Moment. Die Nacht müsse er überstehen, dann sei die Gefahr gebannt.

Natascha springt in den Fiat, den sie eben erst mit ein paar raffinierten Extras ausgestattet hat, und fährt … Nein, nicht zur Klinik, zu der Pommeshütte, aber die ist man wegen des Polizeieinsatzes für unbestimmte Zeit geschlossen. Nix mit frischem Frittierfett.

Aber Natascha weiß sich zu helfen. Sie holt ein Brecheisen aus ihrem Wagen, bricht die Pommesbudentür auf, dreht die Fritteuse auf 300 Grad auf und frittiert Fritten. Genüsslich steckt sie sich eine Pommes mit Nuss-Nugat-Creme in den Mund, da klingelt ihr Handy.

»Hai, Natascha, ich bin es, dein Onkel aus Kentucky.«

Es ist Willi! Der Patient, der mit ihm im selben Zimmer liegt, hat ihm sein Hady geliehen.

Natascha weiß, wer dran ist und sagt daher kein Wort.

»Ich bin noch unterwegs, hol mich um Mitternacht ab. Ich stehe am Taxistand. Den findest du ganz leicht, es stehen da auch immer ein paar Notarztwagen herum.«

Ah, Willi meint die Notaufnahme. Schlaues Bürschchen!

Hansen bekommt den Anruf nicht mit. Der ist sich sicher, dass der Fall Willi W. abgeschlossen ist. Der Rest sei Sache der Richterin. Also überwacht er Natascha auch nicht mehr. Tja, selber schuld, Kommissar Hans Hansen!

Natascha parkt den Wagen im Hinterhof der Klinik, dort befindet sich auch die Notaufnahme. Dann läuft sie außen rum zum Haupteingang. Die Infothek ist nicht besetzt, da es kurz vor Mitternacht ist. Mit dem Lift fährt sie hoch in den ersten Stock. Dort liegt die Intensivstation. In der Mitte des langen Gangs befindet sich der Ärzte- und Schwesternstützpunkt, in dem auch Pflegekräfte ihr zweites Zuhause haben. Sie schleicht sich an und sieht durch die Glasscheibe, beide Nachtschwestern sind im hinteren Zimmer und sortieren die Medikamente für Morgen in kleine Plastikboxen, nebenbei läuft der Fernseher. Es duftet nach frischem Kaffee. Das ist Nataschas Chance. Sie eilt von einem Zimmer zum nächsten und lugt hinein. In jedem Zimmer schlafen Patienten, die an Überwachungsmonitore angeschlossen sind. Doch Willi ist nicht mit dabei. Sollte der etwa inzwischen verstorben sein? Nein, ist er nicht. Er ist auf Wanderschaft. Als Natascha mit dem rechten Lift hochgefahren ist, ist Willi mit dem linken nach unten gefahren.

Zur selben Zeit geht ein älterer Herr mit seinem alten, blasenschwachen Rauhaardackel eine Runde Gassi. Er kommt dabei an der Einfahrt der Notaufnahme vorbei. Der Dackel beschnuppert einen Baum, hebt kurz das Bein, dann bellt er, als habe er eben eine Katze entdeckt.

»Ja, Wastl, ich hab es schon gesehen. Da steht wieder mal so ein Vollidiot auf dem Parkplatz, auf dem nur Notärzte ihr Einsatzfahrzeug abstellen dürfen. Dabei ist das Schild „*Nur für Rettungsdienst – Absolutes Halteverbot*" so riesig, dass es nicht zu übersehen ist. Und beleuchtet ist das Ding auch noch. Der Polizei sollte man ihn melden, den Vollpfosten.«

Er ist, oder eher gesagt war die Polizei. Der Senior ist der leibliche Vater von Kommissar Hans Hansen. Hans Hansen Senior. Es gibt keine Auszeichnung, die ihm nicht verliehen wurde. Adleraugen-Orden, Das Mir-kommt-nix-ins-Kreuz, das Jeder-Schuss-ein-Volltreffer-Band in Rot, die Hab-ich-dich-du-Saukerl-Nadel. Die hat er auch anstecken, wenn er mit dem Dackel seine Runden dreht.

»Jaja, Wastl, das waren noch Zeiten, als ich über die Stadt herrschte. Was wäre wohl ohne mich aus meinem Kleintümpelshausen geworden? Das reinste Sodom und Gomorra! Ja, Wastl, du hast recht, ich sollte wieder in den Polizeidienst

eintreten. Mein Sohn ist viel zu lasch, und blind! Dem wäre
der Falschparker jetzt nicht aufgefallen. Naja, der hat auch
keine Spürnase, so wie du, Wastl. Schau dir nur einmal das
Auto an, wie an dem rumgeschraubt wurde. Nie und nimmer
sind all die ganzen Umbauten vom TÜV genehmigt worden.
Na, was meinst, Wastl, sollte ich meinen Sohn aus dem Bett
werfen? Schlafen tut er eh tagsüber im Büro. Ich würde gern
wissen, was er des nachts so treibt. Meist du, er geht heimlich Pokern? Im Hinterzimmer vom *Zum Wattenmeer*, so
munkelt man, sollen wieder Glücksspiele stattfinden. Dabei
hab ich doch die Bande erst vor zwanzig Jahren hochgehen-
lassen. Meinst, Wastl, dass die schon wieder auf freiem Fuß
sind? Das wäre aber ein starkes Stück, gell?«

Beide, sein Dackel und er, schütteln den Kopf, dann gehen
sie gemächlich weiter.

Willi hat Glück, dass alle Intensivzimmer, bis auf seines,
belegt sind. So hat man ihn 1.Klasse untergebracht. Und da
gehört in Kleintümpelshausen ein E-Rollstuhl mit zu. In den
hatte er sich vorhin vorsichtig plumpsen lassen und war ins
Erdgeschoss gefahren. Da lag, etwas versteckt, rechts hinten
die Krankenhauskapelle. Die Nacht müsse Willi überstehen,
hatte der Chefchirurg gesagt, als er ihm die letzte der zwölf
Kugeln aus dem Körper operiert hatte. Da hatte die Narkose

schon nicht mehr gewirkt. Und die OP-Helferin, die ihm die ganzen Löcher zugenäht hat, hat gemeint: »Willi hat so viel Blut verloren, das überlebt er nie. Es wäre reine Verschwendung, ihm jetzt noch vier Liter Blut nachzufüllen, Doc.«

Wie ein Echo hallten diese Sätze in Willis Hirn. Als er in die Kapelle rollt, bekreuzigt er sich erst, dann nimmt er eine kleine Kerze, die Zündhölzer liegen daneben, zündet sie an. Und er gelobt Besserung. Keine krummen Dinger und keine Morde mehr. Natascha Nataschowitzka heiraten und mit ihr 4 Kinder großziehen. Kürbisse und Zucchinis züchten, eine Imkerei im Garten eröffnen, alten Omis nur noch dann über die Straße helfen, wenn sie die wirklich überqueren wollen. Einen Teil seines Reichtums will er spenden. Für eine gute Sache. Für eine zweite Pommesbude. Zehn Euro oder so. Er will nicht gleich übertreiben. Aber erst mal Urlaub machen, jetzt, in etwa einer halben Stunde. Da ist es Mitternacht, und Natascha wird hinten an der Notaufnahme warten. Mit einer Pulle 12 Jahre altem Kentucky Bourbon.

Willi lächelt sanft. Ja, so soll seine Zukunft aussehen. Er verlässt die Kapelle wieder und rollt zu den Aufzügen. Ein Aufzug kommt, als er auf den Knopf drückt, der andere steht im ersten Stock. Er rollt in den Lift und drückt auf die 1. Er fährt hoch, der andere Aufzug fährt nach unten. Bevor Willi wieder an sein Zimmer kommt, sieht er rechts eine Türe mit der Aufschrift: *Nur für Personal!* Neugierig und leise öffnet er die Tür. Drinnen sieht es aus wie in einem kleinen Labor. Es stehen Apparate, Gläser und anderes Klinik-Zeug herum. Auch ein Kühlschrank.

Bah, Blutkonserven! Und auch noch so viele! Geil!

Willi hätte fast einen Jubelschrei losgelassen. Im Kühlschrank lagert tatsächlich Blut. Er greift hinein und holt sich ein paar Beutel Blut heraus. Es sind in der Summe 3 Liter. Blutgruppe *B-negativ*. Er hat *A-positiv*. Was er jedoch nicht weiß, da die Aufschrift auf den Beuteln nicht gelesen hat. Er schneidet er die Beutel oben auf, dann setzt er einen nach dem anderen an.

Willi hat so viel Blut verloren, das überlebt er nie!

Bei jedem Beutel, den er auf Ex trinkt, denkt Willi an den einen Satz, bei dem die Krankenschwester gegrinst hat.

Willi hat so viel Blut verloren, das überlebt er nie!

Plötzlich wird ihm irgendwie komisch zumute. Er rollt in den Gang hinaus und drückt, bevor er ohnmächtig wird, auf dem roten Knopf an der Wand. Die beiden Nachtschwestern kommen angelaufen und sehen, dass Willis Gesicht mit Blut verschmiert ist. Eine piepst den diensthabenden Arzt an, die andere sieht die weit offene Tür des Vorratsraums. Sie sieht hinein und schlägt die Hände über dem Kopf zusammen.

»Der Willi hat Blut gesoffen!«, schreit sie, und hält einen Beutel in die Höhe. »B-negativ! So ein Vollpfosten!«

»Hat Willi noch Puls?«, fragt der Arzt, der fix gekommen war und sich nun über Willi beugt. Er sieht auf seine Uhr.

»Todeszeit: Mittwoch, 13. Oktober 2023, null Uhr eins.«

Willi Willisen ist tot, mausetot!

Not-OP überlebt und dann abgekratzt, weil er das Kleingedruckte nicht gelesen hat. So ein Vollpfosten!

Natascha spürt es. Willi ist nach dem Besuch der Kapelle raufgefahren, sie runter, mit einem unguten Gefühl. Als in der ganzen Klinik alle Lichter angegangen waren, hatte sie es sicher gewusst. Jetzt sitzt sie in ihrem umgebauten Fiat und flennt. Dabei hatte sie Willis selbst verordnete Entlassung doch so gut vorbereitet, hatte aus ihrem Kleinwagen eine Mischung aus Krankenwagen und Armeefahrzeug gemacht.

Natascha rotzt gerade in ein neues Papiertaschentuch, das Willi kürzlich mit einem selbstgebastelten Kartoffelstempel mit vielen kleinen himbeerroten Himbeeren bedruckt hat, da erblickt sie im Rückspiegel einen Polizeiwagen herannahen. Der kommt sicher, um bei Willi eine amtliche Obduktion zu veranlassen, denkt sie. Vielleicht findet der Pathologe einen Kunstfehler, dann könnte sie die Klinik verklagen, auf acht Millionen. Mindestens! Doch der Polizist, der aussteigt, ist der französische Austausch-Flic Roland, Ro-là gesprochen. Vor zwölf Jahren hatte St. Tropez ihn gegen den Bruder von

Kommissar Hans Hansen ausgetauscht aber dann irgendwie vergessen. Er geht an Nataschas Wagen, zückt einen Block, schreibt etwas auf einen Zettel und klemmt diesen ihr unter den linken Scheibenwischer. Er war um null Uhr sieben so im Diensteifer, dass er Natascha nicht bemerkt. Auch nicht, dass der Wagen geklaut ist. Der Wisch unter dem Wischer, stellt Natascha Nataschowitzka fest, als der Flic wieder fort ist, ist ein Strafzettel – mit Smiley. Und auf dem steht:

Schwerer Landfriedensbruch in Tateinheit mit noch nicht so ganz, aber in fast 6 Monaten abgelaufener TÜV-Plakette, krasse Behinderung der Dorf-, Stadt-, Staats- sowie EU-Gewalten, rechtes Wischerblatt weniger als sieben cm² Profil, keine Schneeketten bei plus 17 Grad Außentemperatur und parken im für Einsatzfahrzeuge reservierten, absoluten Halteverbot. Beweisfoto kann auf dem Polizeirevier Kleintümpelshausen und jedem anderen Police-Office innerhalb der Europäischen Union begutachtet werden. Gez. Roland, Frz. Pol. idA. (französischer Polizist in deutscher Ausbildung).

Schneeketten? Ro-là hat echt 'nen Schuss. Und wo soll ich um null Uhr 12 ein rechtes Wischerblatt herkriegen. An der Tanke von Kleintümpelshausen kriegst du um die Zeit nicht mal Benzin, nur Alkohol und Hasch.

Natascha kann und will es nicht glauben, dass ihr geliebter Willi tot sein soll. Sie geht noch mal auf die Intensivstation, doch die Krankenschwester nickt. 3 Liter von der falschen Blutgruppe, das verkrafte keine alte Sau. Noch nicht einmal Leber und Herz von so einem Vollpfosten wie Willi. Ob sie zufällig Blutgruppe A-plus/B-negativ habe will die Schwester von Natascha wissen. Man habe gerade ein paar Liter in Reserve. Gespendet von Willi – post mortem.

Natascha will gehen. Nein, sie muss gehen, sonst würde sie die Krankenschwester jetzt an Ort und Stelle erschießen. Aber genau die pfeift Natascha zurück.

»Frau Nataschowitzka?«

»Ja, bin ich, warum?«

»Ich soll ihnen was geben … Es ist von Willi.«

Natascha bricht in Tränen aus. »Danke, aber ich verzichte. Spendet es dem Tierheim, ich bin froh, wenn ich …«

»Hä, Tierheim geben? Chihuahua, Katze, Graupapageien, Goldfische, Kängurus und Dornhai. Na, was haben all die Tiere gemein, Frau Nofozibirzky?«

»Nataschowitzka! Keine Ahnung. Was?«

»Sie können weder lesen noch eine Türe aufsperren. Willi hat mir kurz vor seinem Tod ein fettes Kuvert übergegeben, und da steht Ihr Name drauf, Frau Nitzkibovcsijy.«

Natascha zückt ein 31 cm langes ultrascharfes, auf beiden Seiten mit himbeerrotem Nagellack lackiertem Skalpell aus der Tasche. Hat sie immer dabei. Für ihr zweites Hobby. Sie hat damit schon aus einem einfachen Stück Kernseife, eine überlebensgroße Flasche Amaretto geschnitzt. Jetzt hält sie es der Schwester an die Kehle und droht: »Her damit!«

Die brummt und gibt ihr widerwillig das Kuvert. Natascha schneidet es mit dem Skalpell auf und … staunt. »Wann hat der Willi das alles geschrieben? Das sind ja mindestens 150 oder 200 oder 300 Seiten!«

»Gleich nach seiner OP. Der Schlüssel, der mit im Kuvert ist, hat Willi gemeint, ist für sein Bankschließfach. Wegen ihrer Rente und so, Frau Natadingsda, sollte er diese Nacht nicht überstehen.«

»Ah, und da hast du dir gedacht, du …«

»Nein, Frau Nidigybl … Natascha. Es ist nicht so, wie du denkst. Ich wollte nur nicht, dass das Kuvert …«

Weiter kommt sie nicht mehr. Natascha hat ihr, ohne mit der Wimper zu zucken, die Kehle durchgeschnitten.

»Das kommt von deiner Geldgier, du dumme Kokosnuss! Kannst dir ja Willis Blutspende jetzt selber spritzen!«

Natascha fährt zu ihrem Autoschrauber-Schuppen, stellt den aufgemotzten Wagen unter, steigt aus und streichelt ihn, den höchsten und schnellsten Fiat 500 - ever! Höhergelegt,

Öko-Elektro mit Turbolader und 9V Blockbatterie, hat bei sparsamer Fahrweise, nicht schneller als 240 bis 280 km/h, eine Reichweite von 991 Kilometern, bei Rückenwind sogar 992 km. Die Lackierung: Zartrosa mit babyblauen und Löwenzahngrünen Pünktchen, die hat sie mit dem Lippenstift, Farbe Nr. 73, draufgemalt. Aufkleber hat er. Smiley, Hello Kitty, Diddl, FC Bayern und Free the Außerirdische!. In der Heckklappe verbirgt sich eine ausziehbare Rollstuhlrampe, die dazu gedacht war, den frisch operierten Willi aus dem Krankenhaus zu holen. Unter dem linken Rückbankteil befinden sich so praktische Dinge wie Blutdruck-, Puls- und Sauerstoffmessgerät. Das rechte Rückbankteil verbirgt eine Sauerstoffmaske und einen Infusionsständer. Der Sauerstoff befindet sich im Reserverad. Die extrabreiten 285-Zoll-Reifen sind mit Shit befüllt. Nur für den Fall, Willi hätte starke Schmerzen gehabt. Im aufklappbaren Beifahrersitz sind so nette Spielzeuge wie Panzerfaust, Handgranaten, Tretminen und Schusswaffen wie Pistolen, Maschinengewehre, Pfeil und Bogen, Steinschleuder und Blasrohr für Giftpfeile verstaut. Das Raketenabwehrsystem befindet sich im Dach und ist mit einem Knopfdruck einsatzbereit. So viel Arbeit hat sie in da reingesteckt, so viel Mühe hat sie sich gegeben. So viel Schweiß vergossen. So viel Liebe hat sie investiert. Und für was das alles? Damit Willi sich im letzten Augenblick aus dem Staub macht? Hatte er das falsche Blut absichtlich getrunken, um ihrem Heiratsantrag, den sie ihm noch vor zwei Tagen gemacht hat, entfliehen zu können? Hatte er im Traum nicht daran gedacht, sie vor den Traualtar zu führen?

Nicht mit mir, Willi Willisen. Ich und du, wir werden jetzt heiraten, ob du willst oder nicht.

Sie sperrt den Auto-Schuppen ab und läuft zu Willis Villa. Er hat ihr den Zweitschlüssel anvertraut. Zecks Blumen im Garten gießen. Dann verschwindet sie in Willis Büro, kramt in den unzähligen Schubladen herum und grinst. Sie hat die Blanko-Heiratsurkunden gefunden. Dokumente fälschen ist ein Kinderspiel, hatte Willi einst gesagt, als er es ihr gelernt hat. Natascha loggt sich ins Kleintümpelshausner Standesamt ein und macht die soeben von ihr geschlossene Ehe mit Willi rechtskräftig. Hochzeitstag: 1.August 2023. Traurig, aber dennoch zufrieden, geht sie schlafen. Sie hat morgen und die nächsten Tage einiges zu tun. Beerdigung und so.

*

Um Punkt 9 Uhr steht Natascha im Autohaus Krawuttke. Sie braucht einen fahrbaren Untersatz. Willis Van ist nicht nur von Kugeln durchsiebt, er ist auch beschlagnahmt. Und mit ihrem extravaganten Fiat will sie nicht mehr fahren. Da hätte sie immer das Gefühl, Willis Geist säße neben ihr und würde an ihr rumnörgeln, wenn sie mal den Blinker vergisst oder einen Radfahrer vom Drahtesel holt.

Natascha ist aber doch noch mal damit gefahren, und zwar zum Autohaus Krawuttke.

»Guten Morgen, Frau Natascha«, wird sie vom Chef Karl Krawuttke empfangen. »Ist ja echt schlimm, was mit dem Willi passiert ist.« *Es hat sich also schon rumgesprochen,* denkt Natascha, erwidert aber nichts. »Ist kaum zu glauben, dass man heutzutage noch an einer Blinddarm-OP sterben kann. Tja, so ist das Leben eben. Sie kommen sicher wegen dem Wagen, oder?«

»Wagen?«

»Mist! Ich Trottel!« Krawuttke schlägt sich auf die Stirn. »Obwohl. Willi ist ja nicht mehr, also muss ich Ihnen jetzt sein Geschenk an Sie übergeben. Moment.« Er geht in sein Büro und kommt grinsend mit Autoschlüsseln und Papieren wieder zurück. Er steht draußen im Hof. Er ist rot. Willi hat gesagt, Sie mögen Himbeeren, also hat er den roten gekauft. Schön aufpassen mit dem Gaspedal, der ist in 2,7 Sekunden auf 100! Vollgetankt ist er auch. Ich zeige Ihnen lieber, wo das Warndreieck ist. Man kann ja nie wissen.«

Krawuttke führt Natascha über den Hof, dann bleibt er vor einem hübschen roten Wagen stehen. Natascha auch. Ob er, Krawuttke, sie verarschen wolle. Er schüttelt erst den Kopf, dann drückt er ihr die Wagenschlüssel in die Hand.

»Das ist ein De Tomaso P 72 und kostet schlappe 750.000,

Herr Krawuttke. Und den soll mir der Willi …«

»Ja. Und bar bezahlt. Dafür sind die ersten 3 Inspektionen gratis. Die grüne Umweltplakette und zwei Warnwesten hat mir der Willi auch noch aus dem Kreuz geleiert, das Schlitzohr. Steuer und Versicherung sind für 5 Jahre bezahlt.«

»Aha!? Und wie siehts mit Wagenwäsche aus?« Natascha weiß nicht, ob sie sich freuen oder eher heulen soll. Freuen, das hätte Willi jetzt erwartet. Also freut sie sich auch. »Der Wagenlack ist sehr empfindlich, glaub ich zumindest. Sieht nach Regen aus heute. Ist wohl besser, ich fahre den Flitzer in Willis … in meine Garage. Die Villa Willisen gehört ja jetzt mir. Als hätte Willi sein Ende kommen sehen. Darum hatte er mich auch am 1. August geheiratet, obwohl ich ihm gesagt hab, es hat keine Eile.«

»O, herzlichen Glückwunsch nachträglich noch, Natascha Natascho… Ach so, Sie heißen ja jetzt Willisen.«

»Nataschowitzka. Ich habe den Mädchennamen behalten. Schönen Tag noch, Herr Krawuttke.«

Bevor sie geht, schenkt sie ihm noch ihren aufgemotzten Turbo-E-Fiat. Und was macht das Schlitzohr damit, stellt in ins Schaufenster und bringt ein riesiges Plakat an.

Mit diesem voll genialen Flitzer wird demnächst, in einem supergeilen Agententhriller der Hauptdarsteller zum Mars fliegen, um die Menschheit vor dem Untergang zu retten!

Als sie mit dem De Tomaso P 72 auf der Hauptstraße Gas gibt, bebt in ganz Kleintümpelshausen die Erde.

Bah, Wahnsinn! Was für ein geiler Sound! He, Opa, nicht zum Himmel hochgaffen, da ist kein Starfighter, das bin ich! Natascha meets De Tomaso. Und Amaretto mit Himbeeren.

Vor der Bank bleibt sie stehen, probiert den Schlüssel, den ihr Willi vererbt hat, staunt riesige Bauklötze, als sie in das Schließfach schaut, sperrt es wieder ab und fährt zurück zu Willis Villa, die jetzt ihr gehört.

Dort schenkt sie sich einen doppelten Kentucky Whiskey und einen doppelten Amaretto ein, nippt mal an dem einen, dann am anderen. Dazu gibt's himbeerrote Himbeeren.

Machs gut, mein Freund. Prost, Willi!

Epilog

In der Nacht hatte sich Natascha an Willis Computer gesetzt und ihn offiziell bei seinen kriminellen Geschäftsfreunden in aller Welt verabschiedet.

Willi, der Vollpfosten ist nicht mehr! Ab sofort hält seine Witwe das Zepter in der Hand! Gruß Natascha.

Die Unterwelt war gewarnt.

Als Natascha gerade unter der Dusche steht, klingelt es an ihrer Haustür. Im Badezimmermonitor sieht sie, Kommissar Hansen steht vor der Tür. Sie dreht das Wasser ab, tippt auf dem Smartphon auf „Tür öffnen", wickelt sich ein Badetuch um ihren sportlich-weiblichen Körper und geht nach unten.

»Guten Morgen, Hans.« Die beiden sind per Du. »So früh, ich bin doch eben erst Witwe geworden. Ein paar Tage oder Wochen sollten wir schon noch warten. Oder zumindest so lang, bis Willi unter der Erde ist. Komm doch herein, mein Bett ist noch warm.«

»Nein, Natascha, deswegen bin ich nicht da. Wir müssen es, so schwer es mir auch fällt, leider auf unbestimmte Zeit verschieben. Ich bin da, um dich zu verhaften.«

»Was? Warum? Wieso? Du machst Scherze, Hans, oder?

Ich … verhaftet? Hihi. Was hab ich angestellt? Ist es wegen dem Typ in der Pommesbude, dem ich eine geballert habe, weil er mit ständig in den Ausschnitt gestiert hat? Oder habe ich vergessen, die Kaffeemaschine auszuschalten? Hihi.«

»Du hast falsch geparkt, Natascha! Parken im absoluten Halteverbot. Auf einem Parkplatz, der für Einsatzfahrzeuge der Rettungsdienste reserviert ist. Du weißt ja, was Rebecca, unsere liebe, granatenmäßig aussehende Frau Richterin mit Falschparkern macht.«

»Ja, sie verurteilt sie zu 30 Euros Geldstrafe und 3 Tagen vorsingen im Seniorenheim. Soll ich dir das Geld bar geben oder willst du einen Scheck. Hihi. Und das mit der Singerei bei den … Ich weiß nicht, ob das eine gute Idee ist. Bei der Rebecca mag es sich ja nett anhören, aber bei mir? Sag ihr einen schönen Gruß, der Rebecca, ich schicke den Senioren die neue Sammel-CD aller friesischen Seemannslieder. Von denen bekommen die Leute wenigstens keinen Hörsturz.«

Plötzlich springt der Franzose, Flic Roland mit gezogener Waffe aus der Deckung hervor.

»Hände hoch und Handtuch weg!«

»O ja, das würde dir so passen, du notgeiler Affe, Ro-là. Mein Handtuch bleib an und die Hände, die werden dir jetzt den Hals umdrehen! Verpiss dich! Hans, sag doch was!«

Der spricht ein Machtwort.

»Hände hoch und Handtuch … Zieh dir was an, Natascha, du bist verhaftet!«

In blauer Blue Jeans, himbeerfarbenem T-Shirt, Sneakers, Ringelsocken im Italo-Style und Willis handgeschriebenen Memoiren wird Natascha abgeführt und sehr unsanft in das Kleintümpelshausner Gefängnis geworfen. Den Rest kennt man ja dann. Ein Jahr wartet sie da auf ihre Verhandlung, in der sie zu einem Jahr Gefängnis ohne Bewährung verurteilt wird.

Wegen Falschparkens!

Im Knast versucht Natascha, Willis Memoiren zu lesen, was aber an Willis furchtbarer Sauklaue scheitert. Richterin Rebecca erlaubt es mir, Natascha Nataschowitzka besuchen zu dürfen.

Natascha ersucht mich, aus Willis schriftlichem Erbe ein Buch zu machen. Die letzten Seiten, die Seiten nach Willis tragischem Tod, hab ich sofort an ihrer Handschrift erkannt, die hat Natascha selber geschrieben. Als Epilog.

Aber was ist mit Nataschas eigener, nicht minder interessanten Lebensgeschichte? Irgendwann mal wird sie aus dem Gefängnis entlassen. Dann könnten sie und ich und treffen und sie diktiert mir ihre Geschichten, ihre Untaten. Es gibt sicher sehr vieles, was man nicht über sie weiß. Was hat es zum Beispiel mit ihr und Kommissar Hansen auf sich. Hat sie sich Willi nur an den Hals geworfen, um an sein Geld zu kommen? Hat sie alle zum Narren gehalten? Mag sie Himbeeren und Amaretto oder steht sie eher auf Avocados mit Sojamilch? Wird Natascha Nataschowitzka, wenn sie wieder frei ist Füßen, Kleintümpelshausen den Rücken kehren oder eine eigene Pommesbude eröffnen, um dort darauf zu hoffen, dass eines schönen Tages ein schräger Typ wie Willi Willisen vor der Bude steht, Pomm de Frittes rot-weiß-grün bestellt und sie zu einem Rendezvous einlädt?

Ringelingdingdongdüdeliö. Frei wie ein Vogel ...

»Hai, Fredy, ich bin's, die Zuckermaus Rebecca.«

»Hallo, Miezekatze, was gibt's? Sehnsucht?«

»Auch, Tiger! Ich habe eben die Nataschowitzka begnadigt. Natascha ist frei. Frei wie ein Vogel ...«

Was für ein Drama. Erst stürzt Willis Mutter sich von der Klinik, dann wird sein Vater von Polizeikugeln durchsiebt, und dann muss Willi W. sterben, weil er das Kleingedruckte auf den Blutkonserven nicht gelesen hat.

Ende

Vom Autor Alfred Kreusel erschienen bisher:

Die Gerber Marie und das Satansdenkmal

Die Gerber Marie und der Bierkrieg

Die Gerber Marie und die Nonne mit dem Engelshaar

Die Gerber Marie und der Einarmige

Königreich Eichenschön – Das Geheimnis von Eichenschön

Un Tartaruga, bitte! – Sonne, Meer und Emelie

Vom Autor, der in einem Tag ein berühmter Schriftsteller werden wollte

Glück(s)los – Die nächste Kugel ist dein Tod!